미야자와 겐지 전집

2

- 이 책의 텍스트로는 지쿠마쇼보筑摩書房의 1986년도 판을 사용했습니다.
- 원고의 소실로 옮긴이에 의해 일부 내용을 고쳐 썼습니다.
- 이 책 내용의 일부 또는 전부를 재사용하려면 반드시 저작권자와 도서출판 너머 양측의 동의를 얻어야 합니다.

宮沢賢治 全集

미야자와 겐지 전집

2

미야자와 겐지 지음

박정임 옮김

너머

차례

스케치 1 ★ 시월의 끝

스케치 2 ★ 이하토브농업학교의 봄

스케치 3 ★ 십력의 금강석

스케치 4 ★ 베지테리언 대축전

스케치 1

시월의 끝

세무서장의 모험

稅務署長の冒険

탁주밀조방지 강연회*

"영국의 대학에서는 실습시간에 소에게조차 술을 먹이라는 방침이 증가하고 있다고 합니다. 술은 진정한 인간 에너지의 근원입니다. 또 '술은 압축시킨 액체 빵'이라는 말은 실로 명언입니다. 에도시대의 무사 호리베 야스베가 다카다노바바에서 서른 명에게 복수할 수 있었던 것도 사실 술의 에너지가 충만했기 때문입니다. 여러분! 국가를 위해, 세계를 위해 술을 많이 마셔주십시오."

'초등학교 교장 선생님이 새파랗게 질렸어. 관청의 요구로 어쩔 수 없이 학교를 빌려주었지만, 아무리 그래도 이건 아니라는 생각에 새파랗게 질렸군.' 세무서장은 그렇게 생각했습니다. 하지만 세무서장의 생각은 완전히 착각이었습니다. 교장 선생님이 새파랗게 질린 것처럼 보인 이유는 계속 술을 칭송하니까 더욱 마시고 싶었기 때문입니다. 이 교장 선생님은 술통 선생이라는 별명까지 있어서 한 번에

* 앞 원고의 소실로 세무서장의 강연회로 이야기가 시작된다.

한 되 정도는 일도 아니라는 듯이 마셨습니다. 사람들은 물론 대찬성이었고, '멋지다, 대단하다'며 손뼉을 치고 환호했습니다. 또한, 세무서장은 뚱뚱하고 털털한 남자였으며, 무척 솔직한 성격이었기 때문에 사람들이 화를 낼지도 모른다는 사실 따위는 전혀 신경 쓰지 않고 하고 싶은 말을 계속했습니다. 실제로 세무서장의 강연은 심한 욕설도 나오기 때문에 사람들이 화를 내는 것이 당연했음에도 모두 정말로 재미있다는 듯 계속해서 손뼉을 치고 웃으면서 듣고 있었습니다.

처음 강연 내용을 요약해보면 다음과 같습니다.

'밀조를 하더라도 너무 어설픈 방법으로 하지 않았으면 한다. 된장통 속에 탁주를 담그고 위에 널빤지를 덮은 후 된장을 발라둔다고 해봐야 지팡이로 쿡쿡 찔러보면 널빤지가 나오지 않는가. 또한, 마구간 여물 속에 숨겨두고는 '좋은 말이야, 우유도 짤 수 있고……'하면서 딴청을 부리기도 한다. 또 새 거름통에 담아 억새 숲 속에 숨겨두었다가는 누군가 몰래 훔쳐가도 큰소리로 화를 낼 수도 없다. 검댕투성이인 천장 뒤에 숨겨두었다가 가지고 돌아갈 때는 눈이 새빨개져 있다. 그리고 그렇게 담근 술은 맛도 형편없다. 어차피 탁주니까 탁한 것은 그렇다고 쳐도 시큼한 것, 단 것까지 있어서 아이누 족이나 원주민에게 줘도 사양할 수준이다. 그런 술은 지금 같은 전기시대의 진보한 인류가 마셔서는 안 된다. 어차피 할 거라면 왜 조금 더 대대적으로 설비를 갖춰서 공동으로 하지 않는가. 모름지기 쌀도 전기로 씻고, 수압기를 사용해서 짜고, 유산균을 이용하고, 피펫, 비커, 뷰렛 등 훌륭한 화학시험 기기를 사용해서 청결하고도 품질 좋은 술을 만들어야 한다. 당연히 세금은 내야 한다. 그런 식으로 한다면 정말 환영한다. 기술자의 도움을 받아도 좋다. 절반이 누룩 상태인 술을 몰

래 석 되 만들었다가 벌금 백 엔을 내는 것보다는 공개적으로 하면 좋은 술을 일곱 말은 마실 수 있다.'

더욱더 밉살스럽고 귀가 따가울 만한 말을 했지만, 그 누구도 기분 나빠하는 사람은 없었고 이야기가 진행되면 진행될수록 사람들은 유쾌함에 더욱 얼굴이 달아오른 채 웃거나 손뼉을 쳤습니다.

'아무래도 이상해, 아무래도 이상해.' 비교적 솔직하고 조금은 뻔뻔한 세무서장은 사람들의 얼굴을 살펴보면서 생각했습니다. 세무서장의 의도는 나쁜 말을 잔뜩 늘어놓은 후, 얼굴이 붉어지거나 화를 내는 사람이 어느 정도 있는지를 보고 대략 그 마을의 밀주 수를 추측하는 것이었습니다. 그런데 그 시도가 실패하자 이번에는 협박을 해서 얼굴이 새파래지는 사람이 얼마나 되는지를 보겠다고 생각했습니다.

그런데 여전히 즐거운 듯 웃습니다.

세무서장은 조바심으로 쓰러질 듯해 이마에 손을 짚었습니다.

'도대체 내가 이렇게 악담을 해대는 데도 모두 즐거워하며 웃다니, 정말 밀조를 하는 사람이 단 한 명도 없다는 것일까, 아니면 내 의중을 알고 있는 것일까. 정말 기분 나쁘군.' 한 번 더 요행수를 노려보자는 마음에 마지막으로 컵의 물을 한 모금 마시고 되도록 침착하게 이렇게 말했습니다.

"솔직히 말하면 여러분이 얼마나 밀조를 하고 있는지 나는 다 알고 있다. 지금 모인 사람 중에도 일곱 명의 밀고자가 섞여 있다."

사람들은 조용해졌습니다. 그리고 험악한 분위기가 감돌았습니다. '자, 지금이야. 나를 치려고 달려드는 녀석이 있을 거야. 대비는 다 해두었지. 내일 점심 즈음 모두 일을 하러 나가면 직원 스무 명이 동시에 자전거를 타고 와서 그 녀석을 붙잡을 거야.' 세무서장은 그런 생각을 하면서 시라토리 속관에게 눈길을 준 후 다시 말을 이었습니다.

"나는 누구의 집 창고에 몇 되가 있는지, 누구의 집 마룻바닥에 몇 말이 있는지 확실하게 도표로 그려두었다."

그러자 어떻게 되었을까요. 조금 전까지 그렇게 화가 나있던 사람들이 동시에 재미있다는 듯 웃음을 터뜨렸습니다. '더 이상 안 된다, 이제 끝이야, 실패다' 하고 서장은 생각했습니다. 그리고 비틀거리며 그만 단상에서 내려왔습니다.

세무서장 환영회

세무서장이 단상에서 내려오자 곧 마을의 명예회장이 조금 몸을 숙인 채 웃으면서 서장 앞으로 다가왔습니다. 그리고 감사의 뜻을 표했습니다.

"오늘 강연은 정말로 유익한 강연이었습니다. 진심으로 감사합니다. 차린 것은 없지만 환영의 뜻으로 간단한 술자리를 마련했습니다. 번거롭게 해서 죄송합니다만, 부디 그곳까지 함께 해주시기 바랍니다."

세무서장은 이제 거의 실신할 지경이었습니다.

"뭐, 좋네" 하고 쉰 목소리로 대답했습니다. "그러면……"하며 마을회장은 사람들을 향해서 말했습니다.

"오늘 밤 강연회는 이것으로 마칩니다."

그리고 다시 서장 일행 쪽을 바라보며 "자, 이쪽으로……" 하고 오른손으로 현관 쪽을 가리켰습니다. 서장은 뭔가 이상한 기분이 들었지만 어쩔 수 없이 부하직원인 시라토리와 함께 마을회장 일행의 안

내에 따라 초등학교 현관을 나서고는 바로 1정町(1백여 미터) 앞에 있는 마을의회 의원의 집으로 갔습니다. 의원의 집은 멋진 집이었습니다. 다다미 오십 장 크기의 넓은 방에는 전등이 죽 밝혀져 있었고, 정면에는 은박 병풍이 세워져 있었습니다. 연회는 그 방에서 이루어지는 듯했습니다. 마을 유지 서른 명이 자리를 잡고 앉았습니다. 곧 이어 훌륭한 요리가 줄지어 나왔고 확실하게 세금을 낸 투명한 노란색의 고급술이 자리를 돌기 시작했습니다.

사람들은 번갈아가며 세무서장 자리로 술잔을 가지고 왔습니다.

"오늘 무척 피곤하셨죠. 실례지만 건배를 하고 싶습니다."

"아, 고맙네. 자꾸 험담을 해서 미안했네. 정말이지 마음에 들지 않는 직업이야, 지긋지긋하군."

"천만의 말씀입니다. 서장님처럼 헌신적인 분만 계신다면 우리나라는 정말 크게 발전할 것입니다. 자, 드세요."

"하하핫, 이런, 고맙네."

시라토리 기키치는 그런 모습을 보고 주민들의 마음이 모두 풀어진 듯하다고 말했지만, 사실 세무서장은 절대로 방심하지 않고 끊임없이 좌우를 살펴보고 있었습니다. 그러는 동안 사람들은 더욱더 술에 취해서 점점 속마음을 드러냈습니다.

"자, 서장님. 한잔 드세요, 어떻습니까. 와하하핫. 탁주를 된장통에 담근다는 것은 너무 구식이죠. 조금 더 최신식 방법이면 좋은데. 저기…… 서장님. 자, 한 잔 드세요. 제 잔을 받아주시지 않겠습니까, 서장님. 핫하하. 자아, 한 잔."

"그래, 알았네, 알았어. 이런 오늘 밤은 정말 취하는군. 고마워."

"와하하. 자, 이번에는 시라토리 씨. 자, 드십시오. 남자는 모름지기 과감한 구석이 없으면 안 됩니다. 그 다카다노바바에서 호리베 야스

베가 서른 명을 벨 수 있었던 것이 사실은 술의 힘이었다는 얘기는 정말 재미있더군요. 소도 술을 마시면 취한다니…… 정말 재미있어. 자, 한 잔. 당신은 술이 꽤 세군요. 자, 받으시죠."

그 사람이 자리를 뜨자마자 다시 다른 사람이 다가왔습니다.

"서장님, 처음 뵙겠습니다."

"아, 반갑네."

"처음……. 어? 아까도 왔었던가? 아! 두 번째다, 하하핫. 서장님, 자, 건배. 삼가 건배를 올리겠습니다. 하하핫, 우리 마을의 탁주는 이미 손바닥 보듯 훤히 알고 있다는 말은 진짜입니까? 진짜일 리가 없지, 앗하하, 이런 실례 했군요. 서장님, 서장님 이미 실례를 했으니 그냥 허심탄회한 술자리라고 생각하십시오. 허심탄회한 술자리. 이봐, 모두 편하게 마시자고! 원래 탁주밀조의 해악은 국가도 보증하고, 세무서도 보증하지. 자, 건배! 건배!"

"이미 많이 마셨네."

"도망가시게요? 도망갈 생각입니까? 이런 이런. 그럴 생각이라면 용서 못 하죠. 건배, 자, 건배다. 이봐, 서장."

세무서장은 이미 완전히 취해있는 듯했습니다. 시라토리도 취해 보였습니다. 하지만 두 사람은 결코 본분을 잊지 않았으며 또한 방심도 하지 않았습니다.

하지만 겉으로는 이미 녹초가 돼서 아무것도 모르는 척했습니다. 그에 반해 마을 사람들이야말로 오히려 정말로 취해있었습니다. 그러는 동안 세무서장은 술 냄새가 조금 바뀌었다는 사실을 깨달았습니다. 확실히 지금까지와는 다른 술이 자리를 돌기 시작했던 것입니다. 서장은 안 보는 척하면서 술잔을 잘 살펴보았지만 술은 조금도 탁하지 않았습니다. '무언가 이상해. 이 술은 결코 이 근처의 양조장에서

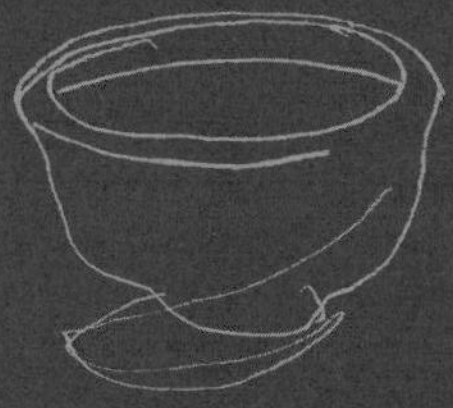

만드는 술이 아니야, 다른 지역에서 온 술도 거의 뻔히 아는 데. 아무래도 이상해.' 서장은 혼자 그런 생각을 하고 있었습니다. 그러는 동안 아까의 마을의회 의원이 다시 다가와 자리에 앉더니 말했습니다.

"각하, 이런 정말 엄청난 무례를 범했습니다. 이렇게 난잡한 자리에 오시라고 해서 면목이 없습니다. 단지 마을 주민들의 뜻만은 헤아려 주시고, 미흡하거나 도가 지나쳤던 부분은 부디 용서해주시기 바랍니다."

서장은 완전히 취한 척하면서 웃으며 대답했습니다.

"아니네. 이렇게 유쾌하고 편안한 술자리는 처음이었네. 이런 자리라면 종종 오고 싶은걸. 그렇게 얘기하면 오히려 내가 불편하네."

마을의회 의원은 서장을 살짝 올려다보았습니다. 사실은 아직 취하지 않았다는 것을 눈치챈 것입니다. 서장이 다시 말했습니다.

"그렇게 비싼 세금이 붙는 술을 이렇게 많이 대접을 받으니 아무래도 불편하군. 비밀로 하고 이 마을만 세금을 받지 말까."

"저런, 하하핫. 농담도 참……."

마을의회 의원은 조금 당황하며 부엌 쪽으로 물러났습니다.

"그만 일어나야겠군. 어이, 가지."

서장이 자리에서 일어났습니다.

"아니, 벌써 돌아가십니까?"

마을회장과 사람들이 일어나서 붙잡으려고 했을 때는 이미 서장과 시라토리는 둔갑술이라도 부리듯 자리에서 모습을 감추었습니다. 그리고 부엌에 있던 신발을 신는가 했더니 어느새 두 사람의 자전거는 어두운 논길 위로 순간순간 손전등을 번뜩이며 쏜살같이 하나무키야 마을 쪽으로 달려가고 있었습니다.

서장실의 작전

다음날 세무서장은 관청으로 출근을 하고는 집무실에 들어가 출근부를 검사하더니 찌링찌링하고 탁상 벨을 울려 급사를 불렀습니다. 그리고 "덴도이 속관을 부르게"라고 턱으로 명령했습니다.

곧 흰옷을 입은 덴도이 속관이 무척이나 공손한 태도로 들어왔습니다.

"자, 앉게나."

서장은 부드럽게 말하며, 이야기를 꺼냈습니다.

"유구추유모토 마을에 출장을 다녀왔으면 하네."

"네."

"변장을 하고 갔으면 하는데. 음, 약장사가 좋겠군. 청금환을 파는 약장수가 들고 다니는 양산이 어디 있을 텐데."

"네, 있습니다."

"그러면 라이온당이라는 주류판매점에 가서 위스키를 한 병 사게나. 그리고 광고지를 돌려준다고 하고 2백 장 정도 받게. 그 광고지를 들고 가는 거야. 자네 얼굴은 아무도 몰라. 아무래도 그 마을은 수상한 구석이 있어. 몰래 한두 말 따위를 담그는 정도가 아니야. 속 시원하게 파헤쳐주길 바라네."

"네, 잘 알겠습니다."

덴도이 속관은 벌써 가슴이 두근두근했습니다. '확실하게 찾아내서 돌아오자. 그러면 월급도 분명 3엔은 오르겠지, 진짜 탐정처럼 해 보이겠어.'

"경비는 어림잡아 받아가게나."

서장이 말을 이었습니다.

"감사합니다."

덴도이 속관은 인사를 하고 자기 자리로 돌아갔습니다. 그리고 회계부로 가서 일주일간의 대략적인 경비를 받아 자신의 하숙집으로 돌아갔습니다.

그리고 여드렛날 아침. 서장이 관청에 출근해서 출근부를 검사한 후 책상 위에 두 손을 올린 채 후우하고 숨을 내쉬었을 때, 문이 덜컹하고 열리고는 덴도이 속관이 여드레 전에 입었던 흰옷 그대로 다시 들어왔습니다. 얼굴이 무척 수척해 보였습니다. 서장은 자신도 모르게 의자를 소리 나게 끌어당겼습니다.

"어땠나, 뭐 좀 알아냈나?"

걱정스러운 듯, 그럼에도 역시 온화하게 웃으면서 물었습니다.

"소득이 없었습니다. 그 마을에서는 탁주밀조를 하지 않는 듯합니다."

"그래? 어떤 식으로 조사를 했나?"

서장의 표정이 조금 험악해졌습니다.

"니타나이에 마침 나이가 들어 세상을 떠난 사람이 있었습니다. 상갓집에 사람들이 모이면 당연히 술을 마실 것으로 생각해서 바로 그 앞집에 억지로 부탁을 해서 하룻밤을 묵었습니다. 그러자 상갓집에 일손을 도우러 온 사람들이 도구나 이런저런 것들을 빌려 갔습니다. 저는 잠도 자지 않고 이 층에서 옆방 사람들이 하는 이야기를 가만히 듣고 있었습니다. 그리고 한밤중이 지나자 술이 나왔습니다. 단 한마디도 놓치지 않으려고 귀를 기울이고 있는데, 누군가가 슈욱하고 입술 사이로 바람이 빠지는 듯한 소리를 냈습니다. 그 소리는 분명 탁주일 것으로 생각했습니다만……."

"흐음, 자네 관찰력이 제법 예리하군. 그래서?"

"그러자 한 사람이 이렇게 말했습니다. '좋군, 정말 좋아. 이건 이하토브노토모라는 술도 따라올 수 없겠어' 하고 말했습니다. 이하토브노토모도 따라올 수 없다는 말에 결코 밀조주가 아니라는 것을 알게 된 것입니다."

"그 술의 이름을 들었는가?"

"저는 기타노테루라고 생각합니다."

서장은 갑자기 험악한 표정을 지었습니다.

"아니야, 기타노테루가 아니야. 절대 그렇지 않아. 그렇게 좋은 술이 어디에서 만들어지고 있는지, 어느 지역에서 들어오고 있는지 그것을 상세하게 조사하라고 자네에게 부탁한 거네. 그렇다 치고…….

그러면 그 이후 이레 동안 자네는 도대체 무엇을 하고 있었나."

"그 이후부터는 매일 숲 속이나 골짜기를 돌아다니며 산속에 있는 밀조주를 찾고 있었습니다."

"있던가?"

"없었습니다."

"이보게. 그런 덤불 속에서 몰래 만드는 수준 따위가 아니야. 어딘가 지하를 파든가 해서 좀더 크게 하고 있을 것이라고. 처음부터 내가 주의하라고 하지 않았는가."

덴도이 속관은 결국 고개를 푹 숙였습니다. 그 초췌하고 창백한 얼굴을 보자 서장도 조금 불쌍하게 느껴졌습니다.

"아니, 됐네. 돌아가서 쉬게. 고생했어. 잠시 시라토리 속관을 불러 주게."

덴도이 속관은 조용히 방을 나갔습니다. 잠시 후 시라토리 속관이 조금 으스대듯 들어왔습니다.

"자네, 유구추유모토에 다녀와 주게. 오히려 그 모습 그대로 가는 편이 좋아. 말이지, 전에 갔었던 마을의회 의원 집에 가서 내가 이렇게 전했다고 하게. '이전에는 훌륭한 대접을 해주어서 고맙다, 그리고 그때 술자리에서 농담 반으로 주조회사 설립에 관한 이야기를 했는데 상당히 진지하게 감사를 표하는 사람이 있었다, 그래서 조만간 이쪽에서 기술자도 보낼 테니 모범적인 주조공장을 그 마을에서 시작해보면 어떻겠는가, 그 지역의 원료도 마침 주조에 적합하다고 생각한다'는 식으로 떠보고는 표정을 잘 살펴보게. 분명 그쪽에서는 자본이 없다고 할 테니까, 그럴 때는 절반은 관청에서 절반은 마을에서 내는 식으로 하면 어떻겠냐고 해보게. 그리고 기침 소리 하나도 놓치지 말고 반응을 잘 기억해서 돌아와 주게. 지금 당장 가게. 오늘 중으로 돌아올 수 있겠지? 내일은 쉬어도 좋네."

"네, 돌아올 수 있습니다."

시라토리 기키치는 꼿꼿하게 인사를 하고 나갔습니다. 서장은 열심히 무언가를 생각하느라 점심도 잊은 듯했습니다. 오후가 되자 안절부절못하고 창가에 서서 시라토리 속관이 돌아오기를 이제나저제나 기다리고 있었습니다.

그런데 시라토리 속관은 저녁이 되어도 돌아오지 않았습니다.

서장은 다른 사람들의 퇴근 시간에 맞춰 자신도 일단 집으로 돌아가는 척하면서 마을을 빙 돌다가 사람들이 모두 돌아갔을 즈음 다시 관청으로 돌아왔습니다. 그리고 사환에게 집무실 불을 켜게 한 후 시라토리를 기다렸습니다. 이윽고 8시가 지나자 현관에서 자전거를 세우는 소리가 들리더니 시라토리 속관이 숨을 헐떡이며 돌아왔습니다.

"어땠나?"

서장은 더 이상 참지 못하고 다급하게 물었습니다.

"실패입니다."

"말씀하신 대로 전하고 가만히 사람들 표정을 보고 있었지만 전혀 반응이 없었습니다. '뭐, 그런 말씀을 하셨습니까, 아무래도 서장님이 말씀하신 일은 무리도 있고 어려운 부분도 많아서……' 어쩌고 하면서 전혀 넘어오지를 않았습니다."

"얼굴색이 변하지 않던가?"

"조금도 변함이 없었습니다."

"그리고 어떻게 했나?"

"할 수 없어서 그곳을 나와 마을 술집으로 갑자기 뛰어들어갔습니다. 그곳에 있는 술은 병에 담긴 것부터 잔으로 파는 것까지 남김 없이 검사했습니다."

"그래, 그래. 그랬더니?"

"그랬더니 병에 담긴 술은 모두 이하토브노토모였고, 잔으로 파는 술은 확실히 기타노테루였습니다."

"기타노테루가 조금 싸지?"

"그렇습니다."

"확실히 기타노테루였나?"

"그렇습니다. 그리고 술집 주인의 장부도 조사해보았습니다만, 술 판매량이 최근 들어 매년 감소하고 있는 듯했습니다."

"이상하군. 예전에는 그 마을 사람들이 전부 탁주만 마셨거든. 요즘 검거망이 강화되어 밀주가 줄었다면 청주의 판매량은 어느 정도 늘어야 마땅한데."

"하지만 아무래도 이전만큼 사람들이 술을 마시지 않는 듯합니다."

"그런가."

"게다가 술집 주인 이야기로는 최근에는 도로도 좋아지고 짐마차도 지나다니고 있어서 사람들이 모두 시내에 직접 사러 가기 때문에 장사가 점점 어려워지고 있다고 합니다."

"그거 이상하군. 시내에서 그렇게 사들일 정도의 현금이 그 마을에 있을 리가 없어. 아무래도 이상해. 좋아, 이번에는 내가 가보겠어. 아무래도 이상해. 내일부터 삼사일 정도 자리를 비울 테니 뒤를 잘 부탁하네. 자, 돌아가서 쉬게."

세무서장은 손가락을 입술에 대고 눈을 이상하게 빛내며 생각에 빠진 채, 서서히 돌아갈 준비를 했습니다.

서장의 염탐

세무서장이 그날 밤 하숙집에서 했던 준비는 참으로 과학적이었습니다.

제일 먼저 가위로 수염을 쓱쓱 자르고, 휘발유에 나무 타르를 조금 섞어서 갈색 액체를 만들고는 얼굴부터 해서 목과 손까지 듬뿍 발랐습니다. 코 옆과 귀 아래에는 더 진하게 발랐습니다. 그리고 아스팔트 가공에 사용하는 검은 도료로 턱에 커다란 점을 그리고는 한동안 기름과 도료가 마르기를 가만히 기다리고 있었습니다. 그리고 그것들이 확실하게 마르자 이번에는 경대의 서랍을 열어 가짜 금이빨을 두 개 꺼내서 송곳니에 끼웠습니다. 그러자 세무서장의 모습은 완전히 바뀌어서 마치 청부업자 두목처럼 보였습니다. 그리고 벽장에서 주로 낚시할 때 입는 낡고 허름한 윗옷을 꺼내 입고 거기에다 승마바지와 장화를 신었습니다. 그 후 다시 엽서꽂이를 뒤집어 오래된 명함을 한참 뒤적이더니 그 가운데에 '도케우 건어물상 사헤타 고키치'라고 쓰인 명함을 골라 안주머니에 넣었습니다. 서장은 독신이었기 때문에 실제로 이런 것들이 가능했습니다. 그리고 모자를 쓰고 양산을 들고 밖으로 나갔지만 무슨 생각에서인지 다시 장화를 벗어들고 다다미방으로 들어갔습니다. 낡은 신문지를 거울 앞 다다미 위에 펼치고 다시 장화를 신고 똑바로 서서 거울을 들여다보더니 이제 됐다는 듯 빙긋빙긋 웃었습니다.

그러다가 갑자기 심각한 얼굴로 한동안 인상을 쓰고 있더니 마침내 용기가 난 듯 단숨에 다다미를 뛰어넘고는 문밖으로 날아가 성큼성큼 길을 나섰습니다. 그날 밤 열 시가 넘은 시간, 용감하고 헌신적인 이 서장은 시내의 싸구려 여인숙으로 가서 하룻밤 묵겠다고 했습니다. 그러자 여인숙 주인은 목욕물은 어찌할지, 저녁은 어찌할지 등 진지하게 물었습니다. 서장은 완벽하게 변장에 성공했다고 생각했습니다. 그리고 다음 날 아침 일찍 서장은 유구추유모토 마을로 향했습니다.

마을 초입에 이르자 서장은 재빨리 그 주류 소매점으로 갔습니다.

"말씀 좀 여쭙겠습니다만, 이 마을의 표고버섯 산이 어느 쪽입니까?"

"표고버섯 산 말인가? 표고버섯을 사러 온 것인가?"

"네, 그렇습니다."

"그렇다면 조합에 가보는 게 좋을 텐데."

"조합은 어디에 있습니까?"

"여기에서 이 길을 따라 1킬로미터 정도 쭉 가면 학교가 있네."

'물론 알고 있지, 그곳에서 내가 강연까지 해가면서 험한 꼴을 당했지 않는가.' 서장은 속이 부글부글 끓었습니다.

"그 학교 맞은편에 산업조합사무소라는 간판이 걸려 있으니 그곳에 가서 이야기하면 될 걸세."

"그렇군요. 정말 감사합니다."

서장은 날아가듯 문밖으로 나가더니 다시 돌아왔습니다.

"아무래도 숨이 가빠서 안 되겠군. 한잔 주시겠습니까? 저기, 병으로 말고. 오오, 좋은 술이네요. 술 이름이 뭡니까?"

"기타노테루라고 하네."

"이건 좋은 술이군. 시골에서 이런 술을 만날 줄이야. 어디서 팝니까?"

"여기서 도매도 하네."

"아, 하지만 시내에서 사는 편이 싸겠죠?"

"그렇지도 않아."

"그래도 들고 가기가 힘들어서 안 되겠네요."

서장은 십 전을 내려놓고 다시 뛰어나갔습니다. 그리고 조합사무소로 갔습니다. '자, 이제 잡아주마, 오늘 중으로 반드시 잡아주마.' 서장은 혼자 생각했습니다. 그런데 사무소에는 단 한 사람, 반질반질한 가르마 머리에 하얀 띠를 길게 늘어뜨린 청년이 의자에 앉아서 무언가를 적고 있었습니다. '이 녀석은 쉽게 속겠는데' 하고 서장은 생각했습니다.

"오늘 날씨가 참 좋군요. 실례합니다. 저는 도케이에서 온 이런 사람입니다만, 담당자에게 좀 전해주시겠습니까?"

서장은 너무 누렇게 변색이 되었다고 생각하면서도 그 낡은 명함을 내밀었습니다. 청년은 의심하는 기색도 없이 일어서서 "아, 그렇습니까?" 하고 명함을 받아들었지만, 그다음은 아무 말도 하지 않고 머뭇머뭇하고 있었습니다.

"오늘 아침에는 아직 아무도 나오시지 않았습니까?"

"네, 보이시질 않네요."

젊은이는 당혹스러운 듯 대답했습니다.

"네, 그러면 기다리겠으니 부디 신경 쓰지 마십시오. 올해는 표고버섯이 어떤가요? 비가 많이 와서 풍작이었을 것 같은데."

"별로 좋지 않은 듯해요."

"향이나 품질이 조금 떨어지더라도 수량은 꽤 많지 않습니까?"

"그건 그렇죠."

청년의 말투가 점점 거만해졌습니다.

"어떨까요. 저는 도쿄의 건어물상이지만 대금으로 술을 잔뜩 받았거든요. 표고버섯과 바꿀 수는 없을까요? 싸게 해드릴 테니까."

"아마 힘들걸요. 술은 이곳에도 있으니까."

"시내에서 사오고 있죠?"

"아니요."

"주류 판매점이 따로 있습니까?"

"주류 판매점은 아닙니다."

서장은 놀라서 움찔했습니다.

"어디입니까?"

"어디든, 조합과는 전혀 상관없어요."

청년은 입을 딱 다물어버렸습니다. 세무서장은 날아오를 듯한 기분이 들었습니다. '이제 거의 다 됐다. 적어도 한 달에 한 석씩은 만들어서 이곳저곳에 너덧 되씩 팔고 있는 자가 있어. 오늘 안에 반드시 잡겠어'.

"표고버섯 산은 멉니까?"

"십 리 정도요."

"이 길로 가면 나옵니까?"

"그래요."

"그러면 저는 산 쪽으로 가보겠습니다. 그쪽에도 관계자분이 계시죠?"

"있어요."

"그러면 그렇게 하겠습니다. 여기서 한없이 기다리는 것보다는 낫겠죠. 어차피 가봐야 하고. 그러면 실례했습니다. 나중에 또 뵙겠습니다."

서장은 조합의 작은 임시 건물을 나왔습니다. 조금 걷자 길이 두 갈래로 나뉘었습니다. 서장은 잠시 고민했지만, 저쪽에서 열다섯 살 정도 되어 보이는 아이가 등에 풀을 지고 오는 것이 보여 기다렸다가 물어보았습니다.

"얘, 표고버섯 산은 어떻게 가야 하니?"

그러자 아이는 잘 들리지 않는 듯 고개를 갸웃하더니 한쪽 눈을 찡그리며 말했습니다.

"어디요? 회사 말인가요?"

회사라니, 이거 예삿일이 아니군. 서장은 생각했습니다.

"그래, 회사 말이다. 회사는 표고버섯 산과 가깝지?"

"아니에요. 표고버섯 산은 이쪽이고 회사는 요쪽이에요."

"회사까지 얼마나 걸리니?"

"십 리 정도요."

"어떠니? 회사에서 매일 짐마차가 나가니?"

"삼일에 한 번 정도예요."

'흠, 그 회사는 목재회사도 아니고 초산회사도 아니야, 맹랑한 짓을 하고 있군, 가서 체포해버리겠어.' 서장은 벌써 가슴이 두근거려서 눈앞이 아찔하기까지 했습니다. 그리고 아이는 다시 무거운 짐을 메고 가던 길을 갔습니다. 서장은 마치 처음 기차에 타보는 꼬마처럼 신바람이 나서 길을 걸어갔습니다. 그리고 딱 오 리 정도 가자 벌써 산이 보였습니다. 길은 골짜기를 따라 좁고 깨끗한 언덕으로 이어졌는데, 바닥에는 아직도 짐마차의 수레바퀴 자국이 확실하게 찍혀 있었습니다. 저편으로 마른풀로 덮인 삼각형의 구릉이 보였고 그곳을 구름 그림자가 천천히 달려가고 있었습니다.

"이봐! 어디 가는 거야?"

쇠스랑을 들고 머리에 검은 손수건을 맨 멋진 청년이 길 왼쪽의 작은 집 앞에 서서 서장에게 외쳤습니다.

"표고버섯 산에 갑니다."

서장은 침착하게 대답했습니다.

"표고버섯 산은 이쪽이 아니야. 길을 완전히 잘못 들었군."

청년은 짜증이 나는 듯 우물거리는 소리로 말했습니다.

"그렇습니까? 여기서 그쪽으로 나가는 길은 없습니까?"

"없어. 되돌아가는 수밖에 없어."

"그렇습니까? 그러면 돌아가야겠군요."

'싸움을 했다가는 절대 이길 수 없어.' 자신은 청년의 한주먹도 안 될 것으로 생각한 서장은 서둘러 고개를 숙인 후 돌아섰습니다. 이제 됐겠지 생각하며 뒤를 살짝 돌아보았더니 청년은 길 한가운데에 거만하게 서서 마치 잡아먹을 듯이 이쪽을 노려보고 있었습니다. 그 옆에는 젊은 여자가 걱정스러운 듯 서 있었습니다. 서장은 발이 땅에 닿지 않는 듯한 기분이었습니다. '여기에서 조금만 상류로 가면 분명 작은 밀조소가 있을 텐데. 매달 서너 석씩 만들고 있겠지. 엄청난 탈세야. 좋아, 산을 돌아가더라도 보고 말겠어.' 서장은 생각했습니다. 그리고 한참을 내려가서 모퉁이를 서너 번 돈 후에, 아주 조심스럽게 돌아보니 그쪽에는 한 그루의 소나무가 벼랑에 솟아있을 뿐 이미 그 남자도 집도 전혀 보이지 않았습니다. '자! 지금이다' 하고 세무서장은 단번에 옆의 풀이 덮인 벼랑으로 뛰어올랐습니다. 그리고 미친 듯이 언덕을 올라갔습니다. 언덕 정상에는 작은 삼각표가 있었고 그곳에서부터 맞은편의 그 삼각형 언덕까지 정상이 길게 이어져 있었습니다. 세무서장은 땀을 닦을 여유도 없이, 숨을 고를 여유도 없이, 그 반짝이는 마른풀을 헤치며 그쪽으로 나아갔습니다. 어디선가 벌 같은 것이 윙윙 울었고 바람은 마른풀과 소나무의 좋은 냄새를 옮겨 왔습니다.

잠시 뒤를 돌아보니 유구추유모토 마을이 평화롭고 아름답게 펼쳐져 있었고 저 멀리 강이 은색 띠가 되어 흘렀으며 그 강가에는 하나무키야 마을의 붉은 굴뚝도 보였습니다. 서장은 잠시 탁주밀조를 조사하러 온 사실이 싫어졌습니다. 하지만 다시 마음을 가다듬고, 철쭉에 발이 걸리기도 하면서 그 삼각형의 언덕 쪽으로 발길을 서둘렀습니다. 페인트를 바른 얼굴에서는 검은 땀이 뚝뚝 떨어져 셔츠를 누렇게 물들이고 있었습니다. 그런데 삼각형의 언덕 위까지 오른 서장이 갑자기 숨을 죽였습니다. 바로 아래의 골짜기 사이를 슬쩍 보니 표고버섯 건조장 같은 형태의 상당히 큰 임시 건물이 있었고 굴뚝도 있었던 것입니다. 특히 수상한 점은 임시 건물이 뒤쪽 벼랑에 딱 붙어 세워져 있었고, 게다가 그 벼랑은 부드러운 바위를 일부러 잘라낸 듯 보였습니다. 아마도 그 임시 건물의 안쪽에 바위를 잘라서 만든 방이 있고, 업무 대부분은 그곳에서 이루어는 듯했습니다.

'이것은 상당한 규모야. 작은 주류 판매점 정도의 규모는 되겠어. 아까 꼬마의 말처럼 회사가 분명해. 도대체 누가 하고 있는 걸까, 아무래도 그 마을의회 의원이 수상해. 경찰을 불러와서 마을 쪽과 이쪽을 동시에 접수하지 않으면 증거가 없어진다. 누군가 올지도 모르니까 오늘 하루 동안 지켜보자.' 세무서장은 손바닥으로 턱을 괸 채 지켜보고 있었습니다. 그러자 마치 주문이 걸린 듯 임시 건물 안에서 아까의 그 청년이 스윽 나타났습니다. 그리고 손을 크게 흔드는 듯하더니, '어이, 사키치!' 하고 부르는 소리가 들렸습니다. 그곳에는 짐마차가 한 대 세워져 있었습니다. 짐마차 옆에서 다리가 흰 남자가 나왔고 두 사람은 함께 임시 건물로 들어갔습니다. '이거, 엄청나군.' 서장이 그런 생각을 하는 사이 두 사람은 커다란 두 말들이 술통을 양쪽에서 들고 나왔습니다. 그리고 이영차하며 짐마차에 싣고는 주위를 조심스럽게 둘러보았습니다. 말은 검고 반들반들 빛났으며 계곡은 고요히 흐르고 있어 조용했습니다. 서장은 너무 흥분되어 머리를 마구 흔들었습니다. 두 사람은 다시 임시 건물로 들어갔습니다. 그러고는 다시 허리를 숙인 채 술통을 들고 나왔습니다. 그 순간 뒤에서 다른 또 한 사람이 나오더니 짐마차 위에 서서 하류 쪽을 보고 있었습니다. 두 사람은 다시 안으로 들어가 술통을 들고 나왔습니다.

'자, 이걸로 벌써 여섯 말이다. 설마 이게 끝이겠지. 이것만 해도 한 달에 여섯 섬이나 되는 엄청난 탈세야' 하고 서장은 생각했습니다. 그런데 또 나왔습니다. 그리고 다시 들어가고 다시 나왔습니다. '벌써 한 섬이다. 한 달에 열 섬이면…….' 서장은 어질어질했습니다.

그런데 두 사람은 다시 들어갔습니다. 그렇다면 한 달에 열두 섬, 그리고 다시 열네 섬, 열여섯 섬, 열여덟 섬, 스무 섬. 서장이 정신없이 계산하고 있는 동안 짐마차 위에는 이미 술통이 빼곡하게 실려 있었습니다. 그러더니 세 사람은 임시 건물 옆에 서서 술통 위에 소나무 생가지를 얹어 덮기 시작했습니다. 마차는 순식간에 소나무가지로 완전히 덮여서 파래졌고 술통은 보이지 않았습니다. 누가 보아도 산에서 소나무가지를 채취해 테레핀 공장으로 옮기는 것으로 보였습니다. 짐마차가 움직이기 시작했습니다. 말이 말발굽을 차는 모습이 정말로 꽤 무거운 듯이 보였습니다. 그러자 아까의 청년이 짐마차 뒤를 따라갔습니다. 그리고 열 칸 정도 가는 동안에 가장 마지막

으로 임시 건물에서 나온 남자는 팔짱을 끼고 서서 기다리고 있다가 갑자기 걷기 시작하더니 역시 짐마차를 따라갔습니다.

'정말 교묘하군. 도대체 이 짓을 언제부터 한 걸까. 자, 이제 저 임시 건물에는 아무도 없어, 이때 확실하게 조사하자. 증거서류도 분명히 있을 거야.' 세무서장은 바람처럼 삼각산을 올라 정상에서 임시 건물을 향해 달려 내려갔습니다. 그런데 임시 건물 입구에는 서양식 자물쇠가 단단하게 채워져 있었습니다. '이제 아무도 없어. 녀석들이 마을에 갔다가 돌아오는 데는 아무래도 두 시간은 걸려. 어디로든 들어가야 해.' 세무서장은 여우처럼 임시 건물 주위를 어슬렁거리며 돌다가 한 곳의 창문이 아주 조금 열려 있는 것을 발견했습니다. 서장이 그 틈으로 손가락을 넣어 밀어 올리자 창문은 위로 올라갔습니다. 매우 기뻐 어쩔 줄을 모른 채 안으로 뛰어들어갔습니다. 어두워서 처음에는 아무것도 보이지 않았지만, 자세히 보니 텅 비어 있는 방이었습니다. 굴뚝이 솟아 있는 곳은 다음 방인 듯했습니다. 서둘러 다음 방으로 달려갔습니다. 그러자 있었습니다! 지름 2미터 정도의 커다란 쇠가마가 벽돌 아궁이 위에 놓여 있었던 것입니다. 서장은 눈을 비비며 주위를 유심히 둘러보았습니다. 구석 선반에 아세틸렌등이 성냥과 함께 놓여 있었습니다. 재빨리 등을 내려보니 이제 막 사용했었던 듯 따뜻했습니다. 마개를 비틀어 가스를 나오게 한 후 불을 붙이자 방 안이 갑자기 밝아졌습니다. 서장은 마치 돌진하는 부대처럼 그 안쪽 방으로 들어갔습니다. 그곳은 하얀 응회암을 잘라내어 만든 방으로, 족히 40평은 되는 듯했습니다. 안쪽에는 스무 섬들이 술통 열다섯 개가 가지런히 놓여 있었고 옆에는 발효실인 듯한 별도의 방도 있었습니다. 게다가 뷰렛에 순수배양 유산균과 피펫까지, 없는 것이 없이 정연하게 갖춰져 있는 것이었습니다.

'아아, 이런. 내 강연에 손뼉을 치며 웃었던 녀석들도 모두 한패였어. 마을 주민들의 절반 이상을 잡아들이지 않으면 안 되겠어. 정말 어마어마하군.' 서장은 자칫 쓰러질 듯했습니다. 그때였습니다. 무언가 누르스름한 것이 뒤에서 섬뜩하게 반짝였습니다. 돌아보니 임시 건물 입구의 문이 열리고 두 명의 검은 그림자가 이쪽을 향해 걸어오는 것이 아니겠습니까! 세무서장은 깜짝 놀라 사자춤을 추듯 우왕좌왕했지만, 재빨리 아세틸렌등의 불을 껐습니다. 그리고 술통 열다섯 개가 있는 어두운 쪽으로 조심스럽게 달렸습니다. 발소리와 말소리가 울려왔습니다.

"누군가 냄새를 맡았군." "숨어있다, 숨어있어."

"묶어버리자." "이봐, 조심해. 권총 정도는 갖고 있겠지."

탕하고 한 발 쏴버리고 싶다고 서장은 생각했습니다. 순간 아세틸렌등이 맞은편에서 멈췄습니다. 푸르스름하고 불길한 불꽃을 피워 올리며, 그 불은 신중하게 이쪽으로 다가왔습니다.

"술통 뒤야."

두 사람은 기듯이 천천히 다가왔습니다.

서장은 술통 사이를 빙글빙글 돌았습니다.

그러다가 결국 통과 통 사이의 너무 좁은 곳에 끼어서 옴짝달싹 못하게 되었습니다.

아세틸렌등의 불빛이 바로 옆에서 발 쪽으로 다가오는가 싶더니 검고 두터운 손이 갑자기 서장의 목덜미를 잡았습니다. 쿵하고 머리가 울렸습니다. 서장은 술통 앞에 게처럼 납작하게 쓰러졌습니다. 정말 아무런 힘도 없었습니다. 여전히 아세틸렌등도 들고 있었습니다.

"일어서! 이 나쁜 자식. 숯가마 속에 넣어버릴 테니까 그리 알아."

'숯가마 속에 던져지면 내 몸을 태운 연기는 나무 연기와 함께 산으로 오르겠지. 너무도 비참하군.' 서장은 새파래진 채 생각했습니다.

"당신 누구야? 세무서 직원이지?"

"아니요."

서장은 애처롭게 대답했습니다.

"여하튼 묶어."

한 사람이 턱으로 지시했습니다. 다른 한 사람이 아세틸렌등을 내려놓고 바람처럼 빠르게 움직여서 밧줄을 가져왔습니다. 서장은 온몸이 꽁꽁 묶였습니다.

"이봐, 내가 지키고 있을 테니까 빨리 사장님과 감사원에게 알리고 와."

"응."

한 사람이 다시 재빠르게 달려갔습니다.

"이봐, 말 안 할 텐가? 세금을 징수하러 온 건가?"

"나는 도케이의 건어물상이야."

"도케이의 건어물상이 뭐 하러 이런 곳에 온단 말인가?"

"표고버섯을 사러 왔어."

"표고버섯?"

"그래, 이곳에서 표고버섯을 생산하는 줄 알고 둘러보고 있었어. 조합에 명함도 확실하게 전해뒀어."

"단순한 표고버섯 상인이 뭐 하러 자물쇠가 걸린 집의 창문으로 들어온다는 거지?"

"표고버섯 생산 건물 안에는 들어가도 된다고 생각했어. 밖에서 기다렸지만 지겨워서 나도 모르게 들어와 본 거야."

"음. 그럴 수도 있겠군."

이때라고 서장은 생각했습니다. '사람들이 오기 전에 빨리 도망가지 않으면 정말 죽임을 당할 거야, 이게 마지막 기회야' 하고 서장은 생각했습니다.

"자네, 적당히 하고 밧줄을 풀어 줘. 표고버섯은 얼마든지 비싸게 사줄 테니까. 난 도케이에 아내도 아이도 있어. 이곳에 와서 이런 꼴을 당할 수는 없다고. 제발 밧줄을 풀어줘."

"그래. 뭐 사람들이 올 거니까 조금만 기다려. 확실히 알아본 후에 사장님께 알릴 걸 그랬군."

"그러니까 풀어달라고. 내가 나중에 도케이에 돌아가면 자네에게 백 엔을 보내줄게."

"조금만 기다려."

'아, 조금 더 기다렸다가는 어떤 일을 당할지 몰라.' 서장은 어질어질해서 다시 쓰러질 듯했습니다. 그러나 이미 늦었습니다. 입구 쪽에서 여섯 명의 검은 그림자가 우르르 달려왔습니다. '이제 지옥이다, 끝이야.' 서장은 생각했습니다. 지금까지 감시하고 있던 남자가 일어서서 그들을 맞이했습니다. 사람들이 서장을 에워쌌습니다.

"이 자식은 도케이의 표고버섯 상인이라고 합니다. 표고버섯을 사러 왔다고 하는군요."

"음. 아까 조합에 수상한 녀석이 명함을 두고 갔다고 하더니 이 녀석이군."

우렁찬 목소리가 말했다. 서장은 들어본 적이 있는 목소리라고 생각해 얼굴을 들었다가 정말 깜짝 놀랐습니다. 그 사람은 마을의 명예 회장이었습니다. 잠시 침묵이 흘렀습니다.

"어떤가, 풀어줘도 되겠나?"

다시 한 사람이 말했습니다. 서장은 곁눈으로 그쪽을 슬쩍 보았습니다. 그 마을의회 의원이었습니다.

"안 됩니다. 철저하게 조사해야 합니다. 신중에 신중을 기하지 않으면 나중에 큰일이 생깁니다."

서장은 다시 그쪽을 슬쩍 보았습니다. 그 사람은 강연할 때 얼굴이 새파래졌던 초등학교 교장이었습니다. 다시 말해 바로 그 술통 선생인 것입니다.

"그렇습니다. 이 자는 아까 제가 번소에서 한 번 쫓아낸 자입니다. 아무래도 수상해서 캐물었더니 표고버섯 산이 이쪽이냐고 물었습니다. 이쪽이 아니니 돌아가라고 했더니, 이쪽에서는 돌아가는 길이 없느냐고 또 지껄였습니다. 없어, 없으니 돌아가라고 하자 어쩔 수 없이 돌아갔습니다. 그 녀석이 그사이 어딘가로 돌아서 이곳에 들어왔다면, 분명 세무서의 염탐꾼입니다."

"음. 그러고 보니 나도 조금 낯이 익어. 밖으로 끌어내 봐. 너는 가서 번소를 지켜."

사장인 명예회장이 말했습니다.

"일어서, 이 자식."

서장은 옷깃을 잡힌 채 고양이처럼 끌려 나왔습니다. 밖으로 나와 보니 따뜻한 햇살이 부드러운 사탕색으로 빛나고 있었습니다. '내가 숯가마에 던져져 숯이 되어도 해님은 여전히 이렇게 아름답게 빛나겠지.' 서장은 멍하니 꿈을 꾸듯 생각했습니다.

"뭐야! 이 자식은 세무서장이잖아!"

명예회장은 깜짝 놀란 듯 외쳤습니다. 그러자 사람들이 슬금슬금 도망가려는 자세를 취했습니다. 서장은 굳게 결심하고 벌떡 일어났습니다.

"내가 바로 세무서장이다. 너희는 잘도 국가의 법률을 위반하고 이런 엄청난 짓을 했군. 나는 일찍부터 지켜보고 있었다. 이미 확실한 증거도 있다. 나를 짓밟든 태우든 멋대로 해라. 이미 준비는 다 해두었다. 너희는 밀조죄와 공무집행방해죄, 살인죄로 한 놈도 남김 없이 체포될 것이니 그리 알아라."

사장도 감사원도 얼굴이 창백해졌습니다. 한동안 아무 말도 하지 못했습니다. 이때라고 서장은 생각했습니다.

"자, 나를 죽이려면 죽여라. 공무원이 공무를 위해 목숨을 던지는 것은 당연한 일이다."

서장은 굉장히 뿌듯한 기분이 들었습니다. 그러나 그 순간 뒤에서 누군가가 서장을 쿵하고 내리쳤습니다. 서장은 '또 맞았군' 하고 생각하면서 쓰러졌고, 사람들은 순식간에 살기를 띠었습니다.

"나무에 매달아, 매달아. 증거 따위를 벌써 찾았을 리가 없어. 이놈 하나만 처리해버리면 돼. 자작나무꽃 숯가마에 넣어버리자."

서장은 순식간에 소나무에 매달려져 있었습니다. 마을의회 의원이 나서서 말했습니다.

"이 새끼, 남의 집에서 실컷 대접받은 것도 잊고. 뻰뻰한 자식. 뜨거운 물을 끼얹어버릴까."

"야만스러운 짓 하지 마."

서장이 매달린 채 괴롭게 버둥거리며 말했습니다.

"여하튼 뒤탈이 없도록 해야 해. 자, 안에서 의논해보세."

명예회장이 말했습니다. 사람들이 안으로 들어가자, 서장은 나무 위에서 기절해버렸습니다.

서장의 감금

한참이 흘러 서장은 자신이 그 안쪽 방에 있다는 사실을 깨달았습니다. 머리에는 차가운 수건이 올려 있었고 모포도 덮여 있었습니다.

가장 나중에 임시 건물을 나왔던 남자가 조심스럽게 보초를 서며 간호하고 있었습니다. 문밖에서 왁자지껄하게 떠드는 소리가 들렸습니다. 선후지책을 논의하고 있거나 술판을 벌이고 있는 듯했습니다. 서장이 몸을 움직이자 곧바로 그 젊은이가 다가와 상태를 살펴보았습니다. 그리고 문을 열고 다시 또 하나의 문을 열어 밖의 커다란 방으로 나갔습니다. 곧이어 마을 명예회장이 들어왔습니다. 명예회장은 갈색의 양복을 입고 있었습니다. '그러고 보니 이삼일 정도 잠들어 있었나 보군.' 서장은 생각했습니다. 명예회장은 옆에 앉아 공손하게 인사를 하고 말했습니다.

"서장님. 요전에는 너무 난폭한 짓을 했습니다. 전후 사정도 분간하지 못하고 그런 짓을 해서 차마 드릴 말씀이 없습니다. 사실 우리 쪽에서도 당신의 처사가 너무 엄격했기 때문에 무심코 회사 조직을 만들어 이런 일까지 하게 된 것입니다. 정말 면목이 없습니다. 그러니 이렇게 하면 어떻겠습니까? 우리도 오늘부로 회사를 완전히 폐쇄하고 지금껏 만든 술은 전부 제 명의로 해서 세금도 내겠습니다. 서장님은 댁까지 자동차로 안전하게 모시겠으니, 이번만 특별히 비밀로 해주시지 않겠습니까?"

서장은 이제 이겼다고 생각했습니다.

"이런, 말씀은 가슴 깊이 새겨듣겠습니다. 저도 직무상 이런저런 일을 했지만 입장은 충분히 이해하고 있습니다. 하지만 아무래도 이곳에서 있었던 일을 철저하게 비밀로 하기는 어려울 것입니다. 이미 이야기가 완전히 퍼져있을 테니 두세 명의 희생자는 있어야 합니다. 저에 관해 있었던 이런저런 일은 절대 공표하지 않겠습니다. 벌금만 내신다면 그걸로 충분합니다."

"그게 말입니다, 저를 비롯해 모두 이름을 밝히고 싶지 않아서."

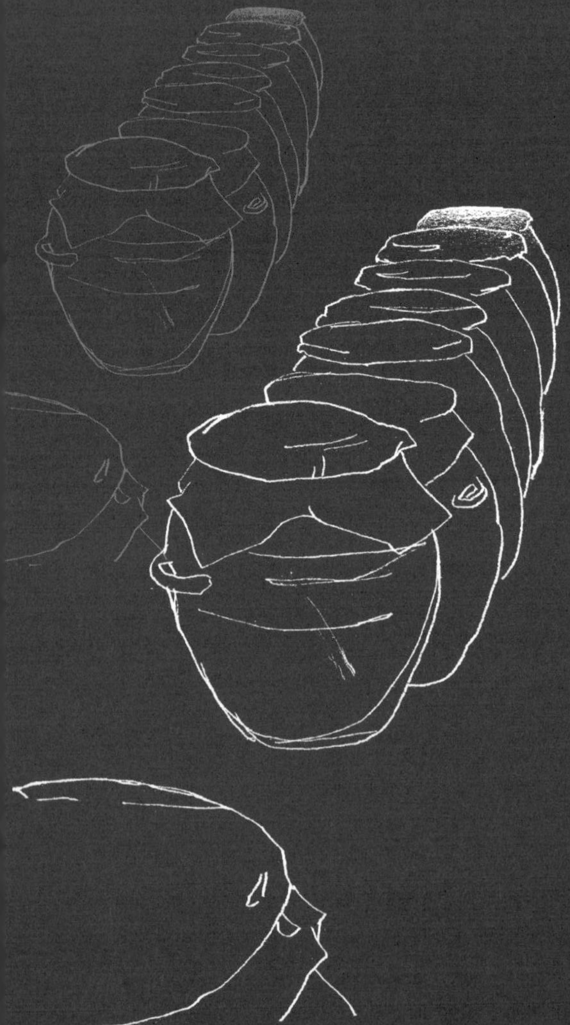

그때였습니다. 밖에서 갑자기 격렬한 비명과 격투 소리가 요란하게 들려왔습니다. 마치 폭풍우 같았습니다.

"세무서장님!"

누군가가 외쳤습니다. 서장은 벌떡 일어났습니다.

"오오, 여기 있네. 잘했어, 잘했어! 시라토리, 여기에 있네."

곧바로 두세 명이 방문을 박차고 들어왔습니다.

"서장님, 무사하시군요. 이미 모두 체포했습니다."

시라토리 속관이 울면서 달려왔습니다.

"잘 알아냈군. 경찰에게도 부탁했나?"

"네, 총동원했습니다. 스무 명을 체포했습니다. 그런데 이분은?"

"마을 명예회장이네. 하지만 어쩔 수 없으니 포승을 묶게."

서장은 기쁨으로 설레며 말했습니다.

"서장님, 무사하시군요."

세무서 직원들이 저쪽에서 머리띠를 두르고 곤봉을 든 채 달려왔습니다. 서장은 아픈 몸을 이끌고 밖으로 나갔습니다.

"술통을 모두 봉인해. 증거품은 작은 기구만 전부 모아. 그 유산균 배량기도. 응. 좋아. 이런, 수고 부탁합니다."

서장은 경사에게 인사를 했습니다.

"무탈하시니 다행입니다. 본서에서도 무척 걱정했습니다. 이봐, 모두 밖으로 끌어내."

그리고 줄줄이 이하토브 밀조공장에서 끌려나왔습니다. 오 분 후에 이 이상한 행렬은 그 번소 앞을 지나고 있었습니다. 서장은 명예회장과 함께 걷고 있었습니다.

"오늘이 며칠인가."

서장은 문득 뒤를 돌아보며 시라토리 속관에게 물었습니다.

"5일입니다."

"아, 벌써 그날로부터 4일이 지났군. 잠깐 사이에 나무의 싹이 커졌어."

서장은 하늘을 올려보았습니다. 봄다운 촉촉한 하얀 구름이 언덕의 산에서 불쑥 솟아올랐고 오장나무 냄새가 바람을 타고 후욱 퍼졌습니다.

"아, 좋은 냄새군."

서장이 말했습니다.

"좋은 냄새군요."

명예회장이 말했습니다.

가죽 트렁크
革トランク

사이토 헤이타는 그해 봄 나라오카 마을을 떠나 중학교와 농업학교, 공업학교의 입학시험을 봤습니다. 세 곳 모두 안 될 것으로 생각했지만, 어찌 된 일인지 요행처럼 공업학교에 합격했습니다. 여하튼 1학년과 2학년은 무사히 넘어갔고, 주판이 서툰 담임선생님이 사이토 헤이타의 성적표 점수를 잘못 계산해서 졸업에 성공했습니다.

이런 경우는 정말 드뭅니다.

헤이타는 졸업하고 바로 집으로 돌아왔습니다. 집은 농사를 짓고 있었고 아버지는 촌장이었지만, 헤이타는 아버지의 승낙을 받아 문가에 '건축도안설계공사도급'이라는 간판을 걸었습니다.

곧바로 두 건의 일이 들어왔습니다. 하나는 마을의 소방서와 상담소를 겸한 작은 2층 건물, 또 하나는 마을의 분교장입니다.

이런 경우는 정말 드뭅니다.

그리고 이곳저곳에서 마을의 목수들을 불러서 마침내 공사를 시작했습니다.

사이토 헤이타는 갈색의 승마바지를 입고 빨간 넥타이를 맨 채 양쪽을 오가며 바쁘게 감독했습니다. 설계 작업실 한가운데에는 그 설계도가 걸려 있습니다.

그런데 아무래도 이상한 것은 헤이타가 가면 목수들이 모두 이상한 표정으로 바닥만 보며 일을 했고 되도록 말을 하지 않으려고 했던 것입니다. 목수들은 모두 헤이타를 좋아했고, 임금도 넉넉하게 지급했는데도 어찌 된 일인지 이상한 표정을 짓는 것입니다.

이런 경우는 정말 드뭅니다.

헤이타가 분교장 쪽으로 가서 목수들이 일하는 모습을 보고 있으면 목수들은 빙글빙글 돌기도 하고, 일어서기도 하고, 쭈그리기도 하는 등 무척 활기차 보였지만, 어찌 된 일인지 옆으로 걷는 것을 싫어하는 듯했습니다.

이런 경우는 정말 드뭅니다.

헤이타가 소방서 쪽으로 가서 목수들이 일하는 것을 보고 있으면, 목수들은 빙글빙글 돌고 일어서고 쭈그려 앉고 옆으로 걷는 것은 무척 유쾌해 보였지만 어찌 된 일인지 위아래로 오르내리는 것은 싫어하는 듯했습니다.

이런 경우는 정말 드뭅니다.

공사는 계속해서 진행되었습니다.

사이토 헤이타는 인원을 잘 배치해서 양쪽이 같은 날 끝나도록 해두었기 때문에, 마침 같은 날에 공사가 끝났습니다.

이런 경우는 정말 드뭅니다.

공사가 끝나자 목수들은 마침내 이상한 표정으로 한숨을 쉬며 말없이 바닥만 보고 있었습니다.

사이토 헤이타는 분교장 현관에서 교무실로 들어가려고 했지만 아무리 해도 갈 수가 없었습니다. 그 이유는 복도가 없었기 때문입니다.

이런 경우는 정말 드뭅니다.

사이토 헤이타는 크게 낙담한 채 이번에는 황급히 소방서로 갔습니다. 그리고 아래층을 꼼꼼하게 검사하고 이번에는 이 층 상담소를 보려고 했지만 아무리 해도 올라갈 수가 없었습니다. 그 이유는 계단이 없었기 때문이었습니다.

이런 경우는 정말 드뭅니다.

사이토 헤이타는 완전히 의욕을 잃고 몰래 지갑을 열어보았습니다.

지갑에 3엔이 들어있는 것을 확인한 헤이타는 승마바지를 입은 그대로 곧바로 선착장을 건너 시내로 갔습니다.

그리고 기차를 탔습니다.

그리고 도쿄로 도망갔습니다.

도쿄에 도착하자 돈은 6전이 남았습니다. 사이토 헤이타는 그 6전으로 두 번 정도 두부를 사 먹었습니다.

그리고 일을 찾아보았습니다. 하지만 사투리 때문에 그 어느 집도, 공장도 받아주지 않고 무조건 쫓아냈습니다.

사이토 헤이타는 암담한 상황 속에서 입속이 바삭바삭 타들어가는 기분으로 사흘 동안 일을 찾아다녔습니다.

그러나 모든 곳에서 거절을 당하고, 결국 나라오카공업학교 졸업생인 사이토 헤이타는 기절해버렸습니다.

순경이 그런 사이토 헤이타에게 찬물을 끼얹어 깨웠습니다.

구청에서 그런 헤이타를 인수해서 밥을 주었습니다. 그러자 헤이타는 완전히 기운을 찾게 되었습니다. 구청에서는 헤이타를 살수부로 고용했습니다.

사이토 헤이타는 집에 편지를 보냈습니다.

'엘리베이터와 에스컬레이터 연구를 위해 급히 도쿄로 왔습니다. 연구가 끝날 때까지, 불편하더라도 그 건물들은 그대로 사용하시기

바랍니다.'

존장인 아버지는 답장도 보내지 않았습니다.

헤이타는 여름에는 각기병에, 겨울에는 유행성 감기에 걸렸습니다. 그리고 2년이 지났습니다.

그래도 점점 도쿄에 익숙해졌고, 마침내 예전의 전공이었던 건축 쪽 일을 하게 되었습니다. 즉, 히라사와구미라는 건축회사의 감독을 맡게 된 것입니다.

헤이타를 미워하던 목수들은 감독 중인 헤이타에게 높은 곳에서 나무 조각을 던지기도 했고, 천장에 올라가 있는 것을 모른 척 판자로 막아버리기도 했지만 헤이타는 그래도 꽤 즐거웠습니다.

그래서 사이토 헤이타는 집에 이렇게 편지를 썼습니다.

'최근에 높은 지위에 올랐습니다. 지폐는 창호지로 쓸 수 있을 만큼 있고, 아랫사람들에게도 존경을 받고 있습니다. 연구도 조금만 더 하면 끝나니까 불편하더라도 잠시만 기다려주십시오.'

존장인 아버지는 아무런 답장도 하지 않았습니다.

그런데 헤이타의 어머니가 조금 아팠습니다. 매일 헤이타만 찾습니다.

그래서 어쩔 수 없이 아버지도 전보를 쳤습니다.

'엄마가 병에 걸렸음, 바로 돌아올 것!'

헤이타는 그때 월급을 받은 지 얼마 지나지 않았기 때문에 30엔 정도 남아 있었습니다.

헤이타는 여러 가지로 궁리한 끝에 20엔을 주고 아주 큰 가죽 트렁크를 샀습니다. 물론 헤이타는 마직 양복 한 벌밖에 없었기 때문에 트렁크에 넣을 다른 것은 아무것도 없었습니다. 그래서 지인에게 부탁해 도판 위에 펼쳐져 있는 필요 없는 평면도 서른 장을 얻어서 트렁크를 꽉 채웠습니다.

이런 경우는 정말 드뭅니다.

사이토 헤이타는 고향의 역에 도착했습니다.

그리고 트렁크와 함께 차를 타고 시내를 지나 소나무 가로수가 있는 국도까지 왔습니다. 그러나 헤이타의 마을로 가는 길은 그곳에서 갈라져 갑자기 울퉁불퉁한 길이 이어지기 때문에 운전사는 더는 갈 수 없다며 요금을 받아 돌아가 버렸습니다.

사이토 헤이타는 어쩔 수 없이 직접 그 큰 트렁크를 들고 걸었습니다. 노송나무 담장 옆을 걷고 삼밭 사이를 지나 뽕밭 옆길을 걸어 마침내 선착장까지 왔습니다.

선착장은 도르래처럼 철사 밧줄을 이어서 배가 절반 이상은 저절로 움직일 수 있게 되어 있었습니다.

이미 저녁이었지만 구름이 줄무늬를 만들며 조용히 동쪽으로 흘렀고, 희고 검은 반점으로 얼룩덜룩한 할미새가 수은 같은 물 위를 아슬아슬하게 스치듯 날아갔습니다. 철사 밧줄은 물 위에 길게 늘어져 있었고 예닐곱 명의 마을 사람을 태운 배는 이제 막 건너편에 도착하고 있었습니다. 건너편 강가에는 달맞이꽃도 피어있었습니다. 배가 다시 이쪽으로 돌아올 때까지 사이토 헤이타는 큰 트렁크를 풀 위에 내려놓고 자기도 털썩 주저앉아 땀을 닦고 있었습니다. 하얀 마직 양복 등도 땀에 흠뻑 젖어 있었고, 풀은 연기 같은 이삭을 내밀고 있었습니다.

어느새 삼밭과 강가 모래밭 등 여기저기에서 일고여덟 명의 아이들이 모였습니다. 헤이타의 큰 트렁크가 무척이나 신기했던 것입니다. 아이들은 점점 다가왔습니다.

"와, 전부 가죽이야."

"소가죽일 거야."

"저쪽 어귀에 있는 소의 무릎 가죽인가 봐."

과연 헤이타의 커다란 트렁크 고리 부분에는 조금 흰 무릎 모양의 가죽 조각이 붙어 있었습니다. 헤이타는 아이들의 이야기를 듣고 뭐라 표현할 수 없이 슬프고 외로운 기분이 들어 자칫 눈물이 쏟아질 듯했습니다.

배가 점점 다가왔습니다.

선장은 헤이타 위에 있는 석양 속 구름의 하얀 빛을 손으로 가린 채 뚫어져라 헤이타를 보고 있었습니다. 배가 점점 가까워지면서 마침내 그 하얀 마직 양복을 입은 신사가 헤이타라는 것을 알아차리고 크게 외쳤습니다.

"어이, 헤이타 씨! 기다렸어요."

헤이타는 눈물이 날 뻔했습니다. 그리고 트렁크를 들고 배에 탔습니다. 배는 곧 강가를 벗어났고, 강가의 아이들은 아직도 트렁크 얘기만 하고 있었고, 선장도 계속해서 그 트렁크를 보며 배를 저었습니다. 강물이 철썩거렸고 철사 밧줄은 지잉지징 울렸습니다. 그리고 서쪽 구름 너머로 해가 떨어진 듯 파도가 갑자기 어두워졌습니다. 건너편 강가에는 두 사람이 기다리고 있었습니다.

배가 강가에 도착했습니다.

두 사람 중 한 사람이 뛰어왔습니다.

"기다리고 있었습니다. 짐은?"

그 사람은 헤이타 집의 하인이었습니다. 헤이타는 말없이 눈을 깜박거리며 트렁크를 건넸습니다. 하인은 무척이나 짜증스럽게 그 커다란 가죽 트렁크를 짊어졌습니다.

그리고 두 사람은 집을 향해 모기가 앵앵 우는 뽕밭 사이를 걸었습니다.

두 사람이 큰길로 나와 조금 걸었을 때 촌장도 마침 면사무소에서 퇴근하는 길이었습니다. 뒤쪽에서 다가온 촌장은 그 커다란 트렁크를 보고 쓴웃음을 지었습니다.

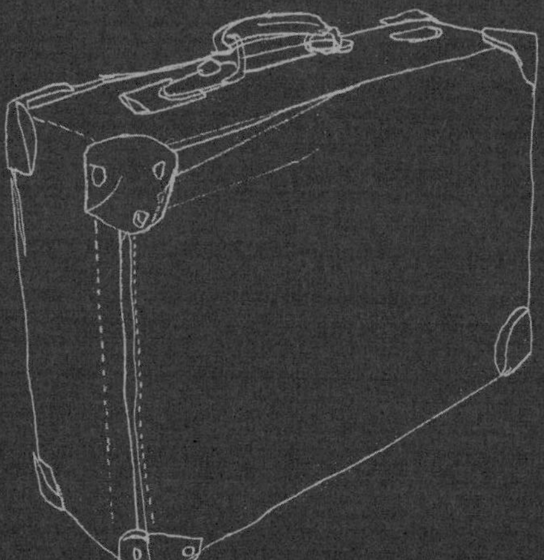

★

자감염색에 관해서

紫紺染について

모리오카의 특산물 가운데 자감염색이라는 것이 있습니다.

자감염색은 도라지와 비슷한 풀뿌리인 자감을 끓여 우려내서 염색하는 것입니다.

예전에는 남부의 자감염색이 무척이나 유명했다고 합니다만, 메이지시대에 들어서면서 간편한 아닐린 색소가 서양에서 들어왔기 때문에, 그 이후로는 전혀 하지 않게 되었습니다. 그런데 아주 최근에 다시 붐이 일었습니다. 하지만 한동안 유행이 지나있어서인지 제조법도 염색법도 전혀 알 수 없었습니다. 그래서 모리오카 현 공업회 임원들과 공예학교 선생들은 자감염색에 대해 여러 가지로 조사를 했습니다. 그리고 마침내 예전과 같은 좋은 염색을 해낼 수 있게 되었고 도쿄대박람회에도 출품해서 2등 상을 따냈습니다. 여기까지는 대체로 누구나 알고 있는 내용입니다. 신문에도 매일 나온 내용입니다.

그런데 임원과 선생들이 했던 고생은 신문에 나온 정도가 아니었습니다. 자감염색에 대한 연구를 하던 중 있었던 하나의 일화입니다.

공예학교 선생은 먼저 옛날의 오래된 기록에 주목했습니다. 그리고 매일 도서관 2층에서 낡은 옛날 필사본을 조사하던 중 마침내 이런 좋은 기록을 찾아냈습니다.

> 하나, 산도깨비가 자감을 팔아 술을 샀다.
> 산도깨비는 니시네야마 산에서 자감 뿌리를 캐어 저녁이 되면 몰래 마을(모리오카)로 나와 자이모쿠초 마을의 생약상인 오미야겐파치에게 한 가마니당 25푼을 받고 팔았다. 그리고 산도깨비는 한노스케의 양조장 가게로 가서 5홉들이 호리병을 내밀며 한 말을 넣어달라고 말했다. 양조장 점원은 덜덜 떨면서 술 한 말은 도저히 들어가지 않는다고 대답하자, 산도깨비는 일단 넣어보라고 강요했다. 한노스케도 얼굴이 새파래져 시키는 대로 하겠다고 재빨리 대답했다. 그런데 점원이 그릇을 들고 술을 붓자 술은 술술 들어갔으며, 결국 정확하게 한 말이 모두 들어갔다. 산도깨비는 크게 웃더니 25푼을 놓고 호리병을 들고 사라졌다는 이야기가 자이모쿠초 마을의 후손들에게 전해졌다.

이 기록을 읽은 공예학교 선생은 책상을 탁 치며 이렇게 혼잣말을 했습니다.

"그래, 자감 직인들은 이미 모두 죽었어. 생약을 팔던 할아버지도 죽었고. 그렇게 보면 현재 자감에 대해 아는 사람은 산도깨비밖에 없다는 것이야. 좋아, 일단 산도깨비를 불러서 물어보자."

공예학교 선생은 마을의 자감염색연구회 사람들과 의논해서 9월 6일 오후 6시부터 우치마루에 있는 서양요리점에서 산도깨비 초대회를 열기로 했습니다. 그래서 공예학교 선생은 산도깨비 앞으로 유창한 편지를 썼습니다. 산도깨비가 그 편지를 보기만 한다면 반드시 나오도록 유창하게 썼던 것입니다. 그리고 복숭아색 봉투에 넣어 '이와테 군 니시네야마 산, 산도깨비 귀하'라고 주소를 써서 3전짜리 우표를 붙여 우체통에 툭 던져 넣었습니다.

"흠. 이렇게만 해두면, 산도깨비에게 도착하고 안 하고는 우체국

책임이야" 하고 선생은 중얼거렸습니다.

핫하하! 여러분. 마침내 9월 6일이 되었습니다. 저녁이 되자 자감 염색을 연구 중인 사람들, 전부해서 스물네 명이 우치마루 서양요리점에 모였습니다.

이미 식당은 준비가 완전히 끝나서 선풍기가 휘익휘익 돌고 있었고, 하얀 테이블보는 파도처럼 펄럭였습니다. 테이블 위에는 초록색과 검은색의 분재 화분이 멋지게 늘어져 있었으며, 최고급 빵과 버터도 놓여 있었습니다. 주방 쪽에서는 좋은 냄새가 술술 풍기고 있습니다. 사람들은 누에씨 단속반 설치 운동이야기 등 이러저러한 이야기를 나누었지만, 마음속으로는 모두 산도깨비가 정말로 올지 무척 걱정하고 있었습니다. 만약 산도깨비가 오지 않으면 그냥 우리끼리의 친목회로 여기자고 각자 생각하고 있었습니다.

그런데 마침내 산도깨비가 나타났습니다. 정확히 6시 15분 전에 한 대의 인력거가 요리점 현관 앞에 스윽 멈췄습니다. 사람들은 마침내 왔구나 하며 현관에 늘어서서 맞이했습니다. 인력거꾼은 얼굴이 새빨개져 있었고, 땀에 젖은 몸에서 김이 모락모락 피어나고 있었습니다. 인력거꾼이 천을 걷자 황금색 눈동자와 붉은 얼굴을 한 니시네야마 산의 산도깨비가 인력거에서 천천히 내렸습니다. 등에 커다란 도라지 무늬가 그려진 이불 같은 솜옷을 껴입고 포대 자루 같은 쥐색 바지를 입고 있었습니다. 그리고 파란색의 커다란 줄무늬 지갑을 꺼내 "인력거 비용은 얼마인가" 하고 물었습니다.

인력거꾼은 지쳐서 비틀비틀 쓰러질 듯한 모습으로 간신히 대답했습니다.

"손님. 180냥은 주셔야 합니다. 인력거도 삐걱거리고, 저도 병원에 가야합니다."

그러자 산도깨비는 "그래, 당연하지. 자, 이것을 주마. 거스름돈은 술값 해"라고 말하면서 얼만지 알 수도 없는 커다란 지폐를 한 장 내밀고 총총걸음으로 현관으로 올라갔습니다. 사람들은 화들짝 인사를 했습니다.

산도깨비도 조용히 고개를 숙여 답례하면서 "오, 안녕하십니까? 초대해주셔서 진심으로 감사합니다"라고 말했습니다. 사람들은 산도깨비가 너무 신사적이고 멋졌기 때문에 정말로 놀랐습니다. 그중에 단 한 사람, 마을 외진 곳의 책방 주인만이 짐짓 점잖은 척하는 산도깨비를 보고 빙긋 웃었습니다. 어제저녁 무렵 새빨간 얼굴에 도롱이를 입은 커다란 남자가 와서 《반드시 알아두어야 할 생활 예절》이라는 책을 사갔었는데, 산도깨비가 그 남자를 꼭 빼닮았기 때문이었습니다.

여하튼 사람들은 산도깨비를 곧바로 식당으로 안내했습니다. 그리고 함께 자리에 앉았습니다. 산도깨비가 앉는 순간 의자에서 우두둑 소리가 났습니다. 산도깨비는 자리에 앉자마자 빵과 소금, 버터에 황금색 눈동자를 고정한 채 바라보고 있었습니다.

산도깨비는 식사를 하면서 서양세계에 관한 이야기를 했습니다. 그 이야기를 들은 회장은 고개를 갸웃거렸습니다.* 왜냐하면 산도깨비가 서양으로 여행을 했다고 한다면 역시 배를 타야 하는 데, 산도깨비가 배를 타고 상하이에 들르거나 하는 것은 너무 이상하다고 회장은 생각했던 것입니다.

여하튼 식사가 진행되면서 이야기도 점점 활기를 띠었습니다.

"야, 정말 그 주변은 너무 해. 6백 명이나 기권을 했다니까."

그런 말을 하는 사람도 있었고, 한쪽에서는 이제 슬슬 중요한 용건을 시작하려고 하고 있었습니다.

“저기, 산도깨비 씨. 실례지만 혹시 나이가 어떻게 되십니까?”

“스물아홉입니다.”

“젊으시군요. 1년은 역시 365일입니까?”

“1년은 365일일 때도, 366일일 때도 있습니다.”

“평상시에는 주로 무엇을 드십니까?”

“글쎄요……. 뭐, 밤과 고사리, 채소 같은 것입니다.”

“채소는 당신이 키우십니까?”

“해님이 키우십니다.”

“어떤 것입니까?”

“그러니까 배추, 시금치, 박쥐나물, 땅두릅나물……. 그 외에도 만가닥버섯, 기마송이버섯 등입니다.”

“올해는 땅두릅이 잘 자랐습니까?”

“제법 괜찮기는 한데 향이 조금 부족하더군요.”

“비 때문에 그런가요?”

“그렇습니다. 하지만 아무래도 아스파라거스에는 비할 바가 아니죠.”

“호오~~~.”

“아스파라거스나 상추 같은 것이 산야에 자생할 수 있어야만 산업도 제대로 되는 것 아닙니까.”

“호오~~~ 좋은 의견입니다. 그런데 자감에 대해서는 잘 알고 계십니까?”

---

* 앞 문장이 소실되어서 글의 원활한 흐름을 위해 옮긴이가 추가한 내용이다.

모두 쥐 죽은 듯 조용해졌습니다. 이것이 오늘 밤의 핵심이었던 것입니다. 산도깨비는 술을 벌컥 마시고 말했습니다.

"자감, 자감이라. 흠, 들어본 것 같기는 한데……. 아무래도 잘 모르겠습니다. 아니 원래 처음 듣는 건가."

사람들은 크게 실망했습니다. '뭐야, 자감도 모르는 산도깨비 따위 전혀 쓸모도 없잖아. 그런 놈에게 술을 대접하다니 쓸데없는 짓을 했어. 이제 그냥 우리의 친목회다.' 그런 생각으로 각자 제멋대로 먹고 마셨습니다. 그런데 산도깨비에게는 그것이 오히려 기뻤던 듯했습니다. 끊임없이 벌컥벌컥 술을 마셨습니다. 생선이 나오면 통째로 꿀꺽 먹어버렸습니다. 채소가 나오면 손을 품속에 넣은 채 혀를 날름 내밀어 핥았습니다.

그리고 눈이 새빨개진 채 '곤드레만드레 곤드레만드레' 하며 엄청나게 큰 목소리로 외치기 시작했습니다. 사람들은 점점 기분이 나빠졌습니다. 게다가 급사가 새로운 술병을 따서 테이블 끝에 올린 순간 산도깨비가 팔을 길게 늘여 채가더니 병나발을 불기 시작했습니다. 그 모습을 보고 화가 나서 몸을 부들부들 떠는 사람도 있었습니다. 그래서 사무라이 출신의 연구회 회장은 생각했습니다. '도저히 이대로는 안 되겠어. 좋지 않아. 이렇게 엉망진창이 되면 어쩔 수가 없지. 정신이 들도록 따끔하게 한마디 해주겠어.' 과일이 나온 순간을 신호로 회장이 일어났습니다. 하지만 회장도 이미 비틀비틀 취해있었습니다.

"에헴, 잠시 인사 말씀 한마디 올리겠습니다. 오늘 밤 참석해주신 분들 감사합니다. 부디 천천히 느긋하게 즐기시기 바랍니다. 그런데 오늘날 세상의 흐름을 보면 실로 너무도 심각해. 다른 사람의 것을 가로채는 일들이 비일비재하지. 실로 분개하지 않을 수가 없어. 나쁜 놈. 빌어먹을."

회장은 새빨개져서 부르짖었습니다. 사람들은 깜짝 놀라 입만 빠끔빠끔 거리며 회장의 소매를 끌어당겨 억지로 자리에 앉혔습니다. 그러자 산도깨비는 성가시다는 듯 품속에서 팔을 꺼내고 일어섰습니다.

"저도 잠시 인사 말씀 올리겠습니다. 오늘 밤은 이렇게 환대해주시고 여러 가지로 고마울 따름입니다. 왜 이렇게 환대해주셨는지 아까부터 계속 생각하고 있었습니다. 아무래도 조금 전에 물으셨던 자감 때문인 듯합니다. 그렇다면 저도 진지하게 기억을 떠올려보아야 한다고 생각했습니다. 그래서 열심히 생각했습니다. 그런데 어렸을 적 어머니가 우유가 없다고 제게 탁주를 먹여 키우셨기 때문에 저는 심한 알코올 중독입니다. 술을 마시지 않으면 기억이 없으므로 여러분과 정반대입니다. 그래서 저도 모르게 맥주를 한 병 실례했습니다. 그리고 그 덕분에 마침내 생각이 났습니다. 자감은 현재 니시네야마산에 잔뜩 있습니다. 제 아버지가 늘 자감을 캐서 마을에 가지고 가 술로 바꿨다는 이야기가 떠올랐습니다. 아버지가 '무슨 일인지 요즘은 자감을 사는 사람이 없어서 어렵다'고 흘려 말하는 것을 들은 적도 있습니다. 그리고 자감염색을 하기 위해서는 무엇보다도 축축이 젖은 검은 흙을 사용한다는 이야기도 어렴풋이 기억하고 있습니다. 자감에 대해 제가 알고 있는 것은 이것뿐입니다. 그래도 여러분에게 참고가 된다면 정말로 기쁘겠습니다. 그런데 생각해보면 고마운 이야기입니다. 저희 아버지는 자감 뿌리를 캐서 술로 바꾸셨지만, 저는 자감 이야기를 조금만 하면 이렇게 취할 정도로 술을 마실 수 있으니 말입니다. 자, 이렇게 취할 정도입니다."

산도깨비는 새빨개진 얼굴을 오른손으로 한번 훑더니 자리에 앉았습니다. 사람들이 웅성거렸습니다. 공예학교 선생은 '축축이 젖은

검은 흙을 사용할 것'이라고 수첩에 적어 주머니에 넣었습니다. 그리고 사람들은 파란 사과의 껍질을 벗기기 시작했습니다. 산도깨비도 껍질을 까서 먹었습니다. 그리고 사과 육질을 다 먹더니 이번에는 심까지 꿀꺽 먹었습니다. 그러고 나서 잠시 메밀을 먹는 척하더니 사과 껍질도 먹어버렸습니다. 공예학교 선생은 그 모습을 슬쩍 보았지만 모르는 척했습니다. 이윽고 밤도 점점 깊어졌기 때문에 회장이 일어나서 말했습니다.

"자, 이제 해산이다. 모두 반가웠어, 반가웠어. 와하하하."

회장의 말을 신호로 모임은 끝났습니다. 그래서 산도깨비는 얼굴이 새빨개진 채 어깨를 흔들며 계단을 한 번에 네 개씩 뛰어 현관으로 내려갔습니다. 사람들이 배웅을 하려고 뒤를 따라 현관까지 갔을 때는 이미 산도깨비의 모습은 보이지 않았습니다. 일곱 개 숲의 가장 끝에 있는 숲에 막 다리를 걸치고 있었던 것입니다. 자감염색이 도쿄 대박람회에서 2등 상을 받기까지 이런 어려움도 있었다는 그냥 그런 이야기입니다.

★

다네야마가하라 고원

種山ヶ原

다네야마가하라는 기타카미 산지 한가운데에 있는 고원으로 미끈미끈하고 검푸른 사문암과 딱딱한 감람암으로 이루어져 있습니다.

고원 가장자리부터 사방으로 뻗어 있는 몇 개의 골짜기 아래에는 겨우 대여섯 채씩의 집이 각각 마을을 이루고 있습니다.

봄이 되면 기타카미 하곡의 곳곳에서 많은 말을 데리고 와 이 마을 사람들에게 맡깁니다. 그리고 산 위의 들판에 방목되어 집니다. 하지만 8월 말에는 모두 원래의 주인에게 되돌아갑니다. 왜냐하면 9월에는 이미 들판의 풀이 마르기 시작하고 이슬이 얼어 서리가 내리기 때문입니다.

방목을 하는 4월 중에도 절반 정도는 안개와 구름으로 고원이 갇힙니다. 사실 이 고원이 이어지는 곳은 동쪽 바닷가와 서쪽에서 불어오는 바람과 습기가 늘 부딪히는 곳이기 때문에 구름과 비와 천둥과 안개는 시도 때도 없이 생겨납니다. 그래서 기타카미 강에서 이 고원 쪽으로 가는 여행자들은 고원이 가까워짐에 따라 곳곳에 있는 천둥신의 비석을 보게 됩니다. 여행자들이라고 해봐야 말을 맡기러 오는 사람 이외에는 약장사나 삼림감독관, 화석을 채취하는 학생, 측량사

등 극히 드물었습니다.

올해도 이미 하늘에는 투명한 가을 가루가 온통 뿌려져 있었습니다.

구름이 찢기고, 바람이 불고, 여름방학도 이제 내일뿐입니다. 다쓰지는 모레부터 직접 만든 짚신을 신고 두 개의 골짜기를 넘어 다시 학교에 갑니다. 숙제도 모두 끝냈고, 게 잡는 것도 숯을 굽는 놀이도 이미 전부 질렸습니다. 다쓰지는 집 앞의 노송나무에 기댄 채 생각했습니다.

'아아, 이번 여름방학 중에서 가장 재미있었던 일은 할아버지와 함께 산 위 들판에 망아지를 데려갔던 일, 그리고 또 하나는 역시 검무였어. 닭의 검은 꼬리로 장식한 두건을 쓰고, 그 옛날부터 입었던 붉은 진바오리陣羽織*를 입었었지. 그리고 딱딱한 판을 넣은 바지를 입고, 각반과 짚신을 꽉 묶고 '다네야마 검무연합'이라고 크게 적힌 수많은 초롱에 둘러싸여 모두 춤을 추러 마을로 갔었지. 두웅 두웅 투둥 두웅 두웅. 춤을 췄었지, 춤을 췄었어. 마을 입구에 피워둔 새빨간 불 속에서 칼을 번쩍번쩍 휘둘렀어. 나라오 씨와 함께했을 때에는 칼이 정말로 챙챙하고 부딪혔을 정도였지. 그래, 자, 해치워.

옛날 닷코쿠 동굴의 악로왕悪路王
시커먼 이십 리 길의 동굴,
건너는 것은 꿈과 흑야신,
목은 잘려 붉은 통에 묻힌다

해치웠다, 해치웠다. 두웅 두웅 투둥 두웅 두웅

파란 가면의 엄포,

칼을 맞고는 허우적허우적
밤바람 아래의 거미 춤
위장을 토해내고 버둥버둥

아…… 정말 멋졌는데…….'

"다쓰지 있니? 다쓰지!"

다쓰지의 엄마가 집 안에서 불렀습니다.

"응, 있어."

다쓰지는 달려갔습니다.

"그래 착하구나. 할아버지랑 형이 고원 바로 초입에서 풀을 베고 있으니까 도시락을 가져다주고 오렴. 그리고 소도 데려가서 풀도 먹이고. 형 옆에 꼭 붙어있어야 해."

"응, 갔다 올게, 갔다 올게. 지금 짚신을 신고 있어."

다쓰지는 벌떡 일어났습니다. 엄마는 동그란 나무 밥통 두 개와 다쓰지가 먹을 작은 도시락을 종이에 싼 후, 그것들을 함께 커다란 보자기에 쌌습니다. 그리고 다쓰지가 준비를 끝내고 꾸러미를 등에 메고 있는 동안에 엄마는 외양간에서 소를 끌어냈습니다.

"그러면 다녀올게요."

다쓰지는 소를 넘겨받으며 말했습니다.

"조심해서 가. 도착하면 형에게서 떨어지면 안 된다."

"응."

---

* 옛날 전쟁터에서 갑옷 위에 걸쳐 입던 소매가 없는 겉옷을 말한다.

다쓰지는 울타리 옆의 버드나무에서 가지를 하나 꺾어 푸른 껍질을 휙휙 벗겨 채찍을 만든 후 조용히 소를 몰면서 산 위 들판으로 향하는 길을 계속해서 올라갔습니다.

"두웅 두웅 투둥 두웅 두웅,

밤의 두건은 닭의 검은 꼬리,

달빛은……

이랴, 가자, 이랴."

햇살이 쨍쨍 내리쬐고 있었습니다. 그럼에도 그 빛에는 어딘가 푸른 기름처럼 지친 듯한 느낌이 있었습니다. 또 때때로 차가운 바람이 어딘가에서 실처럼 흘러왔지만, 여전히 더웠습니다. 소가 이따금 멈춰 섰기 때문에 다쓰지는 조금 조바심이 났습니다.

"위에 가서 맛있는 풀을 먹자. 빨리 걸어. 이랴. 멍청아. 이랴."

하지만 소는 아름다운 풀을 볼 때마다 고개를 숙이고 혀를 날름 내밀며 먹었습니다. '소고기 중에서 가장 좋은 부위가 이 혀라는 것이 우스워. 침이 끈적끈적 붙어 있잖아. 게다가 얼룩얼룩 검은 점도 있고…….' 다쓰지는 생각했습니다.

"가자. 이랴, 가자."

하늘에 아주 조금 하얀 구름이 생겼습니다. 그리고 거의 다 올라갔습니다. 골짜기에 있는 마을이 저 멀리 아래로 보였고, 다쓰지 집의 목재창고 지붕이 하얗게 빛나고 있습니다.

길은 숲 속으로 이어졌고 다쓰지는 그 아름다운 샘이 있는 곳까지 왔습니다. 새하얀 석회암이 차가운 물을 쿨렁쿨렁 뿜어내고 있는 샘입니다. 다쓰지는 땀을 닦고는 쭈그리고 앉아 몇 번이고 물을 떠 마셨습니다. 소는 샘물을 마시지 않고 이끼 사이에 고인 물을 홀짝홀짝 핥았습니다.

다쓰지가 소와 함께 다시 걷기 시작했을 때 샘물이 무언가를 알리듯 지잉하고 울렸고, 소도 낮게 신음했습니다.

"비가 올지도 모르겠네."

다쓰지는 하늘을 보며 중얼거렸습니다.

숲 기슭의 작은 나무 사이를 지나고 암석이 작게 부서져 있는 곳을 몇 번이나 지나, 다쓰지는 이제 들판 초입에 거의 다다랐습니다.

빛나기도 하고 그늘이 드리워지기도 하는, 겹겹이 겹쳐있는 언덕 너머로 산 위의 들판이 꿈처럼 짙푸르고 눈부시게 모습을 드러내고 있습니다. 강물이 봄의 신의 허리띠처럼 반짝반짝 은색으로 빛나며 흐르고 있었습니다.

마침내 다쓰지와 소는 들판 초입에 도착했습니다. 커다란 졸참나무 아래에 새끼줄로 짠 형의 주머니가 던져져 있었고, 많은 꼴풀 더미가 곳곳에 굴러다니고 있었습니다.

두 마리의 말이 다쓰지를 보더니 코를 푸들푸들 울렸습니다.

"형, 있어? 형, 나 왔어!"

다쓰지는 땀을 닦으면서 외쳤습니다.

"응, 여기! 거기에 있어. 지금 갈게."

저쪽의 움푹 팬 곳에서 형의 목소리가 들렸습니다. 소는 들판 가득한 풀을 보고도 특별히 기뻐하는 기색도 없었습니다.

주변이 화악 밝아졌고, 형이 풀 사이에서 웃으며 나왔습니다.

"잘 왔구나. 소도 데리고 왔어? 도시락은 가져왔고? 잘 왔어. 오늘 낮부터는 분명 날씨가 흐려질 거야. 나는 풀을 조금 더 모은 후 정리할 테니까, 이곳에 있어. 할아버지는 곧 오실 거야."

형은 저쪽으로 가려다가 다시 몸을 돌리더니 말했습니다.

"배고프면 먼저 도시락 먹어. 보자기는 저 말에 묶어두고. 점심때가 되면 다시 올게."

"응. 여기에 있을게."

그리고 다쓰지의 형은 되돌아갔습니다. 하늘은 옅은 구름으로 완전히 뒤덮였고, 태양은 하얀 거울처럼 되었으며 구름은 반대방향으로 달려갔습니다. 바람이 불어와 아직 베지 않은 풀들이 온통 파도처럼 일렁였습니다.

그때 어찌 된 일인지 소가 갑자기 북쪽으로 달리기 시작했습니다. 다쓰지는 깜짝 놀라 있는 힘껏 쫓아가면서 형이 있는 쪽을 돌아보며 외쳤습니다.

"소가 도망가. 소가 도망가고 있어. 형! 소가 도망가."

높게 자란 풀을 헤치며 소는 계속해서 달렸습니다. 다쓰지는 정신없이 쫓아갔습니다. 그러는 동안에 다리가 뻣뻣해져서 자신이 달리고 있다는 사실조차 느끼지 못하게 되었습니다. 그리고 주위가 새파래지고 빙글빙글 돌더니, 다쓰지는 마침내 깊은 풀숲 속에 쓰러져버렸습니다. 마지막으로 소의 하얀 반점이 힐끗 보였습니다.

다쓰지는 드러누워 하늘을 보았습니다. 하늘이 새하얗게 빛났고 빙글빙글 돌았으며, 옅은 쥐색 구름이 빠르게 빠르게 달려가고 있습니다. 그리고 쾅쾅 울리는 소리가 났습니다.

다쓰지는 간신히 일어나서 가쁘게 숨을 쉬며 소가 간 방향으로 걷기 시작했습니다. 풀 속에는 소가 지나간 흔적인 듯, 희미하게 길 같은 자국이 있었습니다. 다쓰지는 웃었습니다. 그리고 '흥, 뭐야. 어딘가에서 느긋하게 서 있는 거군' 하고 생각했습니다.

다쓰지는 열심히 그 흔적을 따라갔습니다. 그런데 그 길 같은 흔적은 백 걸음도 채 가기 전에 두 갈래, 세 갈래로 나뉘었고 어느 것이 어느 것인지 전혀 알 수 없게 되었습니다. 다쓰지는 결심하고 한 가운데 길로 나갔습니다. 하지만 그 길도 중간 중간 끊겨있었고, 소가 지나갈 수 없는 경사를 가로지르기도 했습니다. 그래도 다쓰지는 '소는 저쪽 풀숲에서 이쪽을 보며 얌전히 서 있을 거야' 하고 생각하면서 계속해서 앞으로 나갔습니다.

하늘이 무척 어둡고 무거워졌으며, 주변이 부옇게 흐려졌습니다. 차가운 바람이 풀을 건너오기 시작했고 이미 구름과 안개가 끊어졌다 이어지며 눈앞으로 휙휙 지나갔습니다.

'아, 상황이 나빠졌어. 이제 나쁜 일이 모두 모여들 거야.' 다쓰지는 생각했습니다. 그런데 생각한 대로 정말 갑자기 소가 지나간 흔적이 풀숲에서 사라졌습니다.

'아, 나빠졌어, 나빠졌어.' 다쓰지는 가슴이 두근두근했습니다.

풀들이 몸을 굽히며 투둑투둑 소리를 내기도 했고 바스락바스락 울기도 했습니다. 게다가 안개가 짙어져 옷은 모두 젖었습니다.

다쓰지는 목이 터져라 외쳤습니다.

"형, 형! 소가 도망갔어. 형, 형!"

아무런 대답도 들리지 않습니다. 칠판에서 떨어지는 분필가루 같은 어둡고 차가운 안개 물방울이 주변 가득 춤추듯 떠돌았고, 주위가 갑자기 조용해져 한없이 으스스해졌습니다. 풀숲에서는 이미 투둑투둑하는 물방울 소리가 들려왔습니다.

다쓰지는 빨리 할아버지가 있는 곳으로 가려고 서둘러 되돌아갔습니다. 하지만 아무래도 조금 전에 왔던 길과는 다른 듯했습니다. 무엇보다 엉겅퀴가 너무 많았고, 게다가 풀들 아래에는 아까까지만 해도 없었던 바위가 이따금 굴러다니고 있었기 때문입니다. 그리고 마침내 처음 보는 커다란 골짜기가 갑자기 눈앞에 나타났습니다. 참억새가 바삭바삭 울었고, 건너편은 끝을 알 수 없는 골짜기처럼 안갯속으로 사라졌습니다.

바람이 불자 참억새 이삭이 수많은 가느다란 손을 힘껏 뻗어 바삐 흔들며 '아, 서녘님. 아, 동녘님. 아, 서녘님. 아, 남녘님. 아, 서녘님' 하고 말하는 듯했습니다.

다쓰지는 무서워서 도저히 볼 수가 없어 눈을 감고 옆으로 향했습니다. 그러고는 서둘러 되돌아갔습니다. 갑자기 풀숲에서 작고 검은 길이 나타났습니다. 그 길은 수많은 말발굽 자국으로 이루어져 있었습니다. 다쓰지는 짧은 웃음소리를 내며 정신없이 그 길을 걸어갔습니다. 하지만 길은 폭이 5촌 정도였다가 다시 3척 정도로 넓어졌으며, 게다가 왠지 빙빙 돌고 있는 것처럼 여겨져 도저히 마음이 놓이지 않았습니다. 그리고 마침내 가지 끝이 그을린 커다란 밤나무 앞까지 왔을 때는 길이 여러 갈래로 희미하게 갈라졌습니다.

그곳은 아마도 방목되는 말이 모이는 장소였을 테지만, 안개 때문에 둥근 광장처럼 보였던 것입니다.

다쓰지는 낙담한 채 다시 검은 길을 되돌아 나오기 시작했습니다. 낯선 풀들이 조용히 흔들렸고, 조금 강한 바람이 불 때는 누군가가 '그것이 왔어'라고 신호라도 해주는 듯 모든 풀이 몸을 숙여 피했습니다.

하늘이 번쩍이며 그릉그릉 울리고 있습니다. 그때 바로 눈앞의 안갯속에서 집 모양을 한 크고 검은 물체가 나타났습니다. 다쓰지는 한동안 자신의 눈을 의심하며 멈춰 서 있었지만, 아무래도 집인 것 같아서 머뭇머뭇 다가갔습니다. 하지만 그것은 차갑고 커다란 검은 바위였습니다.

하늘이 하얗게 빙글빙글 흔들렸으며 풀들이 일시에 물방울을 화악 털어냈습니다.

'길을 잘못 들어서 고원 맞은편으로 내려가면 나는 죽게 될 거야.'

다쓰지는 혼잣말을 하듯 중얼거렸습니다. 그리고 외쳤습니다.

"혀엉! 형. 어디 있어, 혀엉!"

주위가 다시 밝아졌습니다. 풀들이 일제히 기쁨의 숨을 내쉬었습니다.

'이사도 마을 전기수리공의 아이가 산도깨비에게 잡혀 손발이 묶였다.' 언젠가 누군가에게 들었던 이야기가 확실하게 귓가에 들렸습니다.

그리고 검은 길이 갑자기 사라졌습니다. 주위가 순간 고요해졌습니다. 그리고 곧이어 강한 바람이 불어왔습니다.

하늘이 깃발처럼 펄럭펄럭 빛나며 나부꼈고, 불꽃이 타닥타닥 타올랐습니다.

다쓰지는 어느새 풀밭 위에 쓰러져 있었습니다.

그런 일들은 모두 뿌연 안갯속에서 일어났던 일인 듯했습니다. 소가 도망간 것도 역시 꿈이었는지 모릅니다. 바람은 정말 불었던 것일까요.

다쓰지는 아이들과 함께 해질 무렵의 도로를 걷고 있었던 것입니다.

걸어왔던 쪽의 산 위로 주황색 달이 조용히 떠올랐습니다. 이사도 마을에서 피운 불이 빨갛게 흔들리고 있습니다.

"자, 모두 준비됐나?"

누군가가 외쳤습니다.

다쓰지는 두껍고 하얀 어깨띠를 꽉 매고 땅을 쿵쾅쿵쾅 밟았습니다. 나라오 씨가 하늘을 향해 외친 소리였습니다.

'두웅 두웅 두웅 두웅 투둥 두웅 두웅.'

그리고 어른들이 북을 쳤습니다.

다쓰지는 칼을 뽑으며 뛰어올랐습니다.

'두웅 두웅 두웅 두웅 투둥 두웅 두웅.'

"위험해. 누가 칼을 뽑은 거야! 아직 촌장도 오지 않았는데 이르잖아."

파란 괴물 가면을 쓴 세스케가 거만하게 소리치고 있습니다. 수많은 빨간 초롱에 불이 켜졌고 다쓰지의 형이 초롱을 들고 와서 다쓰지와 나란히 걸었습니다. 형의 발은 우무 같았고, 꿈같은 색깔이었으며, 턱없이 길었습니다.

'두웅 두웅 두웅 두웅 투둥 두웅 두웅.'

마을 끝에 있는 촌장의 집에서는 아직 문 앞에 불을 피우지 않고 있었습니다. 그 주목나무 담장으로 둘러싸인, 어두운 뜰 안쪽으로 모두 들어갔습니다.

작고 예쁜 아이들이 나와서 웃으며 보고 있었습니다. 마침내 어른들이 본격적으로 검무를 시작했던 것입니다.

'그래, 자, 해치워. 두웅 두웅 두웅 두웅 투둥 두웅 두웅.'

'투둥 투둥.'

밤바람이 휘몰아치고 노송나무는 어지러이 흔들리네
달빛은 쏟아지네, 은 화살 물결
찌르는 자도 베이는 자도 하나의 생명
칼 소리가 사라지지 않는 시간. 얏, 휘익, 카창, 얏

칼이 파랗게 반짝반짝 빛났습니다. 배나무 잎이 달빛에 바삐 움직이고 있습니다.

'두웅 두웅 두웅 두웅 투둥 두웅 두웅. 칼은 번개, 참억새의 바스락거림, 타오르고…….'

두 개의 무리로 나뉘어, 칼이 카창카창 울립니다. 파란 가면이 나와서 물에 빠진 듯한 모습으로 안간힘을 쓰며 뛰어오릅니다. 아이들

이 울음을 터뜨렸습니다. 다쓰지는 웃었습니다.

갑자기 달이 심술궂게 한 눈을 감았습니다. 그리고 은쟁반처럼 하얘지더니 사라졌습니다.

'선생님의 목소리가 들려. 그래, 벌써 학교가 시작된 거야.' 다쓰지는 생각했습니다.

그곳은 교실이었습니다. 선생님이 왠지 조금 야윈 듯했습니다.

"여러분, 즐거운 여름방학도 이제 끝났습니다. 이제 기분 좋은 가을입니다. 한 해 중, 가장 공부하기 좋은 시기입니다. 여러분은 내일부터 다시 열심히 공부해야 합니다. 숙제는 다 해왔지요? 오늘 숙제 가져온 사람 손을 들어보세요."

다쓰지와 나라오 둘 뿐이었습니다.

"내일은 모두 잊지 말고 가져오세요. 혹시 다 못한 사람이 있어도 그대로 가지고 오세요. 다 못한 사람은 손을 들어보세요."

손을 드는 사람은 아무도 없었습니다.

"그래요. 여러분은 훌륭한 학생입니다. 방학 동안 여러분은 무엇을 했나요? 다쓰지는 가장 재미있었던 일이 무엇이었나요?"

"할아버지랑 망아지를 몰러 갔을 때입니다."

"좋아요, 아주 잘했어요. 나라오는 여름방학 동안에 무엇이 가장 즐거웠나요?"

"검무입니다."

"나라오가 검무를 추었나요?"

"그렇습니다."

"어디서요?"

"이사도에서도 했고, 여러 곳에서 했습니다."

"그렇군요. 좋습니다. 앉으세요. 여러분, 검무를 춘 사람이 또 있나요?"

"선생님, 저도 나갔어요."

"선생님, 저도 쳤어요."

"다쓰지도 했군요. 좋아요. 여러분, 검무는 결코 나쁜 것이 아닙니다. 물론 여러분 가운데 그런 학생은 없겠지만, 혹시 돈을 받거나 해서는 안 됩니다. 여러분은 훌륭한 학생이니까요."

"선생님, 저는 돈을 받지 않아요."

"좋아요. 그래야 해요. 그리고……."

다쓰지는 눈을 떴습니다. 모두 꿈이었습니다. 차가운 안개와 이슬이 이마에 떨어졌습니다. 하늘은 온통 안개로 가득해서 아무것도 보이지 않습니다. 갑자기 환해졌다가 어두워졌다가 합니다. 잔대 한 줄기가 몸을 굽혀 다쓰지를 어루만졌습니다.

그리고 다쓰지는 다시 꾸벅 잠이 들었습니다. 안개가 미지근한 물처럼 되었습니다. 그때 귀여운 여자아이가 다쓰지를 불렀습니다.

"이쪽으로 오세요. 좋은 것을 드릴게요. 자, 말린 사과예요."

"고마워. 너는 누구니?"

"나는 그 누구도 아니에요. 함께 저쪽으로 가서 놀아요. 당신 당나귀를 데리고 가요."

"당나귀는 없어. 그냥 망아지라면 있는데."

"그냥 망아지는 커서 안 돼요."

"그러면 작은 새는 싫어하니?"

"작은 새. 나, 무척 좋아해요."

"난 검은방울새를 갖고 있는데, 한 마리 줄까?"

"네, 갖고 싶어요."

"줄게. 지금 가져올 테니까 기다려."

"네, 빨리 오세요."

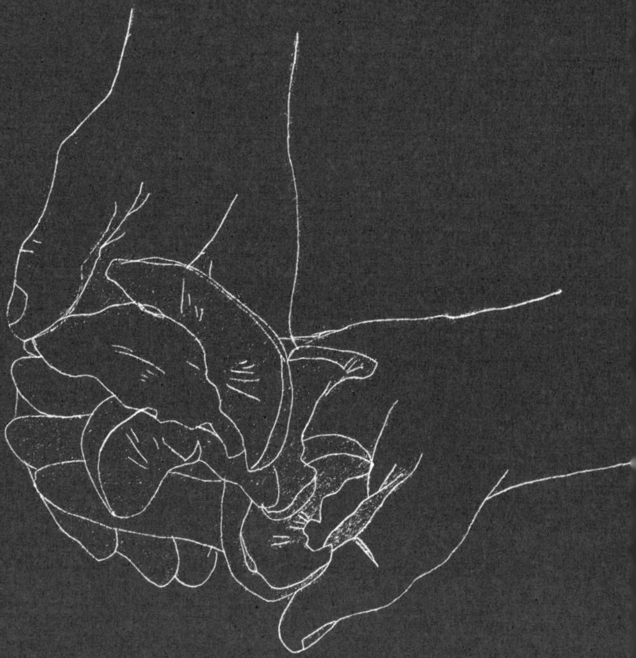

다쓰지는 열심히 집으로 달려갔습니다. 아름다운 초록색 들판과 작은 시내를 건너며 오로지 달렸습니다. 들판은 왠지 푹신푹신해서 고무 같았습니다.

다쓰지의 집은 어느새 들판 한가운데에 세워져 있습니다. 서둘러 바구니를 열고 살며시 작은 새를 붙잡았습니다. 그리고 다시 나가려고 하자 "다쓰지, 어디 가니?" 하고 다쓰지의 엄마가 말했습니다.

"금방 올게."

다쓰지가 대답하는 순간, 새는 어느새 연둣빛 생과자로 변해 있었습니다. 역시 꿈이었습니다.

바람이 불고 하늘은 어두운 은색입니다.

'이사도 마을의 전기공 아들, 후라, 후라, 후라, 후라' 하는 소리가 어디선가 들립니다.

그리고 잠시 하늘이 미잉미잉 울렸습니다. 다쓰지는 다시 스르르 잠이 들었습니다.

산도깨비가 졸참나무 뒤에서 새빨간 얼굴을 살짝 내밀었습니다.

'흥, 무서워할 줄 알고!'

"어이 산도깨비. 나와 봐. 칼로 베어버리겠어."

다쓰지는 허리춤에서 작은 칼을 뽑아 자세를 취했습니다.

산도깨비는 완전히 겁에 질려 네 발로 풀 위를 기어 나왔습니다. 머리카락이 바람에 사각사각 거립니다.

"정말 미안해. 무슨 일이든 할게."

"응. 그러면 용서해주지. 게를 백 마리 잡아 와."

"응, 게 백 마리. 그걸로 되겠어?"

"그리고 토끼도 백 마리 잡아 와."

"응. 죽여서 데려와도 돼?"

"아니. 안 돼. 살아있는 걸로 데려와."

"응응, 알았어."

그러나 다쓰지는 방심하고 있는 사이에 산도깨비에게 발을 잡혀 쓰러졌습니다. 산도깨비는 다쓰지를 깔고 누른 후 칼을 빼앗았습니다.

"꼬맹이, 자, 따라와. 이제부터 넌 내 부하야. 따라와. 이 칼 좋은데? 아주 잘 달궈졌어."

"멍청이, 네 부하 따위는 되지 않아. 죽이려면 죽여."

"꽤 당돌한 놈이군. 따라오라면 따라와."

"안 가."

"그렇다면 널 납치하겠다."

산도깨비는 다쓰지를 겨드랑이에 끼웠습니다. 다쓰지는 재빨리 칼을 되찾아 산도깨비의 옆구리를 푹 찔렀습니다. 산도깨비는 허둥지둥 날뛰더니 하얀 거품을 잔뜩 토하고는 죽어버렸습니다.

갑자기 주위가 컴컴해지더니 격렬하게 천둥이 치기 시작했습니다.

그리고 다쓰지는 다시 눈을 떴습니다.

잿빛 안개가 빠르게 빠르게 날아갑니다. 그리고 바로 눈앞에 소가 우두커니 서 있었습니다. 다쓰지가 두려운 듯 소는 옆쪽을 보고 있었습니다. 다쓰지는 소리쳤습니다.

"아, 있었구나. 이 바보 같은 놈. 자, 걸어."

천둥과 바람 소리 속에서 희미하게 형의 목소리가 들렸습니다.

"어이, 다쓰지. 어디 있니? 다쓰지, 다쓰지."

다쓰지는 기뻐서 펄쩍 뛰었습니다.

"여기, 있어, 여기. 혀엉, 여기."

다쓰지는 소의 목에서 고삐를 풀어 끌기 시작했습니다.

다시 검은 길이 풀 속에서 불쑥 나타났습니다. 그리고 다쓰지의 형이 갑자기 눈앞에 서 있었습니다. 다쓰지는 형에게 매달렸습니다.

"찾았잖아. 이런 곳까지 와있었다니. 왜 그곳에 가만히 있지 않은 거야? 할아버지가 걱정하고 있어. 자, 빨리 가자."

"소가 도망갔었단 말이야."

"아, 소가 도망갔었구나. 얼마나 놀랐을까. 다 젖었네. 자, 형 도롱이를 입어."

"하나도 춥지 않아. 형 것은 너무 커서 끌리니까 안 돼."

"그래? 좋아. 일단 걷자. 할아버지가 불을 피워놓고 기다리고 계셔."

완만한 언덕을 두 번 정도 오르내렸습니다. 그리고 검고 커다란 길을 따라 한참을 걸었습니다.

번개가 두 번, 희미하고 하얗게 번쩍였습니다. 풀을 태우는 냄새가 나고, 연기가 안갯속을 느릿하게 흐르고 있습니다.

다쓰지의 형이 소리쳤습니다.

"할아버지, 찾았어, 찾았어. 다쓰지 찾았어."

할아버지는 안갯속에 서서 "아, 그래. 정말 걱정했다, 걱정했어. 아, 다행이다. 이런, 다쓰지, 춥지? 얼른 들어오너라" 하고 말했습니다.

반 정도 그슬린 커다란 밤나무 밑둥치에 풀로 만든 작은 담이 있었고, 빨간 불이 조그맣게 타오르고 있었습니다.

형은 졸참나무에 소를 묶었습니다.

말도 히잉하고 울고 있습니다.

"가엽게도. 얼마나 울었을까. 자, 경단 먹으렴. 어서 먹어. 할아버지 거는 지금 구울 거니까. 도대체 어디까지 갔었던 거냐?"

"사사나가네 내리막 초입이요."

형이 대답했습니다.

"저런, 정말 위험했구나, 위험했어. 그쪽으로 내려가면 그걸로 끝이야. 자, 다쓰지 경단을 먹으렴. 흠, 꼭 망아지처럼 먹는구나. 자자, 이것도 먹으렴."

"할아버지. 지금 풀을 정리하고 올까요?"

다쓰지의 형이 말했습니다.

"아니다, 조금 더 기다려라. 다시 곧 날이 개일 게다. 나도 도시락을 먹으련다. 아아, 걱정했다. 나도 호랑이산 아래까지 가봤었단다. 휴우, 정말 다행이다. 비도 그칠 거야."

"오늘 아침에는 정말 날씨가 좋았는데."

"응. 다시 좋아질 게다. 이런, 물이 새는구나. 지붕에 풀을 좀 덮어야겠다."

형이 밖으로 나갔습니다. 천장에서 바삭바삭바삭 소리가 납니다. 할아버지는 웃으면서 올려다보고 있었습니다.

형이 다시 들어왔습니다.

"할아버지, 날이 밝아졌어요. 비가 그쳤어요."

"오, 그래. 자 도시락을 먹고 풀을 정리하자꾸나. 다쓰지, 도시락을 먹거라."

안개가 깨끗하게 걷혔습니다. 햇살이 살며시 흘러들어옵니다. 태양은 조금 서쪽에 걸려있었고, 납 같은 안개 몇 조각이 미처 도망가지 못한 채 어쩔 수 없이 햇살에 빛나고 있습니다.

풀에서 물방울이 반짝반짝 떨어졌고, 모든 잎사귀도 줄기도 꽃도, 올해의 마지막 햇살을 빨아들이고 있습니다.

저 멀리 기타카미의 푸른 들판은 지금 막 울음을 그친 듯 눈부시게 웃었고, 저쪽 밤나무는 푸른 후광을 발산하고 있었습니다.

★

시월의 끝

十月の末

갓코는 작은 짚신을 신고, 빨간 두 주먹을 얼굴 앞에 나란히 모은 채 후후 입김을 불며 봉당에서 밖으로 뛰어나갔습니다. 밖은 차갑고 환했으며, 그리고 고요했습니다.

갓코의 엄마는 커다란 도롱이를 입고 밧줄을 어깨에 걸친 채 그 뒤를 따라나왔습니다.

"엄마, 어젯밤에 땅이 얼었었나 봐."

갓코는 습기를 머금은 검은 땅을 철퍽철퍽 밟으며 말했습니다.

"응, 서리가 내린 거야. 오늘은 밭도 땅도 질퍽질퍽하겠네."

갓코의 엄마는 반쯤 혼잣말처럼 대답했습니다.

갓코의 할머니 역시 도롱이를 입고 채비를 다 갖춘 후 집 안에서 나왔습니다.

그리고 살짝 손으로 이마의 햇빛을 가리며 밝은 하늘을 둘러보고 중얼거렸습니다.

"영감은 오늘 아침에도 안 들어오려나. 우리는 이렇게 바쁜데."

"영감은 오늘 아침에도 안 들어오려나."

갓코가 갑자기 외쳤습니다.

할머니가 웃었습니다.

"에이, 치사한 영감 같으니. 만날 술만 취해서 일은 하나도 도와주지를 않고. 오늘도 마을에서 술이나 마시고 있겠지. 너는 할아비 닮으면 안 된다."

타닥타닥 타닥타닥. 갓코는 이미 달려나가 담장 입구의 버드나무를 보고 있었습니다.

버드나무는 찌찌잉 찌찌잉하고 울며 나뭇가지 사이를 뛰어다니는 작은 굴뚝새들로 가득했습니다.

버드나무는, 지금은 그 가늘고 긴 잎을 완전히 떨군 채 차가운 바람에 아주 살짝 흔들리고 있었고, 그 나무 끝 파란 하늘에는 마을 축제의 밤에 먹는 솜사탕 같은 하얀 구름이 조용하게 하늘을 날고 있었습니다.

'찌찌잉, 찌찌잉, 찌이, 찌이, 찌찌잉.'

굴뚝새들은 버드나무 안에서 날고 뛰어다니며 정말로 재밌게 놀고 있습니다. 버드나무 안이라고 하는 이유는 나뭇잎이 떨어져 텅 빈 나뭇가지 바깥쪽으로 유리가 둘러쳐져 있는 듯이 느껴졌기 때문입니다. 그래서 갓코는 더욱 기뻤습니다.

하지만 마침내 그 투명한 유리상자도 깨졌습니다. 엄마와 할머니가 이쪽으로 왔기 때문에 갓코가 '앗' 하고 두 손을 올리자 작은 굴뚝새들은 동그란 원을 그리며 휘익 날아가 버린 것입니다.

굴뚝새도 날아가 버리자, 갓코는 도로로 달려갔습니다.

전봇대가 '고오고오, 가아가아, 끼이이위잉위잉, 고고오, 고고오, 고고오' 하고 울고 있습니다. 갓코는 길 한가운데에서 작은 팔로 팔짱을 끼고 서서 소나무 가로수의 이쪽저쪽을 자세히 살펴보았지만 파삭파삭한 소나무 잎만 늘어서있었고, 그 외에는 아주 저 멀리에 하얀 소 같은 것이 머리인지 다리인지를 조금 내밀고 있을 뿐입니다. 갓코는 도로를 가로질러 산속의 밭쪽으로 달려갔습니다. 엄마와 할머니도 뒤따라 왔습니다. 하지만 이 길은 엄마나 할머니보다 갓코가 더 잘 알고 있습니다. 길 한가운데에 살짝 고개를 내밀고 있는 곰보 자국의 둥근 돌멩이조차도 갓코는 확실하게 알고 있습니다. 지겨울 정도로 잘 알고 있는 것입니다.

갓코는 숲으로 들어갔습니다. 소나무와 졸참나무가 빛의 하늘 위로 뾰족뾰족 솟아있습니다.

숲을 빠져나가면, 그곳이 갓코네 콩밭이었습니다.

콩밭에는 지금은 이미 갈색 콩나무가 빽빽합니다.

콩나무는 두꺼운 갈색 외투를 입고 백 열, 이백 열이나 되는 병사가 빠르게 행진하는 모습 같습니다.

해님은 엷은 구름으로 들어갔고, 저편의 억새 들판이 희미하게 빛나고 있습니다.

검은 새가 그 파리한 하늘 끝을 사선으로 날아갔습니다.

엄마와 할머니가 마침내 숲에서 나왔습니다. 그리고 다른 두 사람이 맞은편 밭 언저리에서 반짝이며 이쪽으로 옵니다. 한 사람은 크고 또 한 사람은 검고 작았습니다.

그 두 사람은 옆집의 젠코와 젠코의 엄마가 틀림없습니다.

"와아, 젠코!"

갓코가 크게 외쳤습니다.

"갓코!"

커다란 대답이 울려왔습니다. 그리고 두 아이는 양쪽에서 달려와 밭 경계에서 딱 만났습니다. 젠코네 밭도 갈색 외투를 입은 콩나무 병사로 가득했습니다.

"너희 집, 오늘 아침에 서리 내렸어?"

갓코가 물었습니다.

"서리, 우리 집에 내렸어. 너희 집도 내렸어?"

젠코가 말했습니다.

"응, 내렸어."

그리고 두 사람은 젠코의 엄마가 가져온 돗자리 위에 앉았습니다. 엄마들은 뒤에 서서 이야기를 나누고 있습니다.

두 아이는 돗자리에 앉아서 "와아아아아아아아아아아" 하고 소리를 내며 두 손으로 귀를 막았다가 떼는 놀이를 하며 놀았습니다. 그런데 신기하게도 '와아아아아아아아아아아' 하는 소리를 내지 않았는데도 두 손으로 귀를 자꾸 막았다가 떼었다가 하자 '가—가—코코—코—좌—' 하는 물이 흐르는 듯한 소리가 들리는 것이었습니다.

"너, 이 소리가 무슨 소리인지 알아?"

갓코가 말했습니다. 젠코도 잠시 귀를 막아보았지만, 아무래도 무슨 소리인지 알 수 없어서 고민하는 듯했습니다. 그러고는 "이상하네" 하고 말했습니다.

그때 마침 갓코의 엄마가 밭이랑 너머에서 콩나무를 뽑으며 가까이 왔기 때문에, 갓코는 큰 소리로 외쳤습니다.

"엄마! 이렇게 하면 가—가—하고 들리는 게 뭐야?"

"시네야마 산의 폭포 소리지."

엄마는 콩 뿌리의 흙을 툭툭 털면서 말했습니다. 두 아이는 시네야마 산 쪽을 보았습니다. 하지만 그곳에서 폭포 소리가 들려온다니 도저히 믿기지 않았습니다.

엄마가 저쪽으로 가고 이번에는 할머니가 왔습니다.

"할머니! 이렇게 하면 가—가—코—코—하고 울리는 건 무슨 소리야?"

할머니는 에고에고하며 허리를 펴고는 손등으로 잠시 이마를 닦더니 두 아이를 보며 말했습니다.

"하늘의 귀신이 오줌을 누는 소리지."

두 아이는 이상하다는 표정으로 말없이 다시 소리를 들어보았습니다. 그러다 젠코가 갑자기 깜짝 놀랄 정도로 큰 소리로 외쳤습니다.

"하늘의 귀신 오줌, 길다!"

그러자 갓코가 벌떡 일어나 웃으면서 할머니가 있는 곳으로 달려갔습니다.

"아하하하, 할머니. 하늘의 귀신 오줌 엄청나게 길어."

"길고말고. 그 녀석은 늘 오줌을 누고 있거든."

할머니는 진지한 얼굴로 말하면서 다시 콩나무를 뽑았습니다. 갓코는 너무 놀라서 멍하니 돗자리에 앉았습니다.

해님은 옅은 하얀 구름으로 들어갔고, 까만 새가 높게 높게 원을 만들고 있습니다. 그 구름의 이쪽, 콩밭 맞은편에서 쥐색 옷을 입고 사냥 모자를 쓴, 키가 엄청나게 큰 남자가 무언가를 어깨에 잔뜩 둘러메고 성큼성큼 걸어갑니다.

"군인 아저씨!"

젠코가 외치며 그쪽으로 달려갔습니다.

"군인이 아니야. 총이 없잖아."

갓코도 달려가며 말했습니다.

"군인 아저씨!"

젠코가 다시 소리쳤습니다.

"군인이 아니야. 총이 없잖아."

하지만 그때 이미 두 아이는 낯선 남자의 코앞까지 와 있었습니다.

"군인 아저씨."

젠코는 다시 외치면서 이상하다는 표정을 짓고 있었습니다. 왜냐하면 그 사람은 빨간 수염의 서양인이었기 때문입니다. 게다가 그 남자가 입을 크게 벌리고 소리쳤습니다.

"그르르르, 그르르, 유―, 리틀, 래스칼스, 유, 플레이, 트르언트, 비, 오프, 나우, 스캣, 어웨이, 투, 스쿨! YOU LITTLE RASCALS! YOU PLAY TRUANT! BE OFF NOW! SCAT AWAY TO SCHOOL!" 하고 천둥 같은 소리로 외쳤습니다. 그래서 두 아이는 입도 뻥긋 못하고, 눈이 동그래져 쏜살같이 도망갔습니다. 그러자 뒤에서 무척이나 재미있다는 듯 크게 웃는 소리가 들립니다. 저쪽에서는 엄마들이 걱정스러운 듯 손을 이마에 올리고 이쪽을 보고 있었지만, 이윽고 살짝 고개를 숙여 인사를 했습니다. 두 아이가 돌아보자 그 쥐색 여행자도 웃으면서 모자를 벗고 고개를 숙이고 있었습니다. 그리고 다시 저쪽으로 성큼성큼 걸어갔습니다.

해님이 다시 환하게 밝아졌고 두 아이는 돗자리에 앉아서 종달새도 없는데 '종달새 구이, 종달새 찜' 따위의 엉터리 종달새 노래를 부르고 있었습니다.

그러다 갓코가 갑자기 무언가 생각난 듯 노래를 멈추더니 얼굴을 약간 찡그리며 젠코에게 물었습니다.

"있잖아, 너희 할아버지, 술주정뱅이야?"

"아니, 우리 할아버지 술주정뱅이 아니야."

젠코가 대답했습니다.

"그러면 너희 할아버지랑 우리 할아버지랑 바꾸면 어때? 바꾸지 않을래?"

갓코가 그 말을 하자마자 저절로 아얏 소리가 날 정도로 누군가 귀를 세게 당겼습니다. 돌아보니 갓코의 할아버지가 도롱이를 입고 문어처럼 빨간 얼굴로 갓코를 내려다보고 있는 것이었습니다.

"뭐라고 했지? 할아버지를 바꾸자고? 요 녀석, 산에 사는 방귀쟁이 할아범에게 줘버린다."

"할아버지, 잘못했어요. 안 바꿀 테니까 용서해주세요."

갓코는 울먹이며 잘못했다고 빌었습니다. 그러자 할아버지는 웃으면서 콩나무를 뽑기 시작했습니다.

★ ★ ★

불이 빨갛게 타오르고 있습니다. 연기는 자꾸 할아버지 쪽으로 갑니다.

갓코는 까만 고양이의 꼬리를 붙잡아 커억 소리가 날 만큼 꼭 껴안고 있었습니다. 맞은편에서는 이미 학교에 다니고 있는 갓코의 형이 가방에서 교과서를 꺼내 소리 내어 읽고 있었습니다.

"소나무를 태우는 화로 옆에서

밤에는 이런저런 이야기꽃을 피운다.

엄마가 정성 들여 만든 무회무침,

이것이 시골의 섣달그믐 생선요리. 제 십삼과……."

"뭐라고? 무회무침은 뭐고 섣달그믐 생선요리는 뭐냐. 너무 치사한 책이구나."

갑자기 할아버지가 끼어들어 말했습니다. 그러자 갓코의 아버지도 웃었습니다.

"이 책은 절약정신을 가르치는 책인가 보구나."

하지만 갓코의 형은 단단히 화가 났습니다. 그리고 울음을 터뜨릴 듯한 얼굴로 교과서를 가방에 넣고는 "갓코, 고양이 나한테 줘" 하고 말했습니다.

"안 돼! 싫단 말이야."

갓코가 말했습니다.

"달라면 줘. 갓코, 야! 내놔."

"싫어, 싫어, 싫다니까."

"그러면 때려 줄 거야, 알았어?"

갓코의 형이 일어섰습니다. 할아버지가 갓코의 형을 말리는 사이

갓코가 재빨리 도망치려는 순간 갑자기 하늘의 파란 시멘트가 한꺼번에 떨어지는 듯한, 쿠궁하는 소리가 나고 집이 흔들흔들 흔들렸습니다. 모두 깜짝 놀라 넋을 잃었습니다. 고양이는 갓코의 손에서 미끄러져 떨어지자 몸을 부르르 떨더니 어딘가로 쏜살같이 달려가 버렸습니다. '쿠궁, 구르르 구르르' 하는 소리는 계속 이어졌고 쾅하는 소리가 앞쪽에서 울리더니 돌멩이 같은 것들이 일제히 떨어지는 듯했습니다.

"천둥이다."

할아버지가 말했습니다.

"우박이다."

아버지가 말했습니다. 투둑투두둑하는 우박 소리 너머로 "호오" 하고 외치는 옆집의 젠코 목소리가 들립니다.

"호오" 하고 갓코가 대답했습니다.

"호오오."

옆집에서 젠코가 다시 외칩니다.

"호오오오."

갓코가 입을 피리처럼 만들어 힘껏 외칩니다.

갑자기 바깥에서 소리가 그치더니 늪의 바닥처럼 으스스한 기분이 들 정도로 조용해졌습니다.

갓코의 형은 우박을 주우려고 신발을 신고 밖으로 나갔습니다. 갓코도 따라나갔습니다. 하늘은 깨끗이 닦아놓은 거울처럼 매끄러웠고, 푸른 반달이 그 한가운데에 걸려 있었으며, 땅이 반짝반짝 빛나고 있어서 갓코는 얼음사탕을 뿌려놓은 것 같다고 생각했습니다.

저 멀리 남쪽에는 하얀 구름인지 안개가 걸려있었고, 달빛 사이로 번개가 이따금 하얗게 번쩍였습니다. 두 사람은 참새 알만 한 우박을 주워들고 깜짝 놀랐습니다.

"호오."

젠코의 목소리가 들립니다.

"호오."

갓코와 갓코의 형은 동시에 외치면서 버드나무 담장 아래까지 나갔습니다.

옆 담장에서도 작은 검은 그림자가 불쑥 나왔습니다. 젠코입니다. 갓코는 달렸습니다.

"봐, 우박이야. 크지? 엄청나게 크지?"

젠코도 우박을 잔뜩 주워들고 있었습니다.

"내 것도 이렇게 커."

번개가 다시 하얗게 번쩍이며 지나갔습니다.

"아! 산속의 방귀쟁이 할아범이다."

갓코가 갑자기 서쪽을 가리켰습니다. 니시네 산의 방귀쟁이 할아범은 달빛을 받아 파랗게 빛나며 몸을 길게 옆으로 뉘였습니다.

★

골짜기
谷

나라와타리에 있는 벼랑은 새빨갰습니다.

게다가 무척이나 높고 경사가 심했기 때문에 보고 있으면 정말 어질어질했습니다.

골짜기 바닥은 물이고 뭐고 아무것도 없이 단지 푸른 우듬지와 자작나무 등의 가지가 조금씩 보일 뿐이었습니다.

건너편도 이쪽과 마찬가지였으며, 그 날카로운 붉은 벼랑에는 잿빛의 굵은 선 다섯 줄이 옆으로 그어져 있었습니다. 깔끄럽고 거친 선은 붉은 흙 밖으로 불거져 나와 있었습니다. 그 선은 옛날 산에서 흘러나와 다시 화산재에 파묻힌 다섯 층의 오래된 용암류였습니다.

예전에는 벼랑의 이쪽과 건너편이 이어져 있었겠지만, 어느 시기엔가 찢어지거나 갈라졌을 것입니다. 안개가 끼었을 때는 골짜기 바닥이 새하얀 색으로 덮여 아무것도 보이지 않았습니다.

내가 처음 그곳에 간 때는 분명 초등학교 3학년이나 4학년 즈음입니다. 한참 아래에 있는 들판에서 혼자 머루를 먹고 있는데, 마구간의 리스케가 목에 울금색 천을 감고 빈 숯섬을 멘 채 성큼성큼 지나가고 있었습니다. 그리고 나를 보더니 아주 큰 목소리로 말했습니다.

"어이, 거기! 어디에서 굴러서 이곳에 떨어진 거냐? 거기 있다가는 큰일 난다. 버섯이 잔뜩 있는 곳에 데려가 줄까? 네가 다 가져갈 수도 없을 만큼 많은 곳이 있어."

나는 "응" 하고 대답했습니다. 그러자 리스케는 걸으면서 다시 말했습니다.

"그러면 따라와. 머루 따위는 버려. 입술도 이빨도 완전히 보라색이야. 빨리 따라오라고. 뒤처지면 버리고 갈 거야."

나는 곧바로 손에 들고 있던 머루송이를 버리고 열심히 리스케를 따라갔습니다. 그런데 리스케는 데려간다고 말해놓고는 나 따위는 전혀 신경도 쓰지 않았습니다. 혼자 멋대로 걸어가며 엄청나게 큰 목소리로 하늘을 집어삼키듯 노래를 불렀습니다. 나는 죽어라고 따라갔습니다.

우리는 떡갈나무 숲으로 들어갔습니다.

햇살이 반짝반짝 반짝반짝 흩뿌려져 있었고 잎은 아름답게 빛났습니다. 우리는 떡갈나무의 검고 흰 가지 사이를 계속해서 빠져나갔습니다. 숲으로 들어가자 리스케도 그다지 서두르지 않았습니다. 사실 서두를 수도 없는 듯했습니다. 상당히 급한 경사가 나왔기 때문입니다.

십오 분 정도 떡갈나무 사이를 빠져나갔을 때 리스케는 조금 옆쪽으로 돌아 몸을 수그리고는 주변을 살피더니 잠시 후 멈춰 섰습니다. 그리고 아주 낮은 목소리로 "자, 다 왔다. 원하는 만큼 따도 돼. 하지만 왼쪽으로는 가면 안 돼. 벼랑이야."

그곳은 떡갈나무와 졸참나무 숲 사이에 있는 작은 공터였습니다. 나는 가슴이 마구 뛰었습니다. 온통 이곳저곳에 싸리버섯이 자라나 있었던 것입니다. 리스케는 숯섬을 내려놓더니 거드름을 피우듯 볼을 잔뜩 부풀리고는 후우하고 숨을 내쉰 후 다시 말했습니다.

"어때? 싸리버섯에는 갈색과 흰색이 있는데 흰색은 딱딱하고 심이 많아서 안 돼. 갈색을 따."

"이제 따도 돼?"

내가 물었습니다.

"응, 어디에 담아갈래? 그래, 겉옷에 담아가면 되겠다."

"응."

나는 겉옷을 벗어 풀 위에 펼쳤습니다.

리스케는 이미 끝쪽부터 버섯을 따서 숯섬에 넣었습니다. 나도 버섯을 땄습니다. 그런데 리스케가 따는 것은 전부 흰색 싸리버섯이었습니다. 흰색만 골라서 숯섬에 마구 집어넣고 있었던 것입니다. 나는 어이가 없어서 멍하니 바라보고 있었습니다.

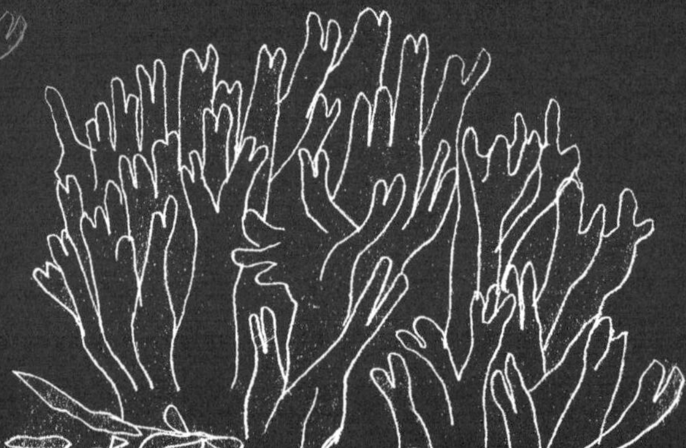

"뭘 멍하니 있는 거야? 빨리 따라고."

리스케가 말했습니다.

"응. 그런데 너는 왜 흰색만 따?"

내가 물었습니다.

"나는 절임용을 따는 거야. 너희 집은 버섯절임 따위는 안 먹을 테니 갈색을 가져가는 게 좋아. 삶아서 먹을 테니까."

나는 맞는 말 같아서 리스케가 조금 불쌍하다는 생각을 하며 갈색 싸리버섯을 가득 땄습니다. 겉옷에 다 담을 수 없을 정도가 되었지만 계속해서 땄습니다.

햇살이 비쳐서 가을임에도 꽤 더웠습니다.

이윽고 버섯도 거의 없어지자 리스케는 숯섬에 가득 담긴 버섯을 두 손으로 가볍게 누르고는 풀고사리 잎을 대여섯 장 덮은 후 새끼줄로 주둥이를 묶었습니다.

"이제 돌아가자. 골짜기를 보고 갈까?"

리스케는 땀을 닦으면서 오른쪽으로 갔습니다. 나도 따라갔습니다. 잠시 후 리스케가 멈춰 섰습니다. 그리고 나를 돌아보더니 내 어깨를 눌렀습니다.

"자, 봐. 어때?"

나는 맞은편을 보았습니다. 그곳은 바로 그 새빨간 불덩이 같은 벼랑이었습니다. 나는 머릿속이 하얘지는 듯했습니다. 그 정도로 벼랑은 무섭게 보였던 것입니다.

"아래쪽도 보여줄까."

리스케는 말하면서 나를 벼랑 끝으로 천천히 밀었습니다. 나는 아래를 슬쩍 보는 것만으로도 어질어질했습니다.

"어때, 무섭지? 혼자 오면 분명 여기에 떨어질 테니까, 내년이든 언제든 혼자 와서는 안 돼. 혼자 왔다가는 무슨 일을 당할지 몰라. 무엇보다 길을 잃을 거야."

리스케는 내 어깨에서 손을 떼더니 무척 짓궂은 얼굴로 이렇게 말했습니다.

"응, 길을 잃을 거야."

나는 멍하니 대답했습니다.

그러자 리스케는 웃으면서 돌아섰습니다.

그리고 푸른 하늘을 향해 드높게 노래를 불렀습니다.

버섯을 놓아둔 곳으로 돌아간 리스케는 다리를 뻗으며 철퍼덕 앉아서 숯섬을 멨습니다. 그리고 양쪽 어깨의 새끼줄을 서로 묶더니 말했습니다.

"나 좀 일으켜줘."

나는 이미 버섯을 가득 담은 겉옷을 보자기처럼 싸서 가슴에 매고 있었지만, 그 말을 듣고는 어쩔 수 없이 보따리를 내려놓고 뒤에서 리스케의 숯섬을 들어주었습니다. 리스케는 일어나더니 기쁜 듯 웃으면서 들판 쪽으로 내려가기 시작했습니다. 나도 보따리를 들고 기뻐서 몇 번이나 "야호" 하고 외쳤습니다.

그리고 우리는 들판에서 헤어졌고, 나는 기세등등하게 집으로 돌아갔던 것입니다. 그러자 콩깍지를 두드리고 있던 형이 웃으면서 말했습니다.

"왜 이렇게 시든 버섯만 따 온 거야?"

"하지만 리스케가 갈색이 좋은 거라고 말했는걸."

"리스케 말이냐? 뻰뻰한 녀석 같으니라고. 이제 싸리버섯 철도 끝나가겠군. 나도 내일 나가볼까."

나는 또 따라가고 싶었지만 다음 날은 월요일이기 때문에 어쩔 수가 없었습니다.

그리고 그해 겨울이 되었습니다.

다음 해 봄에 리스케는 홋카이도의 목장으로 떠났습니다. 그러고 나니 리스케가 다른 사람에게도 가르쳐주었을지는 모르지만, 그곳의 버섯은 내 것이었습니다. 나는 그 사실을 형에게도 말하지 않았습니다. 올해야말로 하얀 버섯을 가득 따서 체면을 세워야겠다고 생각했기 때문입니다.

그러는 동안에 9월이 되었습니다. 나는 처음에는 혼자서 갈까 생각했지만, 들판에서 한참 들어가야 해서 무섭기도 했고, 무엇보다도 어디 근처였는지 확실히 알 수 없었기 때문에 친구를 데려가기로 했습니다.

그래서 나는 토요일에 후지와라 게지로에게 버섯 이야기를 했습니다. 그리고 아무에게도 그 장소를 얘기하지 않는다면 함께 데려가겠다고 했습니다. 그러자 게지로는 무척이나 기뻐하며 말했습니다.

"나라와타리는 내가 확실하게 길을 알아. 그곳에서 한때 숯을 구웠기 때문에 방향을 확실하게 알지. 가자."

나는 이제 됐다고 생각했습니다.

다음 날 아침 일찍 우리는 커다란 대바구니를 들고 나섰습니다. 바구니 가득 버섯을 따올 생각을 하자 가슴이 두근두근했습니다.

그런데 그날은 아침인데도 동쪽 하늘이 빨갛게 물든 것이, 아무래도 비가 올 듯했습니다. 우리가 떡갈나무 숲으로 들어갔을 즈음에는 구름이 잔뜩 낮아진데다가 번쩍이기까지 했습니다. 떡갈나무 잎도 어둡게 보였고 바람도 바스락바스락 소리를 내서 무척이나 으스스한 기분이 들었습니다.

그래도 우리는 계속해서 올라갔습니다. 게지로는 이따금 저 멀리를 둘러보고는 "괜찮아. 거의 다 왔어"라고 말했습니다. 실제로 산길을 걷는 것은 나보다는 게지로가 훨씬 익숙했고 능숙했습니다.

그런데 운 좋게도 우리는 갑자기 싸리버섯이 자란 곳을 발견했습니다. 그곳은 분명 작년에 왔던 곳은 아니었습니다. 그래서 나는 "게지로, 이곳은 새로운 곳이야. 우리는 이제 버섯 산을 두 개나 갖게 되었어" 하고 말했습니다. 그러자 게지로도 얼굴이 빨개지도록 기뻐하며 눈과 코가 하나로 붙어버릴 만큼 크게 웃었습니다.

"자, 따자."

나는 말했습니다. 그리고 우리는 흰색만 골라서 열심히 땄습니다. 작년에 있었던 일은 게지로에게 이미 다 얘기했었던 것입니다. 얼마 지나지 않아 대바구니가 가득 찼습니다. 마침 그때 아까부터 내릴 듯했던 비가 하늘에서 툭툭 떨어졌습니다.

"이런, 젖겠어."

내가 말했습니다.

"어차피 흠뻑 젖을 거야."

게지로도 말했습니다.

빗방울은 점점 숫자가 늘어나더니 이내 쏟아지기 시작했습니다. 졸참나무 잎이 톡톡 소리를 내었고 후두둑하는 물방울 소리도 들렸습니다. 나와 게지로는 말없이 비를 맞고 있었습니다. 그래도 기뻤습니다.

그런데 잠시 후 비가 뚝 그쳤습니다. 아쉬운 듯 마지막으로 대여섯 방울을 떨구고 재빨리 사라졌습니다. 그리고 햇살이 비쳐들었습니다. 하늘을 올려다보니 하얀 구름 조각 사이로 커다랗게 빛나는 태양이 달려가고 있었습니다. 우리는 저절로 환호성이 터져 나왔습니다. 졸참나무와 떡갈나무 잎도 반짝반짝 빛났습니다.

"여기가 어디 부근인지 잘 봐두지 않으면 다음에 올 때 찾지 못해."

게지로가 말했습니다.

"응. 그리고 작년에 왔던 곳도 찾아둬야지. 형이라도 오라고 할까? 우리는 내일 못 오잖아."

"내일 학교 끝나고 와도 되지 않을까?"

게지로는 우리 형에게 알리고 싶지 않은 것 같았습니다.

"돌아갈 때 어두워질 거야."

"괜찮다니까. 여하튼 찾아두자. 벼랑은 가까이 있으려나."

우리는 바구니를 그곳에 둔 채 벼랑 쪽으로 걸어갔습니다. 그런데 아직 멀었다고 생각했던 벼랑이 바로 눈앞에 나타났기 때문에 나는 깜짝 놀라서 팔을 벌려 게지로가 오지 못하도록 막았습니다.

"바로 벼랑이야. 위험해."

게지로는 처음으로 벼랑을 본 것 같았습니다. 무척이나 놀랐는지 한동안 아무 말도 하지 않았습니다.

"아, 역시, 그러면 저곳이 작년에 왔던 곳이야."

나는 말했습니다.

"응."

게지로는 조금 시시하다는 듯 고개를 끄덕였습니다.

"그만 돌아갈까."

내가 말했습니다.

"응, 돌아가자. 안녕!" 하고 게지로는 맞은편의 높고 새빨간 벼랑에 대고 소리쳤습니다.

"안녕!"

벼랑에서 메아리가 돌아왔습니다.

나도 갑자기 재미있어져서 있는 힘껏 외쳤습니다.

"야호, 누가 있어?"

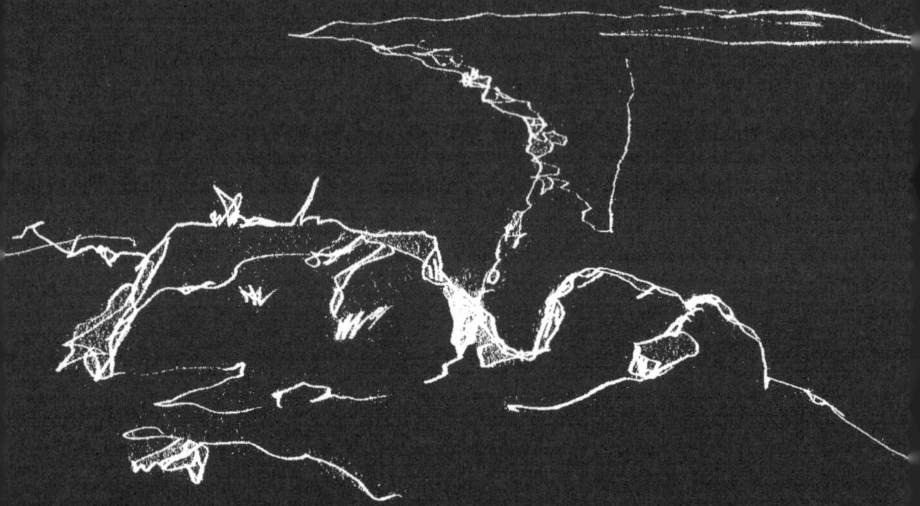

"누가 있어?"

벼랑에서 메아리가 되돌아왔습니다.

"또 올게."

게지로가 외쳤습니다.

"올게."

벼랑이 대답했습니다.

"바보."

나는 조금 대담하게 욕을 했습니다.

"바보."

벼랑도 욕을 돌려보냈습니다.

"바보 멍청이."

게지로가 조금 낮게 외쳤습니다.

그런데 그 대답은 그냥 소곤소곤 중얼거리는 것처럼 들렸습니다. 아무래도 한심하다고 하는 듯도 했고, 또는 저런 녀석들을 언제까지 상대해줄 필요가 없다고 다른 메아리들과 의논하는 듯이도 들렸습니다.

우리도 얼굴을 마주 보았습니다. 그리고 갑자기 무서워져서 함께 벼랑에서 뒤로 물러났습니다.

그리고 바구니를 들고 계속해서 내려갔습니다. 두 사람 모두 말없이 계속해서 내려갔습니다. 물방울에 다 젖고 무언가에 걸려가면서도 아무 말도 없이 우리는 계속해서 도망갔습니다. 도망가면 도망갈수록 점점 무서워졌던 것입니다. 뒤에서 핫하하 웃는 듯한 소리도 들렸습니다.

그래서 다음 해에는 결국 형에게도 얘기하고 함께 갔던 것입니다.

★

두 명의 공무원
二人の役人

그즈음의 가제호 들판은 정말로 아름다웠습니다.

푸른 억새와 반짝이는 찔레나무, 연기 같은 이삭을 내민 풀들로 가득했으며, 곳곳에는 밤나무와 오리나무의 작은 숲도 있었습니다.

지금은 연병장과 조밭, 모밭 등으로 변했지만, 그럼에도 빛나는 기병대 말이나 하얀 셔츠를 입은 사람이 일을 하는 모습은 기차로 지나가면서 봐도 무척 아름다웠습니다. 하지만 역시 이전에는 훨씬 멋진 곳이었습니다.

9월이 되면 우리는 매일 들판으로 나갔습니다. 나는 주로 후지와라 게지로와 함께였습니다. 읍내의 아이들은 일요일에만 나오기 때문에 우리는 언제라도 나팔버섯과 밤을 잔뜩 딸 수 있었습니다. 평상시에도 아주 먼 곳까지 나가지만, 일요일에는 훨씬 더 먼 곳까지 나갔습니다.

그런데 9월 말의 어느 일요일이었습니다. 나는 아침 일찍 게지로를 불러 평상시처럼 들판으로 나갔고 초입에 다다랐을 때, 길가의 밤나무 앞에 하얀 입간판 하나가 세워져 있었습니다. 우리는 이미 초등학교 5학년생이었기 때문에 글자는 쉽게 읽을 수 있었습니다.

'오늘은 도호쿠 장관 일행의 행차가 있으므로 이 안으로 들어가지 말 것. 도호쿠청 알림.'

나는 실망했습니다. 게지로도 얼굴이 벌게져 몇 번이고 다시 읽었습니다.

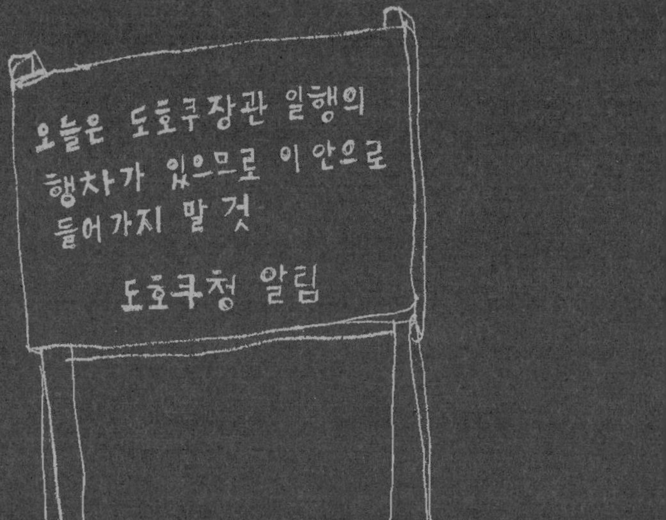

"높은 사람이 온다니 어쩔 수 없네. 괜히 야단맞지 말고 돌아갈까?"

내가 말하자 게지로는 조금 화를 내며 대답했습니다.

"무슨 상관이야? 들어가자, 들어가. 이곳은 임금님의 땅이지 장관 따위의 땅이 아니야. 안쪽으로 깊이 들어가자."

나도 갑자기 흥미가 생겼습니다.

"그런데 도호쿠 장관이라는 사람, 봤으면 좋겠다. 어떻게 생겼을까?"

"수염도 있고 안경도 썼겠지. 전에 왔던 대신도 그랬어."

"어딘가 숨어서 지켜볼까?"

"그래. 데라바야시 숲에 숨으면 어떨까?"

데라바야시는 지금의 연병장 북쪽 끝으로 들판 가운데 가장 아름다운 곳이었습니다. 오리나무 숲이 둥글게 원을 이루고 있고 안에는 작고 부드러운 풀이 온통 자라 있어서 마치 공원 같았습니다.

우리는 그 오리나무 숲 안에 숨어 있으려고 했던 것입니다.

"그러자. 서두르지 않으면 발각될 거야."

"얼른 뛰어가자."

우리는 쏜살같이 들판의 외길을 달렸습니다. 너무 숨이 차서 힘들어지면 하늘을 보며 걷다가 다시 뒤를 돌아보고는 달리기 시작했으며, 달리고 달려 마침내 데라바야시 숲에 도착했습니다. 그리고 길에서 떨어져 있는 오리나무 숲 속에 숨었습니다. 하지만 벌레만 윙윙거리고 이따금 백 마리나 되는 새무리가 지나갈 뿐 사람이 나타날 기미는 전혀 보이지 않았습니다. 점점 대담해진 우리는 오리나무 아래의 억새를 바삭바삭 헤집으며 나팔버섯을 찾기 시작했습니다. 평상시와 마찬가지로 버섯은 잔뜩 있었기 때문에 나는 어느새 장관에 대해서는 잊고 오로지 버섯 따는 일에 열중하고 있었습니다.

그런데 갑자기 게지로가 다가와 옆에 달라붙었습니다. 그리고 내 귀에 대고 작게 속삭였습니다.

"왔다, 왔어. 마침내 왔어. 저기 봐."

나는 억새 사이로 우리가 왔던 쪽을 보았습니다. 저쪽에서 두 명의 공무원이 무척 서두르는 모습으로 걸어오고 있었습니다. 그리고 길에서 벗어나 우리가 있는 숲 쪽으로 오려 하고 있었습니다. 우리는 거의 숨이 막힐 듯했습니다. 두 사람은 계속해서 다가오고 있었습니다.

"이 숲이지? 분명히 이곳이야."

붉은 얼굴에 체격이 좋고 감색 양복의 깃을 세운 공무원이 말했습니다.

"응, 맞아. 확실해."

검은 옷을 입은 다른 공무원이 대답했습니다. 이제 우리는 정말 죽었다고 생각했습니다. 설마 이런 숲은 모르고 지나가겠지 하고 생각했었지만, 두 공무원은 어딘가에서 망을 보고 있었던 것입니다. 설사 죽이지 않는다고 해도 체포할 것이라고 우리는 각오하고 있었습니다. 게지로의 얼굴을 보니 역시 새파랗게 질린 채 입술까지 하얗게 말라있었습니다. 나는 체포되었을 때 버섯을 든 채 마을을 걷고 싶지는 않았습니다. 그래서 게지로에게 조그맣게 말했습니다.

"우린 분명히 체포될 거야. 버섯을 버리자. 버섯 말이야."

게지로는 아무 말 없이 바구니째 버섯을 버렸습니다. 나도 바구니의 끈을 살며시 놓았습니다. 그런데 두 공무원은 특별히 우리를 잡기 위해 온 것이 아닌 듯했습니다.

서성거리며 나무 위를 보고 있었고, 게다가 숲 앞에 딱 멈춰서 있는 듯했습니다. 그리고 한동안 무언가를 하고 있었습니다. 나는 억새가 무성한 곳을 통해 조심스럽게 살펴보았습니다. 두 사람은 밀가루 포대 같은 것을 옆구리에 끼고 선 채 주둥이의 매듭을 풀고 있었습니다.

"이 주변이면 괜찮을까?"

한 사람이 말했습니다.

"응, 괜찮을 거야."

다른 한 사람이 대답하자마자 바스락바스락하는 소리가 들렸습니다. 분명 무언가를 뿌리고 있었습니다. 나는 무엇을 뿌리는지 보고 싶어서 목숨도 아깝지 않았습니다. 무섭기는 당연히 무서웠지만 말입니다.

공무원들은 계속해서 오리나무 사이를 걸어가면서 한동안 무언가를 뿌리더니, 갑자기 한 사람이 말했습니다.

"이봐, 실패했어. 실패야. 완전히 망했다고. 자네 포대에는 아직 많이 남아있나?"

"왜? 숲을 잘못 찾았나?"

다른 한 사람이 놀라서 물었습니다.

"들어보게. 이게 무슨 나무인지 모르겠지만, 밤나무는 아니지 않은가. 터무니없는 곳에 밤이 떨어져 있으면 들킨다고."

다른 한 사람이 침착한 목소리로 대답했습니다.

"흠, 그런 건 걱정할 필요 없어. 난 처음부터 알고 있었어. 그런 것까지 이러쿵저러쿵하겠나? 어디서 떨어진 건지 물으면 바람에 날려 왔을 거라고 대답하면 그만이야."

"그런 식으로 통할 리가 없어. 큰일이군. 어딘가 밤나무 아래에 뿌리자고. 아, 잘됐다. 이것은 밤나무야. 여기서 떨어졌다고 하면 되겠군. 아, 다행이다. 이봐, 이곳에 잔뜩 뿌리라고."

"물론이지."

그리고 한동안 밤이 밤나무 기둥에 부딪히거나 튕겨 나가는 소리가 투둑투둑 들려왔습니다. 우리는 자신도 모르게 얼굴을 마주 보았습니다. 공무원들이 우리를 죽이러 온 것도 아니었고 우리가 있다는 사실조차 모르고 있다는 사실을 깨달았습니다. 마치 세상이 환해지는 듯 느껴졌습니다.

도망가려면 지금이라고 우리는 동시에 생각했습니다. 그 증거로 우리는 잠깐 눈이 마주쳤을 뿐인데도 이미 일어서있었던 것입니다. 그리고 살며시 억새를 헤치고 숲 뒤쪽으로 나가려고 했습니다. 그러자 공무원 한 사람이 황급히 소리쳤습니다.

"누군가가 있어. 들어오지 말라고 했는데."

"누구야!"

다른 한 사람이 소리쳤습니다. 우리는 완전히 실수를 했던 것입니다. 정말 멍청한 짓을 했다고 생각했습니다.

공무원들은 이미 맞은편 억새 사이로 부스럭거리며 나타났습니다. 그 순간 숲 속에 황금빛 햇살이 점점이 떨어졌습니다.

"거기, 누구야! 너희는 어디로 들어온 거냐."

감색 옷을 입은 사람이 말했습니다.

우리는 처음에는 죽은 듯 얼어붙어 있었지만 점점 가까워지면서 보인 공무원의 얼굴은 새빨개서 마치 수증기가 나올 듯했고, 특히 코에는 비지땀이 줄줄 흐르고 있었기 때문에 왠지 갑자기 무섭게 느껴지지가 않았습니다.

"저쪽에서 왔습니다."

나는 길 쪽을 가리켰습니다. 그러자 그 공무원이 진지하게 말했습니다.

"아, 그쪽에도 길이 있었나? 그쪽에 금지간판을 세우지 않은 것이

실수였군. 그렇지, 자네?"라고 말하면서, 쭈그러든 밀가루 포대를 쥚어지고 뒤따라온 검은 옷의 공무원을 바라보았습니다.

"응, 역시 아이들은 들어오는군. 하지만 상관없어. 숲에서 내보내기만 하면 돼. 얘들아, 오늘은 이곳에 아주 높은 분이 오시니까 여기 있으면 안 돼. 들판에 있고 싶으면 있어도 되지만 저쪽으로 멀리 가서 이곳에서 보이지 않도록 해야 한다. 소리를 내서도 안 돼."

우리는 얼굴을 마주 보았습니다. 그리고 말없이 바구니를 들고 저쪽으로 가려고 했습니다.

게지로가 꾸벅하고 인사를 해서 나도 고개를 숙였습니다. 감색 옷의 공무원은 밀가루 포대를 손에 말아 쥐고 있었는데 살짝 몸을 숙이는 듯했습니다.

우리는 가려고 했습니다. 그러자 검은색 옷의 공무원이 뒤에서 갑자기 말했습니다.

"이봐, 잠깐. 너희는 이곳에서 버섯을 딴 거냐?"

나는 또 걸린 건가 하고 움찔했습니다. 하지만 그때에도 도저히 '아니오'라고 말할 수 없었습니다. 게지로가 쉰 목소리로 "네" 하고 대답했던 것입니다. 그러자 공무원 두 사람이 모두 다가와서는 바구니 안을 들여다보았습니다.

"아직 남아있으려나. 이 근처에서 버섯이 많이 있는 곳을 찾아주지 않을래? 사례는 할 테니까."

우리는 완전히 신이 났습니다.

"아직 많이 있어요. 찾아드릴게요."

내가 말하자 감색 옷의 공무원이 당황해서 손을 흔들며 외쳤습니다.

"아니, 아니, 따서는 안 돼. 그냥 있는 장소를 찾아서 가르쳐주기만 하면 된단다. 찾아보렴."

나와 게지로는 마치 감전이라도 된 듯 억새를 헤치며 걸었습니다. 그리고 나는 금방 나팔버섯 세 개가 모여 있는 곳을 발견했습니다.

"있어요!"

나는 소리쳤습니다.

"그래?"

두 공무원이 다가와 버섯을 내려다보았습니다.

"뭐야, 겨우 세 개잖아. 장관은 여섯 명이나 되는 가족을 데리고 오신다고. 세 개로는 어림도 없어. 한 분에 열 개씩, 육십 개는 있어야 해."

"육십 개 정도는 괜찮아요. 있어요."

게지로가 저쪽에서 소매로 땀을 닦으며 말했습니다.

"아니, 여기저기 흩어져 있으면 찾을 수가 없어. 두 군데 정도에 모여 있어야 해."

"나팔버섯은 원래 그렇게 모여 있지 않아요."

나도 용기가 생겨 말했습니다.

"흐음, 그런 건 상관없으니까 너희가 딴 버섯을 저곳에 세워놓을까."

"그러면 되겠네."

검은 옷의 공무원이 듬성듬성한 수염을 만지작거리며 대답했습니다.

"이봐, 너희 바구니를 전부 넘겨줘. 나중에 사례는 할 테니까."

감색 옷이 웃으면서 말했습니다. 우리는 말없이 바구니를 내밀었습니다. 두 사람은 쭈그리고 앉아서 바구니를 뒤집고는 숫자를 세면서 작은 것은 다시 바구니에 담았습니다.

"딱 좋아, 칠십 개야. 이것을 이 근처에 세워두자."

감색의 공무원은 버섯을 풀 사이에 세우려고 했지만 금방 쓰러져 버렸습니다.

"아, 억새를 꽂아서 세우면 돼. 봐봐, 이런 식으로."

검은 옷의 공무원은 그렇게 말하면서, 억새가지를 3센티미터 정도의 길이로 잡아 뜯어 땅에 꽂고는 그 위에 버섯을 똑바로 꽂아 세웠습니다.

"오, 괜찮군. 딱 좋아. 어이, 너희도 억새를 이 정도 길이로 뜯어줘."

우리는 결국 웃음을 터뜨렸습니다. 공무원도 웃고 있었습니다. 잠시 후 공무원들은 우리가 뜯어 온 억새가지를 주변에 심고는 그 위에 모두 버섯을 꽂았습니다. 정말로 멋지게 세우긴 했지만, 역시 우스웠습니다. 무엇보다도 억새가 쓰러지기만 해도 가지 끝이 보였습니다. 우리가 웃으며 보고 있자 검은 옷의 공무원이 심각한 표정으로 말했습니다.

"자, 이제 너희도 가거라. 이 포대를 줄게."

"응, 그래. 자, 사례금이다."

두 사람은 밀가루 포대를 우리에게 던졌습니다.

우리는 그런 건 필요 없었지만, 공무원들이 다시 진지해졌기 때문에 무서워서 말없이 받았습니다. 그리고 숲을 나왔습니다. 숲을 나올 때 살짝 뒤를 돌아보니 두 사람이 똑바로 서서 위장한 버섯 공원을 뚫어지게 바라보더니 잠시 후, "안 되겠어. 버섯은 역시 안 되겠어. 만약 발각되면 큰일이야."

"그래, 나도 너무 위험하다고 생각했어. 그만두고 다시 뽑아놓자. 이 주변에 감춰뒀다가 나중에 우리가 뜯었다고 하고 아가씨에게라도 드리면 되지 않겠나. 그편이 안전해" 하는 소리가 확실하게 들렸습니다. 우리는 다시 얼굴을 마주 보았습니다.

그리고 저절로 웃음이 터졌습니다.

그 후 우리는 쏜살같이 도망갔습니다.

하지만 공무원들은 더 이상 쫓아오지 않았습니다. 우리는 길을 한

참 돌아서 그날 밤늦어서야 집에 돌아갔지만, 도호쿠 장관은 점심 즈음에 들판에 도착해서 저녁까지 가족과 함께 무척 즐겁게 놀다 갔다는 이야기를 들었습니다. 그다음 해에 우리는 읍내 중학교에 들어갔는데, 그 두 명의 공무원도 때때로 마주쳤습니다. 두 사람은 지팡이를 흔들고 있기도 했고 소포 꾸러미를 껴안고 있기도 했으며, 때로는 경마장에서 술에 취해 얼굴이 벌게진 채 소리를 지르고 있기도 했습니다. 우리는 확실하게 기억하고 있었습니다. 하지만 그들은 늘 어디서 본 적이 있지만 도무지 생각이 나지 않는다는 듯한 표정을 짓고 있었습니다.

새를 잡는 버드나무

鳥をとるやなぎ

"게무야마 산에 전기 버드나무가 있어."

후지와라 게지로가 난데없이 내게 말했습니다. 학생들은 모두 교실에 들어가 자리에 앉아있었고, 선생님은 아직 교무실에 계실 시간이었습니다. 초등학교 4학년 2학기가 시작될 무렵이었다고 기억합니다.

내가 "전기 버드나무?" 하고 물어보려고 했을 때, 게지로는 너무 짧아서 더는 쓸 수 없는 연필을 가장 앞에 앉아있는 겐기치에게 던졌습니다. 겐기치는 뒤로 돌아 아이들의 얼굴을 살펴보더니, 재빨리 책상에 얼굴을 묻고 양손으로 머리를 감싸고 있던 게지로를 발견하고는 불같이 화를 내며 크게 소리쳤습니다.

"무슨 짓이야, 게지로! 뭐하는 거냐고!"

아이들도 모두 이쪽을 보았기 때문에 나도 무척이나 무안했습니다. 그때 선생님께서 교편과 분필, 지도를 들고 들어오셨기 때문에 아이들은 갑자기 조용해지면서 자리에서 일어섰습니다. 겐기치도 이쪽을 다시 한번 돌아보더니 일어났습니다. 게지로도 얼굴이 빨개진 채 킥킥 웃으면서 일어났습니다. 그리고 경례가 끝나고 수업이 시작되었습니다. 나는 수업 중에도 그 버드나무에 대해 물어보고 싶은 마음이 간절했지만, 너무 궁금해서인지 오히려 말을 꺼내지 못하고 있었습니다. 게다가 게지로는 이미 잊은 듯한 얼굴을 하고 있었습니다.

하지만 그 수업이 끝나고 경례를 마친 아이들이 모두 복도로 나갈 때 나는 게지로에게 물었습니다.

"아까 얘기한 버드나무, 게무야마 산의 버드나무 말이야, 어떻다는 거야?"

게지로는 평상시와 마찬가지로 하얀 이를 드러내며 웃었습니다.

"오늘 아침에 곤베에 찻집이 있는 곳에서 말을 끌던 사람이 말했어. 게무야마 산 들판에 새를 삼켜버리는 버드나무가 있다고. 전기 같다고 했어."

"가보지 않을래? 보러 가자. 어떻게 생겼을까. 분명 오래된 나무겠지?"

나는 특히 겨울에, 나무 조각을 태워 머리카락에 문지르면 나무 조각에 먼지가 달라붙는 것을 생각하면서 말했습니다.

"가자. 오늘 일단 집에 돌아간 후, 데리러 갈게."

"기다릴게."

우리는 약속을 했습니다. 그리고 약속대로 그날 오후 우리는 함께 외출을 했습니다.

곤베에 찻집 옆길에서 메밀밭과 소나무 숲을 지나 게무야마 산의 들판으로 나가자 저편으로 부스가모리 산과 난쇼잔 산이 무척 어둡게 솟아 있었고, 그 위로 구름이 반짝반짝 빛났으며, 곳곳에는 용의 모습을 한 먹구름이 북쪽을 향해 계속해서 날아갔으며, 들판은 고요해서 사람도 말도 없었고, 풀에는 이삭이 가득 매달려 있었습니다.

"어느 쪽으로 갈까?"

"먼저 강가 쪽으로 가보자. 그곳에는 오래된 나무가 많으니까."

우리는 계속해서 강 쪽으로 갔습니다.

연기 같은 풀 이삭을 밟으며 열심히 걸음을 재촉했습니다.

저편으로 부스가모리 산에서 흘러나오는 작은 강의 하얀 돌밭이 보이기 시작했습니다. 그 강은 평상시에는 물이 무척 얕아서 옷을 적시지 않고도 걸어서 건널 수 있었지만, 일단 물이 불어나면 강폭이 스무 칸이나 넓어지고 무섭게 탁해지면서 콰룽콰룽하고 요란하게 흐릅니다. 그래서 강가는 비교적 넓은 데다가 새하얀 자갈로 이루어졌고 떡쑥과 쇠뜨기, 자귀나무 등이 자라나 있었습니다. 그리고 조금 상류 쪽에는 강을 따라 커다란 버드나무들이 늘어서 있었습니다. 우리는 상류 쪽의 무성한 푸른 버드나무들을 바라보았습니다.

"어느 나무일까?"

"어느 나무인지는 몰라. 뭐, 가보자고. 새를 삼켜버린다고 하니까 보면 알 수 있겠지."

우리는 그쪽으로 걸어갔습니다.

그곳의 풀들은 짧았지만 거칠고 억세서 종종 발을 베일 듯했기 때문에 우리는 강가로 내려가 돌을 밟으며 갔습니다.

그리고 강이 굽은 곳이 있어서 물속으로 들어갔습니다. 하늘이 흐렸기 때문에 물은 회색으로 보였고 게다가 무척이나 차가워서 우리는 사천왕에게 밟혀 있는 작은 악귀 같기도 한, 뭐라고 표현할 수 없는 외로운 기분이 들었습니다.

그래도 계속해서 거슬러 올라가 마침내 아까 보았던 푸른 버드나무 앞까지 왔습니다. 버드나무는 울퉁불퉁한 공처럼 보이기도 했습니다. 그리고 들판은 역시 고요했고 아무런 소리도 들리지 않았습니다.

"이 나무일까? 새가 없으니까 확실히 알 수가 없네."

내가 말하자 게지로도 걱정스러운 듯 저편까지 주욱 늘어서 있는 나무를 한 그루 한 그루 보고 있었습니다.

들판에는 바람이 없었지만, 하늘에는 바람이 불고 있었던 듯 반짝 반짝 반짝이는 회색 구름이 곳곳에 쥐색 반점이 되어 계속 북쪽으로 흐르고 있었습니다.

"새가 오지 않으면 알 수가 없어."

게지로가 다시 말했습니다.

"응, 매든 뭐든 오면 좋을 텐데. 나무 위를 지나가다 비칠비칠 쓰러지는 거겠지?"

"당연히 그렇겠지. 살생석이라는 용암도 그렇대."

"새는 아마도 부리를 잡히겠지."

"그럼. 부리는 분명 자석에 붙을 거야."

"버드나무에 자석이 있는 걸까?"

"응, 자석이야."

바람이 휘익하고 불어왔습니다. 그러자 방금까지 푸르렀던 버드나무가 갑자기 잿빛으로 변했고 그 잎도 모두 양철로 만들어진 것처럼 변했습니다. 그리고 팔랑팔랑 팔랑팔랑 흔들렸습니다.

우리는 무심코 동시에 외쳤습니다.

"앗, 자석이다! 역시 자석이야."

하지만 어찌 된 일인지 새는 한 마리도 오지 않았습니다.

게지로는 매나 다른 무언가가 버드나무에 부리가 붙잡혀 나무속으로 거꾸로 빨려 들어가는 모습을 어떻게든 보고 싶은 듯 위쪽만 바라보며 걸었고, 나 역시도 마찬가지였습니다. 그래서 우리는 종종 돌에 발이 걸려 넘어질 뻔하기도 했고, 갑자기 강가의 물웅덩이를 첨벙하고 밟기도 했습니다.

"오늘은 왜 이렇게 새가 없는 거야."

게지로는 조금 원망스러운 듯 하늘을 둘러보았습니다.

"모두 그 버드나무에 먹혀버린 거 아닐까."

나는 설마 그럴 리가 없다고 생각하면서 말했습니다.

"설마 들판의 새가 모두 빨려들어 갔다니…… 그럴 리는 없겠지."

게지로가 진지하게 말했기 때문에 나는 웃었습니다.

그때 이쪽 강가의 자갈밭이 끝나서 강을 더 올라가려면 다시 물속을 걸어야만 하는 지점에 다다랐습니다.

그리고 물속에 발을 담근 순간, 우리는 우뚝 멈춰 서고 말았습니다. 저쪽 버드나무에서 정말 백 마리의 때까치들이 동시에 날아올라 하나의 무리를 이루며 북쪽으로 갔던 것입니다. 그 무리는 파도처럼 흔들리며 반짝반짝 빛나는 구름 아래로 날아갔지만, 갑자기 다섯 번째의 커다란 버드나무 위를 날아가는 순간 정말로 자석에 빨려들 듯 동시에 그 속으로 떨어졌습니다. 때까치는 모두 그 우듬지 속으로 들어가 한동안 끼룩끼룩 울었지만, 잠시 후 쥐죽은 듯 조용해졌습니다.

나는 정말 이상한 기분이 들었습니다. 때까치가 무리를 지어 날아가다가 나무에 내려앉는 것은 드문 일이 아니었지만, 지금은 너무도 갑자기 떨어졌던 것입니다. 어쩌면 그 마부의 이야기대로 나무에 빨려 들어간 것인지도 모르기 때문에 정말 사실 같기도 하고, 거짓말 같기도 한 이상한 기분이 들어 견딜 수가 없었습니다.

게지로도 그런 듯했습니다. 물속에 선 채로 한동안 생각에 빠지더니, 문득 정신을 차린 듯 말했습니다.

"지금 빨려 들어간 걸까?"

"그럴지도 몰라."

어떻게 된 걸까 하는 생각에 빠져 있어서 나는 건성으로 대답했습니다.

"빨려들어 간 거야. 너무 급작스럽게 떨어졌잖아."

게지로도 억지로 그렇게 믿고 싶은 듯했습니다.

"이미 죽었는지도 몰라."

나는 그렇지 않으리라고 생각하면서도 다시 말했습니다.

"죽은 거야. 죽기 전에 괴로워서 울부짖었잖아."

게지로는 그렇게 말했지만, 역시 이상하다는 표정을 짓고 있었습니다.

"돌을 던져볼까? 돌을 던져도 도망가지 않는다면 죽은 거야."

"던져보자."

게지로는 이미 물속에서 둥글납작한 돌을 하나 주웠습니다. 그리고 있는 힘껏 아까의 버드나무를 향해 던졌습니다. 돌은 절반도 가지 못했지만, 때까치가 갑자기 끼룩하고 울더니 마치 음표를 뿌려놓은 듯 날아올랐습니다. 그리고 곧바로 바로 옆의 조금 작은 버드나무 속으로 들어갔습니다. 조금 전 모습과 정말 똑같았습니다.

"살아있었어. 말없이 우리를 보고 있었던 거야."

게지로는 실망한 듯했습니다.

"그래. 돌이 닿기도 전에 모두 날아올랐는걸."

나도 대답하면서 무척이나 쓸쓸한 기분이 들어 맞은편 강가를 향해 다시 물속을 걷기 시작했습니다.

우리는 강가로 올라가 숫돌이 될 만한 부드럽고 하얀 둥근 돌을 찾았습니다. 사실 그 돌은 너무 부드러워서 숫돌이 될 수 없을지도 모르지만, 여하튼 우리는 그런 돌을 숫돌이라고 하면서 물을 뿌려가며 다른 딱딱하고 큰 돌로 문질러서 사각형으로 만들었습니다. 게지로는 그 돌을 두 손으로 들어 강 속에 첨벙하고 던졌습니다. 돌은 곧

바로 물속에 잠겨 바닥으로 내려갔는데 특히 새하얀 그 돌은 조금 창백하게 보였습니다. 나는 그 모습이 뭐라 표현할 수 없을 만큼 서글프게 여겨졌습니다.

그때였습니다. 갑자기 하늘이 요란해져서 올려다보니 한 무리의 때까치가 우리 머리 위를 지나갔습니다. 때까치는 확실히 우리가 무서웠던 듯, 일단 하늘 높이 올라갔습니다. 그리고 두 그루의 버드나무를 넘어 세 번째 버드나무를 지날 때 다시 무언가가 잡아당기듯 갑자기 그 속으로 들어갔습니다.

하지만 나도 게지로도 이미, 그 나무속에서 때까치가 죽을 것이라고는 생각하지 않았습니다. 게지로는 있는 힘껏 돌을 던졌고, 때까치는 동시에 날아올랐습니다. 저편의 낮은 버드나무에서도 아까의 새들은 요란스럽게 울며 나뭇가지에 내려앉았습니다. 나는 정말로 쓸쓸해져서 이제 그만 돌아가려고 생각했습니다.

"하지만 어딘가에 진짜 나무는 있어."

게지로가 말했습니다. 나도 어딘가에 있겠지만, 이 강에는 절대 없다고 생각했습니다.

"다른 곳으로 가보자. 들판의 다른 어딘가에 있을 거야. 다른 곳으로 가보자."

나는 말했습니다. 게지로도 말없이 걷기 시작했으며 우리는 강가에서 벼랑의 풀밭 쪽을 향했습니다.

그리고 부스가모리 산 산기슭의 검은 소나무 숲을 향해, 여우꼬리 같은 갈색 풀 이삭을 밟으며 걸어갔습니다.

그러자 게지로가 뒤를 힐끗 돌아보며 외쳤습니다.

"와! 봐봐. 저렇게 많아."

나도 돌아보았습니다. 정말 천 마리나 되는 때까치가 날아올라 들판 저쪽으로 날아가는 것이 보였고, 이번에도 다시 갑자기 한 그루의 버드나무 속으로 떨어졌습니다. 하지만 우리는 아무 말도 하지 않았습니다. 새를 집어삼키는 버드나무가 있다는 생각도 하지 않았지만 또한 새가 떨어지는 모습이 너무 급작스러워서 그런 일이 절대 없다는 생각도 들지 않아 정말로 기분이 꺼림칙했습니다.

"이제 안 되겠어. 돌아가자."

나는 말했습니다. 게지로도 말없이 휘익 돌아섰습니다.

하지만 지금도 나는 버드나무가 새를 빨아들이는 힘이 있다는 생각을 지울 수가 없습니다.

★

포도주
葡萄水

1

상고머리 고헤이는 어른인 주제에 오늘은 아침부터 휘파람을 불고 있습니다.

밭일이 한가해져 요 이삼일은 서쪽 들판에 산포도를 따러 갈 수 있게 되었기 때문입니다.

그래서 고헤이는 뒤에 있는 까만 서랍장에서 군복 상의를 꺼냈습니다.

일등병 상의입니다.

들판에 나갈 때는 언제나 이 옷을 입습니다.

하늘이 푸르게 반짝일 때 노란 줄무늬가 들어간 군복을 입고 의기양양하게 들판으로 가는 것은 누구라도 기분 좋은 일입니다.

고헤이도 물론 그렇습니다. 들뜬 기분으로 성큼성큼 들판을 걸어갑니다.

들판의 풀도 이제는 제법 자라 연기 같은 갈색 이삭을 내밀기도 하고 빨간 열매를 맺기도 했으며, 그중에는 급하게 올해의 마지막인 작은 꽃을 피우고 있는 것도 있습니다.

고헤이는 두 번, 세 번 크게 심호흡을 했습니다.

들판의 하늘은 너무도 파랗고, 빛나고, 촉촉해서 오히려 안쓰러울 정도입니다.

그 안쓰러운 하늘인지, 투명한 바람인지, 아니면 뒷밭 가장자리에 서서 옥수수수수염 같은 빨간 머리카락을 팔락거리는 맨발의 작은 아이인지, 누군지가 여하튼 이렇게 노래하고 있습니다.

말이 모두 사라졌다
망아지도 모두 따라갔다
이제는 들판도 쓸쓸하기만 하네
풀밭에는 여우비만 내릴 뿐

사실은 고헤이도 이 노래를 들었습니다. 들었기 때문에 오히려 손을 크게 흔들며 "흥, 전혀 쓸쓸하지 않아" 하고 말했던 것입니다.

들판이 쓸쓸하든 쓸쓸하지 않든, 여하튼 햇살은 밝았고 산포도는 잘 익어있었습니다. 그 갖가지 풀들 사이에서 새까맣게 빛나며 여물어 있었습니다.

고헤이는 산포도를 따기 시작했습니다. 누구라도 들판에서 일단 무언가를 따기 시작하면 좀처럼 그만둘 수가 없는 법입니다. 그러니까 고헤이도 신경 쓰지 말고 그대로 놔둬도 괜찮습니다. 이따 밤에 다시 와서 보도록 하죠. 여러분도 모두 바쁘실 테니까요.

2

저녁입니다. 저 너머 산은 군청색의 온순한 해삼처럼 누워있고, 고헤이는 등에 짐을 잔뜩 짊어지고 멀고 먼 들판에서 집으로 돌아가고 있습니다. 등에 지고 있는 것은 모두 산포도가 틀림없습니다. 돌아갑니다, 집으로 돌아갑니다. 황혼의 풀을 바삭바삭 밟다 보니 이미 거의 다 왔습니다. 왔습니다. 안녕, 안녕.

고헤이는 일등병 군복을 입고
들판으로 나가
산포도를 잔뜩 따왔다, 그렇지?

"음, 당연하지. 당연한 거야."

고헤이가 말하고 있습니다.

물론, 그렇고말고요. 당연한 일입니다. 온종일 포도만 보고, 포도만 따고, 포도만 자루에 담았으면서, 포도가 별로 없다고 한다면 오히려 고헤이가 나쁜 것입니다.

3

완전히 밤이 되었습니다. 고헤이의 집에는 노란색 램프가 희미하게 켜져 있었고, 마구간에서는 말도 히잉히잉 울었습니다.

고헤이는 조금 전 볼이 불룩할 정도로 밥을 잔뜩 먹었기 때문에 기분이 좋아서 빨개진 얼굴로 숨을 헉헉 쉬면서, 포도 알을 똑똑 뜯어 커다란 나무통에 담고 있습니다.

고헤이의 아내도 포도 알을 뚝뚝 뜯어 담고 있습니다.

고헤이의 아이는 포도송이를 흩뿌리며 툭툭 던지기만 할 뿐입니다. 아무리 야단을 쳐도 다시 장난을 합니다.

"와아, 파랗다, 파래. 여기 봐봐" 하고 떠들고 있습니다. 그 검게 빛나는 송이 속에 겨우 한두 개의 작고 파란 포도 알이 섞여 있는 것입니다.

그 작은 포도 알은 반투명했고, 푸르고 단단했고, 파란 남정석보다 아름답습니다. 앗, 실례. 파란 포도님, 미안해요. 코네티컷대학교를 최우수 성적으로 졸업했으면서도 또 이런 실언을 했습니다. 여러분, 제가 잘못한 것입니다. 보석은 보석입니다. 파란 포도는 파란 포도입니다. 그런데 서로 비교 따위를 하다니 정말 제가 나빴습니다. 사실 코네티컷대학교에서 제가 배운 것은 '흘금흘금, 자신과 남을 비교하기만 해서는 안 돼'라는 것이었습니다. 그리고 나는 졸업을 한 것입니다. 정말 제가 나빴습니다.

저기, 곤헤이 씨. 빨리 포도 알을 모두 통에 넣고 가볍게 뚜껑을 덮은 후 쉬세요. 안녕.

4

그로부터 오늘 밤이 딱 삼 일째가 되는 날입니다.

얌전한 고헤이의 아내가 포도가 들어있는 나무통을 반들반들한 마룻바닥 한가운데로 끌어냈습니다.

아이는 주위를 펄쩍펄쩍 뛰어다닙니다.

고헤이는 오늘 밤도 빨갛게 빛나는 얼굴로 뜨거운 입김을 후우후우 불면서 말없이 서서 지켜보고 있습니다.

아내는 붉은색 칠기 대접 위에 소쿠리를 놓고 나무통에서 절반 정도 으깨진 포도 알을 두 손으로 건져 주먹밥을 만드는 것처럼 꾹꾹 짜기 시작했습니다.

새까만 과즙은 계속해서 대접을 채워갑니다.

고헤이는 한동안 말없이 바라보다가 갑자기 큰소리로 외쳤습니다.

"올해는 여기에 설탕을 넣어보자."

"벌금을 내야 할 텐데요?"

"뭐, 세무서에 걸리면 벌금을 내야지. 하지만 걸리지 않으면 포도주를 실컷 마시는 거지."

"어떻게 숨겨놓을 건데요?"

"응. 설탕을 넣어서 오늘 밤 바로 병에 담는 거야. 그리고 구멍 속에 넣어두는 거지. 작년에 쓰던 병 있지?"

"병은 있어요."

"그러면 설탕을 가져와. 저번에 기스케가 가져온 거 있잖아."

"네, 있어요."

아내가 설탕을 가져왔습니다. 고헤이는 대접에 담긴 포도즙에 설탕을 던져 넣고 휘저은 후 이번에는 천으로 된 자루에 그 포도즙을 담았습니다. 자루는 팽팽하게 부풀어 올랐고 새빨갰기 때문에, "이건 마치 소의 쓸개 같군" 하고 고헤이가 말했습니다. 그러는 동안에 아내는 개수대에서 병을 뽀득뽀득 씻어서 가지고 왔습니다.

그리고 두 사람은 열심히 포도즙을 병에 담고 뚜껑을 덮었습니다. 맥주병 스무 개가 채워졌습니다. '특제포도즙'이라는, 작년에 붙였던 종이가 그대로 있는 것도 있습니다. 이 종이는 이 마을에서 공동으로 만든 것입니다. 그 종이를 붙여서 파는 것입니다.

작년에는 모두 해서 마흔 병을 만들었습니다. 물론 설탕은 넣지 않았습니다. 설탕을 넣으면 술이 되기 때문에 벌금을 내게 됩니다. 그 마흔 병 가운데 열 병만 다른 집과 마찬가지로 한 병에 30전씩 마을에 팔았습니다. 그리고 나머지는 매일 밤 고헤이가 "윽! 써, 윽! 시큼해, 부글부글 끓어오르고 있잖아" 하며 핑계를 대고는 계속해서 한 병씩 마셔버렸던 것입니다.

여하튼 병을 마루에 주욱 늘어놓으니 정말 반짝반짝 빛납니다. 아내는 발밑의 나무판을 뜯어내고 마루 밑구멍으로 들어가 고개를 내밀었습니다.

고헤이는 "자, 준비됐지? 떨어뜨리지 마. 병 아래쪽을 잘 맞춰놓으라고"라고 말하면서 한 병씩 건넸습니다.

고헤이는 으깬 포도를 짜서
설탕을 넣고
병에 가득 채웠다

이런 이야기입니다.

5

그로부터 엿새가 흘렀습니다.

저 너머 산은 눈으로 새하얗습니다.

풀들은 누런색이 되었고, 그저께에는 진눈깨비까지 조금 내렸습니다. 고헤이와 아내는 집 앞에서 콩을 털고 있었습니다.

그날 오후 세 시 즈음, 서쪽에는 구깃구깃한 흰 구름이 지나치게 빛나고 있어서 무언가 불길한 일이 생길 듯했습니다. 그런데 '펑'하는 폭발음이 어디선가 들려왔습니다. 고헤이는 콩을 털던 손을 멈추었습니다.

"어이, 지금 소리 들었나?"

"무슨 소리일까요?"

"분명 어디선가 산이 분화한 거야. 아키타의 조카이 산인가? 꽤 먼 곳인 것 같군."

'펑'하는 소리가 또다시 들립니다.

"이런…… 소리가 또 났어. 위험한데……."

'펑'

"이상하군."

"어디일까요?"

"어디든 상관없지 뭐. 여기까지 오기야 하겠어?"

그러고 한참이 지나 다시 소리가 났습니다.

그리고 한참…… 한참이 지나 다시 들립니다.

서쪽 하늘의 눈이 따가울 정도로 빛나는 구름인지, 투명한 바람인지, 아니면 저 너머 떡갈나무 숲 속의 작고 검은 그림자인지, 여하튼 누군가가 이렇게 노래를 불렀습니다.

그저께 진눈깨비가 내리더니
은방울꽃 열매 모두 붉어지고
눈 맞이할 준비를 하는 흰 토끼
반짝반짝 이를 닦는다

그런데 '펑'하는 소리는 아직 그치지 않고 있습니다.

고헤이는 한동안 말처럼 귀를 쫑긋 세우고 가만히 서서 소리가 나는 방향에 귀를 기울이고 있다가 갑자기 펄쩍 뛰었습니다.

"앗, 포도주다, 포도주야. 병이 터지고 있어!"

집 안으로 뛰어들어가 구멍의 덮개를 열었더니, 스무 개의 포도주 병은 대부분 터져버렸고 검고 훌륭한 포도주가 바닥에 흐르고 있습니다.

화가 난 고헤이는 곡예사의 타이즈처럼 포도주로 절반이 붉게 물든 무를 꺼내 갑자기 마루에 던졌습니다.

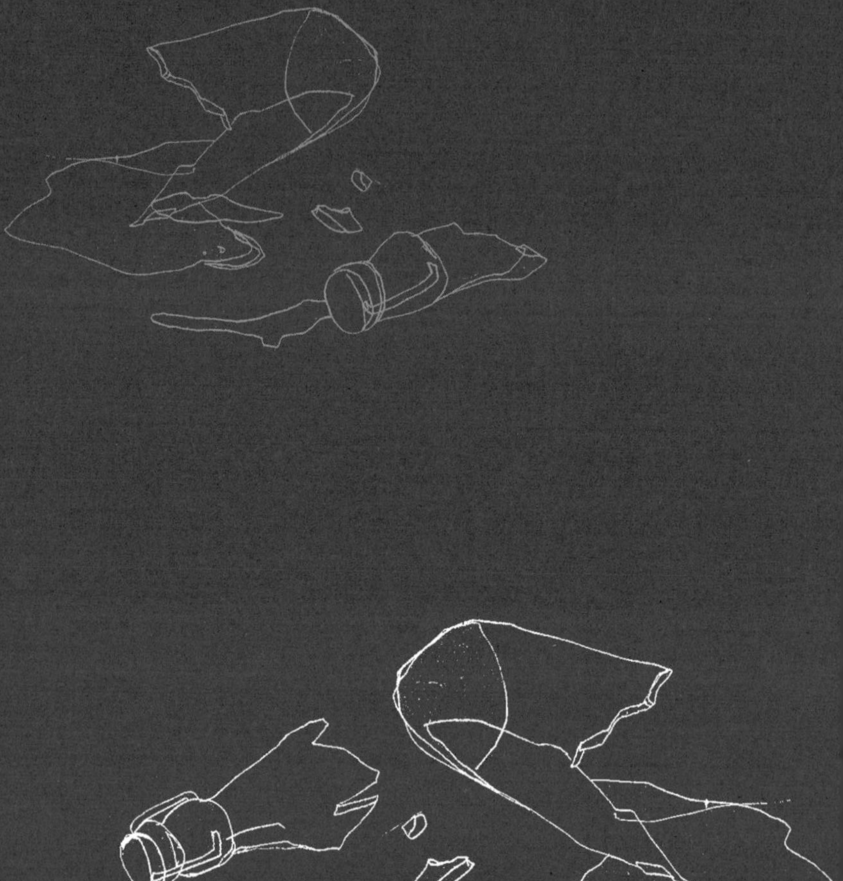

자, 그래서 이번에는,

고혜이가 몰래 숨겨 둔 포도주는
차례차례
모두 터져서 없어졌다

이런 이야기입니다.
어떨까요, 이번에도 고혜이는 지난번처럼 "흠, 당연한 일 아니야?" 라고 말할까요? 말하지 않습니다. 완전히 진이 빠진 것입니다.

독극물 낚시를 좋아한 서장님
毒もみのすきな署長さん

네 줄기의 차가운 계류가 카라콘 산의 빙하에서 나와 하얀 거품을 거세게 토해내며 프하라 지역으로 들어갔습니다. 네 줄기의 강은 프하라 마을에서 모여 하나의 크고 조용한 강을 이루었습니다. 그 강물은 평상시에는 투명해서 깊은 못에 구름과 나무가 그대로 비쳤지만, 일단 홍수가 나면 버드나무가 자라 있는 10정町이나 되는 넓은 자갈밭이 무섭게 포효하는 물로 가득 찼습니다. 하지만 물이 빠지면 원래의 깨끗하고 하얀 자갈밭이 다시 나타났습니다. 그 자갈밭 곳곳에는 가장자리에 갈대나 부들이 자라있는, 가늘고 긴 늪 같은 것이 있었습니다.

그곳은 예전에 강이 흘렀던 자리로 홍수가 날 때마다 몇 번 모습을 바꾸었지만, 완전히 사라진 적은 없었습니다. 그 속에는 물고기가 가득했습니다. 특히 미꾸라지와 메기가 많았습니다. 하지만 프하라 사람들은 미꾸라지나 메기를 무시해서 먹지 않았기 때문에 그 수는 점점 늘어났습니다.

미꾸라지 다음으로 많은 것은 역시 잉어와 붕어였습니다. 그리고 피라미도 있었습니다. 어느 해에는 그곳에 무시무시하게 큰 철갑상어가 바다에서 도망쳐 들어왔다는 소문도 있었습니다. 하지만 어른이나 똑똑한 아이들은 모두 믿지 않고 웃었습니다. 무엇보다 그 이야기를 한 사람은 면도칼이 단 두 개밖에 없는 미숙한 이발사 리치키였기 때문에 전혀 신빙성이 없었습니다. 하지만 어린아이들은 매일 철갑상어를 보려고 그곳에 갔습니다. 아무리 뚫어지게 바라보아도 그런 커다란 철갑상어의 모습은 보이지 않았기 때문에 결국 리치키는 완전히 무시당했습니다.

그런데 이 지방의 첫 번째 조례는 다음과 같습니다.

> 화약을 사용해서 새를 잡으면 안 된다. 독극물을 사용해서 물고기를 잡으면 안 된다.

여기에서 말하는 독극물에 대해 이발사인 리치키는 다음과 같이 설명합니다.

'봄의 오일午日 캄캄한 밤에 산초의 껍질을 벗겨서 두 번의 토왕지절土旺之節에 거쳐 말린 후 절구로 잘 빻은 산초가루 한 관과 날씨 좋은 날에 단풍나무를 태워 만든 재거름 7백 돈을 잘 섞은 후 주머니에 넣고 물속에서 비비는 것이다.'

그렇게 하면 물고기는 모두 독을 마시고 입을 뻐끔뻐끔 거리며 하얀 배를 드러낸 채 떠오릅니다. 그렇게 해서 물속에서 죽는 것을 이 지역의 말로는 '어푸어푸'*라고 합니다. 이것은 무척 적절한 표현입니다.

여하튼 독극물을 사용하는 사람을 잡는 것은 경찰의 가장 중요한 일이었습니다.

어느 여름, 이 마을 경찰서에 새로운 서장이 왔습니다.

---

* 원문은 엣푸캇푸エップカップ로 '익사'의 사투리이다.

그 서장은 어딘가 수달을 닮았습니다. 빨간 수염이 꼿꼿하게 솟아 있고 이빨은 모두 은 틀니였습니다. 서장은 멋진 금술 장식이 달린 긴 망토를 입고 매일 열심히 마을을 순찰했습니다.

당나귀가 고개를 숙이고 있으면 짐이 너무 무거운 것은 아닌지 마바리꾼에게 물었고, 집 안에서 갓난아이가 요란하게 울면 빨리 천연두의 신에게 주문을 외워야 한다고 아이 엄마에게 가르쳐주기도 했습니다.

그런데 그즈음 첫 번째 조례를 지키지 않는 사람이 나타났습니다. 그 강가 곳곳에 있는 늪 같은 커다란 웅덩이에서 물고기가 전혀 잡히지 않게 되었고, 때때로 죽어서 썩은 물고기가 떠올랐습니다. 또한, 봄의 오일 밤, 마을에 가득한 산초나무가 종종 껍질이 훌렁 벗겨져 있었습니다. 하지만 서장도 경찰도 설마 그런 일이 있을까 하는 눈치였습니다.

그런데 어느 날 아침 글방 선생님 집 앞의 초원에서 두 아이가 다른 아이들에게 둘러싸인 채 서로 이야기를 하고 있었습니다.

"서장님에게 엄청 혼났어."

"서장님에게 혼났다고?"

조금 큰 아이가 물었습니다.

"응, 혼났어. 서장님이 있는 줄 모르고 돌을 던졌거든. 그랬는데 그 늪가에서 서장님이 서너 명의 사람들하고 독극물을 사용하는 자를 잡으려고 숨어 있었어."

"뭐라고 혼났어?"

"'돌을 던진 자가 누구냐! 우리는 첫 번째 조례를 어긴 범인을 잡으려고 온종일 이곳에 있는 거다. 조용히 하고 빨리 돌아가'라고 했어."

"그럼 곧 범인이 잡히겠네."

그런데 그로부터 반년이 지나자 다시 아이들 사이에 큰 소동이 일었습니다.

"그 사람이 확실해. 난 증거가 있어. 어젯밤 달님이 나올 즈음, 서장님이 검은 옷을 입고 두건을 쓰고 말이지, 이상한 사람과 이야기를 하고 있었어. 왜, 있잖아, 그 총 쏘는 작고 이상한 사람. 그러고 말이야 '이봐! 다음에는 가루를 좀더 잘 만들어와'라고 하는 거야. 그러니까 총 쏘는 사람이 뭐라고 하자, '뭐라고? 떡갈나무 껍질을 섞은 주제에 한 섬에 두 은량이라니…… 도둑놈 같은 소리 하지 마'라고 하는 거야. 분명 산초껍질 가루를 말하는 거야."

그러자 한 아이가 소리쳤습니다.

"앗, 맞아! 있잖아, 서장님이 말이지 우리 집에서 재 두 섬을 샀어. 내가 가져갔었어. 분명 산초가루에 섞으려던 걸 거야."

"그래 맞아. 분명 그럴 거야." 아이들은 손뼉을 치기도 하고 주먹을 쥐기도 했습니다.

손님이 없어 한가했던 이발사 리치키는 나중에 이 이야기를 듣고 곧바로 계산을 했습니다.

독극물 수지계산

비용

一, 일금 2은량, 산초껍질 1섬

一, 일금 30전, 재 1섬

一, 합계 2은량 30전

수입

一, 일금 13은량, 뱀장어 30근

一, 일금 10은량, 기타

一, 합계 23은량 내외

차액 이익금

一, 20은량 70전 내외

이런 이야기가 너무 퍼져 결국 작은 꼬마들까지도 경찰을 보면 일부러 멀리 도망간 후, "독극물 순경, 메기를 내놔!" 하며 몸이 휘도록 힘을 주어 소리치고는 했습니다. 때문에 프하라의 시장도 더는 안 되겠다며 부하 여섯 명을 데리고 경찰서로 가서 서장을 만났습니다.

두 사람이 함께 응접실 의자에 앉았을 때, 서장의 황금색 눈동자는 어딘가 먼 곳을 보고 있었습니다.

"서장님, 알고 계십니까? 요즘 임야단속법의 첫 번째 조례를 어기는 자가 꽤 있다고 합니다만, 어찌 된 일일까요?"

"글쎄요, 설마 그런 일이 있으려고요."

"아무래도 있는 듯합니다. 제집의 산초나무 껍질도 벗겨져 있었고, 게다가 물고기가 죽어서 떠오르는 경우가 종종 있지 않습니까?"

그러자 서장은 왠지 이상한 웃음을 지었습니다. 그래도 시장은 기분 탓이려니 생각했습니다.

"글쎄요, 그런 이야기가 있나요?"

"있고말고요. 게다가 아이들은 당신 짓이라고까지 말하고 있으니…… 참 걱정입니다."

서장은 의자에서 벌떡 일어났습니다.

"그건 큰일이군요. 제 명예와도 관계가 있으니 빨리 범인을 잡겠습니다."

"뭔가 단서라도 있습니까?"

"그럼요, 있고말고요. 확실한 증거가 나왔습니다."

"이미 범인을 알고 계신가요?"

"잘 알고 있습니다. 사실 독극물은 제가 사용한 것입니다만……."

서장은 자신의 얼굴을 똑바로 보라는 듯 시장에게 얼굴을 내밀었습니다. 시장은 깜짝 놀랐습니다.

"당신이라고? 역시 그랬습니까?"

"그렇습니다."

"그렇다면 확실하군요."

"확실하고말고요."

서장은 침착하게 테이블 위의 종을 한 번 땡하고 쳐서 빨간 수염이 덥수룩하게 난 최고의 탐정을 불렀습니다.

서장은 포승줄에 묶였고 재판에 회부 되어 사형이 확정되었습니다.

마침내 커다랗고 흰 칼로 목이 베이기 직전 서장님은 웃으면서 말했습니다.

"아아, 재미있었어. 독극물로 물고기를 잡을 때 나는 정말 완전히 빠졌었지. 이제 다음에는 지옥에서 독극물 낚시를 해볼까."

사람들은 완전히 탄복했습니다.

★
사이카치 연못
さいかち淵

8월 13일

사이카치 연못은 정말로 재미있는 곳이다.

슌코도 매일 간다. 슌코의 이름은 원래 '슌이치'이지만 사람들은 항상 슌코라고 부른다. 슌코라고 불러도 전혀 화를 내지 않는다. 그래서 사람들은 언제나 "슌코, 슌코" 하고 부른다. 나는 슌코와 가장 친하다. 오늘도 함께 갔다.

우리가 사이카치 연못에서 수영을 하고 있으면 발파를 하러 어른들도 오기 때문에 재미있다. 오늘 낮에도 어른들이 왔다.

이시가미 마을의 쇼스케가 앞에 서고, 그 뒤에 기와공장 사람들 세 명이 웃옷을 벗고 그물을 든 채 물가의 자귀나무가 있는 곳에서 이쪽으로 오는 것을 보고는 나는 분명히 발파라고 생각했다. 슌코도 커다란 흰 돌을 들고 연못 위의 쥐엄나무에 올라가 있었지만, 그들을 보자 곧바로 돌을 연못에 떨어뜨리고 외쳤다.

"와, 발파한다. 모르는 척해. 돌빼기 놀이는 그만하고 모두 빨리 하류로 내려가."

그러자 아이들은 되도록 그쪽을 보지 않고 함께 하류 쪽으로 헤엄쳐갔다. 슛코는 나무 위에서 손을 이마에 대고 다시 한번 잘 살펴본 후, 연못에 첨벙하고 거꾸로 뛰어들었다. 그리고 물살을 헤치며 순식간에 아이들을 쫓아갔다.

우리는 연못 하류의 얕은 여울을 이루고 있는 곳에 섰다.

"모두 모르는 척하고 놀고 있어."

슛코가 말했다. 우리는 숫돌을 줍기도 하고 할미새를 쫓기도 하면서 발파 따위는 전혀 모르는 척하고 있었다.

맞은편 연못가에서는 쇼스케가 잠시 이쪽저쪽을 살핀 후 갑자기 책상다리를 하고 자갈 위에 앉았다. 그리고 천천히 허리춤에서 담뱃갑을 꺼내 담뱃대를 물고는 뻐끔뻐끔 연기를 뿜어냈다. 이상하다고 생각한 순간 다시 허리춤에서 무언가를 꺼냈다.

"발파한다, 발파해."

페키치와 아이들이 외쳤다. 슛코는 손을 흔들어 아이들을 제지했다. 쇼스케는 담뱃불을 조용히 무언가에 옮겼다. 뒤에 있던 한 사람은 곧바로 물속으로 들어가 그물을 준비했다. 쇼스케는 마치 전철을 운전할 때처럼 침착하게 일어서더니 한 발을 물에 담그고는 들고 있던 것을 곧바로 쥐엄나무 아래쪽으로 던졌다. 그러자 얼마 지나지 않아 펑하는 요란한 소리가 났고 물이 불룩 솟아오르더니 그 후 잠시 주변이 지잉하고 울렸다. 기와공장 사람들은 모두 물속으로 들어갔다.

"이제 떠내려올 거야. 모두 잡아."

슛코가 말했다. 잠시 후 새끼손가락만 한 갈색 둑중개가 옆으로 뒤집어진 채 떠 내려와 잡으려고 하는 순간 뒤에 있던 사부로가 마치 참외를 빨아먹을 때 같은 소리를 냈다. 길이가 여섯 치나 되는 붕어를 잡고는 얼굴이 새빨개진 채 기뻐하고 있었던 것이다.

"조용히 해, 조용히."

슛코가 말했다.

그때 웃옷을 벗거나 셔츠만 걸친 어른들과 아이들이 맞은편 하얀 강가로 우르르 달려왔다. 그리고 그 뒤로 마치 영화에서처럼 망사셔츠를 입은 한 사람이 맨등말을 타고 쏜살같이 달려왔다. 모두 발파 소리를 듣고 구경 온 것이다.

쇼스케는 잠시 팔짱을 낀 채 사람들이 물고기를 잡는 모습을 보고 있다가 "전혀 없군" 하고 말했다. 하지만 저 정도 잡았으면 많은 것이다. 기와공장 사람들은 서른 마리 정도나 잡았으니까. 우리도 모두 한두 마리씩은 잡았다. 쇼스케는 말없이 다시 상류 쪽으로 걷기 시작했다. 기와공장 사람들도 따라갔다. 망사셔츠의 사람은 말을 타고 다시 달려갔고, 아이들은 우리 무리에 끼려고 물가에 앉아 기다리고 있었다.

"발파를 하면 갖가지 물고기가 사방천지로 퍼지지."

사부로가 물가 모래밭 위에서 폴짝폴짝 뛰면서 크게 외쳤다.

우리는 돌을 둘러쌓아 만든 작은 어항에 잡은 물고기를 넣어 깨어나도 도망가지 못하도록 한 후, 다시 돌빼기 놀이를 시작했다. 날씨가 정말로 더워서 자귀나무도 축 늘어져 보였고 하늘도 마치 바닥 없는 연못 같았다.

그러다 누군가가 "앗, 우리 어항을 망가뜨리고 있어!"라고 소리쳤다. 돌아보니 이상하게 코가 뾰족하고 양복 차림에 짚신을 신은 사람이 총도 아니고 창도 아닌 이상하게 빛나는 긴 물건을 등에 메고, 손에는 스틱 같은 쇠망치를 들고 우리 물고기를 마구잡이로 휘젓고 있었다. 모두 화가 나서 뭐라고 말을 하려는 사이 그 사람은 철벅철벅 강가를 걸어가더니 연못 상류의 얕은 여울을 건너 이쪽으로 오려고 했다. 우리는 모두 쥐엄나무에 올라가 지켜보았다. 그런데 그 사람은 바로 강을 건너지 않고, 더러워진 짚신과 각반을 신은 채로 씻으려는 듯 몇 번이고 왔다 갔다 했기 때문에 우리는 기분이 더욱 나빠졌다. 마침내 슌코가 말했다.

"내, 내가 먼저 외칠 테니까 너희는 하나둘 셋에 따라 하는 거야. 알았지?

'그렇게 강을 흐리지 마!

선생님이 늘 말씀하셨잖아.'

하나, 둘, 셋."

"그렇게 강을 흐리지 마!

선생님이 늘 말씀하셨잖아."

그 사람은 깜짝 놀라 우리 쪽을 보았지만, 우리가 무슨 말을 하는지 잘 모르는 듯했다. 그래서 우리는 다시 말했다.

"그렇게 강을 흐리지 마!

선생님이 늘 말씀하셨잖아."

코가 뾰족한 사람은 담배를 빨아들일 때 같은 입 모양으로 말했다.

"이곳에서는 이 물을 마시니?"

"그렇게 강을 흐리지 마,

선생님이 늘 말씀하셨잖아."

"물속을 걸으면 나쁜 거니?"

그 사람은 당황함을 감추려는 듯 일부러 천천히 강을 건너더니 알프스 탐험대 같은 자세로 푸른 점토와 빨간 자갈로 덮인 언덕을 비스듬히 올라갔다. 그리고 등에 멘 긴 물건을 번쩍이며 위에 있는 콩밭으로 들어가 버렸다. 우리도 왠지 가여운 듯한, 이상하게 쓸쓸한 기분이 들었다. 그래서 한 사람씩 나무에서 뛰어내려 강가로 헤엄쳐 가서 물고기를 손수건으로 싸거나 손에 들고 집으로 돌아갔다.

8월 14일

오늘은 슛코가 독극물인 담반을 가지고 왔다. 눈병인 트라코마에 걸렸을 때 눈가를 문지르는 데 쓰는 파란 돌이다. 그 담반 다섯 조각을 종이에 싸가지고 와서 우리를 불렀다. 경찰에게 걸리면 논에서 흘러왔다고 말하면 된다고 했다. 하지만 나는 독극물을 사용하는 것은 비겁하기 때문에 싫다고 했다. 그러자 슛코는 얼굴색이 조금 변하더니 "비겁하지 않아. 지렁이 같은 걸로 속여서 잡는 것보다 나아"라고 말하고는 그 이후로 나와 말을 하지 않았다. 그 대신 슛코는 그 일대를 집집이 돌아다니며 좋은 것을 보여주겠다고 아이들을 불렀고 정말 아주 어린 아이들까지 잔뜩 불러 모았다.

우리는 언제나처럼 매미가 비처럼 울고 있는 소나무 숲을 지나 축제 때 풍기는 가스 같은 냄새가 코를 찌르는 자귀나무 강가를 재빨리 빠져나가 사이카치 연못으로 갔다. 오늘은 정말로 멋진 구름 봉우리가 동쪽에서 뭉게뭉게 피어올랐고, 수리부엉이 머리 모양을 한 조가모리 산도 반짝반짝 푸르게 빛나 보였다. 슛코가 너무 서둘렀기 때문에 꼬마들은 거의 뛰듯이 쫓아갔다. 아이들이 재빨리 옷을 벗고 연못가에 서자 슛코가 말했다.

"한 줄로 똑바로 서. 잘 들어. 물고기가 떠오르면 헤엄을 쳐서 잡아와. 원하는 만큼 잡게 해줄게. 알았지?"

꼬마들은 기뻐서 얼굴이 빨개진 채 서로 밀치면서 연못을 죽 에워쌌다. 페키치 등 서너 명은 이미 쥐엄나무 아래까지 헤엄쳐 가서 기다리고 있었다.

슛코가 으스대며 그 파란 담반을 연못 속에 던졌다. 그리고 모두 조용히 물을 응시하며 서 있었다. 나는 몸이 상류 쪽으로 거꾸로 올라가는 듯한 기분이 싫어서, 물을 보지 않고 맞은편의 구름 봉우리

위를 지나가는 검은 새를 보고 있었다. 그런데 제법 시간이 흘렀지만 물고기는 떠오르지 않았다. 슌코는 아주 진지한 얼굴로 똑바로 서서 물을 보고 있었다. '어제 발파를 했을 때라면 이미 열 마리는 잡았을 텐데……' 하고 나는 생각했다. 다시 한참 동안 모두 조용히 기다렸다. 하지만 역시 물고기는 한 마리도 떠오르지 않았다.

"물고기가 하나도 안 떠오르잖아."

사부로가 외쳤다. 슌코는 움찔했지만, 여전히 물만 바라보고 있었다.

"물고기가 전혀 떠오르지 않아."

페키치가 다시 맞은편 나무 아래에서 말했다. 그러자 아이들은 왁자지껄 떠들기 시작하더니 모두 물속으로 뛰어들었다.

슌코는 무안한 듯 한동안 쭈그리고 앉아 강물을 보고 있었지만, 결국 일어서서 "술래잡기 안 할래?" 하고 말했다.

"할래, 할래."

아이들은 소리치며 가위바위보를 하기 위해 물속에서 손을 내밀었다. 헤엄을 치고 있던 아이들은 서둘러 발이 닿는 곳으로 가서 손을 내밀었다. 슌코가 내게도 하자고 말했고, 물론 나도 원래 화가 나 있었던 것도 아니어서 바로 손을 내밀었다. 슌코는 먼저, 어제의 이상하게 코가 뾰족한 사람이 올라갔던 벼랑 아래의 미끈미끈한 푸른 점토가 있는 곳을 집으로 정했다. 그곳에 붙어 있으면 술래는 잡을 수가 없다. 그리고 가위 없이 한 사람만 지게 하는 가위바위보를 했다. 그런데 에쓰지는 혼자 가위를 냈기 때문에 아이들에게 실컷 놀림을 당했을 뿐만 아니라 술래가 되었다. 에쓰지는 입술이 보라색으로 변한 채 강가를 달려 기사쿠를 잡았고 술래는 두 명이 되었다. 그리고 우리는 자갈밭과 연못 등 이곳저곳을 뛰어다녔고, 서로 잡고 잡히면서 몇 번이나 술래잡기를 했다.

마지막에는 결국 슌코 혼자 술래가 되었다. 슌코는 곧 기치로를 잡았다. 우리는 모두 쥐엄나무 아래에서 그 모습을 보고 있었다. 그러자 슌코가 "기치로, 넌 상류에서 쫓아 와. 쫓아, 얼른 쫓아!" 하고는 자신은 가만히 서서 보고 있었다. 기치로는 입을 벌리고 팔을 펼친 채 상류에서 점토 위로 쫓아왔다. 아이들은 연못으로 뛰어들 준비를 했다. 나는 버드나무 위로 올라갔다. 그때 점토가 발에 묻었는지 기치로가 아이들 앞에서 미끄러져 굴렀다. 아이들은 와아와아 외치며 기치로를 뛰어넘기도 하고, 물속으로 들어가기도 하면서 상류의 푸른 점토에 있는 집으로 올라가버렸다.

"슌코, 어디 와봐!"

사부로는 서서 입을 크게 벌리고 팔을 뻗으며 슌코를 놀렸다. 그러자 슌코는 아까부터 상당히 화가 나있었던 듯, 장난기 가신 얼굴로 "좋아, 두고 봐"라며 물속으로 풍덩 뛰어들어 열심히 아이들을 향해 헤엄쳐갔다. 아이들은 완전히 겁을 먹었다. 무엇보다 그 점토가 있는 곳은 좁아서 모두 들어갈 수가 없었고, 게다가 무척 미끄럽고 경사가 심해서 아래쪽의 너덧 명은 위에 있는 아이에게 매달려 간신히 강에 떨어지지 않고 있었기 때문이었다. 사부로만이 가장 위에서 침착하게 "자, 모두들……" 하며 무언가 의논을 시작했다. 아이들도 머리를 맞대고 듣고 있다.

슌코는 철버덕거리며 이미 가까이 와있었고, 아이들은 소곤소곤 이야기를 하고 있었다. 그러자 슌코는 갑자기 아이들에게 두 손으로 물을 끼얹었다. 아이들이 버둥버둥 물을 피하는 동안 점토가 점점 미끄러지면서 조금씩 아래쪽으로 내려갔다. 슌코는 기뻐하며 더욱 세게 물을 끼얹었다. 그러자 아이들은 동시에 첨벙하고 물속으로 미끄러져 떨어졌다. 슌코는 맨 끝부터 차례로 아이들을 잡았다. 사부로 혼자 위로 돌아 헤엄쳐 도망갔지만, 슛코는 곧바로 따라잡더니 팔을 잡아당기고는 네다섯 번 빙빙 돌렸다. 사부로는 물을 먹은 듯 분수를 뿜어내고는 캑캑거리며 울상을 지었다.

"난 그만 할 거야. 이런 술래잡기는 이제 안 해."

사부로가 말하자 아이들은 모두 자갈밭으로 올라갔다. 사부로도 올라갔다. 슛코는 아까 푸른 돌을 던졌던 곳을 슬쩍 바라보면서 쥐엄나무 아래에 서 있었다.

그런데 그때 하늘은 이미 온통 검은 구름으로 뒤덮여 있었고, 버드나무도 이상하게 희끄무레했고 매미가 찌르르 울고 있어서 그 주변은 뭐라 말할 수 없이 음산한 풍경으로 변해있었다.

그러는 동안 갑자기 숲 위쪽에서 소나기가 내렸다. 바람까지 휘익 휘익 불기 시작했다. 연못의 물에는 커다란 무늬가 잔뜩 생겨서 물인지 돌인지 알 수 없게 되었다. 자갈밭으로 올라갔던 아이들은 옷을 껴안고 모두 자귀나무 아래로 도망갔다. 나도 나무에서 내려와 슛코와 함께 맞은편 강가로 헤엄치기 시작했다. 그때 그 자귀나무 어딘가의 세찬 빗속에서,

비는 좌아좌아 잣코잣코,
바람은 슈우슈우 슛코슛코

라고 외치는 소리가 들렸다. 헤엄을 치던 슛코는 완전히 당황해서 무언가가 발을 잡아당기기라도 하듯 도망갔다. 나도 정말로 무서웠다. 마침내 아이들이 있는 자귀나무 숲에 도착했을 때 슛코는 부들부들 떨면서 "지금 소리친 게 너희니?" 하고 물었다.

"아니야, 아니야."

아이들은 동시에 외쳤다. 페키치가 다시 앞으로 나오면서 "아니야" 하고 말했다. 슛코는 불길한 듯 강 쪽을 바라보았다. 하지만 나는 아이들이 외친 것으로 생각한다.

농부실의 시계

耕耘部の時計

오전 8시 5분

농장의 경운부 농부실은 눈에서 반사된 하얀 빛으로 가득했습니다.

한가운데의 커다란 솥에서는 김이 모락모락 피어올랐고, 농부들은 이미 식사를 마치고 각반을 두르거나 짚신을 신는 등 일하러 나갈 준비를 하고 있었습니다.

그때 갑자기 문이 열리더니 빨간 털로 만든 셔츠를 입은, 젊고 혈색 좋은 남자가 들어왔습니다.

사람들은 동시에 그쪽을 보았습니다.

그 남자는 노란 고무장화를 신고, 두 다리를 가지런히 모은 채 똑바로 서서 말했습니다.

"농부대표 미야노메 씨가 어느 분입니까?"

"나네만."

웅크리고 앉아 난로에 양말을 말리고 있던, 개털 가죽을 입은 키 작은 농부가 허리를 펴고 일어났습니다.

"무슨 일인가."

"이곳에서 일하라는 사무실의 지시를 받고 온 사람입니다."

농부대표는 고개를 끄덕였습니다.

"그래? 때마침 잘 왔군. 어젯밤은 어디에서 묵었나?"

"사무실에서 묵었습니다."

"그렇군. 마침 잘됐어. 이 사람을 따라가. 옥수수 알갱이 탈곡을 하고 있어. 기계는 8시 반부터 움직이니까, 지금 바로 가면 돼."

농부대표는 옆에서 각반을 두르고 있던, 얼굴이 빨간 농부를 가리켰습니다.

"알겠습니다."

사람들은 다시 말없이 준비를 했습니다. 빨간 셔츠는 다른 사람들이 준비를 하는 동안, 입구에 똑바로 서서 실내를 둘러보고 있었습니다. 그러다 문득 방 정면에 걸려있는 둥근 괘종시계를 올려보았습니다.

시계의 바늘판은 푸르스름하고 반짝반짝 빛났으며, 꽤 고급 외제품인 듯 어디서도 본 적이 없는 것이었습니다.

빨간 셔츠는 오른쪽 손목을 들어 자신의 손목시계를 보고는 자신도 모르게 낮게 중얼거렸습니다.

"저 시계가 15분이 빠른 건가."

그러더니 손목시계의 태엽 꼭지를 당겨 바늘을 맞추려고 했습니다. 그러자 아까부터 준비를 끝내고 신기한 듯 이 새로운 농부 옆에 서서 그 모습을 지켜보고 있던 어린아이가 갑자기 쿡하고 웃었습니다.

그러자 어찌 된 일인지 모두가 웃음을 터뜨렸습니다. 일제히 그 푸르스름하고 아름다운 바늘판을 올려보면서.

빨간 셔츠는 무척 당황했습니다. 그리고 가볍게 발을 굴러 겸연쩍음을 감추면서 사람들의 준비가 끝나기를 기다리고 있었습니다.

오후 12시

윙, 윙, 윙, 윙, 윙, 윙, 윙, 윙, 윙, 윙, 윙.

탈곡기는 오두막과 그 주변의 눈, 그리고 투명하고 차가운 공기를 흔들며 계속해서 돌았습니다.

오두막 천장으로 올라간 사람들은 기계 위쪽에서 마른 옥수수를 계속해서 던져 넣고 있었습니다.

기계 속에서 옥수수는 순식간에 아름다운 황금색 낟알과 가늘고 긴 하얀 심으로 나뉘어 기계의 양쪽으로 떨어졌습니다. 오늘 아침에 온 빨간 셔츠의 농부는 떨어져 나오는 낟알을 삽으로 떠서 저쪽으로 던지고 있었습니다. 낟알은 이미 노란색의 작은 산을 만들고 있었습니다. 두 농부는 끊임없이 빠르게 떨어지는 심을 모아서 오두막 뒤쪽의 증기실로 옮겼습니다.

먼지가 잔뜩 일었으며, 한낮의 햇살은 네 개의 창문을 통해 네 개의 푸른 기둥이 되어 오두막 안으로 떨어졌습니다. 빨간 셔츠의 농부는 완전히 먼지투성이가 되었으며 연신 땀을 훔치고 있었습니다.

갑자기 옥수수 알갱이가 딱하고 멈추더니 더는 떨어지지 않았습니다. 그리고 마지막으로 네 알 정도가 떼굴떼굴 굴러 나오자, 기계는 지금까지와는 전혀 다른 가벼운 소리를 내며 돌았습니다.

"다 나온 건가."

빨간 셔츠의 농부는 중얼거리며 다시 한번 셔츠 소매로 이마를 닦더니 가슴을 풀어헤치고 탈곡실 문 앞에 섰습니다.

"이제 점심시간이야."

천장에서도 외치고 있었습니다.

윙, 윙, 윙, 윙, 윙, 윙, 윙, 윙, 윙, 윙, 윙.

기계는 여전히 얼어붙은 밭과 목초지의 눈을 흔들며 돌고 있습니다.

오두막의 차양 아래에는 저장고에서 옥수수 썰매를 끌고 온 두 마리의 말이 목을 늘어뜨린 채 말없이 서 있었습니다.

빨간 셔츠의 농부는 말에게 다가가 손바닥으로 목을 두드려주려고 했습니다.

그때 맞은편 농부실 뒤의 눈이 쌓인 곳에 있던 높은 기둥 위의 작은 종이 앞뒤로 흔들리기 시작했고, 그 소리는 '땡 땡 땡' 하며 아름답게 눈을 건너왔습니다. 지금까지 가만히 서 있던 두 마리의 말은 그 순간 동시에 고개를 들었습니다. 그리고 무척이나 아름답게 보조를 맞추며 마구간 쪽으로 걷기 시작했고, 빈 썰매는 저 혼자 말을 따라 눈 위를 미끄러져 갔습니다. 빨간 셔츠의 농부는 조금 웃으며 그 뒷모습을 지켜보고 있었습니다. 그러다 문득 생각난 듯 오른팔을 들어 자신의 손목시계를 보았습니다. 그리고 이상하다는 듯 "이번에는 시간이 맞네" 하고 중얼거렸습니다.

오후 12시 55분

점심이 끝나고 사람들은 농부실의 화로를 둘러싼 채 잠시 쉬고 있었습니다. 숯불은 푸른 불길을 나풀나풀 뿜어냈으며, 창문 너머로는 촉촉한 하얀 구름이 이마조차 시릴 듯한 새파란 하늘 위로 끊임없이 흘러가고 있는 것이 보였습니다.

"자네, 고향은 어디인가?"

농부대표는 석탄 상자에 앉아 손에 불을 쬐면서 오늘 아침에 온 빨간 셔츠에게 물었습니다.

"후쿠시마입니다."

"전에는 어디에 있었나."

"로쿠하라에 있었습니다."

"그곳은 왜 그만두었나."

"일단 고향으로 돌아갔었습니다만, 그곳 분위기도 우울한 느낌이 들어서 이번에는 이쪽으로 왔습니다."

"그런가. 로쿠하라에 있었으면 말은 다룰 줄 알겠군."

"다를 줄 압니다."

"언제까지 이곳에 있을 생각인가?"

"계속 있을 겁니다."

"그런가."

그리고 농부대표는 입을 다물었습니다.

한 농부가 낡은 군용 외투를 벗으면서 들어왔습니다.

"농장 주인은 돌아왔는가?"

"아직 안 왔습니다."

"그래."

그때 시계가 땡하고 울렸습니다. 푸르스름하고 매끈한 세토 도자기로 만들어진 듯한 그 멋진 시계입니다.

"자, 곧 한 시다. 모두 일을 하러 가지."

농부대표가 말했습니다.

빨간 셔츠의 농부는 다시 몰래 자신의 손목시계를 보았습니다.

손목시계는 확실히 1시 5분 전이었지만, 그 커다란 시계는 1시 20분 전이었습니다. 농부대표가 곧 1시라고 했고, 시계도 분명 땡하고 울었는데 시곗바늘은 20분 전에 있는 것입니다. 오늘 아침에는 빨랐고, 아까는 정확했으나 이번에는 15분이 늦다. 빨간 셔츠는 멍하니 시곗바늘을 보고 있었습니다.

갑자기 누군가가 킥킥 웃었습니다. 그러자 사람들이 계속해서 웃음을 터뜨렸습니다. 오늘 아침의 상황 그대로였습니다. 빨간 셔츠는 겸연쩍어 서둘러 문을 열고 탈곡실 쪽으로 갔습니다. 뒤에서는 여전히 사람들의 기분 좋은 듯한 웃음소리에 섞여 "저 녀석 꽤 신경을 쓰는데" "시계에만 정신이 팔려 있어"라고 하는 듯한 말소리가 들렸습니다.

★ ★ ★

저녁 무렵부터 완전히 눈으로 바뀌었습니다.

밖에서는 눈이 나풀나풀 날리고 있습니다.

농부실에는 전등이 밝게 빛나고 있었고, 불은 새빨갛게 타오르고 있었습니다.

빨간 셔츠의 농부는 화로 옆 흙바닥에 귀리 짚을 한 단 깔고는 그 위에 다리를 뻗고 앉아서 작은 수첩에 무언가를 적고 있었습니다.

본부에 간 사람도 있고, 정류장에 술을 마시러 간 사람도 있어서 방에는 네 사람뿐이었습니다. 빨간 셔츠는 '1월 10일, 옥수수 탈곡'이라고 수첩에 적었습니다.

"오늘 밤은 눈이 좀 쌓이겠군."

"한 척은 쌓이겠는데."

"다이샤쿠 온천에서 또 곰을 잡았다더군."

"그래? 올해 들어 두 마리째군."

그때였습니다. 그 푸르스름하고 아름다운 괘종시계가 '땡, 땡, 땡, 땡, 땡, 땡' 하고 여섯 번 울렸습니다.

짚단 위에 있던 젊은 농부는 흠칫 놀랐습니다. 그리고 서둘러서 자신의 손목시계를 살펴보더니 마치 잡아먹을 듯 맞은편의 괘종시계를 노려보았습니다. 손목시계도 여섯 시, 괘종시계의 종소리도 여섯 시인데 그 바늘은 5시 45분입니다. 이번에는 늦습니다. 아까 일을 끝

내고 돌아왔을 때는 10분 빨랐었습니다. 자, 지금이야. 빨간 셔츠의 농부는 말없이 바늘을 노려보았습니다. 화롯가의 두 사람은 그 모습을 보고 다시 재미있다는 듯 웃었습니다.

바로 그때였습니다. 지금까지 5시 45분을 가리키고 있던 긴 바늘이 갑자기 번개처럼 날아 순식간에 6시 15분 지점까지 가서 딱하고 멈췄습니다.

"뭐야, 이 시계! 바늘 나사가 느슨해져 있었잖아."

빨간 셔츠의 농부는 큰소리로 외치며 일어섰습니다. 사람들은 다시 한번 웃었습니다.

빨간 셔츠의 농부는 창가로 올라가 시계의 뚜껑을 열고 바늘을 흔들흔들 움직여보더니 바늘판에 적혀 있는 작은 글자를 읽었습니다.

'이 시계는 파리제의 고급품이다. 바늘이 느슨하다.'

농부는 바늘 위의 나사를 돌렸습니다.

"고쳤나? 자네 시계방에도 있었나?"

화롯가에 있던 나이 든 농부가 말했습니다. 젊은 농부는 다시 한번 자신의 손목시계에 괘종시계의 바늘을 맞춘 후 안심한 듯 뚜껑을 덮고 바닥으로 휘익 뛰어내렸습니다.

밖에서는 눈이 펑펑 내리고 있었고, 술을 마시러 나갔던 사람들도 정류장까지 가는 것은 포기할 것 같습니다.

★

튤립의 환술

チュウリップの幻術

이 농원의 자두나무 울타리는 푸르스름한 꽃을 가득 피우고 있습니다.

구름은 반짝이며 빛나는 옥수玉髓로 만든 장식품입니다. 사방의 하늘을 배회합니다.

자두나무 울타리 끝에서 양산 수선사가 짐을 지고 이 달빛 같은 꽃을 아로새긴 초록색 장벽을 따라 걸어왔습니다.

터벅터벅 걸어오는 그 검고 가는 다리는 확실히 사슴을 닮았습니다. 그리고 내리쬐는 햇살 때문에 짐 위에 장식한 빨강 하양 줄무늬의 작은 양산은 설탕과자로 만든 것처럼 보였습니다.

'양산 수선사, 양산 수선사, 왜 그렇게 울타리 사이로 농원 안을 힐끔힐끔 보는 거지?'

그리고 터벅터벅 다가옵니다. 그 설탕과자 양산은 더욱더 빛났고 양산 수선 아저씨는 더욱더 달아오른 얼굴로 웃고 있습니다.

'양산 수선사, 양산 수선사, 왜 농원으로 휙 들어오는 거지? 농원 안에 당신의 일거리가 있을 리 없잖아.'

양산 수선사는 농원 안으로 들어갑니다. 축축한 오월의 검은 땅에 무작위로 심어진 튤립은 온통 꽃을 피우고 있었으며, 희미하게 희미하게 흔들리고 있습니다.

'양산 수선사, 양산 수선사. 당신은 짐을 내리고 땀을 닦고 있군. 그곳에 서서 잠시 꽃을 보려는 것인가. 그게 아니라면 그곳에 서 있으면 안 돼.'

정원사가 토시를 내리고 푸른 윗옷 소매로 이마의 땀을 닦으며 맞은편의 검은 독일 가문비나무 덤불에서 나왔습니다.

"무슨 용무입니까?"

"저는 양산 수선사입니다만 뭔가 필요한 일은 없습니까? 혹시 갈아야 할 가위라도 있다면 그것도 할 수 있습니다."

"아, 그렇습니까. 잠시만 기다리십시오. 주인에게 물어보죠."

"부디 잘 부탁합니다."

푸른 윗옷의 정원사는 독일 가문비나무 덤불을 헤치며 사라졌고, 그리고 태양도 갑자기 휙하고 사라졌습니다.

태양도 이미 서쪽으로 상당히 기울어 있어서 지금 막 들어간 구름 사이로 수많은 하얀 빛기둥을 던졌습니다. 그 빛기둥은 저 너머 산맥의 곳곳에 떨어졌고, 외로운 군청색 산맥은 울고 웃고 합니다.

설탕과자 양산도 지금은 보통의 빨강과 하양의 옥양목으로 바뀌었습니다.

그러더니 이번에는 바람이 불자마자 태양은 구름을 벗어났고 튤립밭에도 느닷없이 밝은 햇살을 쏟아냈습니다. 새빨간 꽃이 흔들흔들 반짝이고 있습니다.

정원사가 어느새 다가와 가지고 온 물건을 철컹하고 내려놓았습니다.

"이것만 좀 부탁한다고 합니다."

"네, 어디 봅시다. 이 전지가위는 심하게 비틀어져서 일단 불에 달구지 않으면 고칠 수가 없습니다. 나머지는 전부 가능합니다. 먼저 가격을 결정하고 괜찮으시면 작업을 하겠습니다."

"알겠습니다. 얼마 정도입니까?"

"요것은 여덟 전, 이것은 열 전, 이쪽 가위는 두 개 열다섯 전으로 해드리겠습니다."

"좋습니다. 그럼 부탁합니다. 물이 필요합니까? 가져오죠. 저 잔디밭이 괜찮겠습니까? 어디든 편한 곳에서 하십시오."

"네. 물은 제가 가져오겠습니다."

"알겠습니다. 저기 울타리를 따라 오른쪽으로 조금 가면 우물이 있습니다."

"네. 그러면 작업을 시작하겠습니다."

"네."

정원사는 다시 가문비나무 사이로 들어갔고, 양산 수선사는 짐의 맨 아래에서 도구가 들어있는 서랍을 열고 깡통을 꺼내 물을 뜨러 갔습니다.

그 뒤로 태양이 다시 휙 사라지고, 바람이 불고, 옥양목 양산은 쓸쓸하게 흔들립니다.

그리고 양산 수선사는 깡통의 물을 출렁출렁 흘리며 돌아왔습니다.

숫돌 위에서 금강사가 자글자글 소리를 냈고 튤립은 흔들흔들 흔들렸으며, 햇살이 다시 내려와 빨간 꽃은 빛납니다.

숫돌 위로 물을 부어 깨끗하게 씻어내자, 가을 은어의 배에 있는 푸른 무늬 같은 것이 벌써 강철 가위 날 위에 나타났습니다.

어느새 종달새가 하늘로 날아가 찌꾸치 찌꾸치 수다를 떱니다. 높은 곳에서 바람이 휘익 불기 시작하자 구름이 점점 흩어지더니 매우 밝아졌고, 태양은 어딘가 낮잠에서 깬 듯 조금 푸르고 흐릿했지만, 확실하게 빛나는 오월의 오후를 만들었습니다.

푸른 윗옷을 입은 정원사가 가문비나무 사이에서 또다시 부산스럽게 나왔습니다.

"모처럼 날이 개었군요. 한 가지 더 부탁을 하고 싶습니다만……."

"무엇입니까?"

"이것입니다."

젊은 정원사는 얼굴을 조금 붉히며 상의 안주머니에서 손잡이가 있는 서양식 면도칼을 꺼냈습니다.

양산 수선사는 면도칼을 받아 열어보고는 날을 찬찬히 살펴보았습니다.

"이것은 어디에서 사셨습니까?"

"선물로 받았습니다."

"갈아드릴까요?"

"네."

"그러면 갈아두겠습니다."

"금방 돌아오겠습니다. 3시가 쉬는 시간입니다."

정원사는 웃었고 빛났으며 다시 가문비나무 사이로 들어갑니다.

이제 태양은 낮잠 뒤의 흐릿한 안개빛을 완전히 떨쳤기 때문에 산맥도 푸르게 빛났으며, 조금 전까지 구름에 섞여 알 수 없었던 눈 덮인 사화산도 확실하게 터키석 구슬 같은 하늘 위로 떠올랐습니다.

양산 수선사는 서랍에서 점판암 돌을 꺼내 물을 살짝 뿌린 후 검고 매끄러운 돌로 조용히 다듬었습니다. 그리고 돌을 얼굴 가까이 올렸습니다.

'오, 양산 수선사, 양산 수선사, 그 돌을 왜 그렇게 눈 가까이 들고

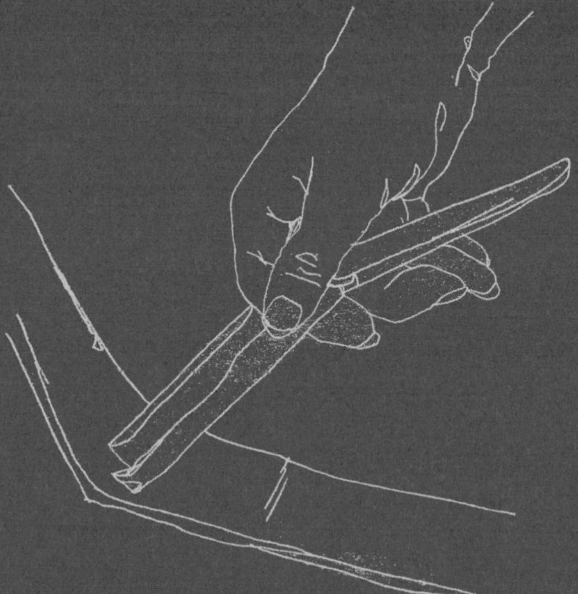

서 가만히 보고 있는 거지. 돌에 풍경이 그려져 있나? 저, 검은 산이 뭉게뭉게 포개지고 그 너머로 덧없는 구름이 날아오르고, 계곡의 물은 바람보다 가볍고, 몇 그루의 나무는 깎아지른 절벽에서 몸을 굽혀 하늘을 향하는, 그 풍경이 돌의 매끄러운 표면에 그려져 있나?'

양산 수선사는 돌을 내려놓고 면도칼을 집습니다. 면도칼에 푸른 하늘을 비추자 파랗게 반짝 빛납니다.

면도칼은 소리 없이 숫돌 위로 미끄러졌으며 강한 햇살에 양산 수선사는 땀을 뚝뚝 흘리고 있습니다. 지금은 완전히 오월의 한낮입니다.

밭의 기름진 검은 땅은 희미하게 숨을 쉬었고, 바람이 불어 꽃은 크게 흔들렸으며, 가문비나무도 움직입니다.

양산 수선사는 면도칼을 꼼꼼하게 살펴본 후 갈색의 거친 천 위에 갈음질한 물건들을 모두 올려놓고 후우하고 숨을 쉬며 일어났습니다.

그리고 튤립 쪽으로 한발 다가갔습니다.

정원사가 얼굴이 새빨갛게 달아오른 채 달려왔습니다.

"벌써 다 끝났습니까?"

"네."

"여기 요금을 가지고 왔습니다. 저쪽 것이 서른세 전이었죠. 받으세요. 그리고 제가 맡긴 건 얼마입니까?"

양산 수선사는 모자를 벗고 은화인지 동화인지를 받았습니다.

"감사합니다. 면도칼은 됐습니다."

"무슨 말씀이십니까?"

"서비스 한 걸로 하죠."

"이런……. 받으세요."

"아닙니다. 돈을 받을 만한 것이 아닙니다."

"그렇습니까? 여하튼 감사합니다. 그러면 저쪽 초소에서 잠시 기다려 주세요. 차라도 내오겠습니다."

"아닙니다. 그만 실례하겠습니다."

"그러면 제가 너무 죄송하지 않습니까. 잠시만 기다려 주십시오. 정 그러시면…… 어쩔 수 없군요. 대신 제가 가꾼 꽃이라도 보고 가십시오."

"네, 고맙습니다. 그렇게 하죠."

"그러시겠습니까? 그러면……."

변덕스러운 양산 수선사와 정원사는 튤립밭 쪽으로 대여섯 걸음 다가갔습니다.

주인인 듯한 사람의 줄무늬 셔츠가 가문비나무 맞은편에서 살짝 보입니다. 정원사는 그쪽을 보고 살짝 웃으면서 무언가 말을 걸려고 합니다.

하지만 셔츠는 사라져 보이지 않게 되었고 정원사는 손가락으로 꽃을 가리킵니다.

"저 노란색과 주황색의 커다란 반점이 있는 것은 미국에서 직접 가져왔습니다. 이쪽의 노란 것은 보고 있으면 이마가 아파지지 않습니까?"

"네, 그렇군요."

"이 빨강과 하양 반점을 보면 언제나 옛날 해적이 입었던 조끼 같은 느낌이 들곤 합니다. 그리고 이것은 매끄럽고 고운 새빨간 컵 같죠. 이 꽃잎은 반투명해서 무척 유명합니다. 그래서 이 녀석의 알뿌리는 모두 꽤 탐내죠."

"네, 정말 훌륭합니다. 빨간 꽃은 바람에 움직이고 있을 때보다 가만히 있을 때가 좋아 보이는군요."

"그렇습니다, 그렇습니다. 그리고 잠깐 저 녀석을 보세요. 저기, 저 노란 녀석 옆에 있는 녀석 말입니다."

"저 작고 하얀 것 말인가요?"

"그렇습니다, 저 녀석이 이곳에서 가장 소중한 것입니다. 잠시 가만히 응시해 보세요. 어떻습니까, 모양이 최고죠?"

양산 수선사는 한동안 그 꽃을 뚫어지게 봅니다. 그리고 입을 다물었습니다.

"상당히 잔잔한 초록색의 꽃자루죠? 바람에 흔들려서 희미하게 빛나고 있는 듯합니다. 아무리 봐도 꽃자루가 바람에 휘어지고 있는 듯합니다. 하지만 사실은 조금도 움직이지 않습니다. 게다가 저 하얗고 작은 꽃은 무언가 신비한 신호를 하늘에 보내고 있는 것 같지 않습니까?"

양산 수선사가 갑자기 큰소리로 외칩니다.

"아, 그래요, 그렇군요. 보였습니다. 그런데 무언가 하늘의 종달새 날개의 움직임이, 아니 울음소리가 아까와는 다르지 않습니까?"

"그렇고말고요, 그러니까 보십시오. 저 꽃의 잔 속에서 반짝반짝 빛나는 투명한 수증기가 마치 물에 설탕을 녹였을 때처럼 한들한들 하늘로 올라가고 있죠?"

"네, 네, 그렇군요."

"그리고 저기, 빛이 솟아오르고 있죠? 오, 솟아오른다, 솟아올라. 꽃의 잔에서 넘쳐 퍼지고 있어, 솟아올라 퍼지고 퍼져 푸른 하늘도 이미 빛의 물결로 가득합니다. 산맥의 눈도 빛 속에서 기분 좋게 하늘을 향해 웃고 있습니다. 솟아납니다, 솟아납니다. 후우, 튤립 빛의 술. 어떻습니까, 튤립 빛의 술. 칭송해주십시오."

"네, 이 에스테르는 최고급입니다. 합성하기가 무척 어렵죠."

"오, 에스테르니, 합성이니, 멋진 말입니다. 당신은 대학에서 화학을 전공하신 분이군요."

"아니요, 저는 에스테르공업학교 졸업생입니다."

"에스테르공업학교라. 하하하. 멋지군요. 자, 어떻습니까, 한잔하죠. 튤립 빛의 술. 자, 드시지 않겠습니까?"

"네, 마십시다. 자, 당신의 건강을 기원하며!"

"건강을 기원하며! 좋은 술입니다. 가난한 나의 술은 한층 빛나고 더욱 가볍구나."

"하지만 정말 이걸로 괜찮습니까? 빛이 너무 과하지는 않습니까?"

"아닙니다, 걱정하실 것 없습니다. 술이 그렇게 솟아올라 물결을 일으키고 소용돌이가 되어 꽃잎 위로 넘쳐흘러도 저 튤립의 초록색 꽃자루는 조금도 흔들리지 않습니다. 자, 한잔 더 하십시오."

"네, 고맙습니다. 당신도 한잔하십시오. 아름다운 하늘이 아닙니까."

"마시고말고요. 오, 가득입니다, 가득. 하지만 아무리 넘치게 붓는다고 해도 저쪽은 온통 튤립 술의 물결인걸요."

"저쪽만이 아닙니다. 하늘 끝에서 땅끝까지 완전히 빛의 영토입니다. 지금은 확실히 빛의 술이 땅의 뱃속까지 스며들었습니다."

"네, 네. 그렇습니다. 오, 저쪽 밭을 보세요. 빛의 술에 절인 콜리플라워도 아스파라거스도 정말 멋지지 않습니까?"

"멋집니다. 튤립 술로 절인 병조림이군요. 그런데 종달새는 도대체 어디까지 도망갔을까요. 어디까지 도망가 버린 것일까요. 자신이 이런 빛의 물결을 일으켜놓고는 어디론가 사라져버리다니……. 잘난 체하는군요. 너무 거드름을 피우고 있어, 나쁜 녀석."

"정말 그렇습니다. 어이, 종달새 녀석, 내려와! 하하하, 녀석은 녹아버린 걸까요. 이렇게 구름도 없는 하늘에는 숨을 곳도 없으니. 녹아버린 겁니다."

"아닙니다. 그 녀석의 노래라면, 그 달콤한 노래라면, 일찍이 빛 속에 녹아있었지만 종달새는 설마 녹을 리가 없습니다. 정말 녹았다고 한다면 그 작은 뼈를 그물 같은 것으로 퍼 올려 줘야 합니다. 꽤 성가신 녀석이죠."

"네, 그러네요. 하지만 종달새 따위야 어찌 되든 신경 쓰지 맙시다. 원래 종달새라는 건 작은 것이죠. '찌꾸치 찌꾸치' 하며 하늘을 날아다닐 뿐입니다."

"네, 그렇군요. 그러면 된 거죠. 그런데 이런 이런, 당신 괜찮나요? 저쪽 가문비나무가 뭔가 몸을 흔들며 춤을 추려고 하는 듯합니다."

"가문비나무 말입니까? 그 녀석들은 전부하면 한 개 소대는 될 겁니다. 모두 젊은 데다 척탄병들입니다."

"몸을 흔들면서 춤을 추고 있는 듯합니다만…… 상관없습니까?"

"걱정할 건 없습니다. 어차피 튤립 술 속의 풍경입니다. 아무리 뛰어오른들 상관없지 않습니까."

"그건 정말 그렇습니다. 뭐, 너그럽게 봐주죠."

"너그럽게 봐주지 않으면 안 됩니다. 좋은 술이야, 후우."

"자두나무도 춤을 추기 시작합니다."

"자두나무는 장벽 역할로 훈련되었죠. 다이아몬드입니다. 가지가 사선으로 교차하고 있죠. 한 개 중대는 됩니다. 의용군 중대이죠."

"저러고 있어도 역시 괜찮습니까?"

"상관없습니다. 그보다 저 배나무들을 보십시오. 가지치기를 한 지 얼마 안 돼서 몸의 균형이 전혀 잡히질 않습니다. 꼭 번데기 춤 같군요."

"번데기 춤이라니 너무 불쌍합니다. 완전히 기가 죽어서 화석이 되어버린 듯하지 않습니까."

"돌이 되리라고는 생각 못 했는데. 저 녀석들 너무하는군요. 어이, 배나무! 그냥 나무로 있으면 돼. 하지만 사람의 명령을 쉽게 받아들이는 녀석들이 아닙니다."

"그보다 저쪽의 과실수들이 원을 만들어 춤을 추는 것을 보십시오. 한가운데에서 캉캉하고 박자를 맞추고 있는 것, 저것이 앵두나무입니까?"

"어느 것 말입니까? 아아, 저것 말이군요. 아닙니다, 저 녀석은 천도복숭아입니다. 역시 감복숭아와 마르멜루의 노래는 출중합니다. 어떻습니까, 가서 어울려보지 않겠습니까? 갑시다."

"갑시다. 이봐, 우리도 끼워 줘. 아얏, 나쁜 녀석."

"무슨 일입니까?"

"눈을 당했습니다. 어떤 녀석인지 세게 할퀴었습니다."

"그렇죠? 애당초 틀려먹었습니다. 어느 녀석도 만족의 손을 가진 녀석이 없습니다. 모두 빼빼 말라 뼈만 앙상해서……. 이봐, 안 돼, 안 돼! 전부 주저앉아 울고 아우성치고 서로 할퀴고 때리고 하고 있군요. 내가 농담이 너무 지나쳤습니다."

"아, 세상이 요지경 속이니 도저히 어찌할 방법이 없습니다."

"정말 그렇습니다. 앗, 아, 불입니다, 불입니다. 불이 붙었습니다. 튤립 술에 불이 숨어들었습니다."

"안 돼, 안 돼. 밭도 하늘도 모두 연기, 하얀 연기야."

"활활, 활활 타오르고 있어."

"무척이나 멋지고 독한 술이라고 생각했습니다."

"네, 그렇습니다. 그러니까 이것은 그 하얀 튤립일 겁니다."

"그럴까요."

"그렇습니다, 그렇고말고요. 이곳에서 가장 중요한 꽃입니다."

"아, 튤립의 환술에 걸려 있는 동안에 시간이 꽤 흘렀군요. 저는 그만 가보아야 합니다. 안녕히 계세요."

"그렇습니까? 그러면 안녕히 가십시오."

양산 수선사는 짐이 있는 곳을 향해 비틀비틀 걸어갔으며, 설탕과자 양산이 꽂혀 있는 짐을 어깨에 메고 다시 한번 그 수상한 꽃을 힐끗 본 후 자두나무 담장의 입구를 향해 똑바로 걸어갑니다.

정원사는 왠지 얼굴이 새파래져 잠시 양산 수선사의 뒷모습을 지켜본 후 마침내 가문비나무 사이로 들어갔습니다.

태양은 어느새 다시 구름 사이로 들어갔으며 두껍고 하얀 빛기둥 몇 개를 산과 들판에 떨어뜨리고 있습니다.

★

타넬리는 분명 온종일 씹고 있었던 것 같았다

タネリはたしかにいちにち噛んでいたようだった

호로타이 타넬리는 오두막 입구에서 아무렇게나 노래를 흥얼거리며 무언가 잘게 뜯어놓은 것을 타닥타닥타닥, 막대기로 두드리고 있었습니다.

산 위에서 푸른 등나무 덩굴을 뜯어왔네
……서풍 고스케에게 북풍 가스케가……
벼랑 위에서 빨간 등나무덩굴을 뜯어왔네
……서풍 고스케에게 북풍 가스케가……
숲 속에서 하얀 등나무덩굴을 뜯어왔네
……서풍 고스케에게 북풍 가스케가……
동굴 속에서 검은 등나무덩굴을 뜯어왔네
……시풍 고스케에게 북풍 가스케가……

타넬리가 두드리고 있는 것은 겨울 동안에 얼려서 잘게 찢은 등나무 덩굴이었습니다.

산 위에서 파란 연기가 불기 시작했네
……서풍 고스케에게 북풍 가스케가……
벼랑 위에서 빨간 연기가 불기 시작했네.
……서풍 고스케에게 북풍 가스케가……
숲 속에서 하얀 연기가 불기 시작했네
……서풍 고스케에게 북풍 가스케가……
동굴 속에서 까만 연기가 불기 시작했네
……서풍 고스케에게 북풍 가스케가……

그러나 타넬리는 이내 멈추었습니다. 저쪽 들판과 언덕이 너무도 멋지고 환했고, 게다가 아지랑이가 '자, 가자. 자, 가자'하고 말하는 듯, 온통 흔들흔들 피어오르고 있었기 때문입니다.

타넬리는 마침내 두드리던 덩굴 한 묶음을 들어 입으로 잘강잘강 씹으면서 그쪽으로 뛰어갔습니다.

"숲에는 들어가면 안 된다. 나가네 밑에서 자작나무 껍질을 벗겨 오렴."

집 안에서 호로타이 타넬리의 엄마가 말했습니다.

타넬리는 그때 이미 새끼 사슴처럼 달리기 시작했기 때문에 대답할 사이도 없었습니다.

마른 풀이 노란색으로 환하게 펼쳐져 있어서 어디든 데굴데굴 굴러보고 싶을 정도였고, 그 끝에는 파란 하늘이 차갑게 반짝반짝 빛나고 있습니다. 타넬리는 빨리 가서 그 파란 하늘을 조금이라도 먹어보겠다는 듯 달렸습니다.

타넬리의 오두막이 토끼만 하게 보일 즈음 타넬리는 마침내 뛰기를 멈추고, 장난을 치듯 입을 크게 벌린 채 고개를 부들부들 흔들었습니다. 그러고 나서 생각난 듯 등나무 덩굴을 다시 대여섯 번 잘강잘강 씹었습니다. 발밑에는 작년의 시든 억새 이삭 세 줄기가 쓰러져 하얗게 빛나고 있었습니다. 타넬리는 우물우물 중얼거렸습니다.

"이 녀석들이 바삭바삭 바삭바삭 떠들었던 것은 정확히 어제의 일이었다.

왜 어제의 일일까?

눈이 쌓여 있지 않은 것을 보면 확실히 어제의 일이야."

정말로 눈은 아직 곳곳의 작은 구덩이와 저편 언덕에 있는 네 그루의 떡갈나무 아래에 드문드문 남아있습니다. 타넬리는 크게 숨을 쉬면서 눈부신 머리 위를 보았습니다. 그곳에는 작고 투명한 소용돌이 같은 것이 휙휙 올라가기도 하고 내려오기도 하고 있었습니다. 타넬리는 말을 하기 불편한 듯 다시 입속으로 중얼거렸습니다.

"눈 대신 이제 비가 내릴 거야.

하늘에 저렇게 비님의 알이 만들어져 있잖아."

그 매끈한 푸른 하늘에는 아직 무언가가 나풀나풀 그물 모양이 되기도 하고 반점이 되기도 하면서 흔들리고 있었습니다. 타넬리는 부드러워진 등나무 덩굴을 갑자기 퉤 뱉더니 이번에는 목청껏 외쳤습니다.

"오, 태양신의 옷을 하늘에서 만들고 있구나.

아니, 태양신의 옷을 만들고 있는 것만이 아니야.

그러면 서쪽 바람 고스케인가?

아니, 아니. 서풍 고스케가 아니야.

그러면 벌 호스케인가?

아니야, 벌 호스케가 아니야.

그러면 종달새 도스케인가?

아니야, 종달새 도스케가 아니야."

타넬리는 알 수 없게 되었습니다. 그래서 어쩔 수 없이 고개를 숙인 채 다시 등나무 덩굴을 한 줌 쥐어 잘강잘강 씹으면서 마른 풀 위를 걸어갔습니다. 저편에는 아까 보았던 네 그루의 떡갈나무가 서 있었고, 차가운 바람이 불자 작년에 붉게 마른 잎은 동시에 바스르 울었습니다. 타넬리는 자기도 모르게 간신히 부드러워지기 시작한 등나무 덩굴을 퉤하고 뱉고는 서풍 고스케와 함께 큰 목소리로 말했습니다.

"야, 떡갈나무야! 너랑 놀려고 왔어. 놀아줘."

그때 바람이 가버렸기 때문에 떡갈나무는 아무 말도 하지 않게 되었습니다.

"또 자는 거야? 떡갈나무야, 놀러 왔으니까 일어나."

떡갈나무 네 그루 모두 아무 말도 하지 않았기 때문에 타넬리는 화가 나서 말했습니다.

"눈이 없을 때 자면 서풍 고스케가 흔들 거야.

나나니벌 호스케가 둥지를 먹어버릴 거야.

종달새 도스케가 똥을 쌀 거야."

그래도 네 그루의 떡갈나무는 역시 아무런 소리도 내지 않았습니다. 타넬리는 발꿈치를 들고 살며시 한 그루의 떡갈나무 옆으로 가서 갈색 나뭇가지에 귀를 꼭 붙이고 안의 상황을 살펴보았습니다. 하지만 나무 안은 쥐죽은 듯 조용했으며 아직 새싹도 잎사귀도 움직이려는 기색이 없었습니다.

"왔다는 표시만 해놓고 갈게."

타넬리는 쓸쓸한 듯 혼자 중얼거리면서, 주변의 마른 풀 이삭을 여기저기 네 곳에 묶어 놓고는, 겨우 안심한 듯 다시 등나무 덩굴을 입에 넣고 걷기 시작했습니다.

언덕 뒤에는 작은 습지가 있었습니다. 그곳에는 새까만 진흙이 따뜻한 봄의 양기를 내뿜고 있었고, 곳곳에 소 혓바닥처럼 생긴 푸르스름한 물파초꽃이 줄줄이 피어있었습니다. 타넬리는 자신도 모르게 다시 등나무 덩굴을 뱉어내고 힘차게 습지 가장자리로 갔습니다. 그리고 낮은 가장자리를 따라 걸으며, 그 소 혓바닥 꽃 하나하나에 혀를 내밀며 인사를 했습니다. 이윽고 하늘은 푸르게 빛났고 주변은 쥐 죽은 듯 조용했습니다. 타넬리는 마침내 참지 못하고 "야호, 거기 누구 없어?" 하고 외쳤습니다. 그러자 늘어선 꽃 위에서 한 마리의 갈색 두꺼비가 느릿느릿 기어 나왔습니다. 타넬리는 오싹해서 그 자리에 멈춰 서고 말았습니다. 두꺼비가 기어오면서 머릿속으로 생각하고 있는 것이 마치 멀리서 바람이 중얼거리듯, 타넬리의 귀에 들려왔기 때문이었습니다.

'도대체 내 머리 위에는 언제부터 이런 너풀너풀 대는 붉은 불이 있었던 걸까.'

"불 따위 타고 있지 않아."

타넬리는 조심조심 말했습니다. 두꺼비는 역시 느릿느릿 기어오며 "그곳은 전부 복숭아색의 목이버섯이야. 대체 언제부터 이렇게 너풀너풀해지기 시작한 걸까"라고 말했습니다. 타넬리는 갑자기 무서워져서 줄행랑을 치며 도망가기 시작했습니다.

한참을 달린 후 간신히 정신을 차리고 보니 바로 눈앞에 네 그루의 밤나무가 서 있었고, 한 그루의 나무 끝에는 황금색 공 모양과 같은 겨우살이나무의 멋진 열매가 달려있었습니다. 타넬리는 겨우살이나무에게 무언가를 말하려고 했지만, 너무 열심히 달려왔기 때문에 가슴이 풀무질하듯 두근거려서 아무리 해도 말이 나오지 않았습니다. 빨리 숨을 모두 뱉어내려고 푸른 하늘 높이 후우하고 외쳤지만 여전히 진정되지 않았습니다. 등나무 덩굴을 한 줌 씹어보아도 여전히 진정되지 않았습니다. 그래서 이번에는 훅하고 뱉어냈더니, 마침 내 말을 할 수 있게 되었습니다.

"밤나무가 죽었다, 왜 죽었을까.

아이들이 머리를 먹어버려서 죽었다."

그러자 위쪽에서 겨우살이나무가 슬쩍 웃는 듯했습니다. 타넬리는 재미있어서 가락을 붙여 다시 외쳤습니다.

"밤나무가 먹어서 밤나무가 죽고

어치가 먹어서 아이가 죽고

쏙독새가 먹어서 어치가 죽고

매는 드높이 날아올랐다."

겨우살이나무가 울상을 짓는 듯했기 때문에 타넬리는 크게 웃었습니다. 하지만 그 웃음소리가 무너지듯 언덕으로 퍼지고는 저 멀리 사라지자 타넬리는 다시 풀이 죽었습니다. 그리고 쓸쓸한 듯 다시 등나무 덩굴을 한 줌 집어 잘강잘강 씹기 시작했습니다.

그때 저편 언덕 위로 한 마리의 커다란 흰 새가 해를 가로질러 날아올랐습니다. 마치 새의 임금님이라도 되는 듯 날개 안쪽은 복숭아색으로 반짝반짝 빛났고, 타넬리의 가슴은 술에 취한 듯 두근거렸습니다. 타넬리는 이제 막 씹기 시작한 등나무 덩굴을 풀 위에 힘차게 뱉어버리고 크게 외쳤습니다.

"너는 따오기라는 새니?"

새는 당연하지라고 말하는 듯 천천히 언덕 너머로 날아갔으며, 이윽고 보이지 않게 되었습니다. 타넬리는 쏜살같이 언덕을 넘어 사라진 새를 좇아갔습니다. 언덕 꼭대기에 올라보니 새는 아래에 있는 작은 골짜기의 마른 갈대 속으로 이제 막 뛰어들려는 순간이었습니다. 타넬리는 북풍 가스케보다 빠르게 언덕을 달려 내려가 그 노란 갈대 숲 주위를 빙글빙글 돌면서 외쳤습니다.

"어이, 따오기!

난 혼자니까 네가 나랑 놀아줘.

난 혼자니까."

새는 쫓아오라는 듯 갈대 속에서 날아올라, 화살처럼 남쪽의 편평한 파란 하늘로 올라갔습니다. 타넬리는 파란 그림자와 함께 휘청휘청 새를 쫓아갔습니다. 때때로 얼레지꽃이 발밑에서 흔들흔들 타올랐으며 하늘은 어질어질 흔들렸습니다. 새는 갑자기 돌멩이처럼 날개를 오므려 마른 풀 속으로 떨어지더니, 다시 똑바로 날아올랐습니다. 타넬리도 비틀거리며 넘어졌다가는 다시 일어나 쫓아갔습니다. 새는 멀리 서쪽으로 벗어나 푸르스름하게 빛나며 날아갔습니다. 타넬리는 하나의 언덕을 달려 올라갔고 구르듯 다시 뛰어 내려왔습니다. 그곳은 완만한 들판이었고 저편에는 무척이나 어둡고 커다란 나무숲이 있었습니다. 새는 곧바로 나무숲으로 떨어졌습니다. 타넬리는 가슴을 누르며 멈춰 섰습니다. 저편의 나무숲이 너무 어두웠고 게다가 무슨 나무인지 알 수 없었던 것입니다. 노송나무 잎보다 어둡고 비자나무보다 더욱 음침했으며, 안에는 어떤 것이 숨겨져 있는지 알 수 없었습니다. 게다가 안에서는 무언가 위험한 고함과 비명이 들려왔습니다. 타넬리는 언제라도 도망갈 수 있도록 몸의 반은 뒤를 향한 채 한쪽 다리를 내밀고는 조심조심 그쪽을 향해 외쳐보았습니다.

"따오기, 따오기, 나랑 놀아줘."

"에잇, 시끄러워. 그곳에서 실컷 놀아."

분명히 아까의 따오기와는 다른 무언가가 대답했습니다.

"따오기, 따오기야, 그러니까 나오라고."

"에잇, 시끄럽다니까. 그곳에서 혼자 놀아."

"따오기야, 따오기야. 난 그만 간다."

"가는 거야? 잘 가. 에잇, 제길! 그 곰국은 맹탕이었던 걸까."

타넬리는 정말로 쓸쓸해져서 다시 등나무 덩굴을 한 줌 쥐어 씹으면서 다시 한번 숲을 보았습니다. 그런데 어느새 숲 앞에는 커다란 얼굴의 이누가미犬神* 같은 것이 한 손을 가슴팍에 꽂고 돌배같이 생긴 빨간 눈알을 흘금흘금 거리며 가만히 서 있었습니다. 타넬리는 완전히 겁을 먹고 쏜살같이 도망가기 시작했습니다. 그리고 번개처럼 네 개의 언덕을 계속해서 넘었습니다. 그곳에는 네 그루의 밤나무가 서 있었고 그 한 그루의 나무 끝에는 멋진 겨우살이나무의 열매가 달려있었습니다. 그것은 아까의 겨우살이나무였습니다. 타넬리를 비웃듯 위에서 반짝반짝 빛나고 있습니다. 타넬리는 무안함을 감추기 위해 "밤나무, 일어나"라고 말하면서 집을 향해 걷기 시작했습니다. 해는 이미 서쪽으로 꽤 기울어져 있었고 언덕에는 그늘까지 생겼습니다. 얼레지꽃은 이글이글 타올랐으며, 그 잎사귀 위에는 여러 가지 검은 무늬가 계속해서 나타났다가 사라지고, 나타났다가 사라지고 있습니다. 타넬리는 나지막이 읊었습니다.

"태양신은
언덕의 머리카락 너머로
숨었다가 다시 떠오른다.
그리고 숨었다가 다시 떠오른다."

타넬리는 완전히 녹초가 되어서 곧바로 집으로 돌아왔습니다.

"자작나무 껍질은 벗겨왔니?"

타넬리가 집에 도착하자, 오두막 앞에서 졸참나무 열매를 찧고 있던 엄마가 말했습니다.

"아니."

타넬리는 어깨를 움츠리며 대답했습니다.

"등나무 덩굴은 다 씹었니?"

"아니……. 어딘가에 흘렸어."

타넬리는 힘없이 대답했습니다.

"등나무 덩굴을 씹으러 갔다가 잃어버리는 사람이 어디 있니. 올해는 네 옷을 하나도 만들어주지 않을 거야."

엄마가 조금 화를 내며 말했습니다.

"응. 하지만 난, 종일 씹고 있었던 것 같은데."

타넬리가 다시 힘없이 대답했습니다.

"그랬니? 그랬으면 됐다."

엄마가 타넬리의 안색을 보고 안심한 듯 다시 졸참나무 열매를 찧기 시작했습니다.

---

* 개의 혼령이 빙의한 귀신을 말한다.

귀신 붙은 공사구간
化物丁場

대엿새 동안 계속되던 비가 간신히 그친 아침이었습니다. 금빛 햇살이 푸른 나무와 벼를 비추고 있었지만, 하늘에는 방향을 정하지 않은 구름이 흔들흔들 날아다녔고, 산맥도 아주 가깝게 보여서 정말로 날씨가 개었다는 기분은 아직 들지 않았습니다.

나는 서쪽의 센닌 광산에 잠시 볼일이 있어서 구로사와지리에서 경철도를 탔습니다.

기차 안은 비교적 한산했습니다. 그래도 역시 스무 명 정도는 있었을 것입니다. 와글와글 이야기하는 소리가 들렸습니다. 내 뒤에 탄 사람도 있었습니다.

이야기 내용은 이곳도 본선 쪽과 마찬가지로 어제까지의 비와 홍수에 대한 소문이었습니다. 대체로 남쪽의 이야기였습니다. 고젠지에서는 기타카미 강 수위가 1장 6척이나 높아졌다고 누군가가 말했습니다. 미야기 현의 시나이누마 늪가에서는 벼가 벌써 나흘째 진흙탕 물을 덮어쓰고 있다, 올해는 아무래도 그 근방은 반타작이 될 거라고 또 누군가가 말했습니다.

그런데 내 뒷좌석에서 갑자기 굵고 우렁찬 목소리가 들렸습니다.

"시즈쿠이시에서 하시바 사이는 완전히 엉망진창이야. 철로가 7미터나 솟아 있어. 침목이고 뭐고 전부 들쑥날쑥 널려 있어. 열흘이나 열닷새 동안에 겨우 여섯 개를 깔았다니까."

나는 '그 귀신 붙은 공사구간이구나' 생각하면서 재빨리 그쪽을 돌아보았습니다. 그 사람은 선로공이 입는 작업복을 입고 있었으며, 챙이 넓은 밀짚모자를 선반에 올리면서 딱히 누구에게라고 할 것도 없이 큰 목소리로 그렇게 말했던 것입니다.

"아, 그 귀신 붙은 공사구간입니까? 무너진 곳이."

내가 그쪽으로 고개를 반쯤 돌린 채 웃으면서 물었습니다. 선로공은 나를 슬쩍 보더니 이내 웃었습니다.

"그렇습니다. 어떻게 아십니까?"

조금 딱딱한 군인 말투로 물었습니다.

"뭐, 그냥. 그 당시 그쪽을 잠시 지나갔었거든요. 이번에는 크게 파손됐습니까?"

"완전히 당했습니다."

그 사람은 그제야 자리에 앉으면서 대답했습니다.

"이번에도 역시 귀신이라고 합니까?"

"뭐, 그렇죠."

그 사람은 상당히 모호하게 대답했습니다. 그 모호한 대답이 나를 더욱 궁금하게 해서, 어떡해서든 좀더 자세하게 귀신 붙은 공사장의 소문을 듣고 싶었습니다. 그래서 나는 상대가 이야기를 끝내지 않도록 다시 조금 돌려서 말을 걸었습니다.

"철도청에 넘어간 뒤로, 파손된 것은 이번이 처음입니까?"

"네, 철도청도 큰 손해를 봤죠."

"철도청으로 넘어가기 전에도 서너 번 파손이 됐었죠?"

"아, 크게 망가진 건 세 번입니다."

"도급업체도 상당한 손해였겠습니다."

"네, 역시 손해를 봤죠. 그렇게 성가신 곳을 만나게 되면 손해 보는 수밖에 다른 방법이 없습니다."

"왜 그렇게 매번 파손되는 걸까요?"

"뭐, 내가 간 후에는 망가진 것이 두 번이었는 데, 비가 오면 무너지는 겁니다. 그렇다고 해서 물 때문에 그런 것도 아니고, 정말 이상하다니까요."

"당신도 그곳에서 일하고 있었나요?"

"내가 있었던 건 11월이었으니까, 마침 자갈을 쌓았다가 그것이 막 무너졌을 때였습니다. 도급업체의 바위 담당 기사들이 전반적으로 조금 서두르기는 했습니다. 장소가 장소이니만큼 확실하게 아래 바위부터 콘크리트를 사용했으면 좋았죠. 그렇게 해도 역시 무너졌을지도 모르지만."

"그렇게 큰 계곡도 없었던 것 같던데요."

"아니요, 물은 아래 바위도 그렇고 옆에 있는 산의 절벽 등 몇 곳에서 솟아오릅니다. 흙도 검고 축축했죠. 그런 흙 위에 바로 자갈을 쌓았으니 더욱 심했던 것입니다."

그때 기적 소리가 울리며 기차가 출발했습니다. 나는 앞쪽의 푸르게 빛나고 있는 센닌 협곡을 바라보고, 그러고 나서 문득 하늘을 올려다보다 나도 모르게 '이거 심각한데' 하고 중얼거렸습니다. 구름의 아래쪽과 위쪽이 완전히 반대 방향을 향해 화살처럼 달려가고 있었던 것입니다.

"다시 폭풍우가 몰아칠 겁니다. 바람이 아주 수상해요."

나는 선로공에게 말했습니다.

그 사람도 잠시 서서 창문 밖으로 얼굴을 내밀더니 "앞으로도 계속해서 내릴 겁니다. 오늘은 딱 폭풍우의 일요일이 되겠군요" 하고, 중얼거리듯 말하며 다시 자리에 앉았습니다. 사기로 된 전봇대 애자礙子가 반짝 빛나기도 하고 버드나무가 푸른 잎을 흔들며 성큼성큼 다가오기도 했습니다. 기차는 마침내 구로사와지리 마을을 벗어나 서쪽을 향해 곧바로 달렸습니다.

"그러면 당신도 무너진 자갈을 다시 쌓았습니까?"

"그렇습니다."

그 사람은 웃었습니다. 이 사람은 귀신 붙은 공사구간에 관한 이야기를 확실히 싫어하지 않는다고 생각했습니다.

"그게 또 무너진 건가요?"

내가 물었습니다.

"무너졌습니다. 그것도 1백 명이나 되는 인부들이 여드레에 걸쳐 한 작업인 데 말이죠. 다시 쌓는다고는 해도 대부분 니즈쿠이시 강가에서 광차로 옮겨오는 것입니다. 전에 무너진 것도 그대로 사용하고요. 그래서 다리가 계속 넓어져 아주 튼튼해졌죠."

"상당히 힘들었겠네요."

"네, 아주 죽을 맛이었습니다. 철도청의 진행 검사가 있었기 때문에 도급업체 기사들은 미친 듯이 서둘렀죠. 그러니 감독도 따라서 서둘렀죠. 매일 날씨는 맑았지만, 오히려 바람은 차가워서 아침에는 서리가 눈처럼 내렸습니다. 그런 상황에서 자갈을 파고, 또 파고, 쌓고 쌓아 광차를 밀었던 것이죠."

나는 그 투명하고 차가운 11월의 공기 속, 밤나무와 자작나무도 아주 노랗게 물들고 사방의 산에는 새하얀 눈이 빛나고, 니즈쿠이시 강이 마치 파란 유리처럼 흐르고 있는, 그 새하얀 넓은 강가를 작은 광차가 바삐 오가고, 사람들은 곡괭이와 삽을 휘두르는 그 풍경을 떠올렸습니다. 그리고 그 사람들이 빨간 모포로 만든 셔츠를 입고 물에 얼지 않도록 갈색의 거친 방모직물로 다리를 두텁게 감싸고 있는 모습을 눈앞에 보듯 떠올렸습니다.

"정말로 보통 일이 아니었겠군요."

"뭐, 그렇게 해서 간신히 쌓아올렸죠. 진행검사도 통과해서 감독들도 한시름 놓았습니다. 우리도 그 고된 작업으로 어느 정도 할증료를 받을 것이고, 내일부터의 작업은 비교적 편하게 될 것이었기 때문에 사실은 그날 밤 하루키바 시내에서 술도 한잔했습니다. 그리고 숙소로 돌아와서 잤는데 좋은 밤이었습니다. 아주 맑게 갠 하늘에서는 묘성 등도 확실하게 보였죠. 내일은 서리가 심해서 잘못하면 자갈도 얼어붙을 것이라는 얘기를 하면서 잤습니다. 그런데 한밤중, 그러니까 두 시가 지났으려나…… 쿠웅하는 소리가 꿈속에서처럼 멀리 들렸던 것입니다. 잠에서 깬 사람이 우리 숙소에는 서너 명이 있었습니다. 흐릿한 노란 램프 아래에서 얼굴을 든 채 그 누구도 말을 하지 않았습니다. 소리가 난 쪽으로 몸을 반쯤 일으킨 채 말없이 서로의 얼굴만 보고 있었죠. 그러자 갑자기 감독이 문을 쾅 열고 뛰어들어왔습니다.

"일어나, 모두 일어나. 오늘 작업한 곳이 무너졌어. 빨리 일어나서 모두 가 보자고"라고 말했습니다. 모두 마지못해 일어났습니다. 아직 잠에서 깨지 않은 사람은 감독이 깨우며 돌아다녔습니다. '뭐야, 무너졌다고 해도 한밤중에 가봐야 무슨 소용이야.' 졸음에 겨워 화가 치밀어 오른 사람도 있었지만, 대부분은 긴장한 표정으로 어스름한 램프 아래서 준비를 했습니다. 곧 우리는 아세틸렌 램프 열 개를 켜고 나갔습니다. 얼음물을 끼얹은 듯 추웠습니다. 은하수는 완전히 저쪽 하늘로 돌아가 있었습니다. 들판이나 나무는 새까맣게 보였고 산등성이만 희미하게 하얀색으로 보였습니다. 공사장에 가 보니 이미 완전히 무너진 뒤였습니다. 그 아세틸렌의 푸른 불빛 속에서, 사람들이 보고 있는 앞에서 아직도 무너진 돌이 데굴데굴 구르고 있었습니다. 그 으스스한 분위기는 정말이지……."

그 사람은 잠시 이야기를 끊었습니다. 사람들이 보는 앞에서 쌓아 올린 자갈을 심술궂게 밀어내는 투명한 손 같은 것을 떠올리자, 나도 왠지 으스스한 기분이 들었습니다. 그래도 다시 물었습니다.

"그러고 나서 다시 공사를 했습니까?"

"했습니다. 바로 그 장소부터 말입니다. 기사가 눈이 시뻘게져서는 특별한 이유도 없이 화를 내고 호통을 치며 돌아다녔습니다. 미끄러운 자갈을 다시 쌓아올렸죠. 하지만 그 누구도 일에 열중하지 않았습니다. 그럴만하죠. 일단 특별한 이유도 없이 무너졌다면 다시 아무런 이유도 없이 무너져 내릴지도 모르니까요. 그래도 여하튼 일만 하면 대금은 지급해주니까 아무리 지겨워도 기사가 시키면 시키는 대로 하는 수밖에. 하하하. 잠시만."

선로공은 일어서서 창밖으로 얼굴을 내밀고 손을 이마에 올린 채 앞으로 뻗어있는 선로를 보더니, 갑자기 아래쪽을 향해 '어이' 하고 외치고는 거수경례를 했습니다. 나도 창밖으로 고개를 내밀어 보니 한 인부가 삽을 지팡이 삼아 양손으로 붙잡고는 선로에 똑바로 서서 이쪽을 보며 웃고 있었습니다. 그 모습도 점점 뒤쪽으로 멀어져갔고, 저편으로 구리코마 산이 푸르게 빛나며 맑은 하늘에 서 있었습니다. 우리는 다시 자리에 앉았습니다.

"이번 보수공사도 또 여드레 걸렸습니까?"

나는 물었습니다.

"아니요, 그때는 이전의 절반도 걸리지 않았습니다. 자갈을 옮겨올

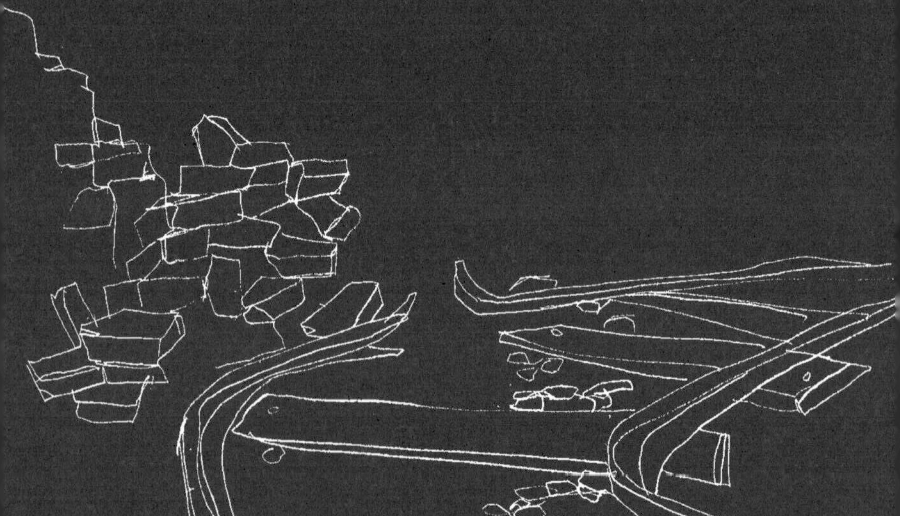

수고를 덜었으니까요. 대신 말뚝을 이삼십 개 박았습니다. 낮이 되어 그 무너진 모습을 보니 마치 정중앙에서 찢겨나간 듯한 모습이었습니다. 현에서도 사람이 와서 열심히 살펴보았지만, 도저히 그 이유를 알 수 없는 듯했습니다. 그래도 나흘 만에 여하튼 원래대로 완성되었죠. 일을 마친 날 밤에 우리 열여섯 명은 모닥불을 세 곳에 피워두고 망을 보고 있었습니다. 특별한 대상이 있었던 것도 아니어서 애당초 망을 본다는 말이 이상하긴 하지만, 술을 마시며 떠들고 있었기 때문에 크게 쓸쓸하지는 않았습니다. 게다가 5월의 달도 있었고요. 단지 추위에는 넌더리가 났습니다. 그럼에도 한밤중이 되자 달도 지고 이야기가 끊겨 조용해졌죠. 멀리서 강이 흐르는 소리만 들릴 뿐. 갑자기 으스스한 분위기가 느껴진 순간도 있었습니다. 그래도 결국 아침까지 아무 일도 일어나지 않았습니다. 다음날 밤도 열다섯 명이 밖에서 망을 봤지만 역시 아무 일도 일어나지 않았습니다. 그래서 공사는 계속 진행되어 갔고, 원래 그동안에도 다른 곳에서 다른 조가 계속해서 진행하고 있었기 때문에 선로만 깔리지 않았을 뿐 뭐, 부지 공사는 하시바까지 이르렀습니다. 그러는 동안 마침내 12월에 들어섰죠. 눈도 두 번인가 내렸습니다. 눈이 오기는 했지만 바로 녹았습니다. 그런데 12월 10일이었을 겁니다. 마치 봄비가 내리듯 반나절 동안 비가 추적추적 내렸습니다. 뭐, 강물이 불어난 것도 아니고 겨우 땅을 적셨을 뿐이었죠. 그런데 그날 저녁에 다시 그곳이 무너졌습니다. 중간 중간에 박아두었던 말뚝도 이쪽저쪽으로 휘어있었습니다. 그때는 모두 완전히 낙담했습니다. 그래도 '또야?' 하는 심정이어서 이전만큼은 아니었습니다. 그때는 이미 일도 점점 줄어들어 상당수의 인부들도 내년 봄을 기약하며 니즈쿠이시에서 모리오카로 돌아간 뒤였고, 무엇보다 앞으로 작업하는 동안에 언제 큰 눈이 내릴지 몰랐기 때문에 일을 하는 데 활기가 없었죠. 그래도 우리는 시키는 대로, 그러니까 전부해서 열다섯 명이 있었을 것입니다. 이곳저곳의 공사장에서 모아온 인부들이죠. 무너진 부분을 파서 일구고, 그리고 광차로 강가에도 갔었지만, 다음 날에는 자갈이 얼어서 더는 곡괭이도 들어가지 않았습니다. 아무리 임금을 받는다고 해도 이렇게 끝도 없는 일은 싫다, 올해는 더 이상 안 된다, 내년에 무당을 불러서 굿이라도 한 후에 바닥부터 콘크리트로 다시 깔자는 등의 이야기를 하면서 일을 했습니다. 그래도 결국 12월 중반에는 눈 속에서도 이럭저럭 원래의 모습대로 되돌렸습니다. 그리고 다행히도 그 위를 눈이 완전히 덮었던 것입니다. 2척은 되는 눈이 단단하게 쌓여 있었죠."

"아, 맞습니다. 그즈음입니다. 제가 갔었던 때가."

나는 재빨리 말했습니다.

"귀신 붙은 공사장 이야기는 어디서 들었습니까?"

"하루키바에서 들었습니다."

"그러면 당신이 왔던 때는 철도청의 검사관이 왔을 즈음입니다."

"아, 그 검사관일지도 모르겠습니다. 내가 하시바에서 돌아가는 길에, 쥐색 털 두건을 두르고 검은 외투를 입은 키 큰 노인과 기사 같은 사람들 열대여섯 명을 만났습니다."

"날씨가 맑은 날이었습니까?"

"날씨가 맑아서 눈이 반짝반짝 빛나고 있었습니다. 하시바에서는 눈보라가 치고 있었습니다만……. 1월 6, 7일 즈음입니다."

"그러면 맞네요. 그 검사관이 와서는 이렇게 귀신 붙은 공사구간은 곳곳에 있다, 산의 바위 층이 어긋나서 일어나는 일이라고 말했지만, 그 누구도 그다지 믿지는 않았습니다."

"역시 그렇군요."

기차가 후지네 역에 가까워졌습니다.

선로공은 일어서서 선반에서 모자를 꺼내고 도구가 든 천가방을 들었습니다. 그리고 기차의 문고리를 풀고는 기차가 멈추기를 기다리고 있었습니다.

"여기서 내리십니까? 여러 가지로 고마웠습니다. 나는 이런 사람입니다"라고 말하며 나는 명함을 건넸습니다.

"그러시군요. 저는 명함을 가져오지 않아서."

그 사람은 대답하면서 내 명함을 작업복 주머니에 넣었습니다. 기차가 멈췄습니다.

"안녕히 가십시오."

그 사람은 재빨리 뛰어내렸습니다.

"안녕히 가십시오."

나는 눈으로 배웅했습니다. 그 사람은 도구 가방을 어깨에 걸치고 개찰구 쪽으로 가지 않고 곧바로 지나온 방향의 선로로 돌아갔습니다. 그 선로는 푸른 벼 사이에서 하얗게 빛나고 있었습니다. 하늘에서는 바람도 잠잠해져 큰 폭풍우 없이 그대로 개일 듯했습니다.

손수레
車

하슈는 바구니를 머리에 이고 오전 내내 마을 모퉁이에 서 있었지만, 어찌 된 일인지 일이 하나도 들어오지 않았습니다. 지쳐서 바구니를 내려놓고 앉아 도시락을 먹기 시작하려는 데 빨간 수염의 남자가 급한 듯 다가왔습니다.

"이봐, 아주 급한 일이야. 막사를 짓는 데 부족해서 그러니까 공장에 가서 테레빈유를 사다 주게. 저기, 저쪽에 있는 손수레를 가져가서 네 통만 사오면 되네. 여기 명함 가져가고."

"어디로 가면 됩니까?"

하슈는 도시락을 덮고 일어서며 물었습니다.

"지금 그 얘기를 하려는 거네. 잘 듣게. 저 다리를 건너면 버드나무 가로수가 나오지? 1킬로미터를 가면 흰색 말뚝이 세워져 있네. 그곳에서 오른쪽으로 들어가면 다시 버섯 모양의 송림이 있을 걸세. 그곳으로 들어가면 되네. 뭐, 외길이라 그 길만 따라가면 되니까. 그리고 숲 뒤쪽에 공장이 있네. 자, 서두르게."

하슈는 커다란 명함을 받아들었습니다. 빨간 수염의 남자는 하슈의 손을 이끌고 낡고 허름한 수레가 있는 곳까지 성큼성큼 걸어갔습니다.

"자, 서두르게. 오늘 중에 꼭 칠해야 하거든."

하슈는 수레를 끌었습니다.

이윽고 하슈는 버드나무 가로수의 하얀 말뚝이 세워져 있는 곳까지 왔습니다.

"뭐야, 버섯 모양의 숲이라니. 이런 버섯이 세상에 어디 있다고. 그 사람은 와 본 적이 없나보군."

하슈는 오른쪽으로 돌면서 받아온 커다란 명함을 보았습니다.

"토목건축설계시공도급회사 니지니 하라우. 흠, 테레빈유 공장 같은 곳은 처음 가보는군."

하슈는 수레를 끌고 푸른 소나무 숲 바로 옆까지 왔습니다. 상쾌한 송진 냄새가 났고 새도 짹짹 울었습니다. 길은 수레가 간신히 지나갈 수 있을 정도였고, 길 가운데에는 질경이가 두 줄로 자라나 있었습니다. 해는 계속해서 나왔다 숨었다를 반복했으며 그 길 위의 노란 흙도 밝아졌다 어두워졌다를 반복했습니다. 하슈는 곱슬머리의 귀여운 아이가 세일러복을 입고 장난감총을 든 채 찔레나무 덤불 이쪽에 서서 자신이 수레를 끌고 오는 모습을 뚫어지게 바라보고 있는 것을 보았습니다. 아이가 계속 쳐다보고 있었기 때문에 하슈는 웃었습니다.

그러자 아이는 조금 기분이 나쁘다는 표정을 지었지만 하슈가 바로 옆까지 가자 갑자기 큰 소리로 말했습니다.

"나, 그 수레 태워줘."

하슈는 멈춰 섰습니다.

"이 수레는 무척 덜컹거립니다. 그래도 괜찮겠습니까, 도련님?"

"덜컹덜컹해도 난 조금도 무섭지 않아."

아이가 으스대며 말했습니다.

"그러면 타십시오. 영차. 자. 꽉 잡으세요. 총은 앞에 놓고. 자, 움직입니다."

하슈는 뒤를 보면서 수레를 천천히 끌기 시작했습니다. 아이는 생각보다 수레가 심하게 덜컹거리자 역시 조금은 무서운 듯 입술을 일그러뜨리고 있었습니다. 그래도 있는 힘껏 꽉 붙잡고 있었습니다. 하슈는 계속해서 수레를 끌었습니다. 길이 점점 좁아져서 수레바퀴는 종종 길가의 풀 위를 지나갔습니다. 그때마다 수레는 덜컹하고 흔들렸습니다. 아이는 필사적으로 수레에 매달려있습니다. 길은 더욱 좁아졌고 길 한가운데도 패여 있었습니다. 하슈는 수레를 세우고 아이를 돌아보았습니다.

"참새를 잡아줘."

아이가 말했습니다.

"잠시 후 저쪽에 도착하면 잡아드리겠습니다. 아니면 도련님 내리시겠습니까?"

하슈는 소나무 숲 너머 물빛으로 빛나는 하늘을 보며 말했습니다.

"안 내려."

아이가 수레에 꼭 매달린 채 대답했습니다. 하슈는 다시 수레를 끌었습니다.

그런데 갑자기 수레가 지나치게 덜컹거리는 듯 느껴져 하슈는 뒤를 돌아보았습니다. 수레바퀴는 양쪽 모두 아래쪽을 향해 쐐기 모양이 되어 있었습니다.

'길 한가운데가 패여 있어서 그렇군. 게다가 어딘가 고장이 난 것 같은데.'

하슈는 멈춰 서서 살며시 손잡이를 내려놓고 수레를 살펴보았습니다. 수레바퀴의 쐐기가 하나 빠져 있었습니다.

"도련님, 그만 내리세요. 수레가 고장 났어요. 위험합니다."

"싫어."

"어쩔 수 없군."

하슈는 중얼거리면서 주의를 둘러보았습니다. 이대로 두면 바퀴는 완전히 빠져버릴 듯했습니다.

"도련님, 그러면 조금만 기다리세요. 지금 줄을 찾아오겠습니다."

하슈는 바로 앞의 오른쪽으로 이어진 작은 길을 발견하고 말했습니다. 그리고 그 길은 저쪽 숲 뒤의 민가로 연결된 듯했습니다. 하슈는 서둘러 그 길을 따라갔습니다. 보리밭과 검양옻나무가 죽 이어져 있었고 그 끝에 빨간 지붕의 작은 집과 우물과 버드나무가 밝게 햇살을 받으며 빛나고 있는 것이 보였습니다.

하슈는 그 보리밭 아래에 줄 하나가 떨어져 있는 것을 보았습니다. 하슈가 몸을 수그려 줄을 주우려고 하자 갑자기 뒤에서 톤 높은 여자 목소리가 들렸습니다.

"뭐하는 거야! 왜 남의 것을 가져가는 거야?"

하슈가 깜짝 놀라 뒤를 돌아보니 얼굴이 빨갛고 키가 큰 아낙네였습니다. 하슈는 당황하며 말했습니다.

"수레가 고장이 나서요. 나중에 사례할 테니 부디 가져가게 해주십시오."

"안 돼. 사람이 힘들게 만든 줄을 말없이 가져가다니. 도시 놈들은 전부 이렇다니까."

하슈는 풀이 죽어서 줄을 그곳에 두고 수레가 있는 곳으로 돌아왔습니다. 아낙네는 뒤에서 여전히 투덜거리고 있었습니다.

'저 새끼줄을 꼬는 데 한 시간은 걸렸을 거야. 화내는 건 당연해.'

하슈는 눈을 감고 그렇게 생각했습니다.

"아아, 쐐기는 어딘가에 떨어져 있겠지. 찾으면 돼."

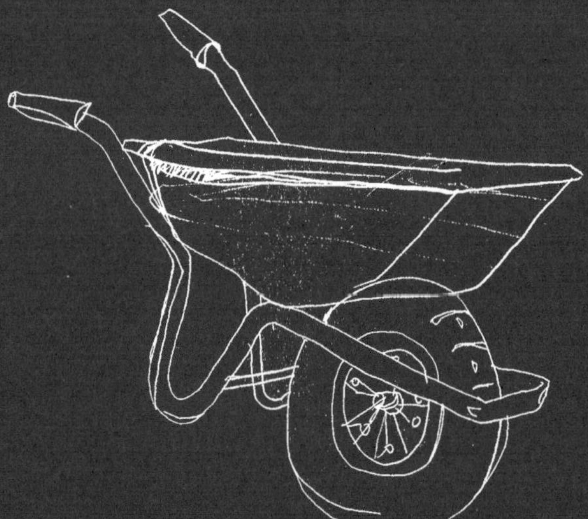

하슈는 수레가 있는 곳으로 돌아가더니 다시 지나온 방향으로 돌아가 쐐기를 찾기 시작했습니다.

"빨리 와."

아이는 수레 위에 다리를 길게 뻗고 앉으며 말했습니다.

쐐기는 바닥이 팬 곳에 떨어져 있었습니다.

"아, 찾았다. 쉽게 찾았군."

하슈는 쐐기를 수레바퀴에 끼우려고 했습니다.

"아직 끼우지 않는 게 나을 텐데……. 곧 강이 있거든."

아이가 말했습니다.

하슈는 웃으면서 쐐기를 끼우고 기름으로 새까매진 손을 풀에 문질렀습니다.

"자, 갑니다."

수레가 다시 움직였습니다. 그런데 아이가 말한 대로 곧 작은 강이 나왔습니다. 두 개의 소나무가 다리가 되어 있었습니다.

'하하하, 이 아이가 쐐기를 끼우지 말라고 한 것은 수레바퀴가 아래쪽으로 모여 있으면 이 다리를 지나갈 수 있다고 한 것이구나.' 하슈는 혼자 생각하며 웃었습니다.

강물의 깊이는 2촌 정도밖에 되지 않았기 때문에 하슈는 수레를 끌고 강을 건넜습니다. 자갈이 아득아득 소리를 냈고 아이는 있는 힘껏 수레를 붙잡고 있었습니다.

그리고 소나무 숲 끝에 작은 테레빈유 공장이 보이기 시작했습니다. 송진 냄새가 가득했고 푸른 연기가 솟아올랐으며 햇살은 눈부시게 내리쬐고 있었습니다. 하슈는 공장 입구에 수레를 세우고 외쳤습니다.

"병영에서 테레빈유를 가지러 왔습니다."

기사장 겸 직공이 웃으며 고개를 내밀었습니다.

"죄송합니다. 지금 가져다 드리려고 했지만, 손이 비질 않아서요."

"아닙니다. 전 그냥 부탁을 받고 왔습니다."

"그러십니까. 바로 드리겠습니다. 이 녀석, 어디에 갔었니?"

기사장은 아이에게 말했습니다.

"수레가 너무 느려서."

"그럼 안 되지."

기사장이 웃었습니다. 하슈도 웃었습니다. '정말로 재미있었어, 이렇게 노는 것도 일이 되었으니, 오늘 오전 중에 일이 없어서 짜증이 났던 건 갚고도 남아.' 하슈는 생각했습니다.

스케치 2

이하토브농업학교의 봄

이하토브농업학교의 봄
イーハトーボ農学校の春

태양마술의 노래는 이미 파란 하늘 가득히 웅장하게 끊임없이 울리고 있습니다.

우리는 노란 실습복을 입고 허물어진 벽돌 분뇨구덩이 앞에 모였습니다.

겨우내 새파래진 입술로 부들부들 떨던 아베 도키오도 오늘은 정말 생기 있는 낯빛으로 생글생글 웃고 있습니다. 그런데 사실 아베 도키오는 겨울에 몸이 아팠던 것이 아니라 셔츠가 한 벌밖에 없었던 것입니다. 게다가 키가 큰 아베 도키오는 교실에서도 난로와 가장 멀리 떨어진, 고장 난 문틈 사이로 바람이 휙휙 들어오는 북동쪽 구석자리에 앉았었습니다.

하지만 오늘은 너무나도 하늘이 새파래서 보고 있으면 가슴이 떨

듯했고, 마른풀도 뽕나무 숲의 노란 줄기도 눈부실 정도입니다. 게다가 두엄간 뒤쪽에는 구름 두 조각이 멋지게 빛나고 있고, 구름 가까이의 하늘에서는 종달새가 설탕물처럼 흔들리며 투명한 공기를 가득 마시고 있습니다. 그 누구라도 가슴속에서 뭉게뭉게 솟아나는 기쁨에 웃음을 참을 수 없겠지요. 웃지 않는 사람이 있다면 억지로 입술에 힘을 주고 있거나, 일부러 이마를 찡그리며 웃음을 감추고 있는 것입니다.

오— 아름다워 마치 새빨간 불꽃같아

그것은 리튬의 홍염*일 것입니다. 광염보살* 태양마술의 노래는 햇살의 작디작은 보라색과 주황색과 빨간색의 물결과 함께 하늘에도 땅에도 힘차게 열심히 울려 퍼지고 있습니다. 개구리 카이로 남작도 빨리 고급 비단 프록코트를 입고 밝은 곳으로 뛰어나가는 것이 좋을 것입니다.

버드나무 속에도, 자작나무 속에도 또한 마른풀의 땅속줄기에도 달빛의 달콤한 수액이 어른어른 흔들리기 시작했고, 원추리와 토끼풀의 이른 싹에도 벌써 황금색의 작은 전분 알갱이가 쑤욱 올라오기도 하고 가라앉기도 합니다.

허물어져 가는 벽돌 분뇨구덩이 속에는 맥주처럼 거품이 솟아나고 있습니다. 자, 순서대로 통에 퍼 담읍시다. 주변이 온통 이렇게 환하게 밝은데, 라듐보다 훨씬 강렬하고 부드러운 빛의 물결이 이렇게 열심히 일렁이고 있는데, 도대체 그 무엇이 더럽고 그 무엇이 나쁘겠습니까. 거품이 더욱 많이 솟아도 좋습니다. 푸른 하늘 가득 울리고 있는 저 늠름한 태양마술의 노래를 들어보세요.

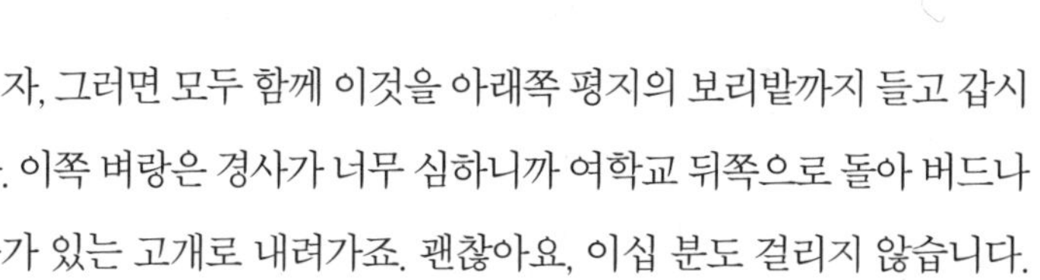

자, 그러면 모두 함께 이것을 아래쪽 평지의 보리밭까지 들고 갑시다. 이쪽 벼랑은 경사가 너무 심하니까 여학교 뒤쪽으로 돌아 버드나무가 있는 고개로 내려가죠. 괜찮아요, 이십 분도 걸리지 않습니다. 되도록 키가 비슷한 사람끼리 둘씩 짝을 지어주세요. 그래요, 시내

---

* 태양의 코로나 속으로 높이 소용돌이쳐 일어나는 불꽃 모양의 가스로, 위 노래의 숫자는 코로나가 아닌 홍염의 높이를 말한다.

* 태양마술과 마찬가지로 미야자와 겐지가 태양에 대해 붙인 이름이다.

뒤쪽을 통과해서 가는 겁니다. 아베 군은 함께 갈 사람이 없군요, 그러면 나와 함께 가죠. 아, 울리고 있어요, 울리고 있어요. 주변 가득 울리고 있는 태양마술의 노래를 들어보세요.

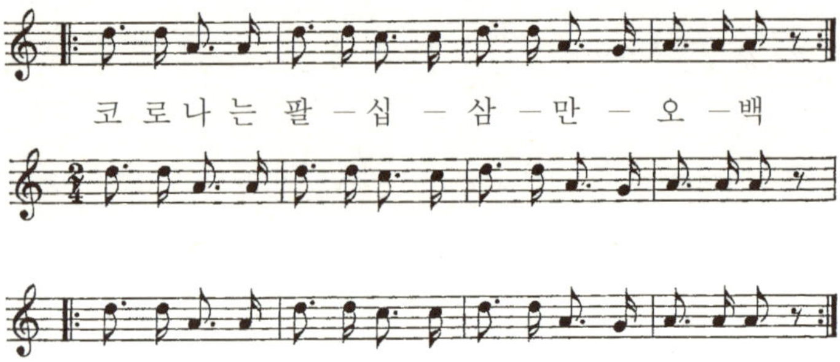

산 위의 눈이 눈부시게 반사됩니다. 내가 일을 하다가 또는 무거운 것을 옮기다가 지쳐서 손으로 물을 뜰 수조차 없고 생각도 할 수 없게 되었을 때, 그곳에서 하얀빛이 얼음처럼 내 목으로 와서 꿀꺽하고 내 목을 울리면 깨끗하게 낫습니다. 게다가 지금이라면 우리들의 무릎은 탄력 좋은 용수철과 같습니다. 작년 가을처럼 그렇게 차가운 바람 속에서 일을 할 때는 무척이나 힘겨웠지만, 지금은 아주 편해서 어깨에 느껴지는 약간의 뻐근함을 견디기만 하면 됩니다. 그 뻐근함도 오히려 가슴이 뜨거워지고 기분 좋은 정도입니다.

아, 울새가 울며 날아간다, 울며 날아간다, 악보처럼 날아간다.
붉은 윗도리를 입고 오늘은 어디까지 가니. 정말로 좋겠구나.

돌아가라, 울새여, 아카시아처럼.
붉은 윗도리를 입고 들과 산을 넘어서.

그곳 모퉁이에서 빨간 머리의 아이가 혼자 이쪽을 바라보며 웃고 있습니다.

"어이, 꼬마 친구, 입학통지서는 잘 놔뒀니? 공책에는 반과 이름을 깨끗한 글씨로 적어놨니? 자, 봄이다, 노래를 부르고 달리고 뛰어노는 것이 좋아. 바람의 마타사부로도 이미 기쁨에 들떠 유리망토를 펄럭이고 머리카락을 팔랑이며 들판을 날고 걸으면서, 봄이 왔어, 봄이 왔어 하고 노래하고 있단다. 이제 정말로 노래를 부르고 달리고 뛰어노는 것이 좋아. 우리는 지금 바쁘단다."

모래땅이 부드럽고 향기로운 숨을 뱉어내고 있습니다. 지금까지 쉬고 있던 벌레들이 멍하니 이제 막 눈을 뜨고 조용히 숨을 쉬고 있는 듯합니다. 보리는 반질반질 빛나고 있습니다. 눈 밑을 용케 뚫고 나온 푸른 보리입니다. 빨리 달려갑시다, 분뇨를 뿌리기만 하면 보리는 곧바로 빨아들인답니다.

'코로나는 팔 — 만 — 삼 — 천 — 구 — 십.'

우리가 분뇨를 국자로 퍼서 보리에 뿌리기만 하면 물은 어찌 그리 아직 힘도 들어가기 전에 수은처럼 푸르게 빛나고 구슬이 되어 보리 위로 날아오르는 걸까요. 또한, 모래땅은 어찌 그리 목마른 아이가 물을 마시듯 분뇨를 빨아들이는 걸까요. 정말로 그렇게 하지 않으면 안 되니까요. 그것이 유일한 길이니까 저절로 그렇게 되는 것입니다.

돌아가는 길은 지름길로 해서 그 급경사의 언덕으로 올라갑시다. 그 언덕은 삼나무가 다시마나 벨벳처럼 부드럽습니다. 아베 군, 말없이 하늘만 보면서 걷고 있군요. 도대체 무엇을 보고 있나요. 아, 그렇군요. 푸른 하늘의 저리 높은 곳을, 새털구름조차 뜰 것 같은 곳을, 매인지 학인지 백조인지 알 수 없는 세 마리의 새가 삼지창 날처럼 날개를 펴고 하얗게 빛나며 날아가고 있군요.

이런! 작년에 이 둑에 있던 작은 통나무다리가 눈이 녹아 흐른 물에 떠내려갔군. 맨몸이라면 쉽게 뛰어넘겠지만 비료통을 어떻게 할까. 아베 군, 먼저 뛰어넘어요. 잘했어요. 이끼에 조금 빠졌지만, 뭐, 괜찮아요. 그러면 내가 이쪽에서 통을 매달 테니까 그쪽에서 받아주세요. 조심하세요, 무거워요. 나는 일종의 기중기에요. 무거워요, 오오, 멜대가 자석처럼 저절로 아베 군 손으로 빨려 들어갔군요. 태양의 마술입니다, 정말로. 멋지죠.

버드나무에도 자작나무에도 인광이 빛나는 수액이 가득 맥박치고 있습니다.

이기리스 해안

イギリス海岸

여름방학 중 보름 동안의 농장실습 기간에, 우리는 일이 일단락 지어지는 이삼일마다 이기리스イギリス* 해안이라고 별명을 붙인 곳에 놀러 갔었습니다.

그곳은 사실 해안이 아니라 무척이나 해안처럼 생긴 강가로, 기타카미 강의 서쪽 강가였습니다. 동쪽의 센닌 고개부터 도오노를 통과하고 즈치자와를 지나서 기타카미 산악지대를 가로질러 오는 차가운 사루가이시 강이 기타카미 강으로 합류하는 지점에서 조금 하류에 있는 서쪽 강가였습니다.

이기리스 해안에는 푸르스름한 응회질 이암泥巖이 강을 따라 꽤 넓게 드러나 있어서 그 남쪽 끝에 서면 북쪽 끝에 있는 사람은 새끼손가락의 손톱보다 작아 보였습니다. 특히 그 이암층은 강물이 불어날 때마다 깨끗하게 씻기기 때문에 뭐라고 표현할 수 없을 만큼 푸르고 말끔했습니다.

---

* 일본어로 영국을 '이기리스'라고 발음한다.

곳곳에는 강물이 불었을 때 생긴 작은 구멍과 그 구멍들이 이어진 얕은 홈, 그리고 아탄亞炭의 조각이나 마른 갈대들이 일렬로 늘어서 있어서 이전에 물이 불었을 때 어디까지 물이 올라왔었는지도 알 수 있었습니다.

햇볕이 강하게 내리쬘 때는 돌이 말라서 새하얗게 보였고 가로세로로 갈라진 금도 있어서, 커다란 모자를 쓰고 고개 숙인 채 그 위를 걸으면 그림자가 까맣게 떨어지기도 해서 정말로 영국의 백악 해안을 걷고 있는 듯한 기분이 들었습니다.

마을 초등학교에서는 이시노마키 근처의 해안으로 보름이나 학생들을 데리고 갔었고, 옆의 여학교에서도 임해학교를 시작하고 있었습니다.

하지만 우리 학교에서는 그럴 수가 없었습니다. 그러므로 태어나면서부터 기타카미 하곡의 상류에만 살았던 우리는 그 하얀 이암층을 이기리스 해안이라고 부르고 싶은 마음이 간절했던 것입니다.

게다가 실제로 그곳을 해안이라고 부르는 것이 전혀 근거가 없지는 않았습니다. 왜냐하면 그곳은 지질시대의 마지막 구분인 신생대 제3기 즈음에는 바다 둔치였던 적이 자주 있었기 때문입니다. 그 증거로는 첫째, 그 이암은 동쪽의 기타카미 산지 언저리부터 서쪽의 물길이 갈라지는 산기슭까지 한 장의 널빤지처럼 길게 이어져 있습니다. 단지 그 위에 쌓인 홍적층의 붉은 자갈과 흙, 그리고 충적된 모래와 점도 등으로 대부분이 덮여있어 보이지 않을 뿐입니다. 그리고 곳곳의 강가나 절벽 토대에는 반드시 이 이암이 얼굴을 내밀고 있고 또한 곳곳에 있는 우물을 파보면 곧바로 이암층에 부딪히는 것에서도 알 수 있습니다.

두 번째로, 이 이암은 점토와 화산재가 섞인 것이고, 게다가 대부분은 고요한 물속에 잠겨있었던 점은 명확했습니다. 왜냐하면 그 암석에는 물에 잠겨서 생긴 주름이 있고 나뭇가지나 줄기가 묻혀 있었으며, 곳곳에는 늪지대에 사는 여러 가지 식물이 이미 상당히 탄화되어 끼어 있었기 때문입니다. 또한, 산 근처에는 고운 모래가 있었고, 특히 기타카미 산지 언저리에는 이암층 사이에 모래언덕 흔적 같은 것이 곳곳에 끼어 있다는 점 등이 그 증거였습니다. 이런 점들을 볼 때 지금 기타카미의 평원을 이루고 있는 곳은 언젠가 한 번은 가늘고 길게 이어진 폭 3리의 커다란 고인 물이었던 것입니다.

그런데 세 번째로, 그 고인 물이 짠물이었던 증거도 있습니다. 기타카미 산지 부근의 붉은 자갈에서 바닷물에서만 사는 굴 같은 조개껍질 화석이 나왔던 것입니다.

이렇게 볼 때 제3기 말 즈음 혹은 지금부터 5, 60만 년 또는 1백만 년 전일지도 모를 그즈음에 지금의 기타카미 평원에 해당하는 곳은 가늘고 긴 만灣이거나 함수호鹹水湖였음을 알 수 있습니다. 그리고 그 물은 비교적 얕아서 몇 만 년의 긴 세월 동안에 물 위로 얼굴을 내밀기도 하고 잠기기도 하면서, 화산재나 점토가 위에 쌓였다가 다시 깎이기를 반복했던 것입니다. 그 점토는 서쪽과 동쪽의 산악지대에서 강을 따라 흘러들어온 것이었습니다. 또한, 화산재는 서쪽 두세 곳의 석영조면암 화산이 간신히 잠잠해진 시기기는 했지만, 그래도 가끔 분화나 폭발을 했기 때문에 그곳에서 내려온 것이었습니다.

그 당시 세상에는 아직 사람이 없었습니다. 특히 일본은 그 당시, 즉 3, 4천 년 전까지는 사람이 전혀 없었다고 하므로, 물론 아무도 그것을 보지는 못했겠죠. 아무도 보지 못했던 그 옛날의 하늘에서 끊임없이 끊임없이 구름이 흐르고 사라지는 동안에 바다의 한 곳이 점점 얕아져 마침내 물 위로 얼굴을 내밀었고 그곳에 풀과 나무가 자랐습니다. 그리고 호두나무가 잎을 펄럭이고, 노송나무와 주목나무가 시커멓게 우거지자 곧바로 서쪽의 화산이 검붉은 혀를 내밀었고, 하늘도 새까매질 정도로 경석의 화산 자갈이 쏟아져 내려와 나무는 으깨지고 파묻혔습니다. 얼마 후 다시 물이 뒤덮이고 그 위로 점토가 쌓였으며 완전히 새까맣게 묻혔을 것입니다. 생각해보면 이상한 기분이 듭니다. 정말로 그런 일이 있었을까 싶습니다. 하지만 어쩔 수 없는 것이 우리들의 이기리스 해안에는 강물에서 한참 떨어진 곳에 절반은 석탄으로 변한 커다란 나무 그루터기들이 그 뿌리를 이암 속으로 뻗고, 줄기와 가지는 경석輕石의 화산 자갈층에 짓눌린 채 늘어서 있습니다. 원래 그 나무는 한동안 햇살을 받아 너덜너덜 찢기고, 이따금 발생한 홍수에 계속해서 깎여나가고 있었는데 다시 새로운 것도 발견되었습니다. 어느 날 우리는 그 그루터기 주변에서 마흔 개가까이 되는 호두를 주었는데, 그 호두는 길이 두 치 정도, 폭 한 치 정도 되는 아주 길고 뾰족한 형태였습니다. 처음에는 무거운 지층에 눌린 것으로 생각했지만, 세로로 묻혀있던 것도 있었기 때문에 역시 처음부터 그런 형태였다고밖에 생각할 수 없습니다.

그리고 오리나무 열매도 발견되었습니다. 작은 잡초의 씨도 가득 나왔습니다.

1백만 년 전의 이 해안에 지금은 기타카미 강이 흐르고 있습니다. 옛날 거대한 파도를 일으키기도 하고 잔잔하게 가라앉기도 하며, 그 누구도 보지 않는 곳에서 무수하게 변화했던 그 거대한 짠물의 계승자는 지금 반짝이는 물결로 과거의 해안가를 철썩거리며 밤낮없이 남쪽으로 흐르고 있습니다.

그런데도 이곳을 해안이라고 부르면 안 되는 이유가 있을까요.

그리고 이곳을 해안이라고 생각해도 되는 또 한 가지 이유는 아주 드물기는 하지만, 강물이 마치 커다란 호숫가처럼 밀려왔다 밀려간다는 점입니다. 그것은 건너편의 사루가이시 강에서 들어온 물과 이곳의 물이 부딪히기 때문에 생기는 것인지, 아니면 조금 위쪽의 거센 급류가 이 이암층에 부딪혀 되돌아나가기 때문에 생기는 것인지, 그도 아니면 전혀 다른 원인 때문인지 몰라도 여하튼 때에 따라서 강물이 썰물처럼 밀려 나가는 경우가 있는 것입니다.

그렇습니다. 마침 1학기 시험이 끝나고 채점도 끝나서 이제 31일에 성적표를 발표하고 가정통신문을 전달하기만 하면 됩니다. 제 상황에서 말하자면 뭐 그렇습니다. 오전 중에 보리 운반을 끝내고 농장일도 일단락된 그날 오후였습니다. 우리는 올해 세 번째로 이기리스 해안에 갔습니다. 세가와 강의 철교를 건너 우엉과 양배추가 파리한 잎을 팔락이는 밭 사이의 좁은 길을 지나갔습니다.

길은 온통 이삭을 내밀고 있는 새포아풀로 덮여있었습니다. 우리는 그 길을 따라 목재소 안으로 들어갔습니다. 그곳이 목재소라는 것은 폭신폭신한 새 톱밥이 쌓여 있고 불규칙한 톱 소리가 날아들고 있었기 때문에 알 수 있었습니다. 톱밥은 햇살이 비쳐 마치 모래 같았습니다. 모래 너머의 푸른 물과 구조센터를 알리는 빨간 깃발과 저 너머 양철색 구름을 보았을 때 우리는 갑자기 스웨덴의 협만에라도 온 듯한 기분이 들어 가슴이 두근거렸습니다. 분명히 모두 그런 기분인 듯했습니다. 작은 목재소 안은 쪽빛 그림자가 드리웠고, 하얗게 빛나는 둥근 톱 서너 자루가 벽에 세워져 있었으며, 그 중 하나는 굴대에 끼워진 채 유령처럼 돌고 있었습니다.

우리는 목재소를 통과해 강가까지 갔습니다. 풀이 자란 돌담 아래로 아까 보았던 구조센터의 빨간 깃발이 있었고, 그곳에 마침 뗏목이 와있었습니다. 가조학교와 하나마키학교 학생들이 잔뜩 모여 수영을 하고 있었습니다. 하지만 우리는 원래 이기리스 해안으로 가려고 했었기 때문에 조용히 그곳을 지나쳤습니다. 그리고 그곳은 이미 이기리스 해안의 남쪽 끝이었습니다. 우리가 아니더라도 모처럼 강가까지 와서 그 기분 좋은 곳에 가지 않는 사람은 없습니다. 마을의 잡화점이나 철물점집 아이, 여름방학을 맞이해 돌아온 곳곳의 중학교 학생들, 그리고 점심시간을 즐기는 목재소 사람 등이 때로는 알몸으로 그 새하얀 바위 위에 두서넛씩 모여앉아 있기도 했습니다. 망사셔츠나 헐렁한 파란 반바지 차림의 사람들도 있었고, 푸르스름한 커다란 밀짚모자를 쓰고 걷는 사람도 있었습니다. 그리고 그런 모습을 보고 있으면 정말 기분이 좋아졌습니다.

그 사람들은 모두 우리 쪽을 보며 방긋 웃었습니다. 특히 가장 좋았던 것은 최고급 외국 견종의 개가 저쪽에서 검은 그림자를 끌며 쏜살같이 달려온 것이었습니다. 정말 그 개는 로봇이라는 이름이 붙을 직한 무지하게 큰 개였습니다.

"아, 좋다!"

우리는 동시에 외쳤습니다. 여름 바닷가에 놀러 가고 싶지 않은 사람이 있을까요. 그리고 갈 수만 있다면, 방적공장 등에 팔려가 죽을 고생을 하는 것이 아니라면, 프랑스나 영국같이 먼 곳에 가고 싶다고 누구나 생각할 것입니다.

우리는 서둘러 신발과 바지를 벗고, 그 차갑고 조금은 탁한 물속으로 차례차례 뛰어들었습니다. 정말로 그 물의 탁함은 굉장히 고상한 것이었습니다. 그 물속에 얼굴을 반쯤 담그고 수영을 하면서 곁눈질로 해안 쪽을 보자, 이암 너머 구석에는 키 큰 풀언덕이 있었고 나무도 흔들리고 구름도 새하얗게 빛났고 있었습니다.

그리고 우리는 이암이 튀어나온 곳에 도착하자 물 밖으로 나왔습니다. 한 학생이 〈스위밍 왈츠Swimming Waltz〉를 휘파람으로 불었습니다. 우리 가운데에는 실제 오케스트라를 본 사람도 들어본 사람도 적었기 때문에, 물론 마을의 양품점 축음기에서 흘러나온 것을 따라 한 것이지만 딱 그 노래처럼 차가운 물이 흐르고 있었습니다.

우리는 이암층 위의 이곳저곳을 걸었습니다. 곳곳에 웅덩이 흔적이 있었고 그 속에는 작은 자갈이 들어있었습니다.

"이 자갈이 이 웅덩이를 파는 것입니다. 물이 이 위를 흐르고, 돌이 물 아래에서 자르르 움직입니다. 때로는 자갈이 돌기도 하면서 바위가 점점 패는 것이죠."

그리고 빨간 산화철이 스며들어 있는 바위의 갈라진 틈을 따라 층이 도랑이 되어 팬 곳도 있었습니다. 그것은 수많은 웅덩이가 연결된 것으로 마치 조롱박을 연결해놓은 것처럼 보였습니다.

"이런 도랑은 물이 나갈 때마다 점점 깊어집니다. 왜냐하면 흘러가는 자갈은 이 높은 곳을 통과하지 못하고 도랑 안에서만 굴러다닙니다. 그렇게 되면 도랑은 계속 깊어지겠죠. 물속을 보세요. 수많은 돌이 긴 막대기처럼 늘어서 있을 것입니다. 여러분, 이것입니다."

"앗! 기병대다, 기병대!"

누군가가 남쪽을 향해 소리쳤습니다.

하류의 새파란 물 위로 까만 아사히바시 다리가 선명하게 떠있었고, 그 난간 사이로 하얀 윗옷을 입은 기병대들이 줄줄이 줄을 지어 가고 있습니다. 말의 발걸음이 반짝반짝 반짝반짝 반짝이듯 빛납니다. 기병대는 1중대 정도였으며, 철교 위를 지나는 기차보다는 느리고 초등학생의 소풍 행렬보다는 조금 빠르게, 중대장인 듯한 사람을 선두로 다리를 건너갔습니다.

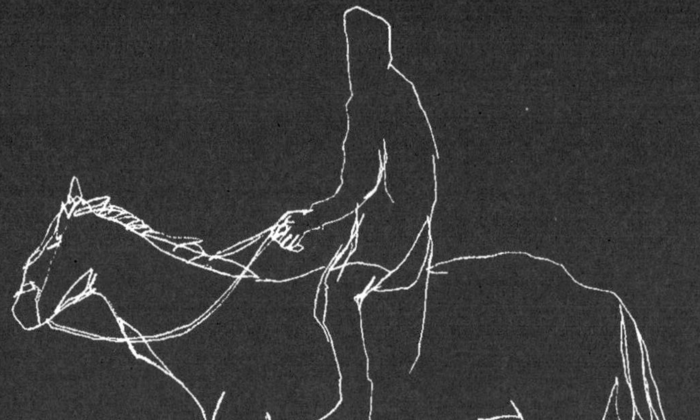

"어디로 가는 걸까?"

"말을 타고 물을 건너는 연습 중이겠지. 하얀 윗옷을 입고 있으니까 분명 안장이 없는 말일 거야."

"이쪽으로 오면 좋을 텐데."

"분명, 올 거야. 대부분은 저쪽 언덕 풀 속에서 나와. 군인이든 누구든 기분 좋은 곳으로 가고 싶은 법이니까."

기병대는 계속해서 다리를 건넜고, 마지막 한 사람이 반짝 빛나더니 그대로 모습을 감추었습니다. 사라졌다고 생각한 순간, 다시 이쪽 기슭에서 한 사람이 조금 서두르며 달려갔습니다. 우리는 말없이 그들을 지켜보았습니다.

하지만 그 모습이 완전히 사라지자 군인들에 대해서도 점점 잊어갔습니다. 우리는 다시 차가운 물속으로 뛰어들어 작은 만을 이룬 곳을 헤엄치거나 바위 위를 뛰어다녔습니다.

누군가가 바위 속에 묻힌 작은 식물 뿌리 주변으로 갈색의 수산화철 고리가 몇 겹이나 둘러쳐져 있는 것을 발견했습니다. 그것은 처음부터 곳곳에 잔뜩 있었던 것입니다.

"이 고리는 왜 생긴 건가요?"

"이것이 만들어지는 과정은 복잡합니다. 교질체膠質体에 대해 더욱 자세하게 배우지 않으면 이해할 수 없습니다. 하지만 여하튼 이것은 전기의 작용입니다. 이 고리는 리제강고리Liesegang Ring*라고 하죠. 실험실에서도 만들 수 있습니다. 나중에 토양을 공부할 때도

* 전해질의 침전반응으로 생기는 고리를 말한다.

설명하겠습니다. 부식질 반층이라는 것도 비슷한 경로로 만들어지니까요."

나는 매일 계속되는 실습에 지쳐있었기 때문에 긴 설명이 귀찮아서 이렇게 대답했습니다.

그리고 조금 시간이 흐른 후, 나는 문득 맞은편 강가를 보았습니다. 키 큰 두 개의 전봇대가 서로 기대듯 하나의 가로대를 사이에 두고 서 있었습니다. 그 바로 아래에 있는, 풀로 덮인 언덕 위로 군복을 입은 장교 한 사람과 커다란 갈색 말의 머리가 나타났습니다.

"왔다, 왔어. 마침내 왔어."

모두가 큰 소리로 외쳤습니다.

"말을 타고 물을 건너는 연습을 하는 거야. 건너편으로 가자."

이렇게 말하며 그 새하얀 이기리스 해안의 상류로 올라가 맞은편으로 헤엄을 쳐 가는 사람도 많이 있었습니다.

군인들은 일렬로 줄을 지어 비스듬하게 언덕을 내려왔으며, 그중에는 까만 갈고리가 달린 긴 장대를 들고 있는 사람도 있었습니다.

잠시 후 군인들은 건너편의 풀이 자란 강가로 내려갔으며, 육 열 횡대로 줄을 선 후 말에서 내려 장교의 훈시를 듣고 있었습니다. 장교의 훈시는 꽤 길었기 때문에 이쪽에 있는 우리는 사실 지쳐버렸습니다. 도대체 언제쯤 군인들이 모두 말의 갈기를 잡고 수영을 해서 이쪽으로 오는 것인지, 기다리다 지쳐버렸습니다. 아까 구경하러 강을 건너간 사람들도 얕은 물가에 서서 장교의 훈시를 듣고 있었는데, 그들의 모습도 재미있게 듣고 있는 듯이 보이기도 했으나 또는 지루한 듯 보이기도 했습니다. 여름의 축축한 구름 아래입니다.

그러는 동안 마침내 두 척의 배가 하류에서 올라오더니 강 한가운데에 멈췄습니다. 군인들은 가장 끝줄부터 말을 끌고 점점 강으로 들어갔습니다. 말발굽이 바닥의 자갈을 밟는 소리와 철벅철벅 물이 튀는 소리가 멀고 먼 꿈속에서처럼 강물 소리 넘어 이쪽으로 들려왔습니다. 우리는, 이제 곧 더욱 깊은 곳으로 가면 군인들이 말갈기를 잡고 수영을 할 것으로 생각하며 기다리고 있었습니다. 그런데 선두의 군인은 배가 있는 곳까지 가더니 빙글 돌아 다시 건너편으로 돌아갔습니다. 다른 군인들은 모두 그 뒤를 따랐기 때문에 행렬은 하나의 원이 되었습니다.

"뭐야, 오늘은 그냥 말이 물에 익숙해지도록 하는 거구나."

왠지 시시하게 느껴지기도 했지만, 한편으로는 저렇게 얕은 곳에 말을 데려가는 것뿐인데도 배를 두 척이나 준비한 것을 보니 무척 듬직한 기분도 들었습니다. 그리고 우리는 양잠 일도 해야 했기 때문에 서둘러 학교로 돌아갔습니다.

그 다음번에는 다섯 명만이 이기리스 해안으로 갔습니다.

처음에는 이전에 갔었던 만 근처에서만 수영을 했지만, 점차 강에 익숙해지면서 멀리 상류의 물살이 거센 여울에서 해안의 가장 남쪽인 뗏목이 있는 곳까지 갔습니다. 그리고 지치고 조금 춥기도 했기 때문에 해안의 서쪽 경계인 오래된 그루터기와 그 위에 경석이 쌓인 화산력층으로 갔습니다.

그날 우리는 완전한 호두열매를 두 개 발견했습니다. 화산력층 위에는 지난 홍수 때의 물이 늪처럼 곳곳에 고여 있었습니다. 우리는 그 고인 물에 둑을 쌓아 폭포를 만들기도 하고 발전소를 흉내 내보기도 하고, 물이 범람하게 하기도 하는 등 오랜 시간을 놀고 있었습니다.

그때 하류의 빨간 깃발이 세워져 있는 곳에서 언제나 팔에 빨간 천을 감고 맨몸에 작업 가운만 걸친 채 사람들이 수영하는 것을 보고 있던 서른 살 정도의 남자가, 쇠지렛대 하나를 들고 하류 쪽에서 거슬러 올라오는 것이 보였습니다. 그 사람은 수영하는 아이들의 익사사고를 막기 위해 마을에서 고용한 사람인 데 무척이나 한가해 보였습니다. 오늘도 사실 한가했기 때문에 저렇게 필요도 없는 쇠지렛대 같은 걸 둘러메고 옮길 필요도 없는 엄청나게 큰 돌을 움직여보려 한다든지, 우리가 장난으로 해보는 발전소 흉내 등을 쇠지렛대까지 사용하면서 바위를 파 경석층에 고인 물을 없애려고 한다고 생각하니 사실 조금 우스웠습니다.

그래서 일부러 진지한 표정을 지으며 "이곳의 물을 조금 없애는 편이 좋겠는데, 쇠지렛대를 빌릴 수 있을까요?"라고 말하는 학생도 있었습니다.

그러자 그 남자는 쇠지렛대로 이곳저곳을 쿡쿡 찔러보더니 "이쪽은 바위도 부드러운 것 같군"이라며 우리에게 순순히 쇠지렛대를 빌려주고는, 자기는 다시 상류 쪽 물살이 거센 곳에 모여 있는 아이들 쪽으로 갔습니다. 그러자 아이들은 거친 양철색 물결이 이는 쪽에서 손을 들기도 하고 인력거꾼처럼 다리를 젓기도 하면서 모두 뿔뿔이 도망가는 것이었습니다. 우리는 웃으면서 '저 남자는 역시 어딘가 모자라. 그러니까 아이들이 귀신을 보듯 무서워하지'라고 생각하며 멀리서 보고 있었습니다.

그리고 그 다음 날에도 우리는 이기리스 해안으로 갔습니다.

그날은 이미 강에 매우 익숙해진 기분이어서 자연스럽게 상류 쪽의 물살이 거센 여울로 뛰어들었고 완전히 지칠 때까지 하류 쪽으로 수영을 했습니다. 하류에서 물 밖으로 나와서는 원시인처럼 그 하얀 바위 위를 달려가 상류의 여울로 뛰어들었습니다. 그리고 완전히 지치자 다시 어제의 물이 고인 경석층으로 갔습니다. 그날은 구조요원이 이미 그곳에 와 있었습니다. 팔에는 여전히 빨간 천을 감고 쇠지렛대도 들고 있었습니다.

"무척 덥군요."

내가 인사를 하자 그 사람은 조금 계면쩍은 듯 웃으며 "뭐, 이 정도로 큰 학생들이라면 위험할 것도 없겠지만 잠시 와봤습니다"라고 하는 것이었습니다. 사실 우리 가운데에 제대로 수영을 할 줄 아는 사람은 얼마 없었습니다. 그리고 누군가 물에 빠졌을 때 확실히 구해줄 수 있을 정도의 수영 실력을 갖춘 사람 또한 한 사람도 없었습니다. 계속 이야기를 나눠보니 그 구조요원은 우리를 무척 걱정해주고 있었던 것이었습니다. 구조센터는 한참 하류 쪽의 뗏목이 있는 곳이었지만, 우리가 이 기분 좋은 이기리스 해안에 오는 것을 막을 수도 없어서 때때로 다른 용무가 있는 척하며 와주었던 것입니다. 이야기를 하는 동안 나는 무척이나 민망해졌습니다. 사람들은 누구나 자기만 현명하고 다른 사람들은 어리석다고 생각하는 법이지만, 그날 그 이기리스 해안에서 나는 절실하게 그런 생각지도 못한 일을 느꼈습니다. 바늘로 찔리는 듯한 느낌마저 들었습니다. 맨몸으로 학생들과 함께 하얀 바위 위에 서 있었는데, 마치 태양의 하얀 햇살에 야단을 맞는 듯한 기분이었습니다. 구조센터가 너무 하류 쪽이어서 그 구조요원은 이곳 이기리스 해안까지는 손을 쓸 수가 없는 데도 우리를 비롯해 많은 사람이 이쪽까지 왔던 것입니다. 특히 어린 아이들까지도 아무리 야단을 쳐도 그 위험한 여울이 있는 곳에서 놀다가 구조요원이 멀리서 보이면 둑 뒤쪽이나 계곡의 오리나무 뒤로 도망쳐 숨었습니다. 그래서 그 구조요원은 마을에 가서 한 사람을 더 고용하거나 그렇지 않으면 부표라도 띄어 달라고 이야기했다는 것입니다.

그러고 보니 어제 필요도 없어 보이는 커다란 돌을 움직이려고 했던 것도 부표의 추로 사용할 계획이었던 것입니다. 게다가 그 여울이 있는 곳에서는 이미 익사한 사람도 있었고, 하류의 구조센터에서도 올해 들어 두 명이나 구조했다고 합니다. 아무리 어제까지는 수영을 잘했던 사람도 오늘의 몸 상태에 따라서는 언제 물속에서 움직이지 못하게 될지 알 수 없다고 합니다. 아무렇지 않은 척 웃으면서 이야기를 하고는 있었지만, 나는 속으로 자신의 경솔함을 뼈아프게 책망했습니다. 사실 나는 그날까지도 만약 물에 빠지는 학생이 있다면 함께 뛰어들겠다는 생각만 하고 있었습니다. 어차피 내가 구해줄 수도 없으니 함께 빠져서 죽음 저편까지 따라가 주겠다고만 생각한 것입니다. 우리에게는 그 이기리스 해안에서 보내는 여름의 한순간이 그렇게까지도 즐거웠던 것입니다. 그리고 나는 결코 그것이 나쁘다고는 생각하지 않았습니다.

그리고 우리는 그 구조요원과 헤어졌지만, 이번에는 조심하며 그 20미터밖에 되지 않는 만 가운데에서만 수영을 했습니다.

그때 해안의 가장 북쪽 끝까지 거슬러 올라갔던 한 학생이 우리 쪽을 향해 곧장 뛰어왔습니다.

"선생님, 바위에 무언가의 발자국이 있어요."

나는 그냥 작은 웅덩이일 것으로 생각했습니다. 제3기의 이암인데다가 어차피 옛날에는 진흙이었기 때문에 무언가 포유류의 발자국이 있을 가능성도 충분하기는 했습니다. 또 교실에서 킬로테리움 Chirotherium*의 발자국을 칠판에 그려준 적도 있었기 때문에 그런 내용이 머릿속에 남아 웅덩이가 그렇게 보였을 것으로 생각했던 것입니다. 그래서 나는 그다지 기대하지 않고 그쪽으로 갔습니다. 그러나 난 깜짝 놀라 그 자리에 멈춰 섰습니다. 학생들도 흥분된 표정으로 소리쳤습니다.

하얀 화산재층의 한 곳이 평평하게 물에 쓸려 얕고 폭넓은 계곡처럼 되어 있었는데, 그 바닥에 두 개씩 발굽 흔적이 있고 크기가 5척이나 되는 발자국이 몇 개가 이어지기도 하고 빙글 돌기도 하며, 크고 작은 발자국들이 마구잡이로 찍혀있는 것이 아닙니까! 그 가운데에는 산화철이 얇게 침전되어 주위의 바위들과 확실하게 구분되는 것도 있었습니다. 분명히 발자국이 진흙에 찍히자마자 화산재가 날아와 그대로 보존된 것입니다. 나는 처음에는 점토로 그 모양을 뜨려고 했습니다. 한 학생이 파란 점토를 가지고 왔었지만, 발굽 자국이 너무 깊었기 때문에 쉽게 뜰 수가 없었습니다. 나는 "내일 석고를 준비해오자"고 했습니다. 하지만 그보다 가장 좋은 것은 역시 그 발자국을 잘라내서 그대로 학교로 가져가 표본을 만드는 것이었습니다. 어차피 다시 물이 빠져나가면 화산재층이 벗겨져서 새로운 발자국이 나올 것은 확실했고, 지금 것은 그대로 두면 곧 망가질 것이 분명했기 때문입니다.

8월 8일

농장실습 오전 8시 반부터 정오까지

제초, 웃거름: 1, 7반

무청 파종: 3, 4반

양배추 사이갈이: 5, 6반

양잠실습: 2반

---

* 원시형태의 코뿔소로서 마이오세부터 플라이오세까지 살다가 멸종되었다.

★오후 이기리스 해안에서 제3기 우제류偶蹄類의 발자국 표본을 채취할 예정이니 희망자는 참가할 것.

그런데 사실을 말하자면 이 작은 〈이기리스 해안〉의 원고는 8월 6일, 그 발자국을 발견하기 전날에 숙직실에서 절반가량 쓴 것입니다. 나는 그 구조요원이 커다란 돌을 쇠지렛대로 움직이던 부근부터, 그다음은 내 멋대로 상상해서 쓰려고 생각하고 있었던 것입니다. 그런데 다음날 구조요원은 생각과는 전혀 다른 사람임을 알게 되었고, 이암에서는 내 상상보다 더욱 신기한 발자국 등이 나왔던 것입니다. 실습이 끝난 후 교실에서 절반만 쓴 내용을 학생들에게 읽어주었습니다.

그것을 다 읽기가 무섭게 우리는 동시에 뛰쳐나와 이기리스 해안으로 뛰어갔던 것입니다.

마침 그날은 교장 선생님도 출장에서 돌아와 학교에 나와 있었습니다. 교장 선생님은 칠판을 보고 웃더니만 누에고치 판매가 끝나면 자신도 가겠다고 했습니다. 우리는 강철로 된 세발괭이 한 자루와 자, 신문지 등을 갖고 갔습니다. 해안 입구에 도착하니 물은 무척 탁해져 있었고, 비도 조금 내릴 듯했습니다. 구름이 잔뜩 흐려져 있었던 것입니다. 나는 구조요원에게 약간의 답례를 하려고 준비했지만, 그 사람은 늘 있던 곳에는 모습이 보이지 않았습니다. 우리는 곧바로 어제 갔던 이기리스 해안으로 갔습니다. 그리고 조심스럽게 그 수상한 화석을 파기 시작했습니다. 문득 주위를 보자 학생들 대부분은 제초에 쓰는 낫을 갖고 있었습니다. 바위가 무척이나 부드러웠기 때문에 낫으로 베어낼 수 있다고 판단했던 것입니다. 이미 이곳저곳에서 발자국을 파내고 있었습니다. 나는 당황해서 학생들을 중지시키고,

두 개의 발자국 간격을 재고 스케치를 해야 했습니다. 발자국을 두 개씩 채취하려는 학생도 있었고 거의 성공 단계에서 망친 학생도 있었습니다.

상류 쪽에 또 다른 발자국이 있다며 한 학생이 달려왔습니다. 나는 더위 때문에 수영할 때처럼 완전히 옷을 벗고 있었지만, 그대로 그 하얀 바위로 달려갔습니다. 그 발자국은 지금까지의 것과는 모양도 전혀 달랐고 상당히 작았습니다. 어떤 것은 물속에 있었습니다. 물이 더 빠지면 아마도 수많은 발자국이 나올 것 같았습니다. 그 상류 쪽부터 남쪽의 이기리스 해안 한가운데에서 모두가 열심히 채취하는 모습을 보자, 이번에는 이곳이 영국이 아니라 이탈리아의 폼페이 화산재 속처럼 여겨졌습니다. 특히 너덧 명의 여자들이 화려한 색깔의 기모노를 입고 저쪽을 걸어가고 있었고, 구름이 점점 열어져 해가 새하얗게 빛나고 있었기 때문이었습니다.

어느새 교장 선생님도 노란색의 실습복을 입고 와있었습니다. 그리고 이미 네 개의 발자국을 완전히 채취했습니다.

우리는 채취한 발자국을 물가로 가져가 씻은 후 신문지로 조심스럽게 감쌌습니다. 큰 것은 세 관이나 나가는 것도 있었을 것입니다. 채취를 끝내고 그 물살이 거센 여울로 뛰어드는 학생도 있었습니다. 하지만 나는 물에 빠질 것을 걱정하지 않았습니다. 왜냐하면 학생들보다 먼저 이미 교장 선생님이 물속에 뛰어들어 천천히 수영을 하고 있었기 때문입니다.

잠시 후 우리는 채취한 발자국을 들고 학교로 돌아갔습니다. 그리고 아까도 얘기했듯이 이것은 어제의 일입니다. 오늘은 실습 아흐레째입니다. 아침부터 비가 내리고 있었기 때문에 야외활동은 할 수 없습니다. 실내에서 도면을 그리거나 하면서 놀려고 생각하고 있습니다. 그리고 우리에게는 보리타작이 남아 있습니다. 날씨가 흐려서 건조가 잘되지 않아 걱정입니다. 보리타작은 까끄라기가 몸속으로 들어와 따끔따끔하므로 무척 괴로운 작업입니다. 농사일 중에서 가장 하기 싫은 일이라고 모두 말합니다. 이 지역에서는 그 일을 여름의 병이라고까지 말합니다. 하지만 그런 식으로 생각해서는 안 됩니다. 우리는 어떻게 해서든 되도록 즐겁게 그 일을 하려고 합니다.

— 1923년 8월 9일

다이가와 강

台川

"이제 갑시다."

확실히 빛이 움직이고 있었고 사람들이 일어선다. 내려앉은 키 작은 풀. 아지랑이인지 무언지가 흔들리고 있다. 아지랑이가 아니다. 단지 망막이 느낀 그 빛이다.

"자, 갑시다. 가고 싶은 사람만."

아직 오지 않은 사람은 어쩔 수 없다. 아까부터 벌써 20분이나 기다렸다. 원래 이 길가의 푸른 기숙사는 느긋하고 상쾌해서 좋아했지만.

이제 이곳으로 다시 한번 돌아왔다가 11시까지는 저쪽 숙소에 도착해야 한다.

"어디로 가나요?"

그렇군, 가마부치까지 간다는 것을 모르는 학생도 있었군.

"가마부치까지, 딱 30분이야."

부드럽고 신선한 흰색과 초록색, 그리고 햇빛 속이니까 아주 좋다.

"무명천의 그 과자 꾸러미는 놔두고 가도 돼. 잡낭 같은 소지품도 이 잔디에 두고 가도 돼. 가지 않는 사람도 있을 테니까."

"나는 여기서 기다리고 있겠습니다."

교장이다. 뚱뚱한 교장은 새까만 옷차림으로 그렇게 길가의 풀밭, 숲 앞에 다리를 쫙 벌린 채 느긋하게 앉아있다.

"네, 그러면 잠시 다녀오겠습니다."

나무의 푸름, 나무의 푸름, 하늘의 구름은 오늘도 새콤달콤하고, 발걸음의 흔들림과 빛의 물결.

점토길이다. 말라있다. 노란색이다. 길. 점토.

잔솔과 숲. 숲의 명암의 온갖 초록색. 게다가 학생들은 모두 산뜻하다. 그리고 그래, 저쪽 벼랑의 검은 것은 그것이다, 분명히 그 흑요석 암맥이다. 이곳에서 이렇게 확실하게 보일 것이라고는 생각도 못했군.

아주 좋아.

"저쪽 절벽을 보세요. 조금 솟아있는 검은 기둥 같은 바위가 있죠? 저것은 수성암의 갈라진 틈새로 밀고 들어간 화산암입니다. 흑요석이죠."

다이크dyke라고 설명할까, 아니 암맥이 좋겠어.

"저런 것을 암맥이라고 합니다."

이해했을까.

"이해했나요? 저쪽 절벽에 검은 바위가 길게 솟아있죠? 저것은 수성암 속으로 뻗어 들어간 화성암입니다. 저것이 암맥입니다."

흔들리고 있다, 흔들리고 있다. 빛의 그물이.

"이 산은 유문응회암으로 이루어져 있습니다. 석영조면암의 응회암, 토질이 무척 나쁩니다. 적송과 작은 잡목밖에 없죠? 반면에 산기슭의 경사가 완만한 곳에는 푸르고 멋진 활엽수가 가득 자라나 있죠. 저곳은 오래된 선상지입니다. 옮겨진 것이죠. 비교적 비옥한 토양을 만들고 있습니다. 나무가 자란 모습이 다르게 보일 것입니다. 이해했나요?"

이해했겠지. 하지만 모두 말없이 걷고 있다. 언제나 이런 식이다. 쓸쓸하다. 하지만 별일 아니다.

누군가가 뒤에서 웅크리고 앉아 돌멩이를 줍고 있다. 잔솔 숲이다. 무성하게 자라있다. 이 길은 상류까지 계속 이어진다. 숲을 조성할 당시 묘목 등을 잔뜩 실은 말들이 줄줄이 이곳을 지나갔었지.

"시도타이라 근처의 도요사와 강 남쪽에는 삼나무가 잘 자란 아름다운 산이 있죠? 그곳과 이곳에서 자란 나무의 모습을 비교할 수도 없습니다. 그쪽은 안산암의 집괴암, 이쪽은 유문응회암입니다. 석회나 칼륨, 식물 양분이 아주 적죠. 그래서 이곳에서는 삼나무 같은 것이 자랄 수 없습니다."

뒤에서 '응응' 하고 고개를 끄덕이는 학생은 후지와라 세이사쿠다. 그 녀석은 오타에 살아서 잘 알고 있다.

"원래 저쪽의 삼나무가 자라있는 곳이 북쪽이고 이쪽은 남쪽과 동쪽입니다. 그런 영향도 있지만 그것이 아니더라도, 이쪽은 북쪽에서도 삼나무와 노송나무가 자랄 수 없습니다. 저쪽의 절벽을 보아도 알 수 있습니다. 이 산의 지질과 같죠. 단, 북쪽이기 때문에 잡목이 조금은 잘 자라있습니다."

이런, 실수다. 마지막 말은 결국 헷갈리게 할 뿐이야. 말하지 않았으면 좋았을 것을. 하지만 저 절벽은 정말로 여린 초록색과 잿빛 싹과 푸른 자작나무가 제법 멋지다. 사토 간이 옆에서 나란히 걷고 있군. 사쿠라 하바가 또 응회암을 주웠군. 볼이 새빨갛고 머리카락도 붉은 그 작은 아이.

구름이 걷히고 햇살이 내리쬐고 있으니 비는 걱정할 필요 없다. 조금 전에 한 번 얘기하기는 했지만, 다시 한번 저 민둥한 곳의 납작한 소나무를 설명할까. 납작하고 검다. 그림자도 드리워져 있다. 어디선가 저런 그림을 본 적이 있다. 오이카와는 알고 있을 것이다. 그만둘까, 아니야. 하자.

"자, 여기 보세요. 저기 노란색의 넓은 민둥한 부분이 있죠? 그곳의 조금 위에 소나무 한 그루가 있습니다. 납작해서 마치 찌부러진 버섯 모양입니다. 왜 저런 모습이 되었을까요. 토양이 얇아서 조금만 뿌리를 뻗으려고 하면 곧 암석과 부딪힙니다. 아래로 뻗으려고 해도 뻗을 수가 없죠. 그래서 옆으로만 퍼지게 됩니다. 그런데 뿌리와 가지는 상관현상 때문에 비슷한 모양이 됩니다. 가지도 뿌리처럼 옆으로 퍼지는 것이죠. 벚나무를 심을 때 뿌리를 묶듯이 해서 아래로 곧게 심으면 흙 윗부분도 빗자루처럼 서게 되죠? 뿌리를 펼치면 가지도 펴집니다."

"맞아. 나 임학에서 배웠어."

이름이 뭐였더라. 키가 크고 눈이 큰 이 학생.

비탈길이군. 돌이 데굴데굴 떨어지고 있어.

"선생님, 이 돌은 뭐라고 해요?"

어차피 뻔하다.

"응회암이야. 유문응회암. 응회암의 온천 탓에 규산으로 변한 거야."

빛이 그물이 되어 흔들린다. 아이들의 발걸음. 잔솔의 밀림.

"난 전에도 가마부치에는 여러 번 가봤어. 그래도 오늘 온 거야."

뒤에서 얘기하고 있다. 그 얼굴이 빨간, 그리고 늘 눈이 조금 충혈되어 있어서 얼핏 울고 있는 것처럼 보이는 그 학생이다. 고나이카와도 아니고, 이름이 뭐였더라.

하지만 말투는 잘 알고 있다. 잘 알고 있고말고.

큰 자갈이 굴러다니고 있다. 한 조각 갈라서 보여줄까. 잘 갈라졌군. 탁 소리가 났어.

"이것은 안산암입니다. 상류에서 흘러 온 것이죠."

빨리 걸어. 세키 산이다.

"이 돌은 안산암입니다. 상류에서 흘러 온 것이죠."

내 흉내를 내고 있다. 홋타로 군. 홋타는 빨간 털 재킷을 입고 있다. 발음이 분명치 않고 눈은 어디를 보고 있는지 확실하지 않으며 까맣고 촉촉하다. 지금은 그 눈이 뒤쪽 옆에서 살짝 반짝인다.

저쪽 송림 사이로 검은 밭 하나가 나타났다.

"아, 밭도 있습니다, 있어요. 유원지에는 밭도 확실히 있습니다" 따위의 말을 누군가가 했는데 신뢰할 수가 없군. 이런 밭을 말한 건가. 나는 훨씬 상류의 기타카미 강에서 멀리 동쪽 산악지대까지 돌아볼 수 있는 그 고자쿠라 산 아래에 새롭게 개간한 넓은 밭을 말한 것인데.

"도대체 어디로 가는 거야."

"어차피 선생님만 따라가면 되는 거잖아."

또 홋타다. 조금 전 그대로다. 뒤쪽 옆에서 눈빛을 반짝이고 있다. 모두 머뭇거리며 길을 비켰다. 내가 가장 앞이 되었다. 나도 길은 잘 모르지만 어차피 금방이다. 길이 보이면 내려가기만 하면 된다. 방화선도 이미 한참 지났다.

"저것이 고자쿠라 산일 겁니다."

두 개의 험준한 산등성이를 지니고 있고 구름 그림자가 드리워져 어둡다. 고자쿠라라는 이름이 조금 어울리지 않군. 하지만 어딘가 고요해지고 봄 저편의 자작나무 같은 느낌은 있지만, 그것은 우연이다. 잘 모르겠다. 길이 두 갈래로 갈라져 있다. 이 아래의 길이 분명 가마부치로 향해있을 것이다. 틀림없다.

잔솔이다. 농밀하다. 무성하게 자라 있다. 그리고 큰 자갈이 굴러다니고 있다. 거무스름하니 안산암이다. 지질조사를 할 때는 어디서 온 것인지 모호한 암석에는 쇠망치를 대면 안 된다고 가르쳐줄까. 손수건을 목에 감고 노란색 옷을 입은 오이카와가 바로 눈앞에서 돌을 주우려고 서두르고 있으니 이야기할까. 아니야, 이 말은 필요 없어. 오히려 복잡하게 느낄 뿐이야. 여하튼 경사가 심해졌군. 이런 상태로 가마부치까지 무사히 내려가는 거야. 멀리서 새도 울고 있고 아래쪽에서는 계곡이 세차게 울고 있다. 어쩌면 이 아래가 가마부치일지도 모른다. 잠깐 살펴볼까.

검은 소나무 줄기와 마른풀. 모두 줄을 지어 따라온다. 계곡이 보인다. 물이 보인다. 물결과 하얀 거품도 보인다. 아, 아직 아래에 있다. 가마부치는 훨씬 아래에 있다. 깊은 못 위의 폭포를 향해 납작해진 물이 스르르 서둘러 간다. 그것조차도 한참 아래인 것이다.

이 언덕은 경사가 심해서 도저히 내려갈 수가 없다. 아래로 내려가자. 송림이다. 밟은 자국이 있는 곳도 있는 걸 보면 길인 듯하다. 내려가자. 덤불이다. 웅달이다. 황매화나무의 푸른 가지와 무언가가 총총하게 자라있다. 앞에 가는 학생은 오우치다. 오우치는 하복 위에 노란 실습복을 입고 끈을 허리에 늘어뜨린 채 덤불을 헤치고 간다. 능숙하게 헤치고 간다.

갑자기 가파른 경사다. 나무를 붙잡자 나무가 반짝인다. 두 그루의 잡목이 반짝인다.

“나무를 붙잡으면 따라갈 수가 없잖아!”

누군가 뒤에서 외치고 있다. 무슨 뜻일까. 나무를 붙잡으면 튕겨나가 뒤에 있는 사람을 친다는 의미일까. 나무가 반짝이며 세차게 되튄다. 내가 그렇게 했었나. 아니, 난 충분히 주의를 기울였다. 덤불이다. 총총하다. 오우치는 능숙하게 걷는다.

벼랑이다. 폭포가 저기이므로 이곳을 내려가는 수밖에 없다. 자, 내려가자. 오우치는 능숙하게 내려간다. 급경사다. 이 나무는 조금 지나치게 두껍군. 회색이다. 급경사다, 풀, 이 나무는 얇군, 푸르군, 위험하군. 상당한 경사다. 괜찮다. 이 나무는 꺾여있군. 후우, 저곳은 경사가 너무 심하다.

내려갈 수 있을까. 어쩔 수 없다. 아득한 나무에 눈앞이 어질어질하군.

"한 사람이 떨어지면 모두 떨어져!"

누군가가 뒤에서 외치고 있다. 누군가 미끄러져 떨어지면 정말 모두가 떨어진다. 오우치가 이내 주르륵 미끄러졌다.

강가까지 미끄러지다 간신히 멈췄다.

나는 여하튼 내려오는 데 성공했다.

조금 지나쳐 내려왔다. 폭포까지 가는 길이 없다.

벼랑과 물결 사이로 응회암이 네다섯 치가량 푸르스름하게 이어져 있었지만, 그곳은 도저히 건너갈 수가 없다. 그보다는 역시 물을 건너 맞은편으로 가야 한다. 맞은편 강가는 상당히 넓은 데다 폭포까지 계속 이어져 있다.

하지만 어쩔 수 없이 발은 젖는다. 젖지 않게 하려고 일부러 돌아서 왔는데……. 징검돌을 하나 만들어볼까. 돌 두 개는 그대로 사용할 수 있으니까 네 개만 굴려놓으면 된다. 일단 나는 신발을 벗자. 고무신에 더러운 파란 양말이군.

"잠깐 기다려. 건널 수 있도록 할 테니까."

이 돌을 움직일 수 있을까. 유문암은 비중이 상당히 높다. 움직이겠지. 물속인데…… 아르키메데스의 원리, 물속인데…… 움직인다

움직인다. 제대로 됐다. 물결도 괜찮다. 괜찮아. 인솔교사가 징검돌을 놓는 것이 우습기도 하지만 또한 멋지다. 아니, 역시 우습다. 여하튼 다행이다. 제대로 됐다.

한 명이 건넌다. 흔들흔들 흔들린다. 위태롭게 건넌다, 두 사람이 건넌다.

또 하나는 어떤 돌로 할까. 벌써 네 명이나 건너왔다. 징검돌 위에 두 발을 올리고 똑바로 서서 네 명이 줄지어 기다리고 있는 모습이 재미있다. 건너편 강가의 돌을 움직이자. 무늬가 있는 돌이다.

들 수 있으려나. 들 수 있다. 하지만 물결이 가장 센 곳이다. 조금 작을 듯한데. 작다. 물결이 다시마 같이 돌 위로 넘어간다. 또 하나를 가지고 와야겠군. 이 녀석은 이끼가 덮여 미끈미끈하다. 이걸로 두 개다. 아직 흔들린다. 하나가 더 필요하다. 작지만 디딤대는 된다. 괜찮다. 난 맨발로 건널까. 아니다, 역시 신발을 신자. 귀찮은 양말은 주머니에 넣자, 주머니가 불룩해져 기분이 좋다.

맨발에 고무신을 신고 철벅철벅 물을 건넌다. 이것 꽤 괜찮군. 전에도 한 번 어디선가 이런 일이 있었다. 작년 가을이다. 부식질 들판의 물웅덩이였는지도 모른다. 건너편에 검은 길이 있다. 언덕 위 덤불 속으로 이어진다. 저 길이 하야마 산을 넘어 평평한 곳으로 나가는 길인지도 모른다. 돌아갈 때 올라보기로 할까. 아니다. 안 된다. 확실하지도 않고 아이들이 모두 넘을 수 있을 리가 없다.

"선생님, 이 돌은 뭔가요?"

한 조각을 주워들고 있다.

"음, 뭘 거라고 생각해요?"

"글쎄요?"

"응회암입니다. 이 주변은 모두 응회암입니다. 부석응회암이죠."

아이들은 아까까지는 발을 젖지 않게 하려고 했지만, 햇살이 내리쬐고 있는 데다 물은 깨끗했기 때문에 자기도 모르게 강으로 들어갔다.

성큼성큼 폭포를 올라간다. 계단폭포다. 이렇게 넓고 평평하고 밝은 폭포는 다행스럽다. 위로 올라가면 더 평평하고 밝을 것이다. 하지만 구혈甌穴의 표본을 보여줄 작정이었지만 생각만큼 확실하게 만들어져 있지 않군. 조금 실망이다. 바위는 어찌 이리 매끄럽게 깎여져 있을까. 물이끼도 자라나 있다. 미끄러지려나. 미끄러지지 않는다. 고무신 바닥의 까끌까끌한 마찰이 확실하게 느껴진다. 미끄러지지 않는다. 괜찮다. 물이 졸졸 떨어지고 있다. 신발은 철퍽철퍽 소리를 낸다. 모든 것이 좋다. 게다가 아이들은 뒤에서 따라오고 있다.

이끼가 예쁘게 자라있다. 물이 정말로 매끄럽고 부드럽게 이 폭포를 깎아놓았군. 침식의 이 부드러움.

이제 평평하다. 그렇다. 언젠가도 이곳을 올라왔었다. 아니, 이곳이 아니다. 하지만 상당히 비슷하군. 강의 너비도 양쪽 기슭의 벼랑, 곳곳 모래밭의 푸른 풀. 이제 평평하다. 모두 꽤 올라왔군.

"이곳을 보세요. 암석의 갈라진 틈을 따라 색깔이 빨갛게 변해 있죠? 갈라진 틈이 없는 곳에도 붉은색 가는 줄이 뻗어 있는 곳이 있을 겁니다. 온천이 이 갈라진 틈을 지나간 것입니다. 온천 작용으로 바위가 빨개진 것입니다. 이곳이 땅이었던 때의 일이죠. 알겠습니까?"

대답이 없다. 물결이 움직이고 물결이 다리를 때린다. 햇살이 내려온다. 물을 건너는 이 상쾌함. 스가키가 있군. 늘 그렇듯 가만히 사람의 눈을 응시하고 있다.

"이곳을 보세요. 바위에 갈라진 틈이 있죠? 이곳을 온천이 지나가서 바위를 변질시킨 것입니다. 풍화로도 이런 붉은 무늬는 만들어집니다. 하지만 이곳에서는 다른 사실을 통해 온천의 작용이라는 것을 알 수 있습니다."

상당히 상류까지 왔다. 이렇게 강바닥이 평평하고 물도 깨끗하니 사실 산속 최고의 길이다. 어디까지고 오르고 싶은 것은 당연하다.

건너편 강가 쪽으로 이동하자.

"선생님, 이 바위는 뭐예요?"

지바구나. 아버지를 무척 닮았어.

"무언가와 비슷합니다. 무엇으로 만들어져 있나요?"

대답이 없다.

"모르겠어요? 역암입니다, 역암. 응회질 역암이죠."

오이카와로군.

"알겠나요? 이것은 온천 작용입니다. 이 갈라진 틈을 따라 들어온 온천 때문에 응회암이 변질한 것입니다."

모두 이건 이해했겠지. 저쪽에도 또 하나의 폭포가 있는 듯하다. 거무스름한 바위의. 모두 저기까지 가자는 것인가. 초원이 있고 장작도 쌓여 있다. 상당히 많이 올라왔군. 이곳은 작은 계단이다.

"아, 저런 바위 틈새를 뭐라고 했더라. 배웠는데."

"갈라진 틈입니다. 갈라진 틈이라고 하면 됩니다."

배웠다는 건 절리節理를 말하는 것이겠지. 절리라면 다면절리, 이것을 절리라고 해서는 안 된다. 열하裂罅다. 역시 갈라진 틈이 맞다. 구혈이 없어서 아쉽군. 조금 가늘고 길지만…… 이것으로 설명해볼까.

"이곳이 어떻게 해서 이렇게 패였는지 알고 있나요? 돌멩이, 자갈이 이곳을 판 것입니다. 보세요, 물 때문에 자갈이 데굴데굴 구르고 있죠? 이렇게 계속해서 바위를 파는 것입니다. 깊은 곳이 더욱 깊어지게 됩니다. 더 큰 것도 있습니다."

햇빛의 물결, 햇빛의 물결, 빛의 그물과 물의 그물.

"여기 구멍은 매우 동그래요, 선생님."

아, 좋아, 이건 좋은 표본이야. 이거라면 가져가야지.

"자, 보세요. 이것은 좋은 표본입니다. 자, 이 속에 돌멩이가 들어있죠? 모두 동그래져 있습니다. 물이 박박 문지른 것입니다. 보세요."

정말로 좋은 자갈이야. 새하얗군. 동그랗고 물에 젖어 있어. 꺼냈다. 누군가가 다시 휘젓고 있지만 이제 없다. 남은 건 갈색이고 조금 모서리도 있다. 아, 좋군. 이렇게 고마울 수가. 너무 올라왔어. 이제 돌아가자. 교장도 그 갈림길에서 기다리고 있다.

"어이, 돌아와요. 거기!"

저쪽 벼랑은 밝았고 목소리는 잘 나오지 않는다. 들리지 않는 듯하다. 이치노카와가 계속해서 올라간다.

"어이!"

"돌아오래!"

"돌아와."

돌아봤어, 돌아봤다. 한 명만 돌아보면 된다. 강을 돌아가는 것보다는 여기서 아까의 길을 올라가는 편이 좋겠어. 경사도 완만해서 오르기 딱 좋아.

"여러분, 저기에서 그 길로 나가요."

손을 흔들면 쉽게 알아들을까. 알아들었다, 알아들은 듯하다. 이치노카와가 벼랑 위의 길을 보고 있다.

뒤쪽 폭포 위에서 누군가가 외치고 있다. 오타케다.

"전 짐을 두고 와서 이쪽으로 갈게요."

괜찮겠지.

"알았어요."

오타케는 이미 폭포를 내려간다. 날쌘 녀석이다. 두세 명이 따라간다. 그리고 또 한 명이 뒤처져 무척이나 걱정스러운 듯 등을 굽힌 채 내려간다. 사토 데이치인가. 살짝 이쪽을 돌아보는 모습이 작은 다람쥐 같다. 걱정스럽군. 가여워라.

이치노카와와 아이들은 줄줄이 벼랑 위의 길을 향해 올라간다.

그렇다면 난 역시 강을 내려가는 편이 좋겠군. 만약 누군가가 도중에 멈춰있기라도 하면 안 되지. 어차피 양말도 주머니에 있고, 꼭 내려가야 하는 것은 아니지만, 그래도 역시 이쪽으로 가자. 아, 기분 좋다. 쇠망치를 이렇게 크게 흔들면서 강을 걷는 것이 얼마 만인지. 물살이 발을 씻어주고 물은 차갑고 태양은 내리쬐고 있다.

"선생님, 발이 엄청 빠르네."

도미테인지 스가키인지가 그런 말을 하고 있다. 발이 빠르다는 건 길을 걸을 때 하는 말이지. 이곳도 평평하고 좋은 보도이다. 단지 물이 있을 뿐.

"선생님, 저쪽 벼랑은 색깔이 달라요. 왜 그렇죠?"

간이라는 학생이군. 벼랑의 색깔?

"저건 그 부분만 흙이 떨어진 것입니다. 미끄러져서."

응. 있군 있어. 이것이 갈라진 틈을 온천이 지나갔다는 증거다. 수정 단백석의 줄기.

"이곳을 보세요. 바위의 갈라진 틈에 하얀 것이 메워져 있죠? 이것은 온천에서 침전된 것입니다. 석영이죠. 바위의 갈라진 틈을 하얀 것이 메우고 있을 것입니다. 좋은 표본입니다."

아이들이 둘러싼다. 물속이다.

"떼어낼 수 없나?"

"아니야, 이곳 그대로가 표본이야."

"그래도 떼어낼 수 없을까?"

"떼어내 볼까요? 해보죠."

"선생님. 이쪽에 더 큰 것이 있어요."

오, 있군. 이 정도면 둥우리라고 할 수 있지. 이거라면 떼어낼 수 있겠어. 망치의 뾰족한 부분으로는 안 되는군. 평평한 부분은…….

물이 철썩철썩 튄다. 그쪽에 있던 아이들이 도망간다, 흠.

"물이 튀었어요? 역시 이쪽으로 하는 게 나을까."

바위에 하얀 상처가 생겼다. 두 곳에 생겼다.

떼어냈다. 떼어냈다. 잘했어. 신선하다. 푸르스름하다.

녹렴석도 붙어있어. 아니야, 이건 이끼군.

"어때요? 이건 수정 단백석입니다. 온천에서 침전된 것입니다. 정동晶洞도 있습니다. 작은 석영 결정이죠. 좀 들고 있어요."

벼랑 위에서 외치고 있는 건 누구지.

"선생님. 저, 갓파河童잡기 했어요. 갓파잡기요."

후지와라 겐타로다. 까만 교복을 입고 천 가방을 늘어뜨린 채 크게 떠들며 웃고 있다. 왜 지금 저런 벼랑 위에서 얼굴을 내미는 거야.

"선생님, 내려갈 수 있을까요? 선생님! 에잇, 내려가야지."

"응. 괜찮아요. 괜찮아."

내려온다 내려온다. 투둑투둑 내려온다. 그런데 마지막 발 디딜 곳이 위험하군. 미끄러운 푸른 바위인데다가 경사가 있어.

"어이, 조금 옆으로 비스듬하게 내려와요!"

내려온다 내려온다. 성큼성큼 내려온다. 벌써 물속으로 들어갔다.

"무슨 일이죠?"

"선생님, 갓파잡기를 했어요. 그래서 가방이고 뭐고 전부 젖었어요."

"어디서……."

그만 내려가자. 폭포까지 왔다. 내려가고 있는 아이도 있다. 물이 흐르는 곳의 이끼는 파랗고 흐르지 않는 곳은 갈색이다. 모두 조심스럽게 내려온다. 물이 흐르는 곳은 괜찮다, 미끄러지지 않는다.

"물이 흐르는 곳으로 걸으세요. 물이 흐르는 곳은 괜찮습니다."

저건 구즈마루 강이다. 발을 헛디뎌 못에 빠졌던 곳. 아니다, 구즈마루 강이 아니다. 공상 속의 어두운 계곡이다. 어디든 상관없다. 물이 조르르 조르륵 흐르고 있다.

"멋지다. 저기 물이 튀어 오르는 곳 말이야."

그래, 멋지군. 하야치네 산의 일곱 구비 폭포도 이렇게 크겠지.

이제 모두 내려간다. 나도 내려간다. 단 한 명, 뒤에서 오는 학생이 있다. 겁이 나는 듯하다.

"물이 흐르는 곳으로 걸으세요. 물이 흐르는 곳으로 걸으면 됩니다."

그래, 그래. 상쾌한 기분이다.

어느 농업학교 학생의 일기

或る農学生の日誌

서문

나는 농업학교 3학년이 되었을 때부터 지금까지 3년 동안의 내 일기를 공개한다. 어차피 나는 글씨도 문장도 서툴다. 나와 마찬가지로 진심으로 일에 매달렸던 사람이 아니라면 이런 일기는 정말로 재미없고 짜증이 날 것이다. 지금 내가 다시 읽어보아도 정말로 의욕도 없어 보이고 무성의한 기분이 드는 곳이 많이 있다. 마치 초등학교 교과서에 나온 지방 소개처럼 정말 엉터리에 꾸며낸 듯해서 싫은 부분이 있다. 하지만 내 일기는 사실이기 때문에 어쩔 수가 없다. 우리는 공상이라면 무엇이든 할 수 있다. 하지만 현실의 일은 모두 이렇게 소소하다. 그리고 그 일에 성실하다 보면 생각할 일들이란 모두 이렇게 소소한…… 아니, 소소하다기보다는 촌스러운 시골티가 나게 된다.

나는 비뚤어진 사람이 아니다. 하지만 내가 아버지와 둘이서 일에 관한 여러 가지 이야기를 나누며 일하는 부분을 읽는다면 분명 나를 경멸하게 되는 사람도 많을 것이다. 나는 그런 자식들을 때려주고 싶다. 나는 사람을 경멸하거나 아니면 시기하는 것밖에는 할 수 없는 인간들이 가장 비겁하다고 생각한다. 나처럼 일하고 있는 동지들이여, 동지들이여, 우리가 그런 비겁함을 세상에서 없애버리지 않겠는가.

1925년 4월 1일 화요일 맑음

오늘부터 새 학기다. 하지만 학교에 가도 뭔가 의욕이 없었다. 1학년생은 아직 들어오지 않았고 3학년생은 없다. 없는 것이 아니다. 이제 내가 3학년생이지만, 인사를 기다리며 곁눈질로 위세를 부리는 비겁한 상급생이 사라진 것이다. 그래서 무언가 지금까지 머리를 부딪쳐왔던 낮은 천장이 사라진 듯한 기분도 들지만, 반면 버팀대가 모두 뽑힌 벚나무 같은 기분도 든다. 오늘 실습에서는 바로 그 일을 했었다. 작년 9월, 예전 경마장 주변에서 뽑아와 심어놨던 버팀대를 제거한 것이다. 지금 버팀대를 치우기에는 아직 이르다고 모두 생각했다. 왜냐하면 이제부터 마침 작은 뿌리가 자랄 시기인 데 서풍은 아직 계속해서 불고 있고 그 바람을 맞는 나무는 줄기가 지렛목이 되어 작은 뿌리를 자르기 때문이다. 하지만 기쿠치 선생님은 모두 제거하라고 했다. 꽃이 피는 데 버팀대가 있으면 보기 흉하다는 이유였지만, 벚꽃이 필 때까지는 아직 한 달이나 여유가 있다. 기쿠치 선생님은 봄이 되자 단지 들뜬 마음에 버팀대를 치우게 한 것으로 생각한다.

그 낡은 새끼줄과 겨울 동안에 쌓인 쓰레기를 운동장 구석에 모아 놓고 태웠다. 그래서 다른 실습반 학생들이 부러워했다. 그 실습을 끝으로 오전 중에 수업이 끝났다. 교과서가 아직 오지 않았기 때문에 내일도 역시 실습이라고 한다. 오후에는 모두 함께 테니스코트를 고치기도 했다.

4월 2일 수요일 맑음

오늘 3학년은 지질과 토성 실습이었다. 사이토 선생님이 앞장섰고 여학교 뒤에서 홍적층과 제3기의 이암 노출을 본 후, 계속해서 흙의 성분을 조사하며 고부나토의 기타카미 강가로 갔다. 강에 튀어나와 있는 넓은 이암에서 깔쭉깔쭉하고 이상하게 생긴 호두 화석과 붉은 갈철석을 잔뜩 주었다. 그리고 강가를 내려와 아사히바시 다리를 건너 넓은 강가 자갈밭으로 나가 쇠망치로 여러 가지 암석 표본을 채취했다. 강가에는 이미 아지랑이가 흔들흔들 피어올라 저쪽 강물은 왠지 바람처럼 보였다. 강가에서 헤어져 두 시 즈음에 집에 돌아왔다.

그리고 밤까지 울타리 엮는 것을 도왔다. 내일은 휴일이다.

4월 3일

오늘은 심부름으로 온종일 오래된 뽕나무 뽑는 일을 했기 때문에 무척 피곤하다.

4월 4일

우에다와 다카하시는 오늘도 학교에 오지 않았다. 우에다는 사범학교 입시를 치른다고 들었는데 합격했는지는 아직 모른다. 농업학교를 2년이다 다니고 왜 사범학교 같은 곳에 가는 걸까. 다카하시는 집에서 일을 거들고 있어서 앞으로 학교에는 오지 않는다고 한다. 다카하시 집이 작년 가뭄에 가장 큰 피해를 보았다고 하니 올해는 상당히 힘들 것이다. 거기에 비하면 우리 집은 비록 절반이라도 수확했으니까 나은 편이다. 올해는 비료든 뭐든 전부 내 생각대로 해서 작년의 손실분을 보충할 것이다. 실습은 못자리였다. 작년 가을에 작은 언덕처럼 쌓아 두었던 흙을 무너뜨리기만 하는 시시한 일이었다. 교과서가 대부분 왔지만, 측량과 원예가 오지 않았다고 한다. 내일은 일요일이지만 다 팔리기 전에 사러 가야겠다. 국어와 도덕 교과서는 농사시험장으로 간 구도 씨에게 받았기 때문에 남은 것은 아홉 권뿐이다.

4월 5일 일요일

엄마의 심부름으로 미나미만초메 마을에 지붕 바꾸는 것을 도와주러 갔다. 꽤 힘들었다. 지붕 위에 오르니 남쪽으로 학교가 길게 누워있는 듯이 보였다. 왠지 오늘 하루는 내가 그 학교의 학생이 아닌 듯한 기분이 들었다. 교과서는 내일 사야지.

4월 6일 월요일

오늘은 입학식이었다. 멍청하게, 그러면서도 무언가 거북스러운 듯 있는 신입생들이 우습다. 하지만 머지않아 모두 날뛰게 될 것이다. 내년이 되면 저 아이들이 모두 2학년이 되어 우쭐해 한다. 그다음 해에는 모두 나처럼 3학년이 되어 또 신입생을 받는다. 그렇게 생각하자 왠지 이상한 기분이 든다. 이토와 함께 서점에 가서 교과서 아홉 권을 맡아달라고 부탁해 두었다.

4월 7일 화요일,

아침에 아빠에게 돈을 받아 교과서를 샀다.

그리고 오늘부터 수업이다. 측량은 확실히 재미있다. 지도를 보는 것도 재미있다. 이 주변의 논밭은 제대로 측량이 된 곳이 없다고 다케다 선생님이 말했다. 그래서 농사를 예정할 수도 비료의 사용법도 짐작할 수 없는 것이다. 나는 조금 더 배우고 나면 우리 밭을 모두 한 마지기씩 측정해서 장부에 적어둘 것이다. 그리고 비료 방법도 확실하게

고민해야지. 올해는 작년 가뭄으로 손해 본 부분을 반드시 채우고, 그리고 내 수업료 정도는 거두어보이겠다. 실습은 오늘도 못자리였다.

4월 8일 수요일

오늘은 실습을 하지 않고 학교의 행진가를 연습했다. 우리가 노래하면 1학년생들이 따라 하는 것이다. 하지만 나는 강요받는 기분이 들어 그 행진가를 싫어한다. 그 노래를 부르면 왠지 머리가 아파져 오는 느낌이다. 오히려 실습이 좋을 정도다. 학교에서 한꺼번에 주문을 받는다고 해서 나는 사과 두 개와 포도 하나를 주문해 두었다.

5월 5일 맑음

아직 아침 바람이 차갑기는 하지만 학교 초입의 공원에 벚꽃이 피었다. 하지만 나는 벚꽃은 그다지 좋아하지 않는다. 아침 햇살 속의 나무는 아래에서 올려다보면 왠지 개구리 알처럼 보인다. 게다가 고리타분한 시가 바로 떠오르기도 하고 또한 느릿느릿 시를 읊조리는 옛날 사람들이 떠올라 아무래도 싫다. 그렇지 않았다면 나는 좀더 좋아했을지도 모른다. 벚꽃의 근사함을 아무도 말하지 않았다면 나는 분명 큰 목소리로 그 아름다움을 외쳤을 것이다. 나는 오히려 민들레 홀씨를 좋아한다. 석양에 비친 모습이 얼마나 아름다운지 모른다.

오늘 실습은 밭벼심기여서 재미있었다. 모두 두 이랑씩 했다. 나는 말뚝을 빌려 와 자를 대고 씨를 뿌렸다. 볍씨가 일정한 간격으로 똑바로 뿌려졌을 때는 무척 기뻤다. 머지않아 싹을 틔우면 그대로 가지런히 올라와 푸르게 보일 것이다. 학교의 밭 안에는 아마도 종달새 둥지가 서너 개는 있는 듯하다. 실습하고 있는 동안에 몇 번이나 날아 내려왔던 것이다. 하지만 날아오르는 모습은 결국 보지 못했다.

종달새는 날아 내려올 때 일부러 둥지에서 멀리 떨어져 내려오기 때문에 날아오르는 모습을 보지 않으면 둥지가 있는 곳을 알 수 없다.

5월 6일

오늘 학교에서 다케다 선생님이 3학년 수학여행에 관한 이야기를 했다. 이번 달 18일 밤에 출발해서 23일까지, 삿포로에서 무로란까지 돌고 온다고 한다. 선생님은 그곳의 풍경과 보고 와야 할 것 등에 대해 눈에 보이듯 자세하게 이야기했다.

쓰가루 해협, 트라피스트회 수도원, 하코다테, 고료카쿠, 에조후지산, 시라카바, 오타루, 삿포로의 대학, 맥주회사, 박물관, 덴마크인 농장, 도마코마이와 시라오이에 있는 아이누 족 촌락, 무로란. 아아, 나는 손꼽아보는 것만으로도 가슴이 뛴다. 5교시에는 기쿠치 선생님이 집에 보내는 안내문을 건네며 다시 여러 가지 이야기를 해주었다. 다케다 선생님과 기쿠지 선생님이 함께 따라간다고 한다.

가는 사람이 스물여덟 명이 되지 않으면 취소된다고 한다. 현의 규칙이 전체 학급의 3분의 1 이상 참가하는 것으로 되어있기 때문이라고 한다. 하지만 학교에 19엔을 내야하고 그 외에도 5엔은 더 필요할 듯하다. 반드시 갈 수 있는 사람을 묻자 나이토 등 네 명만이 손을 들었다. 모두 읍내 사람들이다. 우리 집에서는 보내줄까? 아빠가 안 계셔서 엄마에게만 이야기했지만, 엄마는 걱정스러운 표정을 지었을 뿐 아무런 말도 하지 않았다. 하지만 아빠는 분명 보내주겠지. 그러면 나는 여행에서 본 것을 커다란 수첩 두 개에 빼곡히 적어 와서 보여줘야지.

5월 7일

오늘 아침 아빠에게 학교에서 받은 안내문을 보여주면서 선생님에게 들은 여러 가지 이야기를 하려고 했다. 그러나 아빠는 안내문을 읽고 난 후에는 왠지 무척이나 마음이 쓰이는 듯했으며 내가 절반밖에 이야기하지 않았는데 말을 끊었다. 그리고 잘 논의해보겠다고 했다. 할머니와 엄마를 신경 쓰고 있는 것 같다.

5월 8일

가겠다는 사람이 꽤 있는 듯하다. 하지만 우리 집에서는 아무도 말을 하지 않는다. 그래서 나는 무척 괴롭다.

5월 9일

3교시에 기쿠치 선생님이 다시 여러 가지 이야기를 했다. 가기로 정해진 아이들은 모두 재미있다는 듯 듣고 있었다. 나는 머리에 열이 나고 아팠다. 아, 홋카이도! 가방을 들고 망토를 둘둘 말아 어깨에 걸친 채 아이들과 배로 쓰가루 해협을 건넌다면 얼마나 기쁠까.

5월 10일

오늘도 아무 말이 없다.

5월 11일 일요일 흐림

오전에는 엄마와 할머니와 함께 봄갈이를 했다. 오후에는 우리 집에 마른 잎으로 울타리를 엮었다. 왠지 수학여행 이야기가 나온 후부터 집안 분위기가 이상해졌다. 나도 이젠 안 가도 좋다. 안 가도 좋으니까 학교에서 수업시간에 갈 사람을 조사하거나 여행 이야기를 하지 않았으면 좋겠다.

홋카이도 따위가 뭐라고. 나는 머지않아 일을 해서 직접 돈을 벌어 어디든 갈 거다. 브라질이라도 가보이겠다.

5월 12일

오늘 또 갈 사람을 조사했다. 스물여덟 명에서 네 명이 부족했다. 아이들은 나와 사이토가 가지 않아서 여행이 취소된다며 계속해서 채근했다. 다케다 선생님까지 왠지 이상하다는 듯한 얼굴로 내게 가라고 말했다. 나는 정말로 괴롭다. 모레까지 확실하게 결정한다고 한다. 저녁, 아빠가 돌아와서 화로 옆에 있기에 나는 굳게 마음을 먹고 다시 한번 학교 사정을 이야기했다.

그러자 아빠는 엄마도 아직 참배하러 이세신궁伊勢神宮에도 가지 못했고, 할머니 역시 이세신궁과 근처 사찰에 한 번밖에 가지 못했다…… 그리고 앞으로 십여 년, 죽기 전까지는 젠코지 절에 참배를 가고 싶어 하신다는 말씀만 하고 계신다. 게다가 작년에는 이 주변 전체가 가뭄이었는데 지금 밖에 놀러다니는 것은 주변 사람들에게 미안한 일이라서 아무래도 보내줄 수 없겠다고 했다.

아무리 고개를 숙이고 있어도 화로에 눈물이 떨어져 어쩔 수가 없었다. 그래도 잠시 후에 그렇다면 나도 안 가도 좋다고 말했다. 나는 아이들이 수학여행을 가는 동안 임시휴교라고 말하고 결석할 생각이었다. 그러자 아빠는 잠시 말이 없더니, 여하튼 다시 한번 논의해 보겠다고 말하고는 여러 가지 벼의 종류 등 평상시에는 들려주지 않던 이야기까지 내게 했다. 하지만 나는 마음이 개운했다.

5월 13일

오늘 학교에서 돌아와 밭에 가보니 엄마 혼자 밭이랑을 일구고 계셨는데 왠지 즐거운 듯했다.

무슨 일이 있었는지 물었더니 이따가 아빠에게 들으라고 했다. 나는 분명 수학여행에 관한 것으로 생각했다.

나도 그곳에서 엄마가 집에 돌아갈 때까지 봄갈이를 도와줬다.

하지만 아빠는 아직 돌아오시지 않는다.

5월 14일

어젯밤 늦게 돌아오신 아빠는 수학여행을 보내주겠다고 했다. 엄마도 기쁜 듯했고 할머니도 홋카이도에 대해 들은 여러 가지 이야기를 해주었다. 할머니 이야기는 모두 홋카이도 개척 당시의 이야기인 듯했다. 주로 곰이나 아이누, 호박밥이니 옥수수 경단 같은 것이었는데 지금은 상당히 다를 것이다. 오늘 학교에 가서 다케다 선생님에게 가겠다고 전하자 선생님도 무척 기뻐했다. 아직 두 명이 부족하지만 정원을 넘긴 걸로 하고 현에 신청서를 냈다고 한다. 나는 이제 홋카이도에 가서 확실하게 보고 올 것이다, 그리고 모두에게 상세하게 이야기해줄 것이다.

5월 18일

기차는 어둠 속에서 북쪽을 향해 달려간다. 모리오카의 하늘이 아직 희미하게 밝아있어서 흐려보였다. 검은 덤불과 소나무 숲 등이 계속해서 창밖을 지나간다. 기타카미 산지 언저리가 이따금 희미하게 보인다.

마침내 우리도 이와테 현을 벗어나는 것이다.

집에서는 모두 아직 자고 있겠지. 할머니가 내게 부적을 빌려주셨다. 안녕, 기타카미 산지, 기타카미 강, 이와테 현의 밤의 풍경. 지금 다케다 선생님이 아이들의 모습을 살펴보고 돌아갔다.

5월 19일

지금 기차는 아오모리 현의 해안을 달리고 있다. 바다는 수많은 바늘을 꽂아놓은 듯 빛나고 있었고 무성한 나무로 덮인 삼각형의 섬도 보였다. 지금 보고 있는 이 하얀 바다가 태평양인 것이다. 저 너머에 정말로 미국이 있는 것이다. 나는 왠지 이상한 기분이 든다.

곶에 가려 바다가 보이지 않게 되었다. 소나무 숲이다. 다시 보인다. 다음 역은 아사무시다. 돌을 얹은 지붕도 보인다. 더없이 유쾌하다.

★ ★ ★

아오모리 시내는 모리오카 정도의 크기였다. 정거장 앞에는 바나나니 사과니 하는 것들을 파는 사람들이 많이 있었다. 대합실은 컸으며 많은 사람이 얼굴을 씻기도 하고 음식을 먹기도 하고 있다. 대합실에서 하얀 옷을 입은 승무원 같은 사람이 메밀국수를 팔고 있는 것은 이상하다.

★ ★ ★

배는 지금 검은 연기를 아오모리 쪽으로 길게 뿜으며 시모키타 반도와 쓰가루 반도 사이를 지나 해협을 나오려 하고 있다. 모두 교가를 부르고 있다. 연기 그림자는 파도 위에 드리워져 검은 거울 같다. 쓰가루 반도 쪽은 마치 학교에 걸려있는 화가 히로시게의 그림 같다. 산골짜기가 모두 바다까지 나와 있는 것이다. 그리고 해안에는 몇 개의 모래톱이 있었고 그곳에는 커다란 해송 가로수가 있는 큰길이 지나고 있다. 조금 커다란 골짜기에는 작은 집이 이삼십 채나 서 있었고, 그곳의 해안에는 대여섯 척의 배도 있다.

아까부터 보이던 하얀 등대가 바로 코앞까지 다가왔다. 나는 배가 옆을 지나가는 동안에 말없이 확실하게 보아둘 것이다. 그림을 잘 그리면 좋겠지만 그림은 그리지 못하기 때문에 머릿속에 기억해두었다가 사람들에게 이야기해줄 것이다. 바람은 차갑지만 좋은 날씨다. 나는 뱃멀미를 조금도 하지 않았다. 나 외에도 뱃멀미를 하는 사람은 아무도 없었다.

★ ★ ★

돌고래 무리가 배 옆을 지나가고 있다. 내가 가장 먼저 발견했다. 잠시 저 멀리 바다를 보고 있는데 무언가 검은 물체가 파도에서 벗어나와 작은 호를 그리고 다시 파도 속으로 들어갔다. 무얼까 궁금해서 계속 보고 있었는데 다시 바로 옆에서도 나타났다. 그리고 이곳에도 저곳에도 나타났다. 그래서 나는 모두에게 알렸다. 차려자세로 물속을 나왔다 들어갔다 하는 모습이 우스꽝스럽다.

선생님도 무엇인지 모르는 듯했는데 배의 우두머리인 듯 양복을 입은 뚱뚱한 사람이 돌고래라고 말해주었다. 모두가 갑판 한쪽에만 몰려있었기 때문에 배가 조금 기울었다.

바람이 불었다.

그리고 파도가 높아졌다.

동쪽도 서쪽도 바다다. 저편으로 이제 홋카이도가 보인다. 속이 조금 울렁거리기 시작했다.

★ ★ ★

지금 기차는 하코다테를 출발해서 오타루를 향해 달려가고 있다. 창문 밖은 컴컴하다. 벌써 11시다. 하코다테의 공원은 이제 막 보고 왔는데도 마치 꿈처럼 느껴진다.

커다란 벚나무에 모두 백 개 정도씩 전등이 달려있었다. 벚나무의 빨갛고 푸른 전등과 호수 위의 제비붓꽃 모양을 한 전등 장식과 항구에 있는 배의 등불과 전철의 불꽃. 정말로 아름다웠다. 하지만 나는 어젯밤도 잘 자지 못했기 때문에 피곤하다. 적어놓지 않는다고 해서 그렇게 아름다운 경치를 잊을 리 없겠지.

낮에는 과인산 공장과 고료카쿠 성곽에 갔었다. 과인산석회, 황산도 만든다.

5월 20일

지금 창문 오른쪽으로 에조후지 산이 보인다. 화산이다. 봉우리가 평평하다. 구운 침목으로 만든 작은 집이 있다. 얼룩 조리皁李가 우거져 있다. 아이누 족의 땅이다.

★ ★ ★

지금 오타루의 공원에 있다. 고등상업전문학교의 표본실을 보고 왔다. 감자로 만든 백 오륙십 종류의 표본이 재미있었다.

이 공원도 언덕으로 되어 있다. 자작나무가 많이 있다. 새파란 오타루 만이 한눈에 보인다. 군함도 들어와 있기 때문에 해군기지에는 깃발도 세워져 있다. "시간이 있으면 보여주고 싶은 데"라고 다케다 선생님이 말했다. 벤치에 앉아 쉬고 있자 삶은 빨간 게를 팔러 온다.

왠지 무서워 보인다. 저런 걸 어떻게 먹지.

10월 16일

1교시의 도덕 수업이 끝났지만 조금 시간이 남자 교장 선생님이 무엇이든 질문해도 좋다고 말했다. 하지만 모두 말없이 고개를 숙이고 있을 뿐이었다. 나도, 아이들도 묻고 싶은 것은 많다. 하지만 우리가 정말로 묻고 싶은 것을 물으면 선생님은 분명히 표정이 일그러질 것이기 때문에 묻지 않는다.

도덕이 정말로 우리가 해야 한다고 믿는 것을 가르치는 것이라면, 어떤 질문이 나와도 확실하게 그것이 사실인지 거짓인지 밝혀줘야 하는 것 아닐까. 왜 그러지 않는 걸까.

10월 25일

오늘은 흙의 성분 조사 실습이었다. 나는 2반 반장이어서 제도판을 들었다. 나와 나머지 다섯 명이 큰 망치, 보링스틱, 시험지, 염화칼륨 병 등을 들고 학교를 나올 때의 유쾌함은 뭐라고 표현할 수 없었다. 다니 선생님도 정말로 유쾌한 듯했다. 여섯 반 모두가 제각기 생각한 계획대로 각각의 코스를 잡아 조사에 임했다. 나는 군청에서 조사해둔 것을 그대로 옮겨서 예측도로 만들어두었기 때문에 다른 반처럼 헤매지 않았다. 하지만 좀처럼 찾기는 쉽지 않았다. 군청에서 만든 것도 15만분의 1 축도여서 아주 대략적인 것만 기록되어 있다. 사루가이시 강 남쪽 평지에 10시 반 정도에 도착했다. 그다음은 홍적층이 기텐노의 안산집괴암 언덕 너머까지 덮고 있는지가 가장 큰 의문이었는데, 우리는 언덕 정상 부근에서 집괴암 몇 개가 드러나 있는 것을 발견했다. 결국 홍적기는 지형도의 140미터 선 이하라는 대략적인 추측을 하고 다음은 선생님이 말씀하신 대로 나무의 성장 모습 등을 참고로 해서 정했다. 나는 토성조사보다도 지질조사가 재미있다. 토성조사는 단지 흙을 조사해서 그 장소를 지도 위에 색을 칠해 가는 것뿐이지만, 지질조사는 생각을 해야 하고 또 그 생각이 제법 잘 맞기 때문이다.

우리는 소나무 숲과 억새 속에서 몇 번이나 다른 반과 마주쳤다. 모두 우리의 지도를 보고 싶어 했다.

억새 속에서는 꿩도 몇 번이나 날아올랐다.

경지 정리가 되어 있는 곳이 역시 가뭄 피해가 심했다. 벼는 거의 모내기를 하지 않았던 듯 붉은색의 키 작은 잡초가 자라나 있었고 땅에는 금이 가 있었다.

그나마 모내기를 한 곳도 새 줄기는 전혀 나오지 않은 채 빨갛게 타버렸고 씨앗이 들어 있지 않은 이삭이 그대로 서 있었다. 경지 정리에 앞장선 사람은 모두를 위해서 했겠지만 정말로 심하다. 우리는 그곳의 토성도 확실하게 조사했다. 물만 들어온다면 분명 앞으로는 한 단에 약 세 석까지는 수확할 수 있게 될 것으로 생각한다.

약속한 대로 오후 1시에 각 반이 사루가이시 강가의 깨끗한 안산 집괴암이 드러나 있는 곳에 모였다. 선생님은 누군가가 주었다며 똘배를 모두에게 나누어주었다. 우리는 그곳에서 지도를 다시 색칠했다. 선생님은 그 자리에서는 누구의 것이 좋고, 나쁘다는 말은 하지 않았다. 잠시 쉰 후에 이번에는 모두 함께 선생님을 따라 강 북쪽의 지질과 토성에 대해 배우면서 걸었다. 그곳은 화강암과 제3기 이암 등이 섞여 있는 곳이었다. 지도는 다음 월요일까지 깨끗하게 정리해서 제출하기로 했다.

나는 그 지도를 제출해서 선생님 검사를 받으면 다음 일요일에는 다카하시에게 부탁해서 함께 우리 집 근처를 철저하게 조사할 것이다. 우리 집 주변은 홍적층과 충적층만 있기 때문에 훨씬 간단하다. 그렇지만 비료를 주는 방법 등은 전혀 다르다. 지금은 완전히 반대로 하고 있는지도 모른다.

11월 10일

실습이 끝난 후 헛간 앞에 서서 글라디올러스 알뿌리를 말리는 것을 보고 있었는데, 다케다 선생님도 닭장 소독을 끝내고 바지에 유황 가루를 잔뜩 묻힌 채 오셨다. 그리고 역시 알뿌리를 보고 계셨는지 커다란 것 세 개를 집어 내게 주었다. 내가 머뭇머뭇하고 있자 "이것은 새로운 종류인데다 비싼 거야. 네게만 주는 거니까 내년 봄에 심어 보렴" 하고 말했다. 그때 농장 쪽에서 화초 담당인 나이토 선생님이 오시자 다케다 선생님은 무척 당황하며 주머니에 넣으라고 말했다. 나는 이상한 기분이 들었지만 어쩔 수 없이 주머니에 넣었다. 그러자 다케다 선생님은 서둘러 헛간으로 들어가서는 농구 따위를 정리하기 시작했다. 나는 너무 찜찜한 기분이 들어서 나이토 선생님이 가신 후에 알뿌리를 몰래 거적 속에 되돌려 놓고, 서둘러 교사로 들어가 실습복을 벗고 집으로 돌아왔다.

1926년 3월 20일

소금물고르기로 볍씨를 골랐다. 우리 집 볍씨를 끝낸 후 나라도 집의 것도 했다.

책에 나온 비중대로 하자 밭벼는 절반도 남지 않았다. 작년 가뭄 피해가 가장 적었던 곳도 이런 상황인 것이다. 하지만 논벼는 30퍼센트밖에 떠오르지 않았다. 그럼에도 소금물고르기를 한 것으로 딱 여섯 말이 나왔기 때문에 본 밭의 한 정町 한 단段 수확량으로는 충분할 것이다. 여하튼 나는 오늘 반나절에 확실히 50엔 상당의 일을 한 것이다.

왜냐하면 지금까지는 소금물고르기를 하지 않아서 한 단당 두 섬 정도밖에 수확하지 못했지만, 이번에는 곳곳의 농사시험장 발표처럼 10분의 1인 두 말씩만 수확량이 늘어도 논 한 단에서 두 섬 두 말이 되는 것이다. 다른 사람들도 정말로 좋다는 것을 알게 되면 나는 이 소금물고르기를 나가네 지역 전체에 할 것이다. 한 집에서 30엔씩 이익이라고 해도 이 마을 전체로 보면 4백50엔이 된다. 대여섯 명이 겨우 반나절에 할 수 있는 일이다. 소금물고르기를 하는 동안 아버지는 겨울 동안 쌓인 주변의 쓰레기를 모아 태웠다. 벼 알갱이가 나오면 아버지는 짚으로 엮은 가늘고 긴 가마니에 담아 안에 모았다. 그것은 합리적이라고 생각한다. 샘물이 없어서 그 가마니를 물에 적셨던 것이다. 둑 음지에는 아직 얼음이 떠있었기 때문에 마침 섭씨 0도 정도일 것이다. 12월에 둑의 금을 메우고서야 물은 10분의 6까지 고였다. 올해는 분명 잘 될 것이다. 그런 심한 가뭄이 2년 연속 이어졌던 일은 지금까지의 기상청 통계에도 없었다고 할 정도이니, 아무리 우연이 겹친다고 해도 올해까지 이어지는 일은 있을 수 없다. 기후에만 문제가 없다면 올해 나는 반드시 가뭄 때문인 지금까지의 피해를 회복시켜 보일 것이다. 그러면 내년부터는 우리 집도 여유가 생길 것이고, 나는 반드시 나가네 지역 전체가 활기차고 쾌활해지게 할 것이다.

6월 14일

오늘은 간신히 정오부터 일곱 시까지 물 공급 차례가 되어 물을 받았다. 작년부터 워낙에 커다란 금이 생겼던 듯 물은 좀처럼 고이지 않았다. 두렁에 앉아 쿨럭쿨럭 들어오는 따뜻한 물에 발을 담그고 멍하니 졸다가 나는 내가 벼가 된 듯한 기분을 느꼈다. 그리고 나는 분홍색 반점이 생기는 열병에 걸려있고 마침 물이 들어왔기에 다리로 물을 흡수하고 있는 것이었다. 깜짝 놀라 눈을 떴다. 물이 쿨럭쿨럭 갈라진 틈에 거품을 내며 잉크처럼 천천히 천천히 퍼져가고 있었다.

물이 들어오지 않아서 메마른 논의 써레질을 할 수 없게 된 지가 오늘로 딱 12일, 비가 오지 않는다. 도대체 하늘이 어떻게 된 걸까. 그런 가뭄은 2년 연속 이어진 기록이 없다고 기상청이 말했는데, 결국 올해로 3년 연속 이어지게 되는 것일까. 오오제키 강도 수심이 네 치밖에 되지 않는다. 저녁이 돼서야 간신히 물이 돌았다.

3시 무렵, 물이 전혀 들어오지 않아서 무슨 일인가 싶어 오오제키 강 아래의 분기점까지 가보았더니 곤주가 우리 논 쪽의 물을 잠그고 자신의 논 쪽으로 향하게 하고 있었다. 나는 곤주가 양배추의 거염벌레 같다는 생각이 들었다. 얼굴이 퉁퉁하게 부어있었고, 게다가 쓰나마나 한 구멍 뚫린 막노동꾼 모자를 쓰고 그 위에 다시 얼굴 가리개를 하고 있었던 것이다.

손도 발도 부어있었기 때문에 나는 정말로 곤주가 거염벌레처럼 보였던 것이다. 내가 뭐 하는 거냐고 했더니 곤조는 오히려 "뭐야, 농업학교 졸업했다고 자기 편한 대로만 하냐"라고 한다. 나도 화가 났다. 농업학교 따위 졸업했건 안 했건 지금은 우리 차례라서 물을 끌어오고 있는 것이다, 그것을 훔쳐가다니 무슨 짓이냐고 대꾸했다. 그랬더니 "학교 다녔다고 말발이 좋아졌군"이라고 한다. 나는 커다란

돌로 때려줄까 하는 생각조차 했다.

하지만 곤주는 그대로 가버렸기 때문에 나는 물을 다시 우리 쪽으로 바꿨다. 역시 곤주는 나를 어린애라고 생각해서 나 혼자 있을 때 그런 짓을 했던 것이다. 두고 보자, 나는 비겁한 자식은 하나부터 열까지 모조리 패줄 테니까.

1927년 8월 21일

벼가 결국 쓰러지고 말았다. 나는 이제 더 이상 어떻게 해야 할지 모르겠다. 어제까지는 그렇게 튼튼했는데, 새벽녘의 강한 뇌우 이후 지금까지 절반이 쓰러져 버렸다. 몰래 기사쿠의 논에도 가봤지만 역시 쓰러져 있었다.

비는 지금도 내리고 있다. 아버지는 웃으면서 괜찮다, 괜찮다고 하지만 그건 나를 달래기 위한 것이고 사실은 굉장히 심각하다. 엄마도 완전히 내 걱정만 하고 있다. 나는 우리 집 벼가 쓰러지는 것뿐이라면 아무렇지도 않다. 내가 비료를 가르쳐 준 기사쿠 집의 것도 그것만이라면 아무것도 아니다. 그것만이라면 나는 겨울에 기차를 타고 나가 행상이라도 해서 반드시 회수할 수 있다. 하지만 그렇게 공을 들이고 그렇게 고민해서 비료를 줬는데도 이렇게 되었다면 마을은 조금도 나아질 기미가 없는 것이다. 나는 어디에도 의논을 하러 갈 곳이 없다. 학교에 가봤자 소용없다. 선생님은 "아, 쓰러졌구나. 모종이 약했던 것은 아닐까, 너무 실망하지 말아라" 정도의 말만 하고 웃을 뿐이다. 일기, 일기, 내게 이렇게 적을 수 있는 일기가 없었더라면 오늘 밤 어떻게 하고 있었을까. 둑은 막았고 배수구는 열어놨지만, 밭에는 아직 들어갈 수도 없었다. 보슬보슬 내리다가도 위협하듯 쏟아지는 빗소리를 말없이 듣고 있을 수밖에 없는 것이다. 과연 이 비가 내일은 그칠까.

아, 어찌 되든 상관없어. 될 대로 돼라지. 내일 비가 그치고 안 그치고 보다는 오늘 밤 내가 짚신을 한 짝 만드는 편이 훨씬 확실하니까.*

* 원서에는 '오늘 밤 내가 ……을 한 짝 만드는 편이 훨씬 확실하니까'로 표기되어 있는데, 문맥의 흐름으로 보아 '짚신'이 옳을 듯해 넣었다.

스케치 3

★

십력의 금강석

북수장군과 의사 삼 형제

北守将軍と三人兄弟の医者

의사 삼 형제

옛날에 라유라는 수도에 세 명의 의사 형제가 살고 있었다. 가장 맏이인 린파는 사람을 치료하는 의사, 둘째인 린프는 말과 양 등을 치료하는 의사, 가장 막내인 린포는 식물을 다루는 의사였다. 그리고 삼 형제는 마을의 가장 남쪽에 해당하는 노란 언덕 꼭대기에 파란 벽돌로 병원 세 동을 나란히 짓고, 제각각 흰색과 붉은색의 깃발을 꽂았다.

언덕 기슭에서 보면 옻나무 독이 오른 아기나, 조금 절룩거리는 말, 시든 모란 화분을 수레에 실어 끌고 가는 정원사, 잉꼬가 들어있는 새장 등이 끊임없이 올라가고 있었다. 그들이 언덕 위에 도착하면 병에 걸린 사람은 왼쪽의 린파 선생님에게, 말이나 소, 조류는 중간의 린프 선생님에게, 초목을 들고 온 사람들은 오른쪽의 린포 선생님에게로 나뉘어 들어갔다.

세 형제 모두 정말로 의술도 뛰어났고 또한 한없이 어진 마음을 가진 확실한 명의였다. 그러나 아직 좋은 기회를 만나지 못했기 때문에 그다지 지위도 없었고 널리 이름을 알리지도 못했다. 그런 어느 날, 마침내 신기한 일이 일어났다.

북수장군 손 바유

어느 날, 해가 막 떠올랐을 때였다. 라유 마을 사람들은 저 멀리 북쪽 들판 쪽에서 새인지 무언지가 잔뜩 무리를 지어 일제히 우는 듯한 이상한 소리를 이따금 들었다. 처음에는 아무도 신경 쓰지 않고 가게를 청소하는 등 하던 일을 하고 있었지만, 아침 식사가 끝나고 조금 지났을 무렵 그 소리는 점점 가까워졌다. 그 소리가 멋진 차르멜라와 나팔소리라는 것을 모두 알게 되자, 마을은 갑자기 웅성거리기 시작했다. 그러는 동안 쿵쿵하는 북소리도 들렸다. 이미 상인도 장색匠色도 일이 전혀 손에 잡히지 않았다. 문을 지키는 병사들은 일단 모든 문을 꼭 잠그고 마을을 둘러싼 벽 위에 파수병을 세운 후, 궁궐에 알렸다.

그리고 그날 오후, 발굽 소리와 갑옷 소리, 그리고 호령 소리가 들렸으며 그들은 마을을 완전히 둘러싸고 있는 듯했다.

잔뜩 긴장한 파수병과 모든 마을 사람들은 활을 쏘는 구멍으로 성 밖을 엿보고 있었다. 성벽 북쪽에서 군대가 구름처럼 몰려들었다. 펄럭펄럭 빛나는 삼각 깃발과 무기가 숲을 이루고 있었다. 게다가 너무도 이상한 것은 병사들이 모두 회색으로 부스스해서 왠지 연기 같았다. 날카로운 눈매와 두 가닥의 새하얀 수염을 늘어뜨린 등이 굽은 장군이 빗자루 같은 꼬리가 뒤쪽으로 쭉 뻗은 백마를 타고 선두에 서서 커다란 칼을 하늘을 향해 치켜든 채 소리 높게 외치고 있다.

북수장군 손 바유가
요새 밖 사막에서 이제 막
간신히 돌아왔도다
용감한 개선이라고 말하고 싶지만,

사실은 완전히 기진맥진한 채 돌아왔다
여하튼 그곳은 추운 곳
삼십 년이라는 색 바랜 옛날
나는 십만의 대군을 이끌고
이 성문을 위세 좋게 나갔었지
그 후 어떻게 되었는가, 보이는 것은 하늘뿐
건조한 바람은 모래를 날렸고
기러기조차 말라 종종 땅에 떨어졌다
나는 그곳을 말을 타고 지나갔고
말은 지쳐 이따금 털썩 주저앉아
눈물을 머금고 가만히 저 멀리 사막을 보았다

그럴 때마다 나는 갑옷 주머니에서
소금을 조금씩 꺼내
말에게 먹여 힘을 내게 했었지
그 말도 지금은 서른다섯 살
5리를 달리는 데도 네 시간이 걸리는 신세,
그리고 나도 벌써 일흔
절대 돌아올 수 없을 것으로 생각했지만,
다행히도 적군이 모두 각기병으로 죽었다
올해 여름은 이상하게 습기가 많았기 때문이었지
게다가 각기병에 걸린 원인이
우리를 쫓아
사막을 달렸기 때문……
그렇게 보면 역시 개선이라고 할 수 있으려나
그리고 한 가지 칭찬할 만한 것은
10만 명이 나갔다가
9만 명이 돌아왔다는 사실이다
죽은 병사들은 안타깝지만,
30년의 세월이면
전쟁터에 나가지 않는다고 해도
열의 한 명은 죽지 않는가
그러니 라유의 오랜 죽마고우여,
북수장군 손 바유와
그의 병사들이 돌아왔도다
성문을 열어줘도 되지 않겠는가

그러자 성 안은 흥분으로 들끓었다. 기쁨에 겨워 우는 사람, 두 팔을 벌리고 달리는 사람, 직접 문을 열려다가 파수병에게 꾸지람을 듣는 사람. 물론 재빨리 왕이 있는 궁궐로 사자를 보냈으며, 성문이 끼익하고 열렸다. 밖에 있던 병사들은 매우 기뻐서 말에 기대어 울고 있었다.

얼굴이고 어깨고 온통 잿빛인 북수장군 손 바유는 억지로 감정을 억누르며, 조용히 말고삐를 잡고 성문을 향해 선두에 섰다. 그리고 그 뒤로 나팔과 북, 삼각 깃발을 매단 창, 시퍼렇게 녹이 슨 무기, 하얀 화살 등을 등에 멘 병사들이 들어왔다. 말은 북소리에 보조를 맞추었으며, 특히 손 바유 장군의 백마는 걸을 때마다 무릎에서 삐걱삐걱 소리가 나서 마치 장단을 맞추는 듯했다. 병사들은 군가를 부른다.

그믐날 밤과 초하루에는
사막에 검은 달이 뜨네
서풍과 남풍이 부는 밤에는
겨울에도 달이 새빨갛다오
기러기가 높이 날아오르면
적군은 저 멀리 도망가네
쫓으려고 말에 올라타면
갑자기 눈이 억수같이 쏟아진다네

병사들은 앞으로 행진했다. 9만 명의 기나긴 행렬은 단지 보는 것만으로도 지치게 된다.

눈이 내리는 날은 낮에도

하늘이 시커멓고
겨우 기러기 지나는 길만이
희미하게 하얗게 보인다네
얼어붙은 모래가 날아와
마른 쑥을 뽑아내면
뽑힌 쑥은 잇달아
도읍을 향해 날아간다네

사람들은 길 양쪽으로 담을 쌓듯 늘어서서 눈물을 흘리며 병사들을 보고 있었다.

그리하여 손 바유 장군이 세 정 정도 행진해 마을 광장에 도착했을 때, 저쪽 궁궐 쪽에서 노란 깃발이 펄럭였고 누군가가 이쪽을 향해 오고 있었다. 소식을 들은 왕이 마중을 나온 것이 확실했다.

손 장군은 말을 멈추고 이마에 손을 얹으며 자세히 살펴보더니, 갑자기 고개를 숙여 인사를 한 후 서둘러 말에서 내리려고 했다. 그런데 말에서 내릴 수가 없었다. 장군의 두 다리는 이미 말안장에 완전히 들러붙어 있었고, 안장은 다시 말 등에 꽉 달라붙어서 아무리 해도 떨어지지가 않는다. 그렇게 호기로운 장군도 당황해서 얼굴이 빨개졌으며, 입술을 오들오들 떨며 내리려고 안간힘을 썼지만, 아무리 해도 몸은 움직이지 않았다. 아아, 이는 장군이 30년이나 국경의 건조한 사막 속에서 무거운 임무를 지고 한 번도 말에서 내리지 않았기 때문에 말과 하나가 된 것이었다. 게다가 사막에는 그 어디에도 풀이 자랄 곳이 없었기 때문에, 그 풀들이 장군의 얼굴을 발견하고 뿌리를 내렸을 것이다. 회색의 이상한 풀이 이미 장군의 얼굴과 팔을 온통 뒤덮고 있었다. 병사들의 몸에도 그 이상한 것들이 자라나 있었다. 그러는 동안 대신은 점점 다가오고 있었고, 이미 선두의 커다란 창과 깃발이 보일 만큼 가까워졌다.

"장군, 말에서 내리십시오. 왕께서 마중을 나오셨습니다. 장군, 말에서 내리십시오."

맞은편에서 누군가가 말한다. 장군은 다시 팔을 버둥거려보았지만, 역시 몸은 떨어지지 않는다.

그런데 마중을 나온 대신은 붕어보다 심한 근시였다. 대신은 손 바유 장군이 일부러 말에서 내리지 않고, 팔을 흔들며 사람들에게 무언가 명령을 하고 있다고 생각했다.

"반역이다. 자, 돌아가자."

대신은 함께 온 일행에게 그렇게 말했다. 그리고 대신 일행은 다시 말을 돌려 노란 먼지를 일으키며 순식간에 되돌아갔다. 손 장군은 그 모습을 보고 어깨를 움츠린 채 한숨을 쉬었다. 한동안 멍하니 있다가, 갑자기 뒤를 돌아보며 참모장을 불렀다.

"그대는 바로 갑옷을 벗고 내 칼과 활을 들고 빨리 궁궐로 가게. 그리고 누군가에게 이렇게 전하라. '북수장군 손 바유는 국경의 사막 위에서 30년이나 밤이고 낮이고 말에서 내릴 여유가 없어서 결국 몸이 안장에 붙었고, 그 안장은 다시 말에 붙어서 도저히 왕 앞에 나설 수가 없습니다. 먼저 의사에게 다녀온 후 곧 입궐하겠습니다.' 이렇게 정중하게 전해주게."

참모장은 고개를 끄덕이고 재빨리 갑옷과 투구를 벗고 손 장군의 칼을 들고 쏜살같이 달려간다. 손 바유 장군은 병사들에게 말했다.

"모두 조용히 말에서 내려 투구를 벗고 바닥에 앉거라. 나는 잠시 의사에게 다녀오겠다. 그동안 소리를 내지 말고, 가만히 쉬고 있거라. 알겠나?"

"알겠습니다, 장군."

병사들은 한목소리로 외쳤다. 장군은 손을 들어 병사들을 조용히 시킨 후, 급히 말에 채찍을 휘둘렀다. 수많은 시간을 사막 위에서 주저앉아 잠을 잤던, 이 유명한 백마는 이제 마지막 힘을 내어 따각따각 따각따각 소리를 내며 바람보다 빠르게 달렸다. 장군은 정신없이 열 정 정도 달려 커다란 언덕 아래로 갔다. 그리고 갑자기 이렇게 물었다.

"실력이 좋은 의사가 누구인가?"

"린파 선생님입니다."

"그 린파라는 자는 어디에 있는가?"

"바로 그 언덕 꼭대기에 있습니다. 그곳에는 세 개의 깃발이 있는데, 그 가운데 가장 왼쪽입니다."

"좋아, 이럇!"

장군은 백마에게 채찍을 한 번 휘두르고 순식간에 언덕을 달려 올라갔다. 목수는 뒤에서 투덜거렸다.

"뭐야, 매우 무례한 자식이네. 애써 가르쳐줬더니, '좋아, 이럇!'이라니."

그러나 손 바유 장군은 그런 것에는 신경도 쓰지 않았다. 언덕 위로 힘겹게 걷고 있던 환자들을 뛰어넘어 순식간에 문 앞에 도착해 있었다. 목수의 말대로 문기둥에는 '의사 린파 선생'이라고 금박으로 새겨진 간판이 걸려있었다.

린파 선생

손 바유 장군은 이제 린파 선생의 병원 현관을 뛰어넘어 거리낌 없이 복도로 들어갔다. 과연 유명한 병원답게 천장도, 방문도 모두 높이가 스무 자는 되어보였다.

"의사는 어디 있나! 진료를 받아야겠다."

손 장군은 호령했다.

"당신은 도대체 뭡니까? 말을 탄 채로 들어오다니 너무 무례하군요."

연둣빛의 긴 옷을 입고 머리를 짧게 깎은 조수 한 명이 말의 고삐를 잡았다.

"네가 린파 의사인가? 빨리 내 병을 진료해라."

"아닙니다. 린파 선생님은 저쪽 방에 계십니다. 하지만 용무가 있으시다면 먼저 말에서 내리십시오."

"아니, 그게 안 된다고. 말에서 그냥 내릴 수 있었다면, 지금쯤 이미 왕 앞에 있을 것이야."

"하하하, 말에서 내릴 수가 없으시군요. 아마도 다리가 경직되었나 봅니다. 그렇다면 좋습니다. 이쪽으로 오십시오."

조수는 맞은편 방문을 열었다. 손 장군은 따각따각 말발굽 소리를 내며 들어갔다. 방 안은 사람들로 가득 차 있었고 한가운데에 의사인 듯한, 왜소해 보이는 사람이 의자에 앉아 열심히 환자의 눈을 진료하고 있었다.

"잠깐 여기 좀 봐줘. 말에서 내릴 수가 없어."

장군은 상냥하게 말했다. 그런데 린파 선생은 눈길도 주지 않았고, 미동도 하지 않았다. 여전히 환자의 눈을 보고 있다.

"이봐, 자네. 빨리 이쪽을 보라니까!"

장군이 소리를 질렀기 때문에 환자들은 깜짝 놀랐다. 그러자 조수가 조용히 말했다.

"진료에는 순서가 있습니다. 당신은 96번이며, 지금은 6번 환자 순서입니다. 아흔 명을 기다리셔야 합니다."

"닥쳐라! 네가 지금 내게 여든한 명을 기다리라고 하는 게냐! 내가 누구인 줄 아느냐? 북수장군 손 바유다. 9만 명이나 되는 병사가 마을 광장에서 기다리고 있다. 나 한 사람이 기다리는 것은 팔만 천 명의 병사가 기다리는 것이다. 당장 진료하지 않으면 가만두지 않겠다!"

장군은 이미 채찍을 들었고 말이 뛰어오르자 환자들은 울음을 터뜨렸다. 그런데 린파 선생은 여전히 꿈쩍도 하지 않았고, 아예 이쪽을 쳐다보지도 않았다. 선생의 오른쪽에는 노란 비단옷을 입은 소녀가 서 있었고, 꽃병에 꽂혀 있는 어떤 꽃을 한 가지 뽑아 물에 적시더니 말에게 부드럽게 내밀었다. 말은 그 꽃을 덥석 물고 씹더니 크게 숨을 한 번 내쉬고는 네 다리를 모두 접고 앉아버렸다. 그리고 이내 드르렁드르렁 코를 골며 고개를 떨구더니 잠이 들었다. 손 장군은 당황했다.

"아, 이놈! 또 쓰러졌구나. 큰일이다, 큰일이야, 정말 큰일이야."

장군은 황급히 갑옷에서 소금 주머니를 꺼내 말에게 먹이려고 했다.

"이놈아, 일어나봐. 아, 너무도 불쌍한 놈. 그렇게 힘들게 고생하고 간신히 고향에 돌아왔건만, 긴장이 풀려서 바로 죽어버리다니. 억울하지도 않느냐! 이놈아, 일어나라. 일어나. 어서, 자, 소금 한입만 먹자."

그래도 말은 여전히 쿨쿨 자고 있었고, 손 장군은 결국 울어버렸다.

"이봐, 자네. 나는 놔두더라도 이 말은 좀 어떻게 해 줘. 이 녀석은 북쪽 국경에서 삼십 년이나 고생했다고."

소녀는 말없이 웃고 있었다. 그때 갑자기 린파 선생이 장군 쪽을 돌아보며, 마치 장군의 가슴속부터 말의 머릿속까지 꿰뚫을 듯한 날카로운 눈으로 조용히 말했다.

"말은 곧 나을 겁니다. 당신의 병을 진찰하기 위해서 말을 앉힌 것뿐입니다. 그런데 당신은 전장에서 병에 걸린 적이 있습니까?"

"아니, 병에 걸린 적은 없어. 특별한 병은 없었지만, 여우에게 홀려서 종종 난처하기는 했지."

"어떤 식으로 말입니까?"

"그쪽 여우는 몹시 나쁜 놈들이야. 10만 가까이 되는 군대를 단 한 번에 홀렸어. 밤에 수많은 불을 피우기도 하고 낮에 갑자기 사막 위에 커다란 바다를 만들기도 하고, 성 같은 것이 나타나기도 했어. 완전히 악질이야."

"그것을 여우가 했다는 것입니까?"

"여우랑 또 사막매의 짓이야. 사막매는 새의 이름이지. 사막매는 사람이 없을 때는 높은 곳에 있다가 누군가 나타나면 건드리려고 내려오지. 말의 꼬리털을 뽑기도 하고 눈을 노리기도 해서 그 새가 나타나면 말은 벌벌 떠는 거야."

"그렇게 한 번 홀리고 나면 며칠 정도에 좋아집니까?"

"뭐, 나흘 정도야. 닷새가 걸릴 때도 있었고."

"그러면 당신은 지금까지 몇 번 정도 홀렸습니까?"

"적어도 열 번은 될 거야."

"그러면 묻겠습니다. 백 더하기 백은 얼마입니까?"

"백팔십이지."

"그러면 이백 더하기 이백은?"

"그거야 삼백육십이지."

"그러면 다시 한번 묻겠습니다. 십의 두 배는 몇입니까?"

"그건 물론 십팔이지."

"그렇군요, 확실히 알았습니다. 당신은 아직도 사막에서 생긴 피로가 조금 남아있습니다. 즉, 10퍼센트가 남아있는 것이죠. 그러면 치료해 드리겠습니다."

린파 선생은 두 팔을 흔들어 조수에게 준비를 시켰다. 조수는 커다란 구리 그릇에 무슨 약인가를 가득 담아 수건과 함께 가지고 왔다. 손 바유 장군은 두 팔을 뻗어 그릇을 받았다. 린파 선생은 한쪽 소매를 걷고 수건에 약을 듬뿍 적시더니 투구 위로 첨벙첨벙 뿌리고 두 손으로 투구를 흔들자 투구는 쉽게 벗겨졌다. 또 한 명의 조수가 다른 구리 그릇에 다른 약을 담아 왔다. 그리고 린파 선생은 그 약으로 손 바유 장군을 첨벙첨벙 씻겼다. 씻긴 물은 매우 새까맣다. 손 장군은 걱정스러운 듯 고개를 숙인 채 물었다.

"어떤가, 말은 괜찮겠는가?"

"곧 나을 겁니다."

린파 선생은 그렇게 대답하고는 계속해서 씻었다. 물방울은 점점 갈색으로 변했고 곧 옅은 노란색이 되었다. 그리고 마침내 투명해졌으며, 손 장군의 백발은 곰보다 하얗게 빛났다. 그러자 린파 선생은 수건을 버리고 두 손을 씻었고, 조수는 머리와 얼굴을 닦았다. 장군이 몸을 한 번 부르르 떨자, 말은 멀쩡하게 일어섰다.

"어떻습니까, 개운하시죠. 그런데 백 더하기 백은 얼마입니까?"

"물론 이백이지."

"그러면 이백 더하기 이백은?"

"그거야 사백이 틀림없지."

"십의 두 배는 얼마입니까?"

"물론 이십이지."

손 장군은 아까 일은 잊어버린 듯 천연덕스럽게 대답한다.

"깨끗하게 나았습니다. 그러니까 머릿속의 눈이 막혀서 10퍼센트가 모자랐던 것입니다."

"아니, 아니. 난 산수 따위는 십이든 이십이든 상관없어. 그런 건 회계사 몫이지. 나는 빨리 이 말과 나를 치료해줬으면 해."

"네, 당신의 다리를 갑옷에서 떼어내는 것은 금방 할 수 있습니다. 아니, 이미 떨어져 있을 것입니다. 하지만 갑옷이 안장에 붙어있고, 그 안장이 다시 말에 붙어있기 때문에 그것을 떼어내는 것은 제 일이 아닙니다. 그 일은 옆에서 제 동생이 하고 있으니까 그쪽으로 가십시오. 게다가 이 말도 심각한 병에 걸려 있군요."

"그러면 내 얼굴에 자란, 이 무성한 풀들은 어찌하나?"

"그것도 역시 저쪽에서 하십시오. 여하튼 바로 옆 병원으로 조수가 안내해드릴 것입니다."

"그러면 그쪽으로 가도록 하지. 그러면 잘 계시게."

아까의 하얀 옷을 입은 소녀가 말의 오른쪽 귀에 숨을 한 번 불어넣었다. 말이 펄쩍 뛰어올라 손 바유 장군은 갑자기 키가 커진다. 장군은 말고삐를 잡고 조수와 함께 방을 나갔다. 그리고 마당을 가로질러 두꺼운 토담 앞으로 왔다. 낮고 작은 문이 열려 있다.

"바로 뒷문을 열어드리겠습니다."

조수가 낮은 문으로 들어갔다.

"아니, 그럴 필요 없어. 내 말에게 이 정도는 아무것도 아니지."

장군은 말에게 채찍을 휘둘렀다.

히이잉. 말은 토담을 뛰어넘어 린프 선생의 양귀비밭을 엉망으로 짓밟은 채 서 있었다.

린프 선생

손 장군이 린파 선생의 조수와 함께 양귀비밭을 짓밟으며 걸어가자, 벌써 이곳저곳에서 히이잉하는 말들의 소리가 들렸다. 그리고 두 사람이 정면의 커다란 건물로 들어가자 사방에서 스무 마리나 되는 말들이 달려와 따각따각 발굽 소리를 내기도 하고 머리를 흔들기도 하면서 장군의 말에게 인사를 했다.

린프 선생은 저쪽에서 목이 굽은 갈색 말에게 하얀 약을 바르고 있었다. 조수가 다가가 잠시 무언가 속삭이자 수의사 린프 선생은 웃으며 이쪽을 돌아보았다. 커다란 철판으로 가슴을 가리고 있어서 꼭 갑옷처럼 보였다. 말에게 채일까 봐 두르고 있는 듯했다. 장군은 곧바로 말을 타고 린프 선생 앞으로 갔다.

"당신이 린프 선생인가? 나는 손 바유 장군이다. 부탁이 좀 있다."

"네, 이야기 들었습니다. 당신의 말은 확실히 서른아홉 살 정도군요."

"반올림을 하면 그렇지, 확실히 서른아홉이야."

"하하하, 바로 수술을 하겠습니다. 당신은 말 위에 계시니 조금 매울 수도 있습니다. 그 점은 양해해 주시겠습니까?"

"맵다고? 그까짓 연기쯤이야. 사막에서 바람이 불 때는 일 분에 마흔다섯 번 이상 말을 뛰어오르게 해야 해. 세 번만 덜 뛰어도 모래에 머리까지 묻혀버린다고."

"하하하, 그러면 하겠습니다. 어이, 후슈."

린프 선생은 조수를 불렀다. 조수는 고개를 한 번 까닥하고는 작은 항아리를 가져왔다. 린프 선생은 뚜껑을 열어 갈색 약을 꺼내더니 말의 눈에 발랐다. 그리고 다시 "후슈" 하고 불렀다. 잠시 후 빨간색의 작은 찹쌀떡을 접시에 담아 가지고 왔다. 선생은 떡을 집어 올려 한동안 손가락으로 누르기도 하고 냄새를 맡기도 하더니, 무언가 결심을 한 듯 말에게 먹였다. 손 장군은 그 백마 위에서 기다리다 지쳐 하품을 했다. 그러자 갑자기 백마가 부들부들 부들부들 떨기 시작하더니 몸 전체에서 땀과 연기를 뿜어냈다. 린프 선생은 무서운 듯 멀리서 지켜보고 있었다. 말은 부들부들 떨면서 계속해서 연기를 뿜어냈다. 그 연기는 엄청나게 매웠다. 장군도 처음에는 참았지만, 결국 두 손으로 눈을 가리고 콜록콜록 기침을 했다. 그러는 동안 연기는 점점 사라졌고 이번에는 땀이 폭포처럼 흘러나왔다. 린프 선생은 가까이 다가와서 양손을 살짝 안장에 얹더니 두 번 흔들었다.

안장은 순식간에 떨어졌고 그 여세에 장군은 바닥에 쿵하고 떨어졌다. 그러나 역시 장군답게 어느새 똑바로 서 있었다. 그리고 안장은 장군에게서도 완전히 떨어져 있었다. 장군은 굽은 두 다리를 툭툭 두드렸고, 말은 갑자기 짐이 없어져 무척이나 어리둥절한 듯 등을 이리저리 흔들었다. 그러자 린프 선생은 이번에는 빗자루 같은 말꼬리를 잡고 갑자기 힘껏 당겼다. 그러자 꼬리 모양을 한 새하얀 덩이가 덜거덕 하고 바닥에 굴러떨어졌다. 말은 무척이나 가벼운 듯, 이제는 완전히 털만 남은 꼬리를 탐스럽게 흔들었다. 세 명의 조수가 모여 말의 몸을 깨끗하게 닦았다.

"자, 이제 됐다. 걸어보렴."

말은 조용히 걷기 시작했다. 그렇게 삐걱거리던 무릎에서 이제는 전혀 소리가 나지 않았다. 린프 선생은 손을 들어 말을 이쪽으로 다시 부른 후, 장군에게 고개를 숙였다.

"아니, 사과할 필요는 없네. 그럼 이만."

장군이 서둘러 말에 안장을 얹고 다시 훌쩍 올라타자 주변에 있던 병든 말들은 히잉히잉 울며 이별의 인사를 한다. 손 장군은 건물을 나와 담을 훌쩍 뛰어넘어 옆에 있는 린포 선생의 국화밭으로 뛰어들었다.

린포 선생

린포 선생이 풀과 나무를 치료하는 곳은 숲과 같은 곳이었다. 온갖 종류의 나무와 꽃이 주변 가득 늘어서 있었고, 모두 금색이나 은색의 커다란 이름표가 붙어 있다. 손 바유 장군은 말에서 내려 천천히 린포 선생 앞으로 갔다. 아까의 조수가 먼저 와서 이미 이야기를 해둔 듯, 린포 선생은 약 상자와 커다란 빨간 부채를 들고 아주 공손하게 기다리고 있었다. 손 장군은 손을 들어 '여기'라며 얼굴을 가리켰다. 린포 선생은 약 상자에서 노란 가루를 꺼내 손 바유 장군의 얼굴과 어깨 등에 잔뜩 뿌리더니 부채를 펄럭펄럭 부치기 시작했다. 그러자 장군의 얼굴에 있던 풀이 갑자기 새빨갛게 변하더니 모두 둥실 날아갔다. 장군의 얼굴은 순식간에 반들반들해졌다. 그 순간 장군은 실로 삼십 년 만에 방긋 웃었다.

"그러면 그만 가겠습니다. 몸도 가벼워졌고."

장군은 매우 기뻐서 질풍처럼 병원을 달려나가 밖에 있던 말에 올라탔다. 말은 다시 순식간에 병원의 커다란 문밖으로 뛰어나갔다. 그리고 조수 여섯 명이 병사들의 얼굴에 자란 회색 풀을 제거하기 위해 약봉지와 부채를 들고 손 바유 장군을 따라갔다.

북수장군, 선인이 되다

손 바유 장군은 린포 선생의 병원을 빛의 속도로 달려나와 옆의 린프 선생 병원을 질풍처럼 통과한 후 린파 병원을 바라보며 순식간에 아까의 언덕을 달려 내려왔다. 말은 다섯 배나 빨라졌기 때문에 이미 저쪽으로 병사들이 쉬고 있는 모습이 보이기 시작했다. 병사들은 걱정스러운 듯 이쪽을 보고 있다가, 마침내 환호성을 질렀으며 동시에 일어섰다. 그때 궁궐에 갔던 참모장이 번개처럼 달려왔다.

"아아, 임금께서 모든 것을 아셨습니다. 장군님의 이야기를 들으시고는 눈물까지 글썽이며 기다리고 계십니다."

그때 린포 선생의 조수들이 약을 가지고 왔다. 병사들은 기뻐하며 가루를 뿌리고는 펄럭펄럭 부채질을 했다. 이윽고 9만 병사들의 얼굴 윤곽이 확실하게 드러났다.

장군은 우렁차게 호령했다.

"모두 말에 오르고, 차렷!"

모두가 말에 올라타자 곧 주위는 조용해졌고, 뒤처진 두 마리의 말만이 코를 푸릉하고 울리고 있을 뿐이었다.

"앞으로 전진!"

북도 징도 울리기 시작했으며, 군대는 엄숙하게 행진했다.

마침내 9만의 병사는 십 리에 달하는 궁궐 앞 정원에 가로세로 삼백 명씩 사각형의 진을 이루었다.

손 장군은 말에서 내려 조용히 단상으로 올라가 바닥에 머리를 조아렸다. 왕은 조용히 이렇게 말했다.

"실로 긴 세월 동안 고생했다. 앞으로도 이곳에 있으면서 대장들의 대장으로서, 더욱 충성을 다해주기 바란다."

북수장군 손 바유는 눈물을 흘리며 대답했다.

"너무도 황공해서 어떻게 대답해야 할지 말문이 막힐 따름입니다. 하오나 저는 살아있는 해골이라고 할 정도로, 아무런 도움이 되지 않습니다. 사막에 있는 동안 어디선가 보고 있을 적군이 얕보지 못하도록 늘 가슴을 펴고 눈을 뜨고 있었지만, 지금 왕 앞에 나와 칭찬을 들으니 갑자기 눈도 보이지 않는 듯합니다. 등뼈도 굽었습니다. 부디 원하옵건대, 제게 휴가를 주시어 고향으로 돌아갈 수 있게 해주소서."

"그렇다면 그대를 대신할 수 있는 대장 다섯 명의 이름을 올리거라."

그래서 손 바유 장군은 대장 네 명의 이름을 올렸다. 그리고 남은 한 명 대신에 의사 삼 형제를 국가의 의사로 추천했다. 곧바로 왕의 윤허가 있었기 때문에 손 바유 장군은 그 자리에서 갑옷과 투구를 벗고 까슬까슬한 얇은 삼베옷을 입었다. 그리고 자신이 태어난 마을의 산기슭으로 돌아가 조를 뿌리고 솎음질도 했다. 하지만 그러는 동안 장군은 점점 음식을 먹을 수 없게 되어 애써 경작한 조를 단 한입 먹었을 뿐, 물만 벌컥벌컥 들이켰다. 그런데 가을이 끝날 무렵이 되자 물도 제대로 마실 수 없게 되었고, 하늘을 올려다보며 딸꾹질을 하는 듯한 기이한 모습을 종종 보였다.

그러다 어느새 장군의 모습은 그 어디에도 보이지 않게 되었다. 그래서 사람들은 장군이 이미 선인이 되었다고 믿고, 산꼭대기에 작은 사당을 만들었다. 그 백마 역시 신마로 모셨다. 사람들은 사당에 등불을 켜고 조를 공양하며 삼베 깃발도 꽂았다.

그러나 그때 나라에서 손꼽는 명의가 된 린파 선생은 만나는 사람마다 이렇게 말했다.

"나는 장군의 몸을 봐서 잘 알고 있지. 인간의 몸을 지닌 손 바유 장군이 구름만 먹고 살 리가 없어. 음식물을 소화하는 위와 숨을 쉬는 폐는 그 기능이 달라.* 분명히 숲 속 어딘가에 굶어 죽은 손 바유 장군의 뼈가 있을 것이야."

역시 그럴지도 모른다고 생각한 사람도 많이 있었다.

* 원문은 肺と胃の腑は同じでない로 '폐와 위는 같은 것이 아니야'로 번역이 된다. 일본에서도 이 문장의 해석에 관해 논란이 일었는데, 몇 가지 의견 중 가장 설득력 있는 내용을 참고로 옮겼다.

십력의 금강석
十力の金剛石

옛날, 안개가 짙게 낀 어느 아침이었습니다.

왕자는 마침 사람들이 없는 틈을 타 바닥이 수정으로 된 자신의 방에서 잔디밭 위로 풀쩍 뛰어내렸습니다.

그리고 재빨리 벌새가 장식된 파란색의 큰 모자를 쓰고 바깥쪽으로 쿵쾅쿵쾅 달려갔습니다.

"왕자님, 왕자님, 어디에 계십니까? 왕자님, 대체 어디에……."

늙은 가신이 방 안에서 이쪽저쪽을 살피며 외치고 있었습니다.

왕자는 안갯속에서 하하하 웃으며 멈춰서 잠시 가신 쪽을 향하는 듯하더니 다시 되돌아서 소리가 나지 않도록 칼집을 쥔 채 거침없이 대신의 집으로 달려갔습니다.

잔디밭의 풀들은 온통 아침 이슬을 머금어 푸르고 차갑게 보였습니다.

대신의 집에 있는 호두나무가 안갯속에서 갑자기 검고 크게 모습을 드러냈습니다.

그 나무 아래에 한 아이의 그림자가, 안개 너머 해님을 가만히 바라보며 서 있었습니다.

왕자가 말을 걸었습니다.

"어이, 안녕. 놀러 왔어."

그 작은 그림자는 깜짝 놀란 듯 왕자 쪽으로 달려갔습니다. 그 아이는 왕자와 같은 나이인 대신의 아들이었습니다.

대신의 아이는 기쁜 듯 얼굴을 빨갛게 물들이며 "왕자님, 안녕히 주무셨어요?" 하고 인사했습니다.

왕자가 빠른 말투로 물었습니다.

"넌 아까부터 거기 있었던 거야? 뭐 하고 있었어?"

대신의 아이가 대답했습니다.

"해님을 보고 있었습니다. 해님은 안개가 끼지 않으면 눈이 부셔서 볼 수가 없어요."

"맞아. 안개가 끼면 해님은 은거울 같아."

"네. 또는 커다란 백색의 오팔 쟁반 같기도 합니다."

"응, 맞아. 난 저렇게 커다란 오팔이 있어. 하지만 그렇게 빛나지는 않아. 나는 이번에 더 좋은 것을 찾으러 갈 거야. 너도 같이 가지 않을래?"

대신의 아이는 조금 머뭇거렸습니다.

왕자는 재빨리 대신의 아이에게 다시 물었습니다.

"저기, 있잖아. 내가 가진 루비 항아리 같은 것보다 더 좋은 보석은 어디로 가면 있을까?"

대신의 아이가 대답했습니다.

"무지개 끝에 루비로 된 그림물감 접시가 있다고 합니다."

왕자가 다시 보채듯 말했습니다.

"이봐, 가지러 가자. 응? 가자."

"지금 바로 말씀입니까?"

"응. 하지만 루비보다 금강석이 좋아. 난 멋진 노란색 금강석을 갖

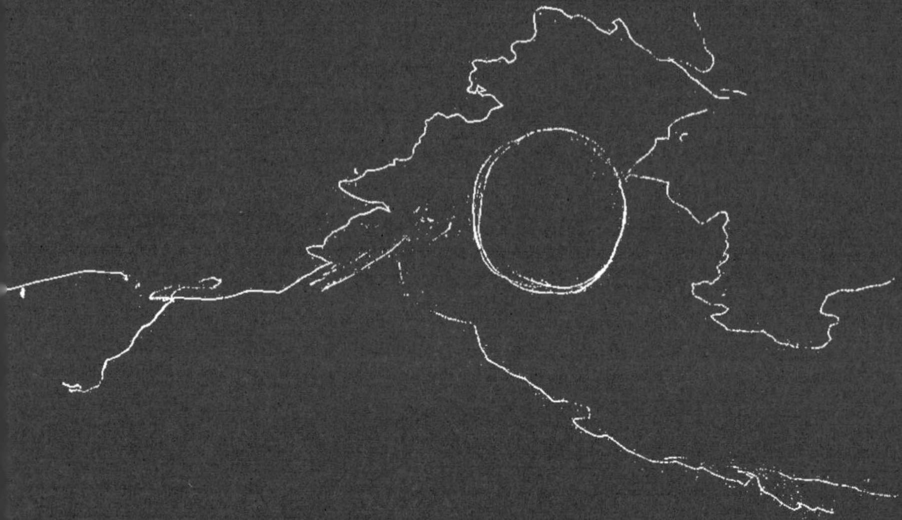

고 있어. 그리고 이번에는 더 멋진 금강석을 찾아올 거야. 있잖아, 금강석은 어디에 있을까?"

대신의 아이는 고개를 갸웃하며 잠시 생각하더니 말했습니다.

"금강석은 산의 정상에 있지 않을까요?"

"응, 그렇겠지? 찾으러 가자, 응? 가자."

"임금님께 말씀드리지 않아도 괜찮으십니까?"

대신의 아이가 눈을 깜박이며 걱정스러운 듯 말했습니다.

그때 뒤쪽 안갯속에서 "왕자님, 왕자님, 어디에 계십니까, 왕자님." 하는 늙은 가신의 목소리가 들려왔습니다.

왕자는 대신의 아이 손을 잡아끌면서 작은 소리로 다급하게 말했습니다.

"자, 가자. 이리와 빨리. 잡힌단 말이야."

대신의 아이는 결심한 듯 검이 꽂혀 있는 허리띠를 단단히 고쳐 매며 고개를 끄덕였습니다.

그리고 두 사람은 바람보다 빠르게 안갯속을 달려 숲 쪽으로 향했습니다.

★ ★ ★

두 사람은 계속해서 들판의 안갯속을 달려갔습니다. 저 멀리 뒤쪽에서 가신들의 목소리가 다시 희미하게 들렸습니다.

왕자는 하하하 웃으면서 "자, 조금만 더 달리자. 더는 아무도 쫓아오지 못할 거야" 하고 말했습니다.

대신의 아이가 키 작은 자작나무 아래를 지나가다 그 파란색의 커다란 모자를 떨어뜨렸습니다. 그러자 허둥대며 모자를 집고는 다시 있는 힘껏 달렸습니다.

사람들의 목소리도 더는 들리지 않았습니다. 그리고 들판은 점점 오르막길이 되었습니다.

두 사람은 마침내 달리기를 멈추고 숨을 헉헉대면서 풀을 지근지근 밟으며 걸었습니다.

어느새 안개는 훨씬 옅어져서 해님이 황금색으로 투명해졌습니다. 마침내 바람이 남은 안개까지 날려버렸기 때문에 이슬은 반짝반짝 빛났고, 여우꼬리 같은 갈색 풀 이삭이 주변 가득 파도처럼 일렁였습니다.

문득 고개를 들어보니 저 멀리 자작나무에 눈이 번쩍 뜨일 정도로 아름다운 무지개가 하늘 높이 빛나고 있었습니다. 자작나무 줄기는 불타는 듯 새빨갰습니다.

"저기, 무지개야! 빨리 가서 루비 접시를 가져오자. 빨리 와."

두 사람은 다시 달리기 시작했습니다. 하지만 그 자작나무에 가까워지면 가까워질수록 아름다운 무지개는 점점 저쪽으로 도망갔습니다. 그리고 두 사람이 자작나무 앞까지 왔을 때, 무지개는 이미 어디론가 가버렸는지 보이지 않았습니다.

"무지개가 여기서부터 시작됐었어. 루비 접시가 떨어져 있을지도 몰라."

두 사람은 연기 같은 갈색 풀 이삭을 발로 헤집어보았지만, 루비로 된 물감 접시는 어디에도 없었습니다.

"무지개가 저쪽으로 도망갈 때 루비 접시도 끌고 가버렸나 봐."

"네, 그런 것 같아요."

"무지개는 어디로 갔을까?"

"글쎄요."

"앗, 저기에 있다. 저기에 있어. 저렇게 멀리 갔구나."

대신의 아이는 그쪽을 보았습니다. 새까만 숲 너머에 무지개가 하늘 높이, 꿈의 다리처럼 크게 걸려 있었습니다.

"숲 저편이군. 가보자."

"또 도망갈 텐데요."

"가보자, 응? 가자."

두 사람은 다시 걷기 시작했습니다. 그리고 어느새 떡갈나무 숲까지 왔습니다.

숲 속은 컴컴해서 으스스한 기분이 들었습니다. 그래도 왕자는 성큼성큼 숲으로 들어갔습니다. 작은 덤불 옆을 지나갈 때 청미래덩굴이 초록색의 수많은 갈고리를 뻗어 왕자의 옷을 붙잡으며 못 가게 했습니다. 떼어내려고 했지만 좀처럼 떨어지지 않았습니다.

왕자는 귀찮아서 칼을 뽑아 갑자기 작은 덤불을 싹둑 베어버렸습니다.

그리고 두 사람은 몽글몽글한 이끼와 석송을 밟으면서 끝없이 끝없이 숲 안쪽으로 들어갔습니다.

숲은 나무들이 겹겹이 둘러싸고 있어서 어두컴컴했지만, 꼭 그 이유만이 아니라 하늘까지 어두워진 듯했습니다. 숲 속으로 파랗게 꽂혀 들어왔던 한 줄기 햇살 기둥이 갑자기 사라지고 주변이 희미하고 부예진 것을 봐도 알 수 있었습니다.

다시 안개가 나타난 것입니다. 숲 속은 곧 희미하게 부옇게 변해버렸습니다. 이미 어느 쪽에서 왔는지도 알 수 없게 되었습니다.

왕자는 한숨을 쉬었습니다.

대신의 아이도 열심히 주변을 둘러보았지만, 온통 안개로 가득해서 겨우 눈앞의 나무만이 부옇고 희미하게 보일 뿐이었습니다. 막막해진 두 사람은 팔짱을 끼고 서 있었습니다.

그러자 누군가가 작고 아름다운 목소리로 노래를 불렀습니다.

보스르, 보스르, 사락사락, 통
숲 속에 내리는 안개는
개미의 공깃돌, 고깔모자를 쓴 난쟁이의 작은 축구공

안개가 통통 튀어 올랐습니다.

보스르, 보스르, 사락사락, 통
숲 속에 내리는 안개는
상수리나무의 까만 열매, 딱딱한 떡갈나무 열매의 차가운 젖꼭지

안개가 보슬보슬 내렸습니다. 그리고 잠시 고요해졌습니다.
"누굴까? 누가 이런 노래를 부르는 걸까? 두세 명 같은데……."
두 사람은 주변을 두리번두리번 둘러보았지만, 아무도 없었습니다.
목소리는 점점 커졌습니다. 멋들어진 풀피리 소리처럼 들렸습니다.

보스르, 보스르, 사락, 사락, 사락
숲 속에 내리는 안개의
방울은 점점 커지고
이제는 물방울이 똑

안개가 사락 사락 사락 내려왔고, 이쪽저쪽 나무에서 똑똑똑하는 물방울 소리가 들려왔습니다.

보스르, 보스르, 사락, 사락, 사락
숲 속에 내리는 안개는
이제 가랑비로 바뀔 거야
나무는 모두 파란 외투
보스르, 보스르, 보스르

안개는 가랑비로 바뀌어 보슬보슬 내렸습니다. 대신의 아이는 어찌할 바를 몰라 눈을 동그랗게 뜨고 있었습니다.

"지금의 목소리는 누굴까? 비를 내리게 했어."

대신의 아이는 멍하니 대답했습니다.

"예, 왕자님. 그런데 왕자님 옷에 풀의 열매가 가득합니다."

그리고 왕자의 검은 벨벳 윗옷에서 초록색의 도둑놈의갈고리 열매를 하나하나 떼어냈습니다.

왕자가 갑자기 외쳤습니다.

"누구냐! 지금 노래한 자는 앞으로 나와라!"

그러자 놀랍게도 왕자와 대신의 아이가 쓰고 있던 커다란 파란 모자에 장식된 두 마리의 파란색 벌새가 푸르르푸르르 날아서 두 사람 앞으로 내려왔습니다. 그리고 한목소리로 대답했습니다.

"네. 무슨 일이신지요?"

"지금 너희가 노래한 것이냐? 왜 이렇게 비를 내리게 한 것이냐."

벌새는 멋진 풀피리 소리처럼 외쳤습니다.

"왕자님, 우리의 소중한 주인님. 우리는 하늘을 바라보며 노래를 불렀을 뿐입니다. 하늘을 바라보고 있으면 안개가 비로 변할지 아닐지를 잘 알 수 있습니다."

"그런데 너희는 어떻게 노래를 부르고 날아다닐 수 있는 것이냐?"

"네, 여기서부터는 저희가 노래를 부르고 날아다닐 수 있는 곳이기 때문입니다. 안내해 드리겠습니다."

비가 보슬보슬 내리고 있습니다. 벌새들은 그렇게 대답하면서 저쪽으로 날아갔습니다. 등과 가슴에 강철 철사가 들어있기 때문인지 날아가는 모습이 뭔가 조금 이상했습니다.

왕자와 대신의 아이는 벌새의 뒤를 따라갔습니다.

★ ★ ★

갑자기 주변이 밝아졌습니다.

지금까지 보슬보슬 내리던 비가 갑자기 빗방울이 굵어져 쏴아쏴아 내렸던 것입니다.

벌새는 물속의 파란 물고기처럼 매끈하게 젖어 반짝이며, 두 사람 머리 위를 분주하게 날아다니며 노래를 했습니다.

쏴아, 쏴, 쏴, 쏴아악, 쏴아악, 쏴쏴,
내리려면 내려 보렴, 여우비야
토파즈, 사파이어, 다이아몬드

그러자 갑자기 주변이 왠지 이상해졌습니다. 비가 싸라기눈으로 바뀌어 팔랑팔랑 팔랑팔랑 내렸던 것입니다.

그리고 두 사람은 주변이 숲으로 둘러싸인 아름다운 풀 언덕의 정상에 서 있었습니다.

그런데 두 사람은 너무도 놀라고 말았습니다. 싸라기눈이라고 생각했던 것은 모두 다이아몬드와 토파즈와 사파이어였던 것입니다. 오오, 그 비는 얼마나 현란하고 눈부셨던가요.

비 너머로 해님은 옅은 초록색이 감돌면서 새하얗게 빛나고 있었고, 이쪽으로 내리는 보석비는 온갖 작은 무지개를 피어오르게 하고 있었습니다. 금강석이 서로 세차게 부딪치면서 푸른 인광을 일으키고 있었습니다.

그 보석비는 풀 위에 떨어져 찰랑찰랑하고 울렸습니다. 소리는 당연히 울릴 수밖에 없었습니다. 용담꽃은 잘게 바스러진 천하석으로 만들어져 있었고, 그 잎은 매끄러운 공작석으로 되어 있었습니다. 노란색 풀 이삭은 반짝이는 묘안석, 주변 가득 피어있는 물매화꽃의 꽃잎은 희미한 무지개를 품은 젖색 오팔, 자주쓴풀의 잎은 벽옥이었고, 그 꽃봉오리는 자수정의 아름다운 꽃을 품고 있었습니다. 그리고 그 가운데 가장 멋진 것은 작은 찔레나무였습니다. 찔레나무 가지는 호박과 보랏빛이 도는 선석으로 세공되어 있었으며, 그 열매는 새빨간 루비였습니다.

그 언덕을 덮고 있는 검은 흙은 원래 녹청이나 유리였을 것입니다. 두 사람은 완전히 넋을 잃고 빛의 비를 맞으며 멍하니 서 있었습니다.

벌새가 이따금 보석비를 맞아 휘청이면서도, 역시 바쁘게 바쁘게 날아다녔습니다.

쏴아쏴쏴, 쏴쏴아쏴, 쏴쏴아쏴쏴아,
내리려면 내려 보렴, 여우비야
빛의 구름은 사라지지 않으니

벌새가 노래했기 때문에 빗소리는 한층 커졌으며, 주변은 다시 한 차례 환하게 빛났습니다.

그리고 벌새는 점점 느릿하게 날면서 노래했습니다.

쏴아쏴쏴, 쏴쏴아쏴, 쏴쏴아쏴쏴쏴아,
그치려면 그쳐라, 여우비야
하늘은 아름답게 손질된 터키석

벌새가 노래하자 비가 딱 멈추었습니다. 마지막 두 개의 다이아몬드가 그 아름답게 손질된 터키석 하늘에서 반짝반짝 빛나며 떨어졌습니다.

"이 용담꽃은 아버지가 가진 최고급 컵보다 아름답지? 토파즈가 가득 채워져 있어."

"네, 멋집니다."

"응. 이 토파즈를 손수건에 가득 담아갈까? 하지만 토파즈보다는 다이아몬드가 좋은데."

왕자는 손수건을 꺼내 펼쳤지만, 너무 많이 반짝이고 있었기 때문에 왠지 줍는 것이 시시하게 느껴졌습니다.

그때 바람이 불어와 용담꽃은 몸을 휘익 굽혔고, 그 천하석 꽃봉오리를 아래로 향하게 했기 때문에 토파즈는 차라랑하고 넘쳐 아래에 있는 은방울꽃 잎사귀에 떨어졌습니다. 그러고는 반짝반짝 굴러 풀의 아래쪽으로 굴러 들어갔습니다. 용담꽃은 다시 기기잉 소리를 내며 일어나서, 후우 한숨을 쉬더니 노래했습니다.

토파즈 이슬은 차랑 차라랑,
흘러넘쳐 반짝이며 그렁그렁
빛의 언덕에 살면서
무엇이 이리도 슬플까

새파란 하늘에서는 벌새가 '차랑, 차랑, 차라랑, 차랑, 차랑, 차라랑' 하고 울면서 두 사람과 용담꽃 위를 빙빙 날아다녔습니다.

"용담꽃은 정말 뭐가 슬픈 것일까?"

왕자는 토파즈를 담으려고 펼쳤던 손수건으로 얼굴의 땀을 닦으면서 물었습니다.

"글쎄요, 저는 모르겠습니다."

"정말 알 수가 없군. 이렇게 아름다운데. 앗, 봐봐. 이쪽 물매화는 마치 무지개 같아. 무지개가 몽글몽글 솟아오르고 있는 것 같아. 아, 그렇구나! 다이아몬드 이슬이 한 방울 들어있어."

물매화는 정말로 푸르르 푸르르 떨고 있었기 때문에, 그 꽃 속에 있는 한 알의 다이아몬드는 탄성이 절로 나올 만큼 주황색과 초록색으로 아름답게 빛났고 물매화의 꽃잎에 반짝반짝 비치고 있어서 뭐라 표현할 수 없을 만큼 멋졌습니다.

그때 마침 바람이 불어와서 물매화는 몸을 조금 굽혀 다이아몬드 이슬을 차랑차랑 떨어뜨렸습니다. 이슬은 반짝반짝하고 마지막 파란빛을 발했고, 벽옥 잎 아래로 잠겨 들어갔습니다.

물매화는 푸르르 일어나서 다시 한번 환하게 빛났습니다. 다이아몬드의 강한 빛가루가 아직 꽃잎에 남아있었던 것일까요. 그리고 하늘에 있던 벌새의 날갯짓도 외침도 갑자기 커졌습니다. 물매화는 마치 꽃잎도 꽃받침도 날려버릴 듯 높고 날카롭게 외쳤습니다.

오고 가는 반짝임과
빛의 은혜
무지개는 흔들리고
햇빛을 엮어도
슬프다

파란 하늘은 흔들리고
빛은 부서지고

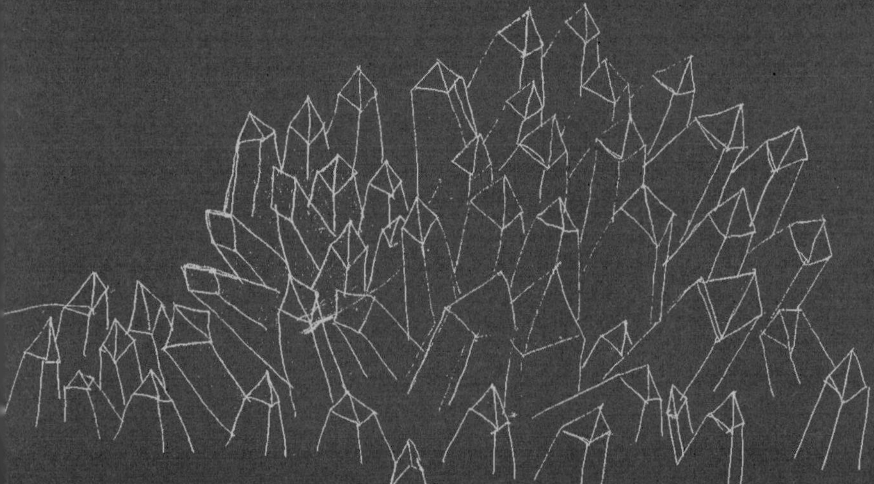

바람의 삐걱거림
햇빛을 엮어도
슬프다

찔레꽃 나무가 빨간 열매에서 수정 물방울을 뚝뚝 떨어뜨리면서 조용히 노래했습니다.

무지개는 물결치고
반짝임을 엮는다
빛의 언덕의
이 외로움

얼음 아래의
눈먼 물고기
빛의 언덕의
이 외로움

황혼의 구름
방랑하는 새
빛의 언덕의
이 외로움

이때 빛의 언덕 전체에서 '사라사라 사락사락' 하는 기척이 났으며, 풀도 꽃도 모두 몸을 흔들고 굽히면서 보석 이슬을 반짝반짝 뿌렸습니다. 그리고 '기기익 기잉' 하며 몸을 일으킨 후 한목소리로 하늘 높게 외쳤습니다.

십력*의 금강석은 오늘도 오지 않고
은혜의 보석은 오늘도 내리지 않네
십력의 보석이 내리지 않으면,
빛의 언덕도 캄캄한 밤

두 사람은 팔짱을 낀 채 막대기처럼 서 있었습니다. 그러다 왕자가 마침내 정신이 든 듯 몸을 조금 굽히고 "너희는 무엇이 그리 슬픈 거니?" 하고 찔레나무에 물었습니다.

찔레나무는 왕자의 얼굴에 빨간빛을 점점이 반사하며 대답했습니다.

"지금 말한 대로입니다. 십력의 금강석이 아직 오지 않았어요."

왕자는 맞은편에 있는 은방울꽃 뿌리에서 따끔따끔 비쳐오는 황금색 빛이 눈 부신 듯 손으로 가리며 물었습니다.

"십력의 금강석은 어떤 것이지?"

찔레나무가 기뻐서 몸을 흔들었습니다.

"십력의 금강석은 보통의 금강석처럼 요란하게 번쩍번쩍 빛나지는 않습니다."

벽옥의 은방울꽃이 백 개의 달이 모인 밤처럼 빛나며 맞은편에서 말했습니다.

"십력의 금강석은 빛날 때도 있습니다. 희미하게 흐려질 때도 있습니다. 그리고 은은하게 빛나는 날도 있습니다. 어떤 때는 동굴처럼 컴컴합니다."

차분한 천하석 용담꽃도 빛을 내며, 더 이상 춤을 추지 않고는 견딜 수 없다는 듯 사락 자락 사락 자락 몸을 움직여 박자를 맞추면서 말했습니다.

"그 십력의 금강석은 봄바람보다 부드럽고, 어떤 때는 둥글고 어떤 때는 달걀 모양입니다. 안개보다 작은 알갱이가 되기도 하고, 하늘과 땅을 뒤덮기도 합니다."

한낮의 웃음 같은 무지개를 피우며 물매화가 말했습니다.

"그것은 순식간에 수천의 알갱이로 나뉘고, 다시 모여 하나가 되기도 합니다."

벌새의 날갯짓이 너무 빨라서 '윙윙윙윙' 하는 소리만 들릴 뿐 희미한 푸른빛의 원으로밖에 보이지 않았습니다.

찔레나무가 너무 흥분해서 딱딱 소리를 내며 외쳤습니다.

"십력의 큰 보석은 어느 때는 검고 축축한 두엄 속에 파묻힙니다. 그리고 나무와 풀의 몸속에서 달빛으로 흔들리며, 희미하고 푸르스름하게 맥박칩니다. 그리고 사과 같은 아이들의 뺨을 빛나게 합니다."

그리고 모두 함께 외쳤습니다.

십력의 금강석은 오늘도 오지 않아
십력의 금강석은 아직도 내리지 않아
오오, 온 세계를 가득 채우고 있는 십력의 은혜
우리에게도 내려주소서

---

* 부처만이 지니고 있는 열 가지 지혜의 힘으로 처비처지력處非處智力·업이숙지력業異熟智力·정려해탈등지등지지력靜慮解脫等持等至智力·근상하지력根上下智力·종종승해지력種種勝解智力·종종계지력種種界智力·편취행지력遍趣行智力·숙주수념지력宿住隨念智力·사생지력死生智力·누진지력漏盡智力을 말한다.

갑자기 벌새가 강철 등뼈가 튕겨 나가기라도 한 듯 끼이익하고 날카롭게 비명을 질렀습니다. 깜짝 놀라 그쪽을 돌아보니 하늘이 되살아난 듯 새롭게 빛났으며, 벌새는 두 사람의 모자를 향해 똑바로 내려왔습니다. 벌새의 뒤를 따라 두 개의 보석이 반짝 빛나며 두 사람의 파란 모자에 떨어졌다가 다시 꽃 사이로 떨어졌습니다.

"왔다, 왔어. 아아, 마침내 왔어. 십력의 금강석이 마침내 내려왔어."

꽃은 뛰어오를 듯 반짝이며 외쳤습니다.

나무도 풀도 꽃도 파란 하늘도 일제히 하늘 높이 외쳤습니다.

멸망의 불길 솟아올라
땅과 사람을 휘감아도
이는 평온한 세상으로 만들어
빛의 사람들 충만함으로 가득하네
빛으로 충만한 세상은
……………………

갑자기 모든 소리가 다른 세상으로 가버린 듯 조용해졌습니다. 그리고 어느새 십력의 금강석이 언덕 가득히 내려왔습니다. 모든 꽃도 잎도 줄기도 지금은 잠에서 깬 듯 멋지게 변해있었습니다. 푸른 하늘에서 희미하게 희미하게 음악이 울렸고, 빛이 일렁였으며, 향기롭고 맑은 향기와 투명한 바람의 찬사가 언덕 가득히 쏟아졌습니다.

왜냐하면 은방울꽃의 잎은 이제 원래의 부드럽고 희미하게 빛나는 초록색의 풀이 되었기 때문입니다.

물매화는 원래의 순수한 꽃잎을 갖고 있었습니다. 그리고 십력의 금강석은 찔레나무의 빨간 열매 속 모든 세포 하나하나에 가득 찼습니다.

그 십력의 금강석은 바로 이슬이었습니다.

아아, 그리고…… 그리고…… 십력의 금강석은 이슬뿐만이 아니었습니다. 새파란 하늘, 빛나는 태양, 언덕을 달려가는 바람, 꽃의 향기로운 꽃잎, 꽃술, 풀의 부드러운 줄기, 이 모든 것을 받치고 있는 언덕과 들판, 두 아이의 벨벳 윗옷과 눈물로 빛나는 눈동자, 그 모든 것이 십력의 금강석이었습니다. 그 '십력'의 큰 보석이었습니다. 그 '십력'의 성스러운 사리였습니다. 그 '십력'은 누구일까요. 나는 겨우 그 이름만 들었을 뿐입니다. 두 사람 또한 겨우 그 이름을 들었을 뿐입니다. 하지만 이 푸른 매처럼 젊은 두 사람이 공손하게 풀 위에 무릎을 꿇고 손으로 무릎을 감싸고 있었던 것은 왜일까요.

그때 이 빛 아래의 조용한 숲 너머에서 두 사람을 찾아온 가신들의 목소리가 들려왔습니다.

"왕자님, 왕자님. 이곳에 계십니까? 이곳에 계십니까, 왕자님."

두 사람은 일어섰습니다.

"응, 여기야" 하고 왕자는 외치려고 했지만, 목이 잠겨 쉬어있었습니다. 두 사람은 빛나는 검은 눈동자를 푸른 하늘에서 숲 쪽으로 돌리고 조용히 언덕을 내려왔습니다.

숲 속에서 가신들이 나와 기쁜 웃음을 지으며 달려왔습니다.

왕자도 대답하며 달려가려고 했지만, 한 그루의 청미래덩굴이 갑자기 파란 갈고리를 살짝 내밀어 왕자의 다리를 붙잡았습니다. 왕자는 조용히 몸을 굽히고 갈고리를 떼어냈습니다.

★

목련

マグノリアの木

안개가 축축하게 내리고 있었습니다.

료안은 그 안개 아래로 험준하게 패인 산골짜기를 홀로 건너갔습니다.

신발 바닥이 절반 가까이 헤져 구멍이 나면서도 그 가장 높은 곳에서 가장 어둡고 깊은 곳까지, 다시 골짜기 밑에서 안개에 휩싸인 다음 봉우리로 안간힘을 다해 건너갔습니다.

만약 아주 잠깐이라도 안갯속을 헤엄쳐갈 수 있다면 하나의 봉우리에서 다음 바위까지 아주 손쉽게 갈 수 있겠지만, 나는 역시 이 심술궂은 커다란 조각의 표면을 따라 험준한 곳에서는 몸이 불타오르는 듯하고, 조금 평평한 곳에서는 안도의 한숨을 쉬면서 땅 위를 걸어가야 한다고 료안은 생각했습니다.

봉우리에는 새까맣고 탐욕스러운 바위가 차가운 안개를 뱉어내고 시치미를 떼고 있어서 애써 힘들게 올라가도 기댈 곳 없이 쓸쓸했습니다. 그리고 골짜기 깊은 곳에는 가늘고 거무스름한 관목이 빽빽하게 자라나 있어서 빛조차 통과하기 힘들어보였습니다.

그래도 료안은 계속해서 그 험준하게 패인 길을 홀로 건너갔습니다.

몇 번이고 몇 번이고 안개가 화악 밝아졌다가 다시 어두컴컴해졌습니다.

하지만 빛은 엷고 하얗고 따갑게 빛났으며, 언제까지고 밤이 올 것 같지 않았습니다.

반질반질 빛나는 소엽맥문동이 가득 자란 조금 완만한 곳에 왔을 때, 료안은 몸을 내던지듯 녹식녹신 잠이 들었습니다.

'이것이 너의 세계야, 너에게 딱 어울리는 세계야. 그보다 더 진실은 이것이 네 안의 풍경이야.'

누군가가 또는 료안 자신이, 귀 가까이에 몇 번이고 이렇게 외치고 있었습니다.

'그렇습니다. 그렇습니다. 그렇고말고요. 정말로 제 풍경입니다. 저 자신입니다. 그래서 어쩔 수가 없는 것입니다.'

료안은 꾸벅꾸벅 졸면서 이렇게 대답했습니다.

'이것은 이것은
번뇌의 숲이 아니라
인고를 배우는 봄의 도장'

어디선가 이런 목소리가 확실하게 들려왔습니다. 료안은 눈을 떴습니다. 안개가 몸에 차갑게 스며들고 있었습니다.

하얗고 따가운 안개는 소엽맥문동으로 파랗게 덮인 경사로 희미하고 뿌옇게 지나갔습니다. 료안은 재빨리 달려 내려갔습니다.

그리고 곧 한 그루의 떨기나무에 발이 걸려 내동댕이쳐지듯 넘어졌습니다.

료안은 쓴웃음을 지으며 일어났습니다.

갑자기 떨기나무로 덮인 험준한 절벽이 눈앞에 나타났습니다.

료안은 조장나무 가지에 매달려 올라갔습니다. 조장나무는 희미한 냄새를 안개에 보냈고 안개는 갑자기 젖빛의 부드럽고 고운 것을 료안에게 보내왔습니다.

료안은 절벽을 기어오르며 웃었습니다.

그때 안개가 무척이나 침울해졌습니다. 그래서 료안은 안개에 그 희미한 미소를 던졌습니다. 그러자 안개가 화악 밝아졌습니다.

그리고 료안은 마침내 마른풀이 덮인 평평한 정상에 섰습니다.

그곳은 옅은 황금색을 띠고 있었고 편안하고 따뜻한 기분이 들었습니다.

료안은 자신의 몸에서 희미한 땀 냄새가 가는 실처럼 되어 안갯속을 오르는 것을 생각했습니다. 그 땀이라는 생각에서 한 마리의 멋진 검은 말이 펄쩍 뛰어오르더니 안갯속으로 사라져갔습니다.

갑자기 안개가 흔들렸습니다. 그리고 료안은 하늘 가득 쨍쨍 빛나며 떠다니는 호박 입자 같은 것을 보았습니다. 그것은 순식간에 호박에서 황금으로 변했으며, 다시 싱그러운 초록색을 띠며 빗줄기보다 빽빽하게 내렸습니다.

어느새 료안의 그림자가 마른풀 위로 흐릿하게 떨어지고 있었습니다. 한줄기의 좋은 향기가 반짝 빛나며 안개와 그 속을 떠다니는 호박 속을 통과해 갔습니다.

그리고 그 순간 주위가 환하게 황금으로 변했습니다.

안개가 걷혔던 것입니다. 태양은 이제 막 닦아낸 남동석 하늘에 액체처럼 흔들리며 걸려 있었고, 채 걷히지 않고 남은 안개는 납처럼 눈부시게 골짜기 곳곳에 머물러 있습니다.

'아아, 이렇게 험난하고 지독한 곳을 나는 건너온 것이구나. 하지

만 이 얼마나 멋진가. 그런데 대체 저것은.'

료안은 눈을 의심했습니다. 그 깊게 팬 산골짜기 가득 새하얀 목련꽃이 피어있는 것이었습니다. 햇살이 닿는 곳은 은으로 보였고 응달에서는 잔설처럼 보였습니다.

'이다지도 험난한 봉우리 봉우리에 이제 막 피기 시작한 목련일지도.'

이렇게 말하는 목소리가 어디선가 확실하게 들려왔습니다. 료안은 마음도 밝게 주위를 둘러보았습니다.

바로 저편에 한 그루의 커다란 목련이 있었습니다. 그 아래에 두 아이가 나무줄기를 사이에 두고 서 있었습니다.

'아아, 아까부터 노래를 부르던 것이 저 아이들이구나. 하지만 아무래도 평범한 아이들 같지는 않아.'

료안은 아이들을 유심히 살펴보았습니다.

그 아이들은 얇은 명주옷에 구슬을 꿴 영락을 두르고 햇살 속에 빛나고 있어서, 마치 모든 음식을 단식한 새벽녘의 꿈같았습니다. 그런데 아까의 노래는 그 아이들이 부른 것이 아닌 듯했습니다. 왜냐하면 한 아이가 아까보다 훨씬 가는 목소리로 목련나무의 끝을 올려다보며 노래를 불렀기 때문입니다.

'산타, 매그놀리아Magnolia
나뭇가지 가득 빛나는 것은 무엇일까'

맞은편 아이가 대답했습니다.

'하늘로 날아오르는 은 비둘기'

이쪽 아이가 다시 노래했습니다.

'세인트 매그놀리아
나뭇가지에 가득 빛나는 것은 무엇일까'

'하늘에서 내려온 하늘의 비둘기'

료안은 조용히 아이들에게 다가갔습니다.

"목련나무는 적정寂靜*입니다. 이곳은 어디입니까?"

"저희는 알지 못합니다."

한 아이가 현명해 보이는 눈빛으로 공손하게 대답했습니다.

"그렇습니다. 목련나무는 적정입니다."

힘차고 또렷한 목소리가 료안의 뒤에서 들렸습니다. 료안은 서둘러 그쪽을 돌아보았습니다. 아이들과 같은 차림을 한, 딱 료안만 한 사람이 똑바로 서서 웃고 있었습니다.

"당신입니까, 아까부터 안갯속에서 노래를 부르던 분이."

"네, 나입니다, 또한 당신입니다. 왜냐하면 나라는 것도 또한 당신이 느끼고 있기 때문입니다."

"그렇습니다, 감사합니다, 나입니다, 또한 당신입니다. 왜냐하면 나라는 것도 또한 당신 안에 있으니까요."

그 사람은 웃었습니다. 료안과 그 사람은 처음으로 가볍게 목례를 했습니다.

"이곳은 정말로 평평하군요."

료안은 뒤쪽의 아름다운 황금풀이 덮인 고원을 바라보며 말했습니다. 그 사람은 웃었습니다.

"네, 평평합니다. 하지만 이 평평함은 험준함에 대한 평평함입니다. 진정한 평평함은 아닙니다."

"그렇습니다. 내가 험준한 산골짜기를 건너왔기 때문에 평평한 것입니다."

---

* 열반과 해탈의 경지를 뜻한다.

"보십시오. 저 험준한 산골짜기에 지금 목련꽃이 가득 피어 있습니다."

"네, 고맙습니다, 그래서 목련나무는 적정입니다. 그 꽃잎은 하늘의 산양 젖보다 촉촉합니다. 그 향기는 부처의 가타伽陀*를 사람들에게 보냅니다."

"그것은 모두 선입니다."

"누구의 선입니까?"

료안은 다시 한번 그 아름다운 황금고원과 험준한 산골짜기 속의 목련나무를 보면서 물었습니다.

"부처의 선입니다."

그 사람의 그림자는 보랏빛으로 투명하게 풀 위에 드리워져 있었습니다.

"그렇습니다. 또한, 우리들의 선입니다. 부처의 선은 절대입니다. 그것은 목련나무에도 나타나며, 험준한 봉우리의 차가운 바위에도 나타납니다. 골짜기의 어두운 밀림과 강이 계속 흘러 범람하는 곳의 혁명이나 기근, 역병도 모두 부처의 선입니다. 하지만 이곳에서는 목련나무가 부처의 선이며 또한 우리들의 선입니다."

료안과 그 사람은 다시 공손하게 목례를 했습니다.

---

* 부처를 찬탄하는 노래이다.

인드라의 그물
インドラの網

그때 나는 무척이나 지쳐있었고, 확실히 바람과 풀 이삭 아래에 쓰러져있었던 것으로 생각합니다.

그 가을바람 속에서 기절해있는 동안, 나는 나의 은백색 그림자와 지나칠 정도로 정중한 이별 인사를 하고 있었습니다.

그리고 홀로 어두운 월귤나무 카펫을 밟으며 테라고원을 걸어갔습니다.

월귤나무에는 빨간 열매도 달려있었습니다.

하얀 하늘이 고원 위로 가득 펼쳐져 있었고, 고령토로 만든 도자기보다 차갑고 희었습니다.

희박한 공기가 징징 울리고 있었는데, 그것은 아마도 백도자기 구름 저편으로 쓸쓸하게 넘어간 해가 이미 고원의 서쪽을 가르는 검고 뾰족한 산등성이 너머로 떨어져 어스름이 왔기 때문에 그렇게 삐걱거리고 있었던 것으로 생각합니다.

나는 물고기처럼 헐떡거리며 계속해서 주위를 둘러보았습니다.

새 한 마리도 없었으며, 어디에도 부드러운 짐승의 희미한 기척조차 없었습니다.

'나는 도대체 무엇을 찾아 이런 대기권 위에서, 머리가 아프도록 징징 울리는 공기 속을 걷고 있는 것일까.'

나는 혼자 자신에게 물었습니다.

월귤나무가 어느새 사라지고 땅은 마른 잿빛 이끼로 덮여있었습니다. 중간 중간에는 빨간 이끼꽃도 피어있었습니다. 하지만 그것은 차가운 고원의 비통함을 더할 뿐이었습니다.

그리고 어느새 어스름은 황혼으로 바뀌었고, 이끼의 꽃도 검붉게 보였으며 서쪽 산등성이 너머 하늘만 희미하게 황금색으로 흐려져 있었습니다.

그때 나는 저 멀리 새하얀 호수를 보았습니다.

'물이 아닐 거야. 또 소다나 무언가의 결정이겠지. 지금 괜히 기뻐하며 속았다가는 힘만 빼게 돼. 속지 않아.'

나는 자신에게 말했습니다.

그래도 역시 내 발걸음은 빨라졌습니다.

호수가 점점 가까이 빛나고 있었습니다. 잠시 후 나는 새하얀 석영 모래와 그 너머로 소리 없이 담겨 있는 진짜 물을 보았습니다.

모래가 삐걱삐걱 소리를 냈습니다. 나는 모래를 한 줌 집어 하늘의 희미한 빛에 비추어보았습니다. 복 육방추複六方錐 모양의 차가운 입자였습니다.

'석영 안산암이나 유문암에서 나온 것이군.'

나는 중얼거리듯, 또는 생각하는듯 물가에 섰습니다.

'이 물은 과냉각 상태의 물이야. 얼음과 같은 거야.'

나는 다시 한번 마음속으로 중얼거렸습니다.

내 손은 물속에서 푸르스름한 인광을 뿜어내고 있었습니다.

주위에서 갑자기 기잉 울리는 소리가 들렸고 '바람이야, 풀 이삭이야. 휙휙휙휙'이라는 말이 내 머릿속에서 울렸습니다. 컴컴했습니다. 컴컴하고 조금 희미하게 붉었습니다.

나는 다시 눈을 떴습니다.

어느새 완전히 밤이 되었고 하늘은 완벽하게 투명했습니다. 훌륭하게 달궈 연마한 강철 같은 하늘 들판에 은하수가 소리도 없이 흘렀고, 강옥석의 작은 자갈도 물가의 모래도 한 알 한 알 셀 수 있었습니다.

또한, 그 도라지 빛깔의 차가운 하늘에는 금강석 파편과 뾰족한 사파이어 입자와 안개나무의 씨앗 크기만 한 황수정 조각이 핀셋으로 집어 정교하게 꽂아놓은 듯 박혀있었습니다. 그리고 그것들은 자유롭게 숨 쉬며 자유롭게 흔들리고 있었습니다.

나는 다시 발밑의 모래를 보았습니다. 그 모래알 속에도 노란색과 파란색의 작은 불빛이 반짝반짝 반짝이고 있었습니다. 아마도 테라고원의 얼음 같은 호수도 은하수의 일부일 것이라는 생각이 들었습니다.

하지만 그때는 이미 고원의 밤이 밝아오기 시작하는 듯했습니다.

그것은 공기 중에 무언가 속이 투명한 유리 입자 같은 것이 떠다니는 것을 보아도 알 수 있었지만, 무엇보다도 아홉 개의 작고 푸른 별에 둘러싸여 있던 동쪽 하늘의 샘물 같은 곳의 빛이 크게 약해졌고, 그 하늘은 이미 짙은 강철색에서 청록의 천하석을 깔아놓은 듯 바뀌어 있었으므로 확실했습니다.

차가운 도라지색이 그윽하게 빛나는 그 공간 속을 한 천인이 날아가는 것을 나는 보았습니다.

'결국 나도 모르는 사이에 섞여 들어왔어. 인간 세계의 테라고원에서 하늘의 공간으로 잘못 들어와 버린 거야.'

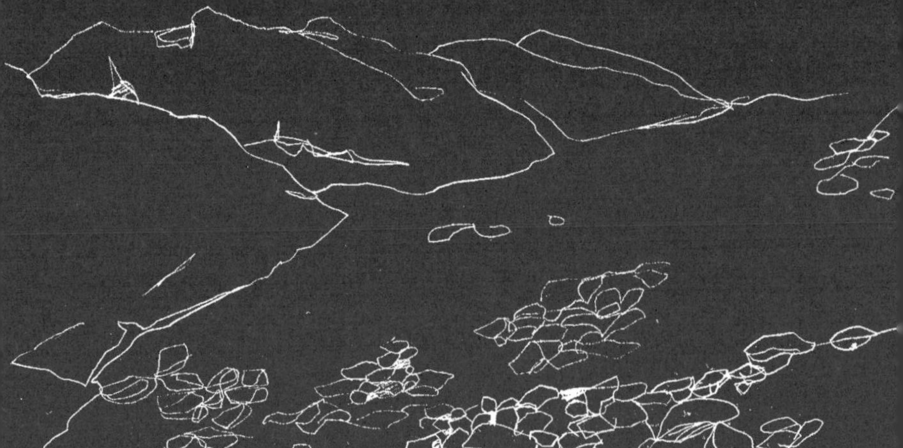

나는 설레는 마음으로 그렇게 생각했습니다.

천인은 똑바로 서서 날아가고 있었습니다.

'순식간에 1백 유순由旬*을 날아가고 있어. 그런데도 봐봐, 조금도 움직이지 않아. 조금도 움직이지 않고 이동하지 않고 변하지도 않으면서 확실히 순식간에 1백 유순씩 날아가고 있어. 정말 멋지군.'

나는 그렇게 중얼거리듯 생각했습니다.

천인의 옷은 연기처럼 옅었고 영락은 새벽하늘의 희미한 빛을 받고 있었습니다.

'하하하, 이곳은 거의 진공상태와 마찬가지로 공기가 없는 거야. 그래서 저 섬세한 옷 주름 하나 흐트러뜨릴 바람도 없어.'

나는 다시 생각했습니다.

천인은 감색 눈동자를 크게 뜬 채 눈 한 번 깜박이지 않았습니다. 그 입술에 희미한 미소를 띤 채 곧게 곧게 날아가고 있었습니다. 하지만 조금도 움직이지 않고 이동하지 않고 변하지 않았습니다.

'이곳에서는 모든 욕망이 사라지고 있어. 갖가지 욕망이 모두 가라앉고 있어. 중력은 서로 부딪혀 사라지고 차가운 마르멜루 향기가 떠돌 뿐이야. 그래서 저 천의의 끈도 일렁이지 않고 수직으로 늘어뜨려져 있는 것이야.'

하지만 그때 하늘은 천하석에서 신비한 포도색 마노로 바뀌었고 그 천인이 날아가는 모습도 더는 볼 수 없었습니다.

'역시 테라고원이었어. 아주 잠시 섞여 들어갔다는 것은 결국 사실이 아닌 거야.'

---

* 고대 인도에서 거리를 재는 단위였다.

나는 그렇게 자신이 자신을 가르치고 있었습니다. 하지만 너무도 이상하게 그 하늘의 차가운 마르멜루와 비슷한 향기가 여전히 그 주변에 떠돌고 있었습니다. 또한, 나는 그 신비로운 하늘 세계의 공간을 꿈처럼 느끼고 있었던 것입니다.

'역시 이상해. 하늘 공간은 내 감각의 바로 옆에 있는 듯해. 길을 걷다가 황금색 운모 조각을 계속 발견하면 점점 화강암에 가까워진다고 생각하게 되지. 우연이라도 그것이 너무 잦으면 결국 사실이 된다. 나는 분명히 다시 한번 이 고원에서 하늘의 세계를 느낄 수 있을 것이야.'

나는 혼자서 그렇게 생각하며 그대로 서 있었습니다.

그리고 눈길을 하늘에서 고원으로 옮겼습니다. 모래는 이미 새하얗게 보였습니다. 호수는 청록색보다 훨씬 깊은 색을 띠었으며, 그 푸름은 내 심장까지 차갑게 만들었습니다.

문득 나는 내 앞에 세 명의 하늘 아이가 있는 것을 보았습니다. 그들은 모두 서리로 짠 듯한 얇은 옷을 입고 투명한 신발을 신은 채 내 앞에 있는 물가에 서서 열심히 동쪽 하늘을 바라보고 있었습니다. 태양이 떠오르기를 기다리고 있는 듯했습니다. 그 동쪽 하늘은 이미 하얗게 타오르고 있었습니다. 나는 아이들이 입고 있는 옷의 주름 모양을 보고 간다라 계통이라는 것을 알았습니다. 또한, 그들은 확실히 코탄의 대사찰 유적지에서 발굴된 벽화 속 세 아이라는 것도 알았습니다. 나는 조용히 아이들에게 다가가 놀라지 않도록 아주 작은 목소리로 인사를 했습니다.

"반갑습니다. 코탄 절 벽화의 아이들이여."

세 아이는 동시에 이쪽을 돌아보았습니다. 그 영락의 반짝임과 위엄 있는 검은 눈동자.

나는 다가가며 다시 말했습니다.

"반갑습니다. 코탄 절 벽화의 아이들이여."

"그대는 누구십니까?"

오른쪽 끝의 아이가 눈도 깜박이지 않고 똑바로 나를 보며 물었습니다.

"나는 코탄 절을 모래 속에서 발굴해낸 아오키 아키라입니다."

"무엇을 하러 오셨습니까?"

표정 하나 흐트러지지 않고 가만히 내 눈동자를 보면서 그 아이가 다시 물었습니다.

"당신들과 함께 해돋이를 배례하고 싶습니다."

"그렇습니까? 이제 곧 떠오를 것입니다."

세 명은 다시 하늘을 향했습니다. 영락은 노란색과 주황색, 초록색의 바늘같이 짧은 빛을 발산했으며, 얇은 옷은 무지개처럼 나부꼈습니다.

그리고 이미 타오르기 시작한 백금의 하늘에서, 호수 너머 휘파람새 빛깔의 들판 끝에서, 녹아내리듯 현란하고 깊은 황금색의 반사로 안에서 붉은색의 빛나는 조각 하나가 나타났습니다.

그것은 태양이었습니다. 그 신비롭고 둥글게 녹아내리는 듯한 몸을 엄숙하게 흔들며, 잠시 후 깨끗하게 하늘로 떠오른 하늘 세상의 태양이었습니다. 빛은 바늘처럼 또는 묶음이 되어 쏟아졌고 주변 일대가 따각따각 울렸습니다.

하늘의 아이들은 정신없이 뛰어올랐으며, 새파란 적정의 호숫가 하얀 모래 위를 뛰어다녔습니다. 그리고 갑자기 내게 부딪혔다가는 깜짝 놀라 물러서기도 했습니다. 한 아이가 하늘을 가리키며 외쳤습니다.

"저기를 보세요. 인드라의 그물입니다."

나는 하늘을 보았습니다. 이제는 아주 파란 하늘로 변한 그 정점에서 사방의 푸르스름한 하늘 끝까지 인드라의 빛의 그물이 펼쳐져 있었습니다. 그물의 섬유는 거미줄보다 가늘었고 그 조직은 균사보다 치밀했으며, 투명하고 청징淸澄한 황금빛과 푸른빛이 무수히 교차하면서 반짝이며 흔들흔들 타오르고 있었습니다.

"저기를 보세요, 바람의 북을."

한 아이가 내게 부딪혔다가 놀라서 도망가며 그렇게 말했습니다. 정말로 하늘 곳곳에는 마이너스 태양처럼 어둡고, 쪽빛과 황금빛과 초록색과 회색으로 빛나는 북이 있었습니다. 하늘에서 떨어진 듯, 아무도 두드리지 않는 데도 있는 힘껏 울리고 있는 수많은 하늘의 북은 울리고 있으면서도 조금도 울리지 않았습니다. 나는 너무 오랫동안 올려다보고 있어서 눈이 어지러워 비틀거렸습니다.

"보세요, 푸른 공작새를."

오른쪽 끝의 아이가 나와 스쳐 지나가면서 나지막이 말했습니다. 정말로 하늘의 인드라 그물 너머에, 하늘의 북 저쪽으로 신비하고 커다란 푸른 공작새가 하늘을 덮을 듯 보석 꼬리를 펼친 채 희미하게 구구 울고 있었습니다. 그 공작새는 확실히 하늘에 있었습니다. 하지만 조금도 보이지 않았습니다. 확실히 울고 있었습니다. 하지만 조금도 들리지 않았습니다.

그리고 나는 정말로 더 이상 그 세 명의 하늘 아이들을 보지 않았습니다.

오히려 나는 풀 이삭과 바람 속에 하얗게 쓰러져있는 내 몸을 멍하니 떠올렸습니다.

기러기 동자

雁の童子

모래가 흐르는 곳 남쪽의, 버드나무로 둘러싸인 작은 샘터에서 나는 볶은 보릿가루를 물에 타서 점심을 먹고 있었습니다.

그때 나이 든 순례자 한 명이 역시 식사를 위해 그 샘으로 왔습니다. 우리는 말없이 가볍게 목례를 했습니다.

하지만 반나절 동안 전혀 사람을 만나지 못한 여행이었기 때문에 나는 식사가 끝났지만, 곧바로 샘터와 그 연로한 순례자를 떠나고 싶지 않았습니다.

나는 잠시 그 노인의 불거진 목젖이 꿀꺽꿀꺽 움직이는 것을 멍하니 보고 있었습니다. 무언가 말을 걸고 싶었지만, 노인이 너무 조용했기 때문에 말을 걸기가 조금 거북했습니다.

그러다 문득 나는 샘터 뒤편에 작은 사당이 있는 것을 발견했습니다. 사당은 무척 작아서 지리학자나 탐험가라면 살짝 표본으로 가지고 갈 수 있을 만한 것이었지만, 아직 완전히 새것인데다가 노란색과 빨간색 페인트까지 칠해져 있어서 너무 이상하게 여겨졌고, 그 앞에는 조잡하지만 깃발도 하나 세워져 있었습니다.

나는 노인의 식사가 끝나가는 것을 보고 물었습니다.

"실례합니다만, 저 사당은 어떤 분을 기리는 곳입니까?"

그 노인도 확실히 내게 말을 걸고 싶었던 듯했습니다. 말없이 두세 번 고개만 끄덕이면서 입안의 음식물을 다 넘기더니 낮은 목소리로 대답했습니다.

"……동자를 기리는 곳입니다."

"동자는 어떤 분입니까?"

"기러기 동자는……."

노인은 그릇을 덮고 쭈그려 앉아 샘물로 입을 깨끗하게 헹군 후 말을 이었습니다.

"기러기 동자는 딱 이즈음에 있었던 옛날이야기 같은 것입니다. 이 지방에 이 시기에 내려오셨던 하늘의 동자입니다. 요즈음 그 사당은 흐르는 모래 건너편 곳곳에도 세워지고 있습니다."

"하늘의 아이가 내려온 것인가요? 죄가 있어서 하늘에서 추방당한 것입니까?"

"글쎄요……. 자세히는 모르지만, 이 부근에서는 그렇게 얘기합니다. 아마도 그런 것이 아닐까요."

"이야기를 들려주실 수 없을까요? 바쁘시지 않다면……."

"아니요, 바쁘지는 않습니다. 제가 들은 것만 말씀드리죠."

야르칸드라는 곳에 스리야케라는 사람이 있었습니다. 좋은 가문에서 태어났지만, 집안이 몰락해서 자신은 옛날 경문을 필사하고 아내는 베를 짜면서 조용히 살고 있었습니다.

어느 새벽, 스리야케님이 엽총을 든 사촌 동생과 함께 들판을 걷고 있었습니다. 땅은 아주 고운 파란 돌이었고, 하늘이 뿌옇고 하얀색으로 보였으며 당장 눈도 내릴 듯했습니다.

스리야케님이 사촌 동생에게 그렇게 심심풀이로 하는 살생은 이제 그만두는 것이 어떻겠냐고 하셨습니다.

그런데 동생은 그만두지 않겠다고 차갑게 대답했습니다.

"너는 정말 잔인한 녀석이구나. 네가 상처를 주고 죽인 것들이 대체 어떤 것인지 알고 있느냐. 어떤 것이라도 그 생명은 슬픈 것이다" 하며 스리야케님은 거듭해서 타일렀습니다.

"그럴지도 모르고 그렇지 않을지도 모르죠. 그렇다고 한다면 나는 더욱 재미있습니다. 그런 시시한 이야기는 그만하시죠. 그런 말은 옛날 중들이나 하는 소리입니다. 보세요, 저기 기러기가 날아가고 있죠? 내가 잡아보겠습니다."

동생은 총을 들고 달려가 곧 모습을 감추었습니다.

스리야케님은 그 커다란 검은 기러기들의 행렬을 가만히 바라보고 서 있었습니다.

그때 갑자기 저쪽에서 뾰족한 검은 총알이 올라와 맨 앞의 기러기 가슴에 꽂혔습니다.

기러기는 두세 번 흔들렸습니다. 그리고 순식간에 불이 타오르기 시작했으며 더없이 서글픈 비명을 지르며 떨어졌습니다.

총알이 다시 솟아올라 다음 기러기의 가슴을 꿰뚫었습니다. 그럼에도 어떤 기러기도 도망가려고 하지 않았습니다.

오히려 울부짖으면서도 떨어지는 기러기를 따라갔습니다.

세 번째 총알이 솟아오르고,

네 번째 총알이 다시 솟아올랐습니다.

여섯 발의 총알이 여섯 마리의 기러기에게 상처를 입혔고, 가장 끝의 작은 기러기 한 마리만이 상처를 입지 않고 남았습니다. 몸에 불이 붙은 채 비명을 지르는 여섯 마리의 기러기는 몸부림치면서 하늘

에 잠겼고, 맨 끝의 한 마리는 울면서 따라갔으며, 그래도 기러기의 대열은 절대 흐트러지지 않았습니다.

그때 스리야케님은 놀라고 말았습니다. 어느새 기러기가 모두 하늘을 나는 사람의 형태로 바뀌었던 것입니다.

빨간 불꽃에 휩싸여 탄식 소리를 내며 손발을 버둥거리며 떨어지는 여섯 명, 그리고 마지막으로 무사한 단 한 사람은 귀여운 하늘의 아이였습니다.

그리고 스리야케님은 확실히 그 아이를 본 적이 있었습니다. 첫 번째 사람은 이미 땅에 이르렀습니다. 그 사람은 하얀 수염의 노인이었으며, 쓰러져 불타오르면서도 뼈가 앙상한 두 손을 마주하며 스리야케님에게 배례를 하는 몸짓으로 서글프게 외쳤습니다.

"스리야케님, 스리야케님, 부탁드립니다. 부디 제 손자를 데리고 가주십시오."

물론 스리야케님은 그에게 달려가 말했습니다.

"그렇게 하겠네, 당연히 그렇게 하겠네. 반드시 내가 거두어들이겠네. 그런데 대체 당신들은 어찌 된 것인가."

그때 계속해서 기러기가 땅에 떨어져 불타올랐습니다. 어른도 있었고 아름다운 영락을 두른 여자도 있었습니다. 그 여자는 새빨간 불꽃에 휩싸인 채 그 아이에게 손을 뻗었고 아이는 울면서 그 주위를 맴돌았다고 합니다. 기러기 노인이 거듭 얘기했습니다.

"우리는 하늘의 일족입니다. 죄가 있어서 조금 전까지 기러기 모습을 하고 있었습니다. 이제 막 업보를 다했습니다. 우리는 하늘로 돌아갑니다. 단지 제 손자 한 명은 아직 돌아갈 수 없습니다. 그 아이는 당신과 인연이 있습니다. 부디 당신의 아이로 키워주시길 부탁합니다. 부탁합니다."

"그렇게 하고말고. 잘 알았네. 거두어들일 것이니 안심하게."

스리야케님이 말했습니다.

그러자 노인은 손을 비비며 땅에 머리를 조아리는 듯하더니 다시 한번 불길이 솟고는 형태도 그림자도 없이 사라졌습니다. 스리야케님도, 엽총을 든 사촌 동생도 멍하니 서 있었다고 합니다. 두 사람은 함께 꿈을 꾼 듯도 했지만, 이후에 사촌 동생이 말하기를 그 엽총은 아직 뜨거웠고 총알은 줄어있었으며, 그들이 떨어졌던 곳의 풀은 확실히 쓰러져 있었다고 합니다.

그리고 물론 그곳에는 아이가 서 있었습니다. 스리야케님은 정신을 차리고 동자를 향해 말씀하셨습니다.

"너는 오늘부터 내 자식이야. 더는 울지 않아도 된단다. 네 이전 엄마와 형들은 모두 좋은 곳으로 올라가셨다. 자, 이리 오너라."

스리야케님은 자신의 집으로 돌아갔습니다. 돌아가는 길의 들판은 푸른 돌이었으며 주위는 한없이 고요했고 아이는 울면서 따라갔습니다.

스리야케님은 아내와 함께 아이의 이름을 무엇으로 지을지 사나흘 생각했습니다. 그러나 그러는 동안 소문은 이미 야르칸드 전체에 퍼졌고, 사람들은 모두 아이를 기러기 동자라고 불렀기 때문에 스리야케님도 어쩔 수 없이 그렇게 불렀습니다.

노인은 잠시 숨을 골랐습니다. 나는 발아래의 작은 이끼를 보면서, 하늘에서 떨어져 빨간 불꽃에 휩싸인 채 슬프게 타버린 사람들의 그 신비한 모습을 뚜렷하게 그렸습니다. 노인은 잠시 나를 보고 있다가 다시 이야기를 이었습니다.

야르칸드의 봄이 끝날 무렵에는 들판의 버드나무꽃이 반짝이며 날아다닙니다. 저 멀리 얼음의 산에서는 눈이 시릴 정도로 하얀, 뭐라 형용할 수 없는 빛이 햇살 속으로 들어갑니다. 그리고 과일나무가 팔랑팔랑 흔들리고 종달새는 하늘에서 투명한 물결을 일으킵니다. 동자는 금방 여섯 살이 되었습니다. 어느 봄날 저녁, 스리야케님은 기러기 동자를 데리고 마을을 지나가고 있었습니다. 포돗빛의 무거운 구름 아래를 박쥐의 그림자가 펄럭펄럭 날아갔습니다.

아이들이 긴 장대에 끈을 묶어 박쥐를 쫓아다니고 있었습니다.

"기러기 동자다, 기러기 동자야."

아이들은 장대를 버리고 서로 손을 맞잡아 커다란 원을 만들었으며 스리야케님과 동자를 에워쌌습니다.

스리야케님은 웃으며 서 있었습니다.

아이들은 한목소리로 언제나처럼 떠들었습니다.

"기러기 아이, 기러기 아이, 기러기 동자, 하늘에서 스리야케에게 내려왔지."

그런데 한 아이가 장난으로 이렇게 말했습니다.

"기러기가 버린 아이, 기러기가 버린 아이, 봄이 되었는데도 아직 있니?"

아이들은 웃음을 터뜨렸으며, 그 후 어찌 된 일인지 작은 돌 하나가 날아와 동자의 볼을 쳤습니다. 스리야케님은 동자를 감싸며 아이들에게 말하기를 "너희들 무슨 짓을 하는 거냐. 이 아이가 무슨 나쁜 짓을 했느냐? 아무리 장난이라도 돌을 던지다니……. 안 되겠구나!"

아이들이 소리를 지르며 우르르 달려와 동자에게 사과를 하기도 하고 위로를 하기도 했습니다. 어떤 아이는 앞치마 주머니에서 말린 무화과를 꺼내 주려고도 했습니다.

동자는 처음부터 끝까지 빙긋빙긋 웃고 있었습니다. 스리야케님도 웃으시며 아이들을 용서해주고, 동자를 데리고 그곳을 벗어나셨다고 합니다.

그리고 하늘이 옅은 노란색 마노 빛깔을 띤 조용한 저녁에 말씀하셨습니다.

"넌 아까 울지도 않고 잘 참았구나."

그러자 동자는 아버지에게 매달리며 말했습니다.

"아버지, 저의 이전 할아버지는 말이죠, 몸에 총알을 일곱 개나 가지고 계셨어요"라고 말했다고 합니다.

늙은 순례자는 내 얼굴을 보았습니다.

나도 노인의 촉촉이 젖은 눈을 가만히 올려다보았습니다. 노인은 다시 이야기를 이어갔습니다.

또 어느 날 밤, 동자는 잠이 들지 않아 이불 위에서 언제까지고 뒤척이고 있었습니다. 동자는 "어머니, 잠이 들지 않아요." 하고 말합니다. 스리야케님의 아내는 일어나서 조용히 머리를 쓰다듬어주었습니다. 동자의 머릿속은 이미 완전히 지쳐서 하얀 그물처럼 되어 흔들흔들 흔들리고, 그 안에는 빨갛고 커다란 초승달이 떠있기도 하고, 그 주변으로 고비의 싹 같은 것이 잔뜩 보이기도 하고 또는 이상하게 부드러운 사각형의 하얀 것이 점점 커져서 무서울 정도로 커다란 상자가 되기도 하는 것입니다. 어머니는 동자의 이마가 너무 뜨거워서 걱정이 되었습니다. 스리야케님은 옮겨 적던 경문에 손바닥을 대고 일어섰습니다. 그리고 동자를 일으켜 세우고 가죽으로 된 붉은 허리띠를 매주고 밖으로 데리고 나갔습니다. 역 주변의 집은 모두 문이

닫혀 있었고 밤하늘 가득한 별 아래에 집들은 검게 줄지어 있었습니다. 그때 동자는 문득 물 흐르는 소리를 들었습니다. 그리고 잠시 생각하더니 "아버지, 물은 밤에도 흐르나요?" 하고 물었습니다. 스리야케님은 사막 건너편에서 떠오른 커다란 푸른 별을 바라보며 대답했습니다.

"물은 밤에도 흐른단다. 물은 밤에도 낮에도, 평평한 곳만 없으면 언제까지나 언제까지나 흐른단다."

동자의 머릿속은 갑자기 깨끗하게 진정되었고, 그리고 이번에는 빨리 어머니가 있는 곳으로 돌아가자고 졸랐습니다.

"아버지, 그만 돌아가요" 하고 말하면서 스리야케님의 소맷자락을 끌어당겼습니다. 두 사람은 집으로 들어갔고, 마중 나와 있던 어머니가 문의 고리를 잠그는 동안에 동자는 어느새 자신의 잠자리로 들어가 옷도 갈아입지 않고 깊게 잠이 들었습니다.

또한, 다음과 같은 이야기도 있습니다.

어느 날 스리야케님은 동자와 식탁에 앉았습니다. 식탁에는 꿀을 넣어 삶은 두 개의 붕어가 있었습니다. 스리야케의 아내는 하나를 스리야케 앞에 두고, 또 하나를 동자에게 주었습니다.

"먹고 싶지 않아요, 어머니."

동자가 말했습니다.

"맛있는 거야. 자, 젓가락 좀 줘보렴."

스리야케의 아내는 동자의 젓가락을 들고 생선을 잘게 찢으면서 "자, 먹으렴. 맛있단다" 하고 권했습니다. 동자는 어머니가 생선을 찢는 동안 가만히 그 옆얼굴을 보고 있었습니다. 그러다가 갑자기 가슴이 이상하게 답답해졌고, 안타깝기도 하고 슬프기도 한 기분이 들어 도저히 참을 수 없게 되었습니다. 벌떡 일어나 총알처럼 밖으로 달려 나갔습니다. 그리고 새하얀 구름으로 가득한 하늘을 향해 크게 목 놓아 울었습니다.

"저런, 무슨 일일까요?"

놀란 스리야케님의 아내가 물었습니다. 스리야케님도 잠시 영문을 몰라 멍하니 있다가 정신을 차리고는 "무슨 일인지 나가 보게" 하고 말했습니다. 그래서 스리야케님의 아내가 문 앞으로 나가자, 동자는 이미 울음을 그치고 웃고 있었다고도 합니다.

또한, 어느 날 스리야케는 동자를 데리고 말 시장을 지나가는 데 한 마리의 망아지가 젖을 먹고 있었다고 합니다. 검은색의 거친 무명옷을 입은 말 상인이 와서 망아지를 끌어내어 다른 망아지와 끈으로 묶더니 말없이 끌고 가려고 했습니다. 어미 말은 깜짝 놀라 큰 소리로 울었습니다. 그래도 망아지는 저벅저벅 끌려갑니다. 맞은편 모퉁이를 돌려는 순간, 망아지는 재빨리 뒷다리를 올려 배에 붙은 파리를 내리쳤습니다.

동자는 어미 말의 갈색 눈동자를 슬쩍 곁눈으로 보더니 갑자기 스리야케에게 매달리며 울음을 터뜨렸습니다. 하지만 스리야케는 꾸짖지 않았습니다. 자신의 소맷자락으로 동자의 머리를 감싸듯 해서 말 시장을 빠져나갔습니다. 그리고 강가의 푸른 풀 위에 동자를 앉히고 살구를 꺼내주며 조용히 물었습니다.

"너는 아까 왜 울었느냐?"

"왜냐면요 아버지. 사람들이 망아지를 억지로 데려갔잖아요."

"말은 어쩔 수가 없단다. 이미 컸기 때문에 이제부터 혼자서 일을 하는 거야."

"그 망아지는 아직 젖을 먹고 있었어요."

"그건 말이지, 계속 옆에 두면 언제까지고 어리광을 부리기 때문에 어쩔 수가 없단다."

"하지만 아버지. 사람들은 그 엄마 말에게도, 망아지에게도 나중에 무거운 짐을 가득 싣게 하고 힘든 산으로 데려가잖아요. 그리고 먹을 게 없어지면 죽여서 먹어버리겠죠."

스리야케님은 짐짓 아무렇지도 않은 듯 그렇게 어른 같은 말을 하는 게 아니라고 말씀하셨지만, 사실은 그 하늘의 아이가 조금 무섭게도 느껴졌다고 합니다.

스리야케님은 동자가 열두 살이 되었을 때 집에서 조금 떨어진 도읍에 있는 글방 기숙사에 보냈습니다.

동자의 어머니는 열심히 베를 짜서 글방 수업료와 용돈을 만들어 보냈습니다.

겨울이 가까워지고 천산은 이미 하얘졌으며, 뽕나무 잎이 노랗게 말라 바삭바삭 떨어질 무렵의 어느 날, 동자가 갑자기 집으로 돌아왔습니다. 어머니가 창문을 통해 재빨리 동자를 발견하고는 밖으로 나갔습니다.

스리야케님은 보지 못한 듯 여전히 경문을 옮겨 적고 있습니다.

"이런, 네가 지금 여기는 무슨 일이니?"

"어머니, 이제 저는 어머니와 같이 일하려고 합니다. 공부를 하고 있을 시간 따위 없어요."

어머니는 스리야케님의 눈치를 살피면서 말했습니다.

"너는 또 그런 어른 같은 이야기를 하는구나. 그러면 안 된다고 하지 않았니. 빨리 돌아가서 공부를 해야지. 훌륭한 사람이 되어서 사람들에게 도움이 되어야 한단다."

"하지만 어머니. 어머니의 손은 그렇게 까칠까칠하잖아요. 그런데도 제 손은 이렇게 깨끗해요."

"네가 그런 말을 할 필요는 없단다. 누구라도 나이가 들면 손은 거칠어져. 그런 건 신경 쓰지 말고 빨리 돌아가서 공부를 해. 네가 훌륭한 사람이 되는 것만이 내게는 기쁨이니까. 아버지가 들으면 나무라실 거야. 자, 어서, 가거라."

동자는 힘없이 마당을 나왔습니다. 그래도 여전히 멈춰서 있었기 때문에 어머니도 밖으로 나가서 저쪽까지 함께 갔습니다. 그곳은 늪지였습니다. 어머니는 되돌아가려고 "자, 어서 가거라" 하고 말했지만, 동자는 여전히 멈춰 선 채 집 쪽을 멍하니 보고 있었습니다. 어머니는 어쩔 수 없이 다시 뒤돌아서 갈대 한 줄기를 뽑아 작은 피리를 만들어 주었습니다.

동자는 그제야 간신히 걷기 시작했습니다. 그리고 저 멀리 차가운 줄무늬를 만드는 구름 이쪽으로 갈대가 조용히 흔들렸고 마침내 동자의 모습은 작고 작아졌습니다. 갑자기 날갯소리가 들리더니 기러기들이 줄을 지어 하늘을 지나갔습니다. 스리야케님은 창문으로 그 모습을 보고 왠지 가슴이 욱신거렸습니다.

그렇게 겨울로 들어섰습니다. 그 혹독한 겨울이 지나가자 먼저 버드나무 싹이 얌전하게 빛났으며, 사막에는 설탕물 같은 아지랑이가 배회합니다. 살구나무와 자두나무의 하얀 꽃이 피었고, 뒤를 이어 나무숲도 풀밭도 새파랗게 변했으며, 이미 옥수 같은 구름 봉우리가 사방의 하늘을 떠도는 계절이 되었습니다.

마침 그 무렵, 야르칸드 마을 외곽에 있는 모래 속에서 오래된 야르칸드 사찰의 유적이 발굴되었습니다. 사찰의 한쪽 벽은 그대로인 채 발견되었고, 그 벽에는 하늘의 동자 세 명이 그려져 있었습니다.

사람들은 특히 그 중 한 명은 마치 살아있는 듯했다고 합니다. 어느 맑게 갠 날, 스리야케님은 도읍으로 가서 동자의 스승님을 찾아뵙고 이런저런 감사의 뜻을 올렸습니다. 그리고 세 필의 무명을 선물하며, 반나절 동안 동자를 데리고 산책을 하고 싶다고 했습니다.

두 사람은 혼잡한 길을 지나갔습니다.

스리야케님이 걸으면서 아무 뜻 없이 말씀하시길 "어떠냐. 오늘처럼 파란 하늘은 딱 네 또래의 아이들이 저 하늘로 날아가기 위해 날갯짓을 퍼덕이는 모습 같구나."

동자는 무척이나 침울하게 대답했습니다.

"아버지. 저는 아버지와 헤어져 어디에도 가고 싶지 않습니다."

스리야케님은 웃었습니다.

"물론이다. 인생의 긴 여행에서는 자기 혼자 멀리 빛의 하늘로 날아가서는 안 되는 법이지."

"아니요, 아버지. 저는 어디에도 가고 싶지 않아요. 그리고 아무도 어디에도 가지 않으면 안 되나요?" 하고 이상한 질문을 했습니다.

"아무도 어디에도 가지 않으면 안 되느냐니…… 무슨 의미냐."

"그러니까 그 누구도, 혼자 떨어져서 어디에도 가지 않아도 되는 건가요?"

"그래. 가지 않아도 되지."

스리야케님은 아무 생각 없이 멍하니 그렇게 대답했습니다.

그리고 두 사람은 마을의 광장을 통과해 점점 외곽으로 갔습니다. 모래밭이 넓게 펼쳐져 있었습니다. 그 모래밭 한 곳이 깊게 파헤쳐져 있었고, 많은 사람이 그 안에 서 있었습니다. 두 사람도 내려갔습니다. 그곳에 오래된 벽이 하나 있었습니다. 색은 바랬지만 세 명의 하늘의 동자가 그려져 있었습니다. 스리야케님은 자신도 모르게 심장이 덜컹했습니다. 무언가 크고 무거운 것이 저 멀리 하늘에서 떨어져 자신을 뒤덮은 듯한 느낌이 들었던 것입니다. 그래도 아무렇지 않은 듯 말씀하시기를 "과연 훌륭한 그림이구나. 너무 잘 그려서 무서울 정도야. 이 동자는 어딘가 너를 닮았구나."

스리야케님은 동자를 돌아보았습니다. 그러자 동자는 왠지 웃음을 머금은 채 쓰러지려 하고 있었습니다. 스리야케님은 놀라서 재빨리 동자를 안았습니다. 동자는 아버지의 품속에서 꿈을 꾸듯 중얼거렸습니다.

"할아버지가 마중을 나오셨어요."

스리야케님은 다급하게 소리쳤습니다.

"무슨 일이냐! 어디에도 가면 안 된다."

동자가 힘없이 말했습니다.

"아버지, 용서하세요. 저는 당신의 아들입니다. 이 벽의 그림은 전생에 아버지가 그린 것입니다. 이 그림이 완성된 후 왕께서는 살해당하셨고 아버지와 저는 함께 출가를 했었습니다. 그러나 적군의 왕이 와서 절을 불태울 때 이틀 정도 속세의 옷을 입고 숨어있었습니다. 그동안에 제게 사랑하는 사람이 생겨서 그대로 출가를 포기하려고 했었습니다."

사람들이 모여서 저마다 외쳤습니다.

"기러기 동자다, 기러기 동자다."

동자는 다시 한번 입술을 살짝 움직여서 무언가 중얼거리는 듯했지만, 스리야케님은 더 이상 그 말을 듣지 못했다고 합니다.

"제가 알고 있는 것은 단지 이것뿐입니다."

노인은 그만 가야 하는 듯했습니다. 나는 정말로 아쉽게 느껴져서 똑바로 서서 합장을 하고 말했습니다.

"소중한 이야기를 들려주셔서 감사합니다. 아주 잠시 사막 끝자락의 샘터에서 만나 단지 한때를 함께 지낸 것뿐이지만, 이것도 우연은 아니라고 생각합니다. 그냥 스쳐 지나가는 두 나그네로 보이지만, 사실 서로가 어떤 사람인지도 잘 모릅니다. 언젠가는 함께 부처님이 일러주신 빛의 길을 걸어, 깨달음의 경지인 무상보리에 이르렀으면 합니다. 그러면 이만 떠나겠습니다. 안녕히 가십시오."

노인은 말없이 목례를 했습니다. 무슨 말인가를 더 하고 싶은 듯했지만, 갑자기 말없이 등을 돌리고 이제까지 내가 걸어온 황무지를 터벅터벅 걷기 시작했습니다. 나도 역시 그 반대쪽으로 쓸쓸한 돌밭을 합장한 채 걸어갔습니다.

용과 시인
龍と詩人

차나타라는 이름의 용이 동굴 안으로 밀려오는 밀물에서 몸을 꿈틀대고 있었다.

동굴 틈새로 아침 해가 반짝반짝 비쳐들어 와서 물 아래에 있는 바위의 울퉁불퉁한 표면에 확실한 그림자를 만들었고, 또 그 바위에 붙은 수많은 빨갛고 하얀 동물을 비추었다.

차나타는 넋을 잃고 어슴푸레한 푸른 물을 바라보았다. 그리고 동굴 틈새를 통해 불꽃처럼 반짝반짝 빛나는 바닷물과 옅은 황금색 하늘 끝에 걸린 불덩어리 태양을 보았다.

'나는 저 수천 유순의 바다를 자유롭게 헤엄치고, 저 깨끗한 하늘을 끝없이 숨 쉬며 검은 구름을 돌돌 감으며 날 수 있다. 그런데도 나는 이곳을 나갈 수가 없어. 이 동굴 밖의 바다로 통하는 틈은 겨우 밖을 내다볼 수 있는 게 고작이다. 성스러운 용왕이시여, 용왕이시여. 부디 제 죄를 용서하시고 저주를 풀어주십시오.'

차나타는 슬프게 다시 동굴 안을 돌아보았다. 그때 햇살 기둥이 물 속에 있는 꼬리지느러미를 비추며 파랗게 그리고 하얗게 반짝반짝 반사되었다. 그때 용은 동굴 밖에서 젊은 사람이 부르는 소리를 들었다. 용은 밖을 내다보았다.

"존경하는 늙은 용 차나타여. 아침 해의 힘을 빌어 당신에게 용서를 구하러 왔다."

영락을 두르고 황금 칼을 찬 멋진 청년이 밖에 있는 네모난 돌 위의 푸른 이끼에 앉아 있었다.

"무엇을 용서하라는 것인가."

"용이여. 나는 어제 시부詩賦대회에 나가 시를 읊었다. 그리고 사람들은 나를 무척이나 칭송했다. 가장 위대한 시인 알타는 자리에서 내려와 내게 예를 갖추고는 자신의 높은 자리에 오르게 했다. 그리고 화환을 씌우고 나를 칭찬하는 찬시를 읊더니 자신은 저 멀리 동쪽의 눈 덮인 산기슭으로 갔다. 나는 수레를 타고, 술에 취하듯 내가 노래한 시의 아름다움에 취해서는 사람들이 칭찬하는 말과 나를 뒤덮은 꽃비에 흥분해서 가슴이 뛰고 있었다. 날이 밝자 나는 스승인 루더스의 집에서 나와 반짝이는 풀 이슬을 밟으며 나의 가난한 어머니가 있는 곳으로 돌아가고 있었다. 그런데 갑자기 마노 구름이 달님을 가려서 주위가 어두워졌고, 나는 달님이 있는 쪽을 올려다보고 있었다. 그때 밀다 숲에서 누군가가 속삭이는 소리를 들었다.

'청년 스루닷타는 동굴에 갇혀있는 늙은 용 차나타의 시를 몰래 엿듣고, 그 시를 오늘 대회에서 읊어 늙은 시인 알타를 동쪽 나라로 떠나게 했다.'

나는 어찌 된 일인지 다리가 떨려서 제대로 걸을 수가 없었다. 그리고 어젯밤 그 근처의 풀밭에 앉아 고민했다. 생각해보니 나는 이곳에 당신이 있는 것을 모르고 매일 이 동굴 바로 위의 곳에 앉아 생각하고 시를 읊다가 지쳐 잠이 들곤 했다. 그리고 구름이 어둡게 깔리고 바람이 불던 어느 날 낮에, 잠시 조는 동안 그 시를 들었던 듯하다.

그래서 늙은 용 차나타여, 나는 내일부터 재를 뒤집어쓰고 시내 광장에 앉아 당신과 모든 사람에게 사과를 하려고 한다. 그 아름다운 시를 읊었던 존경하는 나의 스승 용이여! 당신은 나를 용서해주겠는가?"

"동쪽으로 떠난 시인 알타는 어떤 시로 그대를 칭송했는가?"

"그날 나는 정신없이 들떠 있어서 그 고귀한 시를 기억하지 못한다. 하지만 아마도 이런 내용이었을 것이다."

바람이 노래하고
구름이 응답하고
파도가 울리는 그 노래를
부른 스루닷타
별이 그렇게 따라 하려고 하고
육지가 그런 모습을 하겠다고 각오한다
내일의 세계가 가져야 할
진실과 아름다움의 모형을 만들어
마침내는 세계를 그 모형과 같게 만드는 예언자
설계자 스루닷타여!

"존경하는 시인 알타에게 행운이 있기를! 스루닷타여, 그 시는 나의 시이며 마찬가지로 그대의 시다. 나는 이 동굴에서 도대체 노래를 했던 것일까, 생각을 했던 것일까. 그대는 이 동굴 위에서 그것을 들었던 것일까 생각했던 것일까.

오오, 스루닷타여!

그때 나는 구름이었고 바람이었다. 그리고 그대도 구름이었고 바람이었다. 만약 그때 시인 알타가 명상을 했다면 아마도 같은 노래를 불렀을 것이다. 하지만 스루닷타여. 알타의 말과 그대의 말은 같지 않고, 그대의 말과 나의 말은 같지 않다. 시도 그렇다. 그러므로 그 시는 너의 시이며 또한 구름과 바람을 섬기는 우리 마음의 시다."

"오오, 용이여. 그렇다면 나를 용서한 것인가."

"누가 용서를 하고 누가 용서를 받을까. 우리가 똑같이 바람이고 구름이고 또한 물인데. 스루닷타여. 만약 내가 밖으로 나갈 수 있고 그대가 두려워하지 않는다면 나는 그대를 껴안고 어루만져주고 싶다. 그러나 지금은 그럴 수가 없으니 나의 조그마한 선물만 주겠다. 여기로 손을 뻗어라."

용은 빨간 작은 구슬 하나를 토해냈다. 그 안에는 수억의 불꽃이 타올랐다.

"그 구슬은 묻혀있는 불경을 찾아 바다로 들어올 때 바치는 것이다."

스루닷타는 무릎을 꿇고 구슬을 받은 후 용에게 말했다.

"오오, 용이여. 나는 이것을 얼마나 오랫동안 원했던가. 어떻게 감사해야 할지 모르겠구나. 힘 있는 용이여, 그대는 왜 동굴을 나오지 못하는가."

"스루닷타여, 나는 천 년 전 처음으로 바람과 구름을 얻었을 때 내 힘을 시험해보기 위해 사람들에게 불행을 주었다. 그래서 용왕은 내게 십만 년 동안 이 동굴에 갇혀서 육지와 물의 경계를 지키도록 한 것이다. 나는 매일 이곳에 있으면서 참회하고 왕에게 사죄하고 있다."

"오오, 용이여. 나는 나의 어머니를 성심껏 모시다가, 어머니가 무사히 하늘에서 다시 태어날 때, 곧바로 바다로 들어가 불경을 찾을 것이다. 그대는 그날까지 이 동굴에서 기다려 주겠는가."

"오오, 인간의 천 년은 용에게는 겨우 열흘에 지나지 않는다."

"그러면 그날까지 용이여, 이 구슬을 간직해 주게. 나는 올 수 있는 날마다 이곳에 와서 하늘을 보고, 물을 보고, 구름을 바라보며 새로운 세계를 어떻게 만들 것인지 그대와 이야기를 나누려고 하네."

"오오, 늙은 용에게는 더할 나위 없는 기쁨이네."

"잘 있게."

"잘 가게."

스루닷타는 밝은 마음으로 바위를 밟고 떠났습니다.

용 차나타는 동굴 속 깊은 물에 몸을 담그고 조용히 참회의 시를 읊조리기 시작했다.

네 갈래의 백합

四又の百合

'정변지正遍知*께서 내일 아침 일곱 시 무렵에 히무캬 강을 건너 이 마을로 오신다고 한다.'

이런 이야기가 투명한 바람과 함께 히무캬 성의 집집이 스며들었습니다.

사람들은 모두 어린아이처럼 들떠서 신이 나 있었습니다. 왜냐하면 마을 사람들은 오랫동안 정변지가 이 마을에 오기를 간절히 원했었기 때문입니다. 또한, 그 마을의 많은 사람이 정변지를 좇아 제자가 되어 떠났기 때문입니다.

'정변지께서 내일 아침 일곱 시 무렵에 히무캬 강을 건너 이 마을로 오신다고 한다.'

사람들은 생각했습니다. 정변지는 어떤 표정이고 그 눈은 어떨까, 소문대로 감색의 연꽃잎 같은 눈동자일까, 손톱은 정말로 검붉은 구릿빛으로 빛날까. 또 마을에서 정변지를 찾아 떠난 사람들은 어떤 이야기를 나누고 어떤 모습을 하고 있을까. 그런 생각으로 사람들은 마치 어린아이처럼 신이 나고 들떠 있었습니다. 사람들은 먼저 자기 집을 말끔하게 정돈한 후 밖으로 나와 거리를 깨끗하게 청소했습니다.

저쪽 집에서도 이쪽 집에서도 사람들이 나와 거리를 쓸고 있습니다. 물을 뿌리고 쇠똥과 돌멩이를 깨끗하게 치웠으며 또한 새하얀 석영 모래를 뿌렸습니다.

'정변지께서 내일 아침 일곱 시 무렵에 히무캬 강을 건너 이 마을로 오신다고 한다.'

물론 소문은 이미 왕궁에도 전해졌습니다.

"아룁니다. 여래정변지께서 내일 아침 일곱 시 무렵에 히무캬 강을 건너 이 마을로 오신다고 합니다."

"그러한가, 확실히 그러한가?"

왕은 흥분해서 마노로 장식된 왕좌에서 벌떡 일어났습니다.

"확실한 줄 아옵니다. 오늘 아침 히무캬 건너편 강가에서 설법하시는 모습을 히무라 상인 두 명이 뵈었다고 합니다."

"그러한가, 그렇다면 틀림없군. 아아, 얼마나 기다렸던가. 곧바로 마을을 청소하라고 포고령을 내리거라."

"아룁니다. 마을은 이미 완벽하게 청소가 되어 있습니다. 백성들은 매우 기쁜 나머지 포고령을 기다리지 못하고 미리 깨끗하게 청소를 했습니다."

"오오."

왕은 감탄의 신음을 냈습니다.

"또한, 실수가 없도록 모두에게 주의 시키거라. 그리고 천 명 분의 식사를 준비하라고 이르거라."

"알겠습니다. 수라관이 아까부터 이 분부를 기다리며 수라간 안을

---

* 부처를 달리 이르는 말이다.

안절부절 돌아다니고 있습니다."

"흠. 그러한가."

왕은 잠시 생각했습니다.

"그러면 다음은 사원이다. 성 밖의 떡갈나무 숲에 천 명이 묵을 수 있는 숙소를 만들라고 목수에게 이르거라."

"알겠습니다. 은혜로운 생각이십니다. 목수들은 혹시 분부가 내려지지 않을까 하며 이미 떡갈나무 숲에서 측량을 시작했습니다."

"흠. 정변지의 높은 덕은 바람처럼 모두의 가슴을 채우는구나. 내일 아침에는 히무캬 강가까지 내가 마중을 나가겠다. 사람들에게 그렇게 전하라. 그대는 새벽 다섯 시에 오너라."

"알겠사옵니다."

백발의 대신은 기쁨에 겨워 아이처럼 얼굴이 빨개진 채 물러났습니다.

다음날 새벽이 되었습니다.

왕은 휘장 안에서 총리대신이 조용히 들어오는 발소리를 듣고는 이미 일어나 있었습니다.

"아뢥니다. 이제 다섯 시가 되었습니다."

"그래, 나는 어젯밤 한숨도 자지 못했다. 그래도 오늘 아침 내 몸은 수정처럼 산뜻하구나. 날씨는 어떠하냐."

왕은 휘장 밖으로 나와 똑바로 섰습니다.

"아주 좋은 날씨이옵니다. 수미산 남쪽의 유리도 완전히 투명하게 보입니다. 이런 날 여래정변지는 얼마나 찬란하게 보이실지."

"마침 좋구나. 거리는 어제 그대로 깨끗하느냐?"

"그렇습니다. 아나바타프타 호숫가처럼 깨끗합니다."

"공양 준비는 다 되었느냐?"

"이미 완벽하게 준비되었습니다."

"떡갈나무 숲의 숙소는 어떠하냐?"

"오늘 아침 중에 끝날 것입니다. 남은 것은 단지 창문을 끼우고 닦는 것뿐입니다."

"그러한가. 그러면 채비를 하자."

왕은 신하들을 거느리고 히무캬 강가에 섰습니다.

바람이 사락사락 불어왔고 나뭇잎은 반짝였습니다.

"이 바람은 이미 9월의 바람이구나."

"그렇습니다. 이 바람은 투명하고 날카로운 가을의 가루입니다. 투명한 수정의 수많은 가루와 같습니다."

"백합은 이미 피었는가."

"꽃망울은 모두 올라왔습니다. 가을바람의 날카로운 가루가 꽃망울을 감싸고 있는 초록색의 꽃받침을 깎아낼 것입니다. 오늘 아침이면 모든 꽃이 일제히 필 것입니다."

"그래, 그럴 것이다. 나는 정변지에게 백합꽃을 올리고자 한다. 대장대신, 그대는 숲으로 가서 백합꽃 한 송이를 가져와 주게."

왕은 얼굴이 온통 검은 수염으로 뒤덮인 대장대신에게 말했습니다.

"네, 알겠습니다."

대장대신은 홀로 숲으로 갔습니다. 숲은 푸르고 고요했습니다. 그러나 아무리 뚫어지게 살펴보아도 백합꽃은 보이지 않았습니다.

대신은 숲 주위를 돌았습니다. 숲 그늘에 커다란 집 한 채가 있었습니다. 햇살이 하얗게 비추고 있어서 그 집은 마치 꿈속처럼 환하게 보였습니다. 그 집 앞 밤나무 아래에 맨발의 한 아이가 새하얀 조개를 세공한 듯한 백합을 들고 대신을 보고 있었습니다. 한 줄기의 백합에는 꽃봉오리 열 개가 달려 있었습니다.

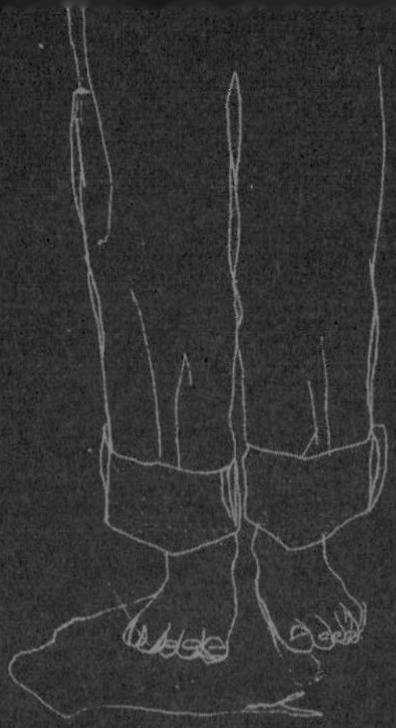

대신은 아이에게 다가갔습니다.

"그 백합을 내게 팔아라."

"네, 팔게요."

아이는 입을 동그랗게 벌리며 대답했습니다.

"얼마니?"

대신이 웃으면서 물었습니다.

"열 전이요."

아이가 큰 소리로 힘차게 대답했습니다.

"열 전은 비싸구나."

대신은 정말로 비싸다고 생각하면서 말했습니다.

"다섯 전이요."

아이가 다시 힘차게 대답했습니다.

"다섯 전은 비싸구나."

대신은 여전히 비싸다고 생각하고 웃으면서 말했습니다.

"한 전이요."

아이가 얼굴이 빨개진 채 외쳤습니다.

"그래. 한 전. 그러면 이걸 주면 되겠지?"

대신은 루비 목걸이를 풀었습니다.

"좋아요."

아이는 빨간 돌을 보고 기뻐서 외쳤습니다. 대신은 목걸이를 주고 백합을 건네받았습니다.

"그 꽃은 어디에 쓰실 건가요?"

아이가 문득 생각났다는 듯 물었습니다.

"정변지께 드릴 것이란다."

"앗, 그러면 팔지 않을래요."

아이는 목걸이를 던져버렸습니다.

"왜 그러니?"

"제가 드리려고 했단 말이에요."

"그렇구나. 그러면 돌려주마."

"됐어요."

"그래?"

대신은 다시 꽃을 들었습니다.

"넌 착한 아이다. 정변지께서 오시면 뒤를 따라서 성으로 오너라. 나는 대장대신이란다."

"네, 갈게요."

아이는 기뻐하며 큰 소리로 대답했습니다.

대신을 숲을 돌아 강가로 갔습니다.

"정말로 멋진 백합이야. 고맙구나."

왕은 조심스럽게 백합을 받았습니다.

강 건너 푸른 숲에서 이쪽으로 희미한 황금색이 무지개처럼 획 올라가는 것이 보였습니다. 사람들은 땅에 엎드렸습니다. 왕도 모래 위에 무릎을 꿇었습니다.

2억 년 전, 어디선가 일어났던 일 같은 기분이 들었습니다.

★

얼음과 후광
氷と後光

"네."

눈과 달빛 속을 기차는 열심히 달리고 있었습니다.

빨간 벨벳 두건을 쓴 작은 아이가 모포에 감긴 채 창문 아래의 황갈색 벽에 기대어 앉혀진 채 마치 침실에 있는 것처럼 다리를 이쪽으로 뻗고 새근새근 자고 있습니다.

창문 유리는 투명했고, 휑뎅그렁한 창밖은 푸르고 밝았습니다.

"아직 여덟 시간 남았어."

"네."

젊은 아빠는 그 푸르스름한 시계를 조끼 주머니에 넣고 발을 툭 굴렀습니다.

젊은 엄마는 여전히 아이를 보고 있었습니다. 아이의 볼은 사과처럼 빛났고 사과 냄새는 객실 안에 가득했습니다. 하지만 그 냄새는 곳곳의 선반 위에 있는 진짜 사과에서 나온 냄새였습니다. 정말로 사과의 증기가 객실 안에 가득했습니다.

"여기는 어디일까요?"

"벌써 이와테 현이야."

"저 산 위에 하얗게 보이는 것은 구름일까요?"

"구름 같은 데…… 하지만 얼어있는 것 같군."

"눈보라가 아닐까요?"

"그렇군. 저곳에만 바람이 불고 있는지도 모르겠어. 하지만 바람이 산 위의 마른 눈을 날리는 것인지, 바람이 수증기를 갖고 있다가 산 능선의 더욱 추운 곳에서 눈이 되었는지는 알 수 없지."

"그러네요."

달빛 속에 곧게 서 있는 많은 전봇대가 계속해서 달려갔으며, 연기 그림자는 눈 위로 까맣게 미끄러졌습니다.

객실 안은 스팀으로 따뜻했고 몇 안 되는 승객들은 대부분 자고 있었으며, 벌써 열두 시가 지나고 있었습니다.

"오늘 밤 밖은 추울까요?"

"그렇지 않을 것 같은 데…… 날씨가 맑으니까. 이런 눈 덮인 들판을 걷다가 이즈음 이런 기차가 지나가는 것을 보게 되면 상당히 부럽기도 하고, 그립기도 한…… 묘한 기분이 들지."

"당신, 그런 적이 있었어요?"

"있었고말고. 당신, 졸리지 않아?"

"잠이 들지 않아요."

젊은 아빠와 젊은 엄마는 함께 아이를 보았습니다. 아이는 푹 잠이 들어 있습니다. 아이의 입술은 꼭 다물어져 있어 연어 빛깔의 계곡처럼 보였으며, 약간 갈색이 섞인 머리카락은 젖은 채 이마 위에 드리워져 있었습니다.

"이봐, 이 아이의 입술과 이빨은 당신을 닮았어."

"눈은 당신을 꼭 빼닮았어요."

산 위의 눈이 밝게 빛났고 있구나, 그런 생각을 하는 동안 기차는 갑자기 새하얀 눈의 언덕 사이로 들어갔습니다. 달빛 속에 떡갈나무인 듯한 나무가 수많은 마른 잎을 매단 채 서 있었습니다.

그리고 모두 잠이 들었고, 젊은 아빠와 엄마도 꾸벅꾸벅 졸았습니다. 산속의 작은 역을 그대로 지나치는 순간 덜컹하고 옆으로 흔들리면서 기차는 열심히 나나시구레 산의 고갯길을 올라갔습니다. 잠시 졸던 두 사람은 역시 꿈속인 듯 눈을 뜨고 아이를 번갈아가며 보고 있었습니다. 사과 증기가 가득했습니다. 전등은 푸른 원을 그리기도 하고, 푸른 공작새가 되어 날개를 펼치고 아이를 덮기도 했습니다.

덜컹덜컹 덜컹덜컹, 기차는 열심히 달렸습니다.

"이런, 이상하게 추워졌어."

한참 후 젊은 아빠는 객실 안을 돌아보며 말했습니다. 전등도 매우 어두워져서, 텅스텐 필라멘트만 간신히 빨간 빛을 내고 있을 뿐이었습니다.

"어머, 스팀이 들어오질 않아요."

젊은 엄마도 깜짝 놀란 듯 눈을 뜨고 재빨리 아이를 보았습니다. 아이는 아까의 자세 그대로 새근새근 거리며 푹 잠들어 있습니다.

"어떻게 된 일일까. 아, 추워. 감기 걸리면 큰일인데. 몇 시지? 아주 잠깐 졸았을 뿐인데……."

시계의 검은 바늘은 정확하게 새벽 네 시를 가리키고 있었으며, 창문 유리는 얼음으로 아주 뿌옇게 흐려져 있었습니다.

달이 객실의 천장 위에 딱 걸려있는 듯, 창문의 얼음은 단지 푸르스름한 빛으로 뿌옇게 보일 뿐이었으며, 전등은 한층 더 어두워졌습니다.

"춥네. 아이한테 뭘 더 덮어주자."

"그러면 제 코트를 덮어줄게요."

"코트 같은 건 덮으나 마나 똑같아. 그냥 아이를 깨워. 깨어 있는 편이 오히려 나아. 계속 같은 자세로 있었으니까."

"네. 하지만 괜찮아요. 당신도 외투를 벗을 필요는 없어요."

젊은 엄마는 창가에서 아이를 안고 일어섰습니다. 모포는 따뜻한 허물이 되어 남았습니다. 아이는 안긴 채로, 역시 새근새근 자고 있습니다.

"입혀 줘. 어차피 나는 벗어도 춥지 않으니까."

아빠는 일어서서 자리 옆으로 나와 외투를 벗으면서 말했습니다.

"모포로 감싸면 돼요, 보세요."

기차는 고개 정상에 이른 듯, 파랑 신호등 같은 것이 희미하게 창밖으로 지나갔습니다. 아이는 다시 창가 쪽에, 이전보다는 조금 웅크린 자세로 놓여있었습니다. 깊게 숨을 쉬면서 역시 색색 자고 있습니다.

그곳은 확실히 정상이었습니다. 갑자기 버겁게 느껴졌던 기차의 움직임이 사라지고, 속도가 더해지면서 쏜살같이 고갯길을 내려가고 있었습니다.

잠시 후 전등이 확 밝아졌고 스팀도 들어와서 따뜻한 공기가 창 아래 구석에서 실처럼 올라왔습니다. 젊은 아빠와 엄마는 안심하며 다시 꾸벅꾸벅 졸았습니다. 밖이 차가워진 듯 창문은 수증기가 얼어붙어 하얘졌습니다. 그리고 다시 꿈속에서 전등은 눈부신 푸른 공작새로 변해 반점이 찍힌 꽁지를 반짝반짝 펼쳐서 그 맛있어 보이는 아이를 먹으려고 하기도 하고 소중히 어루만지기도 했습니다.

덜컹덜컹 덜컹덜컹 기차는 달렸습니다.

그리고 어느새 기차가 멈추었습니다.

"모리오카, 5분 정차, 모리오카, 5분 정차."

그리고 시멘트 위를 달리는 왜나막신의 딸각딸각 소리, 그것은 분명 새벽녘이었습니다.

"후우, 오늘 아침은 상당히 춥군."

개 모피를 입거나 검은 망토를 두른 아홉, 여덟 명의 사람들이 우르르 객실로 들어왔습니다. 그 사람들의 두건이나 목도리에는 하얀 털처럼 얼음 결정이 매달려 있어서, 언뜻 보면 산양의 털로 장식한 것처럼 보였습니다.

어느새 창밖은 아주 하얗게 밝아졌습니다. 전등도 물처럼 하얀빛에 녹아들었습니다.

"날이 밝았네요."

"응. 푹 잤네."

"여기가 어딜까요?"

"모리오카일 거야. 이제 금방 해가 뜰 거야. 아, 푹 잤다."

창문에는 난초 잎 모양을 한 얼음 결정이 가득 붙어있었습니다.

다시 기차가 출발했고, 곳곳에서 아침의 새로운 대화가 시작됐습니다.

"에이, 그래도 굴뚝새 정도는 맞췄겠지."

"아니요, 굴뚝새처럼 작은 새는 총알을 맞으면 형태도 없어집니다."

창문에 붙은 난초 잎 모양의 얼음 결정체 틈새로 동쪽 하늘의 호박색 해가 희미하게 비치기 시작했습니다.

"일곱 시 정도 됐을까요?"

"정확히 일곱 시야. 벌써 일곱 시간이군. 무척 지루하네."

아이가 눈을 뜨고 혀를 내밀었습니다.

"아이, 착해라. 안 우네. 코하고 잘 잤지? 자, 우유 줄게. 영차."

엄마는 아이를 안았습니다.

"그렇게 혀를 내밀면 안 돼."

젊은 아빠는 트렁크에서 이쑤시개를 꺼내며 말했습니다.

창문은 어두워졌다 다시 밝아졌다 했으며, 기차는 덜컹덜컹 달립니다.

아빠가 화장실에서 돌아왔습니다.

갑자기 창문이 황금빛이 되었습니다.

"어머, 해님이 떠오르네요. 창문의 얼음이 북극광처럼 보여요."

"오로라 말인가. 이 결정은 젤라틴으로 모양을 그대로 뜰 수 있어."

객실 안은 정말로 따뜻했습니다.

"이 주변에서 기차 안만큼 훌륭한 집은 아마 없을 거야."

"정말 그래. 병원 수술실처럼 이렇게 따뜻하니까."

창문 얼음 사이로 희미하게 파란 하늘이 비쳐 보였습니다.

"어머, 아름다워라. 정말로 얼음이 새의 깃털 같아요."

"응, 예쁘네."

맞은편 옆쪽에 앉아 있던 선로공이 잠시 자기 앞에 있는 창문 얼음을 보고 있었습니다. 그리고 손톱으로 따각따각 긁어내더니 입김을 불었습니다. 그 투명한 얼음 구멍으로 검푸른 소나무 숲과 장밋빛 눈이 보였습니다.

"자, 다시 앉자."

아이는 다시 창가 앞의 보조석에 앉혀졌습니다. 작은 설탕과자 같은, 빨간색과 파란색이 섞인 사과를 아버지는 아이에게 주었습니다.

"어머, 이 녀석 머리 뒤로 창문 얼음이 후광처럼 빛나고 있어요."

젊은 엄마는 나지막이 소곤거렸습니다. 젊은 아빠는 그쪽을 흘깃 보더니 조금 슬픈 듯이 웃었습니다.

"이 아이가 어른이 되고, 그리고 바르게 커서 모든 생물을 위해 무

상보리無上菩提*를 추구한다면, 그때는 정말로 그 빛이 이 아이에게 오겠지. 그러면 우리는 왠지 조금 슬프겠지만, 물론 그렇게 되도록 기원하지 않으면 안 되는 거야."

젊은 엄마는 말없이 고개를 숙이고 있었습니다.

아이는 사과를 던지듯 내려놓고는 '어음마' 하고 말했습니다. 완연히 낮이 되었습니다.

* 더할 나위 없이 훌륭한 부처의 깨달음을 뜻한다.

편지
手紙

편지 1

옛날 어떤 곳에 한 마리의 용이 살았습니다.

힘이 무척 세고 아주 무섭게 생긴데다가 맹독이 있었기 때문에 모든 살아있는 것들은 그 용을 만나면 약한 자는 본 것만으로도 정신을 잃고 쓰러졌으며, 강한 자라도 그 독에 닿으면 얼마 지나지 않아 죽을 정도였습니다. 그 용이 어느 날, 마음이 착해져 앞으로는 더 이상 나쁜 짓을 하지 않겠다, 그 누구도 괴롭히지 않겠다고 맹세했습니다.

그리고 숲 속 조용한 곳을 찾아 가만히 도를 생각했지만, 이윽고 지쳐서는 잠이 들었습니다.

대체로 용이라는 것은 자는 동안에는 모습이 뱀 같아집니다.

그 용도 잠이 들어 뱀의 모습이 되었고, 몸에는 보랏빛이 도는 청색과 금색의 아름다운 무늬가 나타났습니다.

그곳에 사냥꾼들이 와서 그 뱀을 보고 깜짝 놀랄 정도로 기뻐하며 말했습니다.

"이렇게 아름답고 진귀한 가죽으로 임금님이 치장하시면 얼마나 멋지실까."

그리고 지팡이로 용의 머리를 꽉 누르고 칼로 가죽을 벗기기 시작했습니다. 용은 잠을 깨고 생각했습니다.

'내 힘이면 이 나라도 무너뜨릴 수 있다. 이 사냥꾼들 따위는 상대도 되지 않지. 지금 내가 숨만 한 번 쉬어도 독이 닿아 바로 죽게 된다. 하지만 나는 얼마 전 더는 나쁜 짓을 하지 않겠다고 맹세한데다가, 이 사냥꾼들을 죽이면 너무 가엽다. 이 몸 따위는 그만 내버리고, 참고 참아주겠다.'

용은 굳게 각오를 했기 때문에 눈을 감고 가만히 고통을 참았습니다. 또한, 그 사람들이 독에 닿지 않도록 오로지 숨을 참는 것에만 집중했기 때문에, 가죽이 벗겨지면서도 분하다는 마음조차 들지 않았습니다.

사냥꾼들은 잠시 후 가죽을 메고 떠났습니다.

용은 이제 가죽이 없는 빨간 살만 남아 땅 위에 쓰러졌습니다.

그때는 해가 쨍쨍 내리쬐고 있어서 땅이 무척 뜨거웠기 때문에 용은 괴로움에 버둥거리며 물이 있는 곳으로 가려고 했습니다.

그때 수많은 작은 벌레들이 용의 몸을 먹으려고 다가왔습니다. 용은 다시 생각했습니다.

'지금 이 몸을 수많은 벌레에게 주는 것은 진정한 도를 위해서야. 지금 이 몸을 벌레들에게 주면 마침내 이 벌레들에게도 진정한 도를 가르쳐줄 수 있어.'

그리고 꼼짝 않은 채 벌레들이 몸을 먹을 수 있게 했고, 결국 말라 죽었습니다.

죽은 뒤 그 용은 천상에서 태어났으며 이후에는 세계에서 가장 훌륭한 사람, 부처님이 되어 사람들에게 최고의 행복을 안겨주었습니다.

용이 생각했던 것처럼 그때의 벌레들도 모두 부처님의 가르침을 받아 진정한 도의 세계로 들어갔습니다.

이렇게 해서 부처님이 진정한 도를 위해 몸을 버린 장소는 지금은 세계 곳곳에 이르고 있습니다.

이 이야기는 동화가 아닙니다.

편지 2

어느 날, 인도의 갠지스 강이 물어 불어 무섭게 흐르고 있었습니다.

그것을 보고 있던 많은 군중 속에는 위대한 아소카 왕도 있었습니다.

아소카 왕은 신하들에게 "이 대하의 물을 거꾸로 흐르게 할 수 있는 자는 누구 없는가?" 하고 물었습니다.

신하들은 모두 "전하, 그것은 도저히 불가능한 일이옵니다"라고 대답했습니다.

그런데 이 강가의 무리 속에는 빈두마티라는 창녀가 있었습니다. 왕의 물음은 사람들 사이에 입에서 입으로 전해졌고, 이를 들은 창녀는 "나는 내 몸을 팔아 살아가는 창녀다. 하지만 지금 나와 같은 천한 자조차 가능한, 진실의 힘의 위대함을 왕에게 보여 주겠다"고 말했습니다. 창녀는 진심을 담아 강에게 외쳤습니다.

그러자 아아, 폭이 10리에 달하는 거대한 갠지스 강의 강물이 모든 사람의 눈앞에서 곧바로 사납게 일렁이며 거꾸로 흘렀습니다.

왕은 무시무시한 소용돌이를 일으키며 세차게 울리는 강물 소리를 듣고 깜짝 놀라 신하에게 물었습니다.

"이게, 이게, 어찌 된 일이냐. 커다란 갠지스 강이 거꾸로 흐르고 있지 않느냐!"

사람들은 상세하게 사정을 설명했습니다.

왕은 크게 감동을 하여 곧바로 그 여자가 있는 곳으로 친히 걸어가 말했습니다.

"사람들이 네가 이 일을 했다고 하는 데 그것이 사실이냐?"

여자가 대답했습니다.

"네, 그러하옵니다. 전하."

"너같이 천한 자에게 어찌 그런 힘이 있는 것이냐? 그것은 무슨 힘이냐?"

"전하, 제가 이 강을 거꾸로 흐르게 한 것은 진실의 힘입니다."

"하지만 너처럼 불의를 범하고, 음란하며, 죄가 깊고, 어리석은 자들을 홀려 살아가는 자에게 어찌 진실의 힘이 있다는 것이냐."

"전하, 말씀하신 대로이옵니다. 저는 짐승과 같은 신분이지만 저 같은 것에조차 진실의 힘은 이처럼 크게 움직이는 것입니다."

"그러면 그 진실의 힘이란 어떤 것인지 내 앞에서 얘기해 보아라."

"전하, 저는 저를 사주는 분들을 똑같이 공경합니다. 무사 같은 높은 분도, 천민도 똑같이 공경합니다. 누구를 공경하고 누구를 무시하지 않습니다. 전하, 이 진실의 힘이 오늘 갠지스 강을 거꾸로 흐르게 한 것이옵니다."

편지 3

보통의 중학교에서 갖추고 있는 현미경은 확대도가 6백 배에서 8백 배이기 때문에 나비 날개의 인편이나 감자의 녹말분 등은 정말로 확실하게 보입니다. 그러나 비교적 작은 세균 등은 잘 보이지 않습니다. 1천 배 정도가 되면 아래쪽 렌즈의 지름이 상당히 작아져서 시야에 빛이 그다지 들어오지 않게 됩니다. 그래서 아래쪽 렌즈를 기름에 담가 되도록 많은 빛을 흡수해 사물이 보이도록 합니다.

2천 배 현미경은 얼마 없는데다가 조절할 수 있는 사람도 몇 안 된다고 합니다.

현재 가장 배율이 높은 것은 2천2백5십 배 또는 2천4백 배라고 합니다. 그 현미경으로 볼 수 있는 크기는 0.00014밀리미터이지만, 이는 사람에 따라 보이기도 하고 보이지 않기도 합니다.

한편 우리의 눈이 감지할 수 있는 빛의 파장은 0.00076밀리미터(적색) 또는 0.0004밀리미터(보라색)이기 때문에, 이보다 작은 것의 완전한 형태는 우리에게 절대 보이지 않습니다. 또한, 보통의 현미경으로 보이지 않을 정도의 작은 것도 어떤 장치를 더하면 약 0.000005밀리미터 정도까지의 사물은 희미한 빛나는 점이 되어 시야에 나타나 그 존재를 드러냅니다. 이것을 한외현미경이라고 합니다.

그런데 모든 사물의 최종 단위인 분자의 크기로 수소가 0.00000016밀리미터, 설탕의 한 종류가 0.00000055밀리미터로 계산되고 있기 때문에 우리는 분자의 형태나 구조는 물론 그 존재 자체도 볼 수 없는 것입니다.

그런데도 이처럼 또는 이보다 더욱 작은 것을 확실하게 보고, 조금도 틀리지 않았던 사람은 예부터 절대 적지 않았습니다. 그 사람들은 자신의 마음을 수양했던 것입니다.

편지 4

나는 어떤 사람의 지시로 이 편지를 인쇄해서 당신들에게 전합니다. 포세가 정말로 어떻게 되었는지 아는 분은 어디 안 계십니까? 춘세가 밥도 입에 대지 않고 매일 그 생각만 하고 있습니다.

포세는 춘세의 작은 여동생입니다만, 춘세는 늘 괴롭히기만 했습니다. 포세가 애써 심고 물을 준 작은 복숭아나무에 민달팽이를 풀어

놓기도 하고, 포세의 신발에 투구벌레를 키우면서 두 달이나 숨겨놓기도 했습니다. 어느 날은 춘세가 호두나무에 올라가 파란 열매를 따고 있자, 포세가 작은 달걀 모양의 머리를 젖은 손수건으로 감싼 채 "오빠, 호두 줘"라고 말하면서 무척 즐겁게 뛰어나왔습니다. 그런데 춘세는 "자, 받아봐" 하며 마치 화라도 난 듯한 목소리로 말하고는 일부러 머리에 열매를 던지고는 울려 보냈습니다.

그런데 11월 즈음, 포세는 갑자기 병에 걸렸습니다. 어머니도 크게 걱정했습니다. 춘세가 가보니 포세의 작은 입술은 왠지 파래졌고 크게 뜬 눈에는 눈물이 가득 고여 있었습니다. 춘세는 목에 메이는 것을 억지로 숨기며 말했습니다.

"내가 무엇이든 줄게. 구리 톱니바퀴도 원한다면 줄게."

하지만 포세는 말없이 고개를 흔들었습니다. 색색거리는 숨소리만 들렸습니다.

춘세는 난처해져서 잠시 머뭇머뭇하고 있었지만, 결심한 듯 다시 한번 말했습니다.

"비와 눈을 가져다줄까?"

"응."

포세가 간신히 대답했습니다. 춘세는 총알처럼 밖으로 달려나갔습니다. 밖은 어둑어둑했고 진눈깨비가 추적추적 내리고 있었습니다. 춘세는 소나무 가지에서 두 손 가득 비와 눈을 받았습니다. 그리고 포세의 머리맡으로 가서 접시에 비와 눈을 담아 숟가락으로 포세에게 먹였습니다. 포세는 맛있는 듯 세 숟가락을 먹더니 갑자기 축 늘어져 숨을 쉬지 않게 되었습니다. 어머니가 놀라서 울부짖으며 포세의 이름을 부르며 거세게 흔들어보았지만, 포세의 땀에 젖은 머리카락과 고개는 흔드는 대로 흔들릴 뿐이었습니다. 춘세는 주먹으로 눈을 비비며 호랑이 새끼 같은 목소리로 울었습니다.

그리고 봄이 되자 춘세는 6년 만에 학교도 마쳤습니다. 춘세는 이미 일을 하고 있었던 것입니다. 봄에는 호두나무가 모두 파란 송이 같은 것을 늘어뜨리고 있습니다. 그 아래에 웅크리고 앉아 춘세는 양배추 못자리를 만들고 있었습니다. 그러자 땅속에서 옅은 연두색의 작은 개구리 한 마리가 비틀비틀 기어 나왔습니다.

"개구리 따위, 짓눌러버리겠어."

춘세는 갑자기 크고 뾰족한 돌로 개구리를 내리쳤습니다.

그리고 오후가 되자 춘세는 마른 풀 위에서 노곤하게 쉬고 있었습니다. 그런데 어느 순간 춘세는 멍하니 노란 들판 같은 곳을 걷고 있는 듯한 기분이 들었습니다. 그러자 저편에서 포세가 동상 걸린 작은 손으로 눈가를 문지르며 서서 힘없이 춘세에게 말했습니다.

"오빠, 왜 내 까까 옷을 찢었어?"

춘세는 깜짝 놀라 벌떡 일어나서 열심히 주변을 살피기도 하고 생각을 해보기도 했지만, 아무것도 알 수 없었습니다. 누군가 포세를 알고 있는 분은 없을까요.

하지만 제게 이 편지를 전하라고 지시한 사람이 말했었습니다.

"춘세가 포세를 찾아다니는 것은 헛된 짓이다. 왜냐하면 어떤 아이도, 또 밭에서 일을 하고 있는 사람도, 기차 안에서 사과를 먹고 있는 사람도, 또 노래하는 새나 노래하지 않는 새도, 파랗고 검은 모든 물고기도, 모든 짐승도, 모든 벌레도, 모두 오래된 형제이기 때문이다. 춘세가 만약 포세를 정말로 불쌍하게 생각한다면 크게 용기를 내서 모든 살아있는 것의 진정한 행복을 추구해야 한다. 그것은 나모살달마푼다리카수드라(나무묘법연화경南無妙法蓮華經)라는 것이다. 춘세가 만약 용기 있는 진정한 남자아이라면 왜 곧바로 그것을 향해 나아가지 않는가."

그리고 그 사람은 다시 말했습니다.

"춘세는 좋은 아이다. 자, 당신은 춘세와 포세와 모두를 위해 포세를 찾는 편지를 보내야 한다."

그래서 저는 지금 이 편지를 당신에게 보내는 것입니다.

스케치 4

베지테리언 대축전

플란든농업학교의 돼지*

フランドン農学校の豚

‘금속과 돌 이외의 물질은 모두 잘 섭취해서 지방 또는 단백질로 만들어 그 체내에 축적한다.’

이렇게 쓰여 있었기 때문에 농업학교의 축산 조수나 사환들은 금속과 암석이 아닌 것은 무엇이든 하나부터 열까지 모두 가지고 와서 내던졌다.

당연히 돼지로서는 그것이 타고난 것이었고 충분히 익숙해져있었기 때문에 절대로 싫어하지는 않았다. 오히려 어느 저녁, 돼지는 자신의 행복을 느끼며 하늘을 향해 감사하기도 했다. 그 이유는 그날 밤 화학을 배운 1학년 학생이 돼지 앞에서 한 말 때문이었다. 학생은 무척이나 신기하다는 듯 돼지의 몸을 바라보고 있었다. 돼지도 그 누에콩 같은 작고 화난 듯한 눈을 뜨고 학생을 힐끔힐끔 보고 있었다. 그 학생이 말했다.

“돼지라는 동물은 정말로 신기해. 물이나 슬리퍼, 볏짚 같은 것을

* 첫 머리 원고 1장이 소실되었다.

먹고도 그것을 가장 좋은 지방과 고기로 만들다니. 돼지의 몸은 예를 들면 살아있는 일종의 촉매야. 백금과 같다고 할 수 있어. 무기체에서는 백금이고 유기체에서는 돼지인 거야. 생각하면 생각할수록 신기한 일이야."

돼지도 물론 자신의 이름이 백금과 견주어지는 것을 들었다. 그리고 돼지는 백금이 한 돈에 30엔이라는 사실을 잘 알고 있었기 때문에 자신의 몸이 스무 관일 때 얼마가 되는지 곧바로 계산할 수 있었다. 돼지는 귀를 축 늘어뜨리고, 눈을 반쯤 감은 채 앞다리를 굽혀가며 그 계산을 했던 것이다.

20×1000×30=600,000. 60만 엔이다. 60만 엔이라면 그 당시 플란든 일대에서는 일류신사인 것이다. 지금이라고 해도 마찬가지일지도 모른다. 내가 일류신사라고. 돼지는 깊은 행복을 느꼈으며 상어를 닮은 커다란 입꼬리가 빙긋이 올라간 것도 무리라고 할 수는 없다.

그런데 돼지의 행복도 그리 오래가지는 않았다.

그로부터 이삼일이 지났을 때, 교수는 무척이나 지겨운 설교를 하고 있었다.

"대학생 여러분, 의지를 굳건히 하도록. 알겠나."

돼지는 모처럼 목욕을 시켜준 대학생에게 미안한 마음이 들 정도였다. 그때 풀썩하고 위에서 떨어져 내린 한 덩어리의 음식물에서, 조금 가늘고 긴 하얀 물체, 끝에 짧은 털이 달린, 아주 직접적으로 이야기하면 낙타표 칫솔 이쑤시개를 보았던 것이다.

돼지는 정말로 섬뜩했다. 그 이쑤시개의 털을 보면 자기 몸의 털이 바람에 날리는 풀처럼 꺼슬꺼슬 울렸던 것이다. 돼지는 정말로 오랜 시간 이상한 표정을 지으며 바라보고 있었지만, 결국 머리가 빙글빙글 돌며 메스꺼운 기분이 들었다. 그러다 갑자기 저쪽 짚단에 머리를 묻고는 잠이 들어버렸다.

저녁이 되고 조금 기분이 좋아져서 돼지는 조용히 일어났다. 기분이 좋다고는 해도 결국 돼지의 기분이기 때문에 사과처럼 사각사각하거나 푸른 하늘처럼 빛날 리는 물론 없다. 그것은 회색 기분이다. 회색치고는 조금 차갑고 투명한 기분이다. 그러니까 정말로 돼지의 기분을 알려면 돼지가 되어보는 수밖에 없다.

외래종인 요크셔도 바크셔도 돼지는 결코 자신이 우둔하거나 나태하다고는 생각하지 않는다. 가장 상상하기 어려운 것은 돼지가 자신의 넓적한 등을 몽둥이로 탁하고 맞았을 때 무엇을 느낄까 하는 것이다. 뭐, 일본어이건, 이탈리아어건, 독일어건, 영어건. 자, 어떻게 표현하면 좋을까. 어느 언어이든 결국 비명 소리외에는 알 수 없다. 칸트 박사와 마찬가지로 완전히 불가지론인 것이다.

여하튼 돼지는 계속 살이 쪘으며, 몇 번이고 자고 일어나기를 반복했다. 플란든농업학교의 축산학 교수는 매일 찾아와서 날카로운 눈으로 조용히 그 몸무게를 계산하고는 돌아갔다.

"조금 더 창문을 꼭 닫아 실내를 어둡게 하지 않으면 지방이 잘 붙지 않아. 그리고 이제 슬슬 비육을 시작해도 되지 않을까. 매일 아마인亞麻仁을 조금씩 줘보도록."

교수는 하늘색 윗옷을 입은 젊은 조수에게 그렇게 말했다. 돼지는 그 이야기를 모두 들었다. 그리고 다시 무척이나 불쾌한 기분이 들었다. 이쑤시개 때와 마찬가지다. 모처럼 주는 그 아마인도 제대로 목에 넘어가지 않았다. 이는 모두 축산학 교수의 말투를 통해 돼지가 직감한 것이다.

'여하튼 저 두 사람이 내게 먹을 것을 주기는 하지만 때때로 북극의 하늘 같은 눈빛으로 내 몸을 뚫어지게 본다. 정말 도저히 참을 수

없는, 말조차 붙일 수 없을 것 같은 냉엄한 마음으로 나를 보고 있다. 그것이 무섭다, 아아, 무섭다.'

돼지는 마음속으로 생각하면서 더는 참을 수 없어서 앞에 있는 울타리에 코를 마구잡이로 박았다.

그런데 바로 그 돼지가 도축되기 한 달 전, 그 나라의 왕이 하나의 포고령을 내렸다.

그것은 '가축도살동의조인법'이라고 해서 누구라도 가축을 죽이려는 자는 그 가축에게 사망승낙서를 받을 것 또한 그 승낙증서에는 반드시 가축의 지장을 찍으라는 내용의 포고령이었다.

그래서 그즈음에는 소든 말이든 모두 도축되기 전날에는 주인의 강요로 증서에 지장을 찍었다. 나이가 아주 많은 말은 억지로 말굽이 벗겨진 채 뚝뚝 눈물을 흘리면서 그 커다란 지장을 증서에 찍었던 것이다.

플란든의 요크셔도 활판 인쇄된 그 사망승낙서를 보았다. 그 승낙증서를 본 것은 어느 날의 일. 플란든농업학교의 교장이 커다란 노란색 종이를 들고 돼지에게 다가왔다. 돼지는 어학도 꽤 공부했었고 또한 실제로 돼지의 혀는 부드러워서 선천적인 소질도 충분했었기 때문에 아주 유창한 사람 말로 조용히 교장에게 인사를 했다.

"교장 선생님, 날씨가 참 좋습니다."

교장은 그 노란색 증서를 말없이 옆구리에 낀 채, 주머니에 손을 넣고 쓴웃음을 지으면서 이렇게 말했다.

"음, 뭐, 날씨는 좋군."

돼지는 왠지 그 말이 귀에 들어왔고, 그리고 목에 걸렸다. 게다가 교장이 돼지의 몸을 뚫어지게 보는 눈빛은 그 축산학과 교수의 눈빛과 아주 똑같았던 것이다.

돼지는 슬프게 귀를 늘어뜨렸다. 그리고 조심조심 이렇게 말했다.

"저는 요즘 기분이 너무 우울해서 견딜 수가 없습니다."

교장은 다시 쓴웃음을 지으며 돼지에게 이렇게 말했다.

"음. 기분이 우울하다는 말이지. 그렇군. 이제 이 세상이 싫어졌나? 아, 그런 건 아닌가."

돼지가 너무 우울한 얼굴을 했기 때문에 교장은 서둘러 말을 취소했다.

그리고 농업학교 교장과 돼지는 한동안 말없이 서로 노려본 채 서 있었다. 단 한마디도 하지 않고 가만히 서 있었던 것이다. 그러는 동안 마침내 교장은 그날은 지장 받는 것을 포기하고 말했다.

"여하튼 잘 쉬어라. 너무 많이 움직이며 돌아다니지 말고."

그리고 그 노란색의 커다란 증서를 옆구리에 낀 채 저쪽으로 가버렸다.

돼지는 그 뒤에 몇 번이나 조금 전 교장의 쓴웃음을 떠올리고, 무척이나 저의가 있는 듯한 말을 반복하고 반복해보더니 몸서리를 치며 혼잣말을 했다.

'여하튼 잘 쉬어라. 너무 많이 움직이며 돌아다니지 말고.' 도대체 이게 무슨 뜻일까. 아, 너무 괴롭다, 괴로워. 돼지는 그런 생각으로 그 사다리꼴 머리가 갈라지는 듯했다. 게다가 그 밤은 강한 눈보라 때문에 밖에서는 바람이 무시무시하게 불었고, 퍼석퍼석하게 마른 눈가루가 축사 틈새로 날아 들어와 돼지가 남긴 음식도 눈으로 새하얗게 덮였다.

그런데 다음 날, 축산학과의 교수가 다시 찾아와 그 하늘색 윗옷을 입은, 얼굴이 빨간 조수와 평상시의 날카로운 눈빛으로 돼지의 머리부터 귀, 등, 꼬리까지 마치 잡아먹을 듯이 뚫어지게 바라보더니 뾰족한 손가락을 하나 치켜세우며 말했다.

"매일 아마인을 주고 있나?"

"주고 있습니다."

"그렇단 말이지. 이제 내일이든 모레든 좋으니까, 빨리 승낙서를 받으면 되는데. 어떻게 된 걸까. 어제 교장이 분명 증서를 옆구리에 끼고 이쪽으로 왔었는데."

"네, 축사로 들어갔었습니다."

"그러면 이미 받았나? 받았으면 곧바로 넘겨줬을 텐데."

"글쎄요."

"방을 조금 더 어둡게 하면 어떨까. 그리고 하기 전날에는 사료를 아무것도 주지 말도록."

"네, 반드시 그렇게 하겠습니다."

축산학 교수는 날카로운 눈으로 다시 한번 돼지를 뚫어지게 본 후, 방을 나갔다.

그 이후 돼지의 번민은 계속되었다.

'승낙서라는 것은 무슨 승낙서일까. 도대체 무엇을 하라는 것일까. 하기 전날에는 아무런 사료도 줘서는 안 된다니, 하기 전날이 뭘까. 도대체 무슨 짓을 하려는 것일까. 어딘가 멀리 팔려가는 걸까. 아, 너무 괴롭다.'

그리고 돼지의 머리가 깨질 듯한 일은 그 다음 날도 마찬가지로 일어났다. 그날 밤 돼지는 너무 신경이 예민해져서 잠을 잘 수도 없었다. 그런데 다음 날 아침이 되고 마침내 태양이 떠올랐을 즈음, 기숙사의 학생 세 명이 히죽히죽 웃으며 축사로 왔다. 그리고 밤새 잠을 못 자 머리가 욱신거리는 돼지에게 다시 듣기 싫은 이야기를 들려주었던 것이다.

"언제 하는 거지. 빨리 보고 싶은데."

"난 보고 싶지 않아."

"빨리하면 좋을 텐데. 저장해 둔 파도 너무 추우면 얼어버려."

"감자도 준비해 두었지?"

"잘 준비해 뒀어. 서 말이나 숨겨놨지. 우리끼리 다 먹지도 못할 거야."

"오늘 아침은 상당히 춥군."

한 학생이 하얀 입김을 손에 불면서 말했다.

"돼지 녀석은 따뜻해 보이는데."

다른 학생이 그렇게 대답하자, 세 사람 모두 웃음을 터뜨렸다.

"돼지 녀석은 지방으로 만들어진 한 치 두께의 외투를 입고 있으니, 따뜻하겠지."

"따뜻해 보여. 저 봐, 김도 모락모락 피어오르잖아."

돼지는 너무 슬프고, 괴로워서 비틀거렸다.

"빨리해버렸으면 좋겠군."

세 사람은 중얼거리면서 축사를 나갔다. 그 이후의 돼지의 괴로움이란…….

'보고 싶다, 보고 싶지 않다, 빨리하면 좋을 텐데, 파가 언다, 감자 서 말, 다 먹을 수 없다. 한 치 두께의 지방 외투, 아 무섭다, 내 몸을 꿰뚫어보고 있어. 아, 무섭다, 너무 무서워. 하지만 도대체 나와 파는 무슨 관계가 있는 걸까. 아, 괴롭구나.'

한창 번민에 빠져 있을 때 교장이 다시 왔다. 입구에서 눈을 탁탁 털더니, 예의 그 애매한 쓴웃음을 지으며 돼지 앞에 선다.

"어때, 오늘은 기분이 좋은가?"

"네, 고맙습니다."

"좋다니 아주 다행이야. 음식은 맛이 있나?"

"고맙습니다. 아주 맛있습니다."

"그런가, 그거 다행이네. 그런데 사실은 오늘 자네와 은밀히 상의할 것이 있어서 왔네. 어떤가, 정신은 맑은가?"

"하아."

돼지는 목이 잠긴다.

"사실은 말이지, 이 세상에 살아있는 것은 모두 죽지 않으면 안 되네. 실제로 어떤 생명체든 죽는 법. 인간 역시 귀족이라도, 부자라도, 또는 나 같은 중산계급도, 그리고 아주 보잘것없는 걸인도 말이지."

"하아."

돼지는 말이 목에 걸려 확실하게 대답할 수 없었다.

"그리고 인간이 아닌 동물도 마찬가지야. 말이든, 소든, 닭이든, 메기든, 박테리아든 모두 죽지 않으면 안 되는 법이지. 하루살이 같은 경우에는 아침에 태어나 저녁에 죽는, 단 하루의 생명이지. 모두 죽지 않으면 안 되는 거야. 그래서 자네도 나도 언젠가 반드시 죽게 되어 있어."

"하아."

돼지는 목이 잠겨서 대답이고 뭐고 할 수 없었다.

"그래서 사실은 상의를 좀 하고 싶은데. 우리 학교에서는 자네를 오늘까지 키워왔네. 크게 잘해준 것도 없지만, 학교에서 할 수 있는 한 꽤 소중히 대해줬어. 자네 친구들도 곳곳에 많이 있고……. 뭐, 잘 알고 있겠지만. 스스로 직접 이야기하는 것도 우습지만, 여기만큼 대우를 잘 해주는 곳은 없네."

"하아."

돼지는 대답하려 했지만, 조금 전에 먹었던 음식이 모두 목에 걸려 아무리 해도 목소리가 나오지 않았다.

"그래서 말인데, 자네가 조금이라도 그런 사정을 고맙게 생각한다면, 아주 작은 부탁 하나 들어줄 수 없겠나?"

"하아."

돼지는 목소리가 잠겨서 도저히 대답을 할 수 없었다.

"이건 아주 사소한 거야. 여기에 이런 종이가 있네. 이 종이에는 이렇게 쓰여 있어. '사망승낙서. 소생은 오랜 시간 은혜를 받았습니다. 상황에 따라서는 언제든지 죽음을 받아들이겠습니다. ○○○○년 ○○월 ○○일 플란든 축사 내, 요크셔. 플란든농업학교 교장 귀하.' 이 정도의 일이네만……."

교장은 이미 말을 꺼냈기 때문에 일사천리로 숨도 쉬지 않고 지껄였다.

"결국 자네는 어차피 죽지 않으면 안 되니까 그 죽는 때를 당당하게, 언제라도 죽겠다고 하는 의미인 거야. 정말 아무것도 아니네. 죽지 않아도 되는 동안에는 당연히 죽을 필요가 없지. 여기에 그냥 자네 앞발의 지장을 한 번 찍어주었으면 하네. 그뿐이네."

돼지는 눈썹을 찡그리며 들이 내민 증서를 한동안 말없이 바라보고 있었다. 교장의 말대로라면 아무것도 아니지만, 증서의 문구를 꼼꼼하게 읽어보면 엄청나게 무서운 것이었다. 결국 돼지는 참지 못하고 울음 섞인 목소리로 말했다.

"'언제라도'라는 것은 '오늘이라도'라는 것입니까?"

교장은 움찔했지만 얼른 추스르고 이렇게 말했다.

"뭐, 그렇지. 하지만 오늘이라니…… 그런 일은 결코 없네."

"하지만 '내일이라도'라는 의미겠죠."

"자, 내일이라니, 그렇게 갑작스럽지 않아. 언제라도, 언젠가 같은,

아주 애매한 거야."

"죽는다는 것은 내가 제바람에 죽는 것입니까?"

돼지는 다시 새된 목소리로 그렇게 물었다.

"음. 꼭 그런 것은 아니겠지."

"싫습니다, 싫습니다. 그렇다면 싫습니다. 절대 싫습니다."

돼지는 울면서 외쳤다.

"싫다고! 그러면 어쩔 수 없지. 넌 은혜라는 게 뭔지 전혀 모르는군. 개나 고양이만도 못한 놈이야."

교장은 불같이 화를 내며 얼굴이 벌게진 채 증서를 재빨리 주머니에 넣고 성큼성큼 축사를 나갔다.

"어차피 처음부터 개나 고양이보다 못했다고요! 와앙."

돼지는 억울함과 슬픔이 동시에 북받쳐 목 놓아 울음을 터뜨렸다. 하지만 반나절 정도 울고 나니 이틀 밤이나 자지 못했던 피로가 순식간에 덮쳐와 결국 울면서 잠이 들었다. 그 잠 속에서도 돼지는 몇 번이고 몇 번이고 가위에 눌려 손발을 부들부들 떨었다.

그런데 그 다음 날의 일이다. 그 축산학 교수가 조수를 데리고 다시 찾아왔다. 그리고 예의 그 견딜 수 없는 눈빛으로 돼지를 응시하더니 무척 언짢은 얼굴로 조수에게 이렇게 말했다.

"어떻게 된 건가? 살이 완전히 빠졌지 않나. 이건 정말 말도 안 되는군. 농사꾼이 집에서 키워도 이 정도는 할 수 있네. 도대체 어찌 된 일일까. 짚이는 바가 없나? 볼살도 완전히 줄었어. 게다가 어깨가 저렇게 얇아서는 품평회에 출품할 수도 없어. 도대체 어떻게 된 거지?"

조수는 입술에 손가락을 대고 한동안 생각에 잠기더니, 멍하니 대답했다.

"저, 어제 오후에 교장이 이곳에 왔었을 뿐입니다. 그뿐이었다고 생각합니다."

축산학과 교수는 펄쩍 뛰었다.

"교장? 그렇군, 교장이야. 분명 승낙서를 받겠다고 얼빠진 짓을 했겠지. 겁을 준 거야. 그래서 이 녀석은 어젯밤 뒤척이며 잠을 자지 못한 거군. 아주 난처한 상황이 되었어. 게다가 분명 승낙서도 받지 못했겠지. 상황이 매우 곤란해졌어."

교수는 정말 분하다는 듯 한동안 이를 북북 갈더니 팔짱을 끼고 다시 말했다.

"에잇, 어쩔 수 없군. 창문을 활짝 열어 줘. 그리고 밖으로 데리고 나가서 운동을 조금 시켜. 마구 때리거나 달리게 해서는 안 되네. 햇빛이 없는 곳, 마구간 뒤 웅달 주변의 눈이 없는 풀밭으로 천천히 데리고 가서 걷게 해. 한 번에 15분 정도, 그리고 사료를 주지 말고 조금 배가 고프게 해. 완전히 기분이 좋아지면 양배추의 좋은 부분을 조금만 줘. 그러고 나서 점점 좋아지면 지금까지 하던 대로 하면 돼. 한 달 간의 비육을 하룻밤에 완전히 허사로 만들었어. 알겠나."

"알겠습니다."

교수는 교직원실로 돌아가고 돼지는 완전히 낙심해서 멍하니 맞은편 벽을 보고 있었다. 움직이는 것도 소리치는 것도 싫었다. 그곳에 조수가 가는 회초리를 들고 웃으면서 들어왔다. 조수는 울타리 출구를 열고 정중하게 말했다.

"조금 산책을 하는 것이 어떻겠습니까. 오늘은 날씨가 아주 맑고 바람도 조용합니다. 그러면 함께 가시죠."

회초리가 휙 하고 등으로 온다. '이 자식은 정말 꼴도 보기 싫어.' 요크셔는 어쩔 수 없이 느릿느릿 축사를 나왔지만, 가슴은 온통 슬픔으로 가득해서 걸으면 찢어질 듯했다. 조수는 뒤에서 느긋하게 〈It's a Long Way to Tipperary〉를 휘파람으로 불며 천천히 따라온다. 채찍도 흔들흔들 흔들고 있다.

'〈It's a Long Way to Tipperary〉 따위가 뭐람, 나는 이렇게 슬픈데' 하며 돼지는 종종 입술을 일그러뜨린다.

이따금 "자, 조금 더 왼쪽으로 걸으면 어떻겠습니까" 따위의 말만 공손하게 하면서 채찍을 철썩 휘두른다. '이 세상은 정말로 너무 괴롭고 괴로워. 정말로 고통의 세계야.' 채찍을 맞으며 산책을 하던 돼지는 절실히 그렇게 생각했다.

"자, 어떻습니까. 이제 그만 쉬도록 합시다."

조수는 다시 한번 철썩하고 채찍을 내리친다. 잘난 대학생 여러분, 이런 산책이 뭐가 재미있겠는가. 이따위 산책은 몸을 위해서건 뭐를 위해서건 아무런 도움도 되지 않는다고.

돼지는 어쩔 수 없이 축사로 돌아와 볏짚 위에 풀썩 누웠다. 조수는 양배추의 파란 부분을 아주 조금 가지고 왔다. 돼지는 먹고 싶지 않았지만, 조수가 마주 보고서서 뭐라 표현할 수 없이 무서운 눈으로 가만히 기다리고 있었다. 정말 어쩔 수 없이 양배추를 조금 먹는 시늉을 하자 조수는 그제야 안심하며 '흐음' 하고 웃더니 다시 〈It's a Long Way to Tipperary〉를 휘파람으로 불며 나갔다.

어느새 창문은 완전히 열려있었기 때문에 돼지는 추워서 견딜 수가 없었다.

그런 상태로 요크셔는 종일 생각에 잠긴 채 꿈속처럼 멍하니 사흘을 보냈다.

나흘이 되는 날에 다시 축산학 교수가 조수와 함께 왔다. 돼지를 한 번 힐끗 보더니 손사래를 치며 조수에게 말한다.

"안 되겠군, 안 되겠어. 자네는 왜 내가 지시한 대로 하지 않았나?"

"아닙니다. 창문도 확실하게 열었고, 양배추의 좋은 부분도 주었습니다. 운동도 매일 세심하게 15분씩 시켰습니다."

"그런가? 그렇게까지 했는데도 역시 잘 안 됐단 말이지. 이 녀석은 계속 마르기만 하고 있어. 신경성 영양부족이야. 옆에서 아무리 애써 봤자 소용없어. 뼈와 껍질만 남기 전에 결정해야 해. 어디까지 갈지 알 수 없어. 이봐, 창문을 모두 닫아. 그리고 비육기를 사용하자고. 사료를 마구 밀어 넣어. 보리 기울 두 되하고 아마인 두 홉, 그리고 옥수수가루 다섯 홉을 물로 반죽해서 경단으로 만들어 하루에 두세 번 정도로 나눠서 비육기를 이용해 주도록. 비육기는 있겠지?"

"네, 있습니다."

"이 녀석은 묶어둬. 아니, 묶기 전에 먼저 승낙서를 받아야지. 교장도 너무 서투르군."

축산학 교수가 서둘러서 교사 쪽으로 달려갔으며 조수도 뒤를 따라나갔다.

잠시 후 농업학교 교장이 무척이나 허둥대며 나타났다. 돼지는 몸 둘 곳도 없이 코로 볏짚을 파고 있었다.

"어이, 이제 서두르지 않으면 안 돼. 지난번의 사망승낙서 있지 않나, 오늘은 무슨 일이 있어도 거기에 지장을 받았으면 해. 별거 아니야. 찍어 줘."

"싫습니다, 싫습니다."

돼지는 울었다.

"싫다고? 이봐. 그렇게 제멋대로 말하지 마. 네 몸은 모두 학교 덕분에 만들어진 거야. 앞으로도 매일 보리 기울 두 되와 아마인 두 홉, 그리고 옥수수가루 다섯 홉씩 줄 거야. 이제 적당히 하고 지장을 찍으라고. 그래도 안 찍겠나?"

과연 그렇게 화를 내는 모습을 보니, 교장이라는 자는 정말로 무서운 사람이었다. 돼지는 완전히 겁을 먹고 "찍겠습니다. 찍겠습니다" 하고 잠긴 목소리로 말했다.

"좋아, 그러면……" 하고 교장은 간신히 기분을 바꾸고 재빨리 그 사망승낙서의 노란 종이를 꺼내 돼지 눈앞에 펼쳤다.

"어디에 찍으면 됩니까?"

돼지는 울면서 물었다.

"여기, 네 이름 아래에."

교장은 안경 너머로 돼지의 작은 눈을 뚫어지게 보며 말했다. 돼지는 입을 움찔움찔 옆으로 굽히며, 짧은 오른쪽 앞다리를 힘겹게 든 후 지장을 꽉 찍었다.

"아하하. 좋아. 이걸로 됐어."

교장은 종이를 빼앗아 그 지장을 자세히 살펴본 후 기분을 바꾸고 그렇게 말했다. 출입구에서 기다리고 있었던 듯 그 심술 고약한 축산학과 교수가 갑자기 다가왔다.

"어떤가요. 잘 됐습니까?"

"응, 됐어. 그러면 이것은 당신에게 맡겨둘 테니까. 아, 비육은 며칠 정도지?"

"여하튼 상황을 봐야 합니다. 닭이나 집오리라면 틀림없이 살이 찝니다만, 이런 신경과민의 돼지는 어쩌면 강제 비육으로는 잘되지 않을 수도 있습니다."

"아, 그런가? 여하튼 확실히 해주게."

그리고 교장은 돌아갔다. 이번에는 조수가 나사가 붙어 있는 이상야릇한 즈크관과 양동이를 들고 왔다. 축산학 교수는 그 양동이 속에 있는 것을 조금 집어 자세히 살펴보면서 말했다.

"그러면 돼지를 묶어."

조수는 마닐라 로프를 들고 우리 안으로 뛰어들어갔다. 돼지는 버둥거리며 몸부림쳤지만 결국 우리 구석에 있는 두 개의 쇠고랑에 오른쪽 두 다리가 묶였다.

"좋아. 그러면 이 끝을 목에 넣어."

축산학 교수는 그렇게 말하며 즈크관을 조수에게 건넸다.

"자, 입을 벌려요. 자, 입을."

조수는 조용히 말했지만 돼지는 이를 꽉 물고 절대 입을 벌리지 않았다.

"어쩔 수 없군. 이걸 입에 물리게."

교수가 짧은 강철관을 내밀었다.

조수는 그 관을 돼지의 이 사이로 꾹꾹 밀어 넣었다. 돼지는 목청껏 소리치기도 하고 울기도 했지만 결국 관이 입에 물려 목 안쪽으로만 울고 있었다. 조수는 그 강철관을 통해 즈크관을 돼지의 목까지 밀어 넣었다.

"자, 됐어. 이제 시작하지."

교수는 양동이 속의 사료를 즈크관 끝의 깔때기로 옮기고, 그리고 이상한 나사를 사용해 음식을 돼지의 위로 보냈다. 돼지가 아무리 먹지 않으려고 해도 결국 목에서 지고 말았으며, 그 반죽이 된 사료가 위 속으로 들어가 배는 점점 무거워졌다. 그것이 강제비육이었다.

돼지는 너무도 불쾌해서 온종일 미친 듯이 울었다.

다음 날 교수가 다시 왔다.

"좋아, 살이 쪘군. 효과가 있어. 앞으로 매일 두 번씩 사환과 같이 하게."

그런 상태로 지낸 일주일 동안 돼지는 밖에 해가 떴는지 바람이 부는지조차 전혀 짐작도 할 수 없었고, 단지 위가 엄청나게 짓눌리는 듯 답답했으며 볼과 어깨가 불쾌하게 부풀어 올라 마침내 숨을 쉬는 것조차 힘들 정도였다. 학생들도 계속해서 찾아와 여러 가지 이야기를 하고 있었다.

"상당히 커졌네. 몇 관이나 될까?"

"뭐 선생님이라면 한눈에 몇백까지는 알겠지만 우리는 모르지."

"비중을 모르니까."

"비중은 알아. 비중은 거의 물과 같을 거야."

"그걸 어떻게 알아?"

"대체로 그렇다니까. 만약 이 녀석을 물에 넣으면 분명 가라앉지도 뜨지도 않을 거야."

"아니야, 가라앉지는 않지만 분명히 뜰 거야."

"그건 지방 때문이겠지. 하지만 돼지도 뼈가 있어. 그리고 살도 있기 때문에 아마 비중은 1 정도야."

"비중은 그렇다고 치고, 이 녀석은 몇 말이나 될까."

"다섯 말 다섯 되는 될 거야."

"아니야, 다섯 말 다섯 되 정도가 아니야. 얼핏 봐도 여덟 말은 되는데."

"여덟 말 정도가 아니야, 분명 아홉 말은 될 거야."

"그냥 일곱 말이라고 하자. 일곱 말이면 물 한 말이 다섯 관이니까, 이 녀석은 딱 서른다섯 관."

"서른다섯 관은 되겠군."

그런 이야기를 들으면서 돼지는 얼마나 울었던가. 아무리 그래도 이건 너무하다, 내 몸을 한 말들이 그릇으로 재고 있다니, 일곱 말이니 여덟 말이니 하면서.

그리고 딱 이레가 되는 날, 다시 그 교수가 조수와 함께 나란히 돼지 앞에 섰다.

"이제 그만해도 되겠어. 딱 좋아. 이 정도까지 쪘으면 거의 최대치야. 이 정도가 적당해. 비육이 너무 지나쳐서 병이라도 한 번 걸리면 다시 뒷걸음질칠 뿐이야. 내일이 딱 좋겠어. 오늘은 사료를 그만 주게. 그리고 사환과 함께 깨끗하게 씻어 주도록. 볏짚도 새것으로 깔아주고. 알겠나?"

"알겠습니다."

돼지는 그들의 대화를, 온 힘을 다해 귀를 기울여 듣고 있었다.

'마침내 내일이야. 그것이 그 사망증서라는 건가. 마침내 내일이야, 내일이라고. 도대체 어떤 일일까. 괴로워, 너무 괴로워.'

돼지는 너무 괴로운 나머지 머리를 나무판에 쿵쿵 박았다.

그날 오후 다시 조수가 사환과 함께 왔다. 그리고 다리를 묶어둔 두 개의 쇠고랑을 풀고 조수가 말했다.

"어떻습니까, 오늘은 목욕을 좀 하시죠. 준비는 모두 해두었습니다."

돼지가 아직 허락이고 뭐고 아무 말도 하지 않았는데 채찍이 철썩 날아왔다. 돼지는 어쩔 수 없이 걷기 시작했지만, 너무 살이 찐 나머지 움직이는 것이 버거워 세 걸음 만에 숨을 헐떡였다.

그러자 채찍이 철썩 날아온다. 돼지는 쓰러질 듯했지만 비틀비틀 축사 밖까지 나갔다. 그곳에는 따뜻한 물이 담긴 커다란 나무통이 놓여있었다.

"자, 이 안으로 들어가십시오."

조수가 다시 채찍을 철썩 휘두른다. 돼지는 가까스로 굴러 들어가듯 그 높은 가장자리를 넘어 나무통 안으로 들어갔다.

사환이 커다란 브러시로 돼지의 몸을 깨끗하게 씻었다. 그 브러시를 보고 돼지는 바보처럼 소리를 질렀다. 그 이유는 브러시가 돼지의 털로 만든 것이었기 때문이었다. 돼지가 울부짖는 동안에 몸은 매우 하얘졌다.

"자, 돌아갑시다."

조수가 다시 철썩하고 채찍을 휘두른다.

돼지는 어쩔 수 없이 밖으로 나간다. 추위가 몸속으로 오싹오싹 스며든다. 돼지는 결국 기침을 한다.

"이 녀석, 감기 걸리겠어요."

사환이 눈을 동그랗게 뜨며 말했다.

"잘 안 썩으니 좋지 뭐."

조수가 쓴웃음을 지으며 말했다.

돼지가 다시 축사로 들어가자 볏짚이 깨끗하게 바뀌어 있었다. 추위가 몸을 찌르는 듯했다. 게다가 오늘 아침부터 아직 아무것도 먹지 않았기 때문에 위도 이미 텅 빈 듯 격렬하게 꼬르륵 소리를 냈다.

돼지는 더 이상 눈도 뜨지 못했고 머리가 지끈지끈 울렸다. 요크셔가 살아오며 겪었던 여러 가지 무서운 기억이 마치 주마등처럼 밝아졌다가 어두워졌다 하며 머릿속을 스쳐 간다. 갖가지 무서운 소리가 들린다. 그 소리가 돼지 밖에서 나는 소리인지, 아니면 돼지 안에서 나는 소리인지 그조차 알 수 없었다. 그러는 동안 어느새 아침이 되었고 교사 쪽에서 종이 울렸다. 잠시 후 왁자지껄한 소리가 나면서 수많은 학생이 찾아왔다. 역시 조수도 있었다.

"밖에서 할까? 그래, 역시 밖이 좋겠어. 데리고 나가. 이봐, 데리고 나가서 너무 꽥꽥거리지 않도록 해. 맛없어지니까."

축산학 교수가 평상시와는 달리 갈색 가운 같은 것을 입고 어느새 출입문에 서 있었다.

조수가 조심스럽게 들어온다.

"날씨도 무척 좋습니다. 오늘은 잠시 산책을 하시는 건 어떻습니까."

다시 채찍이 철썩하고 닿는다. 돼지는 반박도 하지 않고 후욱후욱 하고 볼을 부풀리더니 터벅터벅 걷기 시작한다. 학생들의 검은 두 다리들이 앞과 옆에서 꿈처럼 몽롱하게 움직이고 있었다.

갑자기 확 밝아졌다. 축사 밖은 눈 위로 햇살이 내리쬐고 있었고 눈이 부신 돼지는 눈을 가늘게 뜨고 역시 터벅터벅 걸어갔다.

도대체 어디로 가는 걸까? '저쪽에 삼나무가 한 그루 있군' 하며 머리를 살짝 든 순간, 갑자기 돼지는 세찬 하얀 빛 같은 것이 불꽃처럼 눈앞에서 퍼지는 것을 보았다. 그 불꽃에서 수억 수천의 빨간 불이 물처럼 옆으로 흐르고 있다. 그 이후의 일을 나는 더 이상 알지 못한다. 여하튼 돼지 바로 옆에는 축산학 교수가 커다란 쇠망치를 들고 숨을 헉헉거리며 조금 창백해진 채 서 있다. 돼지는 코를 단 두 번 킁킁거리고는 다시 그 발밑에 쓰러져 꼼짝도 하지 않았다.

학생들은 소란스럽게 움직이며 돼지의 몸을 씻었던 나무통에 다시 한번 새로운 물을 채웠다. 그리고 모두 소매를 위까지 걷어붙인 채 기다리고 있었다.

조수가 커다란 칼로 돼지의 목을 쓰윽 찔렀다.

이 이야기는 정말 너무도 서글픈 이야기다. 그 이후의 이야기는 그만두기로 하자. 여하튼 돼지는 곧 몸이 여덟 조각으로 분해되어 축사 뒤에 쌓여 졌다. 그리고 눈 속에서 하룻밤 재워졌다.

대학생 제군, 그날 밤하늘은 맑았고 황소자리도 반짝이기 시작했으며, 음력 24일의 은색 뿔 같은, 차갑게 빛나는 조각달이 푸르스름

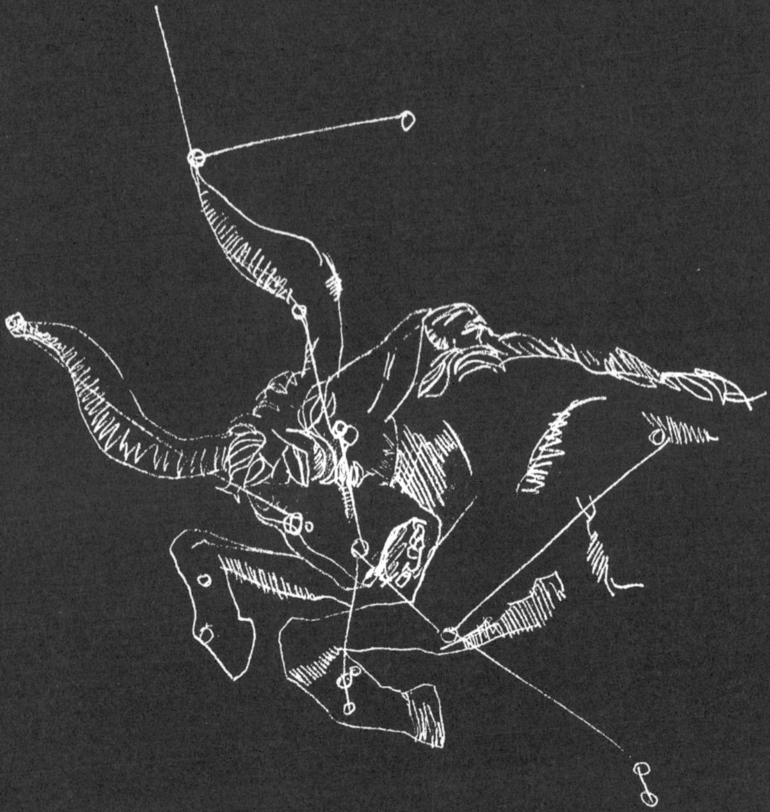

한 수은 빛을 눈 위로 쏟아냈다. 그 차가운 하얀 눈 속, 전장의 묘지처럼 쌓여 있던 눈 아래에, 깨끗하게 씻긴 돼지는 여덟 조각이 되어 묻혔다. 달이 말없이 지나간다. 밤은 더욱더 추워졌다.

★

베지테리언 대축전

ビヂテリアン大祭

나는 작년 9월 4일, 뉴펀들랜드 섬의 작은 산골 마을 힐티에서 열린 베지테리언 대축전에 일본의 신자 일동을 대표해서 참석하고 왔습니다.

알고 계신 분들이 많겠지만, 애당초 베지테리언이라는 것은 사실 동물성을 먹지 않겠다는 생각을 하는 사람들입니다. 일본에서는 채식주의자로 번역하고 있지만, '주의자'보다는 조금 더 의미가 강한 부분이 많습니다. 채식신자라고 번역하면 너무 강할 수도 있지만, '주의자'보다는 실제 모습에 더 적합하다고 생각합니다. 원래 베지테리언에도 여러 가지 파가 있습니다만, 기본정신을 기준으로 나누면 동정파와 예방파 이 두 가지입니다.

이 이름은 주위에서 조롱조로 붙인 이름이지만, 내용을 잘 표현하고 있기 때문에 우리도 신경 쓰지 않고 사용합니다.

우리가 해당하는 동정파는 불교에서처럼 모든 동물은 인간과 마찬가지로 자신의 생명을 소중히 한다는 점에서 출발합니다. 한 사람이 살기 위해서 다른 동물의 생명을 빼앗아 먹는다는 것, 그것도 하루에 하나 정도가 아니라 수백 수천인 경우도 있는데 그것을 아무렇지도 않게 생각하는 것은 우리 인간들의 생각이 부족하기 때문이며, 잡아먹히는 처지가 되어 생각해보면 너무도 가여워서 그런 짓은 할 수 없다고 말하는 사상입니다. 한편 예방파는 조금 다릅니다. 예방파는 사실 질병의 예방을 위해 되도록 동물성을 먹지 않는 것입니다. 즉, 육류나 동물의 젖을 너무 많이 먹으면 류머티즘이나 통풍, 악성 부기 등 여러 가지 좋지 못한 결과가 생기므로 그런 병에 걸리기 싫거나 또는 그런 질병의 경향이 있는 사람은 그 모임으로 들어가는 것입니다. 그러므로 예방파 사람들은 버터나 치즈를 콩으로 만들거나 또는 채식병원 같은 것을 세우는 등 여러 가지 일들을 하고 있습니다.

이상은 베지테리언의 기본정신을 기준으로 크게 두 가지로 나눈 것입니다만, 한편으로는 그 실행방식으로 분류하면 세 가지가 됩니다. 첫째는 동물성은 전혀 먹어서는 안 된다는 방식입니다. 즉, 짐승이나 물고기 등 모든 육류는 물론 우유와 우유로 만든 치즈나 버터, 달걀이 들어간 카스텔라 등도 일절 금하는 사람들입니다. 일본의 경우라면 가다랑어를 우려낸 국물이 들어간 것도 안 된다는 것입니다. 이 방식을 실행하는 사람들은 동정파나 예방파 모두 있습니다만, 대부분은 예방파 사람들이 하는 방식입니다. 둘째로는 치즈나 버터, 우유, 그리고 달걀 정도는 다른 생명을 빼앗는 것이 아니니까 상관없으며, 몸에 크게 독이 되지도 않는다는 생각이기 때문에 비교적 온건한 방식입니다. 세 번째는 우리도 여기에 포함됩니다만, 아무리 다른 생명을 빼앗지 않고 자기들만 잘한다고 해도 실제로 다른 동물이 괴로워한다면 아무런 의미도 없다, 말하자면 다른 동물이 불쌍하므로 먹지 않는다는 생각입니다. 따라서 아주 작은 부분까지 일일이 따지거나 다른 사람을 불편하게 하면서까지 할 필요는 없다, 만약 수많은 생명을 위해 어쩔 수 없이 하나의 생명이 필요한 경우에는 비록 울면서라도 먹어도 된다, 그 대신 만약 필요한 생명이 나 자신이 되었을 때도 굳이 피하지 않는다는 것입니다. 하지만 그런 비상상태는 사실 거의 없으므로 평상시에는 되도록 식물을 먹고 동물을 죽이지 않도록 해야 한다, 아무쪼록 자기 자신의 기분만 편안해지는 데에 집착해서 중요한 정신을 잊어서는 안 된다고 하는 것입니다.

이것으로 베지테리언이라는 것의 대체적인 성격은 아셨을 테니, 이제 작년 그 대축전에 갔었을 때의 이야기를 하겠습니다.

내가 뉴펀들랜드의 트리니티 항구에 도착한 것은 대축전이 열리기 딱 전전날이었습니다. 자칫하면 늦을 수도 있겠다고 생각했지만, 적절한 날짜에 도착했기 때문에 무척 기뻤습니다. 배 안에서 터키에서 온 여섯 명의 사람들과 인사를 나누게 되었습니다. 그 일행의 단장은 지학박사였습니다. 대축전에 참가한 후에 곧바로 여섯 명 모두 캐나다 북쪽을 탐험할 것이라고 했습니다. 우리는 배에서 내리자 곧바로 여장을 꾸려 힐티 마을로 출발했습니다. 사실 나는 일본을 떠날 때에는 '뉴펀들랜드에 도착하기만 하면 모든 사람의 눈길이 그 힐티라는 마을을 향하고 있겠지, 세계에서 모인 여행객들이 줄줄이 그쪽을 향할 테니 가는 길 정도는 금방 찾을 수 있겠지' 하고 생각했습니다. 그런데 배 안에서 우연히 터키인 여섯 명을 만났을 뿐, 실제로 트리니티 마을에 도착하니 그 어디에도 그런 광고지는 붙어있지 않았고, 힐티라는 이름을 입에 올리는 사람도 전혀 없어서, 사실 조금 의외라고 느꼈습니다.*

★ ★ ★

마을을 나와 해안의 하얀 절벽 위에 있는 작은 길을 걸어갔습니다.

하늘이 흐렸기 때문에 대서양이 살짝 녹슨 양철색으로 보였고, 가을 바람은 하얀 물결마루를 일으켰으며, 작은 어선이 줄지어 그 사이를 흘러가고 있었습니다. 낙엽송 밑가지는 벌써 갈색으로 변해있었습니다.

터키 사람들은 길 위에 솟아 있는 바위를 쇠망치로 두드리기도 하고 왁자지껄 이야기를 나누기도 하면서 걸었습니다. 나는 빈 트렁크를 들고 홀로 그 뒤를 따라 걸었습니다. 한 시간 반 정도 갔을 때, 우리는 바다를 따라 솟아있는 어느 고개의 정상으로 갔습니다.

"이제 힐티 마을이 보일 것입니다."

단장인 지학박사가 내 앞으로 와서 지도를 보며 영어로 말했습니다. 우리는 건너편을 주의 깊게 바라보았습니다. 노송나무가 가득 자라나 있는 골짜기 아래에, 대여섯 개의 하얀 벽이 보였으며 그 골짜기에는 바다가 협만 모양으로 새파랗게 들어와 있었습니다.

"저곳이 힐티 마을입니까?"

나는 단장에게 물었습니다. 단장은 계속해서 지도와 눈앞의 지형을 비교하더니, 한참 후 안경을 조금 고쳐 쓰면서 말했습니다.

"그렇습니다. 저곳이 힐티 마을입니다. 우리 교회는 아마도 오른쪽에서 세 번째에 보이는 평지붕 집일 것입니다. 깃발 같은 것이 세워져 있는 듯합니다. 저곳에 데이비스 씨가 살고 계십니다."

아시는 분도 계시겠지만, 데이비스는 우리 파의 장로이자《베지테리언》월보의 주필로, 이번 대축전에서 제사장을 맡게 된 사람입니다. 우리는 갑자기 힘이 나서 정말 단숨에 그 고개를 달려 내려갔습

---

* 이하 원고 몇 장이 소실되었다.

니다. 터키 사람들은 배낭을 멘 채 그 긴 다리로, 마치 자석에 이끌린 사철처럼 달려갔습니다.*

★ ★ ★

사람들은 스틱을 끌며 삼삼오오 모여 주변의 풍경을 바라보고 있었습니다. 여성들도 꽤 있었습니다. 또한, 중국인처럼 보이는 얼굴이 노란 사람도 만났습니다. 나는 가만히 그 얼굴을 보았습니다. 그쪽도 멈춰 섰습니다. 그날은 결국 이야기도 나누지 못하고 헤어졌지만, 그 사람 역시 베지테리언으로 축전에 온 사람임은 의심할 여지가 없었습니다. 우리는 교회로 갔습니다. 교회는 회반죽으로 만든 허술한 건물이었으며 곳곳에 갈라진 틈이 보였습니다. 분명 데이비스 씨의 자택 같기는 했지만 크기는 상당했습니다. 깃발과 전등이 노송나무 가지와 겨우살이 나무 등과 멋지게 어우러져 장식되어 있었고, 일고여덟 명의 사람들이 바쁘게 모레 있을 축전 준비를 하고 있었습니다.

우리는 교회 현관에 서서 초인종을 눌렀습니다.

곧바로 붉은 얼굴의 건강해 보이는 백발노인이 쇠망치를 들고 옆방에서 얼굴을 내밀었습니다.*

★ ★ ★

다음 날 아침, 숙소에 누군가* 분홍색 종이에 인쇄된 작은 팸플릿을 열 장 정도 들고 들어왔습니다.

"잘 주무셨습니까. 이건 뭐 오히려 애교네요."

"잘 주무셨습니까. 저도 한 장 보여 주세요."

나는 팸플릿을 손에 들었습니다. 그 팸플릿은 지금도 가지고 있는데, 거기에는 이렇게 적혀 있었습니다.

편협하고 비문명적인 베지테리언을 거부한다

오늘날에는 맬서스의 〈인구론〉을 근본적으로 의심하는 사람은 아무도 없다. 맬서스의 〈인구론〉을 요약하자면 다음과 같다. 인류가 거주할 수 있는 세계의 토지는 한정되어 있으며 또한 식량은 등차급수적으로 증가할 뿐이지만 인구는 등비급수적으로 많아진다. 따라서 인류의 식량은 점점 부족해지는 것이다. 인류의 식량은 동물, 식물, 광물의 세 종류를 넘지 않는다. 그 가운데 광물은 물과 소금뿐이다. 남은 것은 식물과 동물이 약 반반씩을 점한다. 그런데 더없이 편협하고 음험한 생각을 하는 극히 일부의 인간들이 동물은 불쌍하니까 먹으면 안 된다고 떠들면서 세상 사람들에게 그 생각을 강요하고 있다. 그들이 베지테리언이다. 그들의 주장은 사실 인류의 식량을 절반이나 빼앗아버리려는 의도다. 바꿔 말하면 그들은 세계 인류의 절반, 즉 10억 명을 기아로 죽이려는 계획이 아니겠는가. 오늘날 모든 국가의 법률에서는 살인죄를 가장 무겁게 벌하고 있다. 간접적이기는 하지만 베지테리언들도 역시 그 죄를 피할 수 없다. 머지않아 각국의 위원들이 모여서 충분한 토론을 거친 후, 엄중하게 처벌할 것은 뻔한 일이다.

또한, 이 사실은 베지테리언들의 주장이 결국 자가당착으로 끝나는 것을 의미한다. 즉, 베지테리언은 동물을 사랑해서 동물을 먹지 않겠다는 것인데, 어찌하여 동물을 얻지 못해 사망하는 10억의 인류를 방치하겠다는 것인가! 인류도 역시 동물이 아닌가.

"이거 재미있군. 정말 명론이야. 문장도 아주 특이해. 정말 재밌어."

터키의 지학박사는 그 살진 얼굴을 터질 듯 잡아당기며 웃었습니다. 다른 사람들도 웃었습니다. 여하튼 모두 잠옷을 벗고 아래로 내려가 양치를 하거나 세수를 했습니다.

---

* 이하 원고 몇 장이 소실되었다.
* 이하 원고 몇 장이 소실되었다.
* 소실된 원고 때문에 앞 문장과 연결하기 위해 옮긴이가 추가한 부분이다.

우리는 간단하게 아침 식사를 마치고 식이 시작되는 아홉 시까지 시간이 있어서 발코니에서 쉬며 기다리고 있었습니다.

갑자기 교회 근처에서 폭죽이 한 발 올랐습니다. 하늘은 새파랗게 개어 있어서 한 장의 유리처럼 보였습니다. 그 한없이 맑게 닦여진 푸른 하늘에 새하얀 연기가 화악 올랐고, 그리고 노란색의 긴 연기가 꾸불꾸불 내려왔습니다. 그것은 분명 하늘에서 내려오는 용의 형상이 나타나게 한 불꽃입니다. 나는 어제 길에서 만났던 중국인 진 씨가 중국식 황룡의 형상을 만드는 불꽃을 쏜 것이라는 것을 알아차렸기 때문에, 무척 기뻐하며 사람들에게도 설명했습니다.

그때 다시 오늘 아침에 들었던 멋진 나팔 소리가 멀리서부터 울려 퍼졌습니다.

"왔다, 왔어. 자, 어디 얼굴이나 한번 볼까."

지학박사를 선두로 우리는 우르르 현관으로 내려갔습니다. 곧 커다란 빨간 자동차 한 대가 왔습니다. 자동차에는 하얀 글씨로 '시카고 축산조합'이라고 쓰여 있었습니다. 여섯 명의, 머리카락을 완전히 치켜올린 사람들이 셔츠만 입은 채 시뻘건 얼굴로 무언가를 외치며 회색과 갈색의 팸플릿을 뿌리고 있었습니다. 나는 그 회색 팸플릿을 한 장 집어 들었습니다. 거기에는 빨간 글씨로 이렇게 적혀있었습니다.

편협하고 비학문적인 베지테리언을 거부한다

베지테리언의 주장은 완전한 오류다. 지금 이 음침하고 비과학적인 사상을 동물심리학적으로 비판해 보겠다. 베지테리언은 동물이 불쌍해서 먹지 않는다고 한다. 동물이 불쌍하다는 것은 어떻게 알 수 있을까? 단지 이쪽이 불쌍하다고 생각할 뿐이다. 애당초 돼지 등의 짐승이 죽음이라는 고귀한 관념을 가진 것이 아니다. 그들은 단지 '배가 고프다, 무청 줄기를 씹는다, 맛있다, 배부르다, 잔다, 일어난다, 코가 막힌다, 킁킁거린다, 배가 고프다, 보리등겨를 먹는다, 맛있

다, 피곤하니까 잔다' 하는 식으로 하나하나의 작은 현재가 이어지고 있을 뿐이다. 죽이기 전에 '끼—끼—' 하고 외치는 이유는 돼지를 잡아당기고 때리고 하기 때문이다. 그 증거로는 죽일 생각 없이 조금 떨어진 곳에서 달걀 서른 개라도 먹게 해주려고 돼지 다리에 줄을 묶어 잡아당겨 보라. 역시 돼지는 '끼—끼—' 하고 외친다.

이런 이유이므로 정말로 돼지를 불쌍하게 생각한다면 화나지 않게 가만히 맛있는 것을 먹게 해주고 갑자기 뜨거운 물에 처넣어버리는 편이 좋다. 돼지는 무척 기뻐하고 털까지도 완전히 벗겨질 것이다. 우리 조합에서는 이 방법으로 수많은 돼지를 기쁘게 하고 있다. 베지테리언은 그것을 모른다. 자신이 죽는 것이 싫으니까 다른 동물도 모두 그럴 것으로 생각하는 것이다. 너무도 유아적인 발상이다.

나는 억지로 웃으려고 했지만 왠지 웃을 수가 없었습니다. 지학박사도 노란 팸플릿을 읽더니 조금 묘한 표정이 되었습니다. 우리는 서로 마주 보았습니다. 그리고 말없이 서로의 팸플릿을 교환했습니다. 노란 팸플릿에는 이렇게 쓰여 있었습니다.

편협하고 비학문적인 베지테리언을 거부한다

베지테리언의 주장은 완전한 오류다. 지금 그들의 주장을 생물분류학적으로 간단하게 비판해보겠다.

베지테리언은 동물이 불쌍하다고 하는 데, 도대체 어디까지가 동물이고 어디까지가 식물인가. 소나 아메바는 동물이니까 불쌍하고, 박테리아는 식물이니까 괜찮다는 것인가? 박테리아를 식물이라고 하고, 아메바를 동물이라고 하는 것은 단지 연구의 편의상 멋대로 이름을 붙인 것이다. 동물은 의식이 있기 때문에 먹는 것이 불쌍하지만, 식물에는 의식이 없어서 상관없다는 것인가? 확실히 식물에는 의식이 없는 것처럼도 보인다. 하지만 정말 있는지 없는지는 알 수 없다. 있다고 생각하고 보면 또 확실히 있는 것처럼 보인다.

원래 생물계는 하나의 연속이다. 동물에게 생각이 있다면 식물에도 분명 생각이 있다. 베지테리언 제군, 따라서 식물을 먹는 것도 그만둬주게. 제군은 아사할 것이다. 또한, 세상에 그 말을 선언해주게. 20억 인류가 모두 죽을 것이네. 그러면 아주 후련하게 제군의 희망을 이룰 수 있지 않은가. 그리고 그 후에 다른 동물과 식물이 서로 먹고 먹히고 있다면 딱 좋지 않겠는가.

나는 더욱 이상한 기분이 들었습니다.

아직 갈색 팸플릿 한 장이 더 있었습니다.

"다 보셨으면 바꿔 볼까요?"

나는 옆 사람에게 말했습니다.

"아, 네……."

그 사람은 황망히 갈색 팸플릿을 넘겨주었습니다. 나도 갖고 있던 팸플릿을 넘겨주었습니다. 거기에는 검은 글씨로 이렇게 쓰여 있었습니다.

편협하고 비학문적인 베지테리언을 거부한다

베지테리언의 주장은 완전한 오류다. 지금 그들의 오류를 비교해부학의 입장에서 아주 통속적으로 설명하겠다.

인류는 동물학상 잡식에 적응하게 되어 있다. 치아의 형태를 봐도 알 수 있다. 초식동물에게 있는 어금니도 있는가 하면 육식동물에게 있는 송곳니도 있다. 잡식을 하는 것이 인류에게는 가장 자연스럽다. 그렇게 만들어졌기 때문에 어쩔 수 없다. 그것을 이러니저러니 떠드는 것은 은혜로운 자연에 대해 정면으로 반기를 드는 것이다. 그만두게, 베지테리언 제군. 너무도 음험하고 게다가 유아적인 사고는…….

"흠. 이번 팸플릿은 모두 제대로 썼네. 누구라도 그렇게 생각할 만한 의견이야. 하지만 역시 어딘가 논리가 이상해."

얼굴색이 조금 창백해진 지학박사가 말했습니다.

"논리만 이상한 것이 아닙니다. 전부 자기 좋을 대로 꿰맞춰 놨어요. 어차피 축산조합의 선전문이니까요."

한 터키인이 말했습니다.

그때 다시 저쪽에서 나팔 소리가 울렸습니다. 엔진 소리도 들립니다. 솔직히 말하자면 나도 그때는 조금 가슴이 두근거렸습니다. 곧이어 다시 빨간 자동차 한 대가 와서 하얀색의 작은 종이를 뿌리고 갔습니다.

나는 그 팸플릿을 황급히 읽었습니다.

팸플릿에는 빨간 글씨로 이렇게 적혀 있었습니다.

베지테리언에게 전한다

제군들이 아무리 열심히 감자와 양배추 밀가루 등을 먹는다고 해도 바다에서는 수많은 물고기가 잡혀서 처치곤란 합니다. 때로 물고기가 죽어도 그것을 먹어주는 사람이 없어서 가엾게도 물고기는 모두 삽으로 퍼져 가마솥에 던져지고 끓으면 기름틀에서 압착됩니다. 가마솥에 남은 기름은 생선기름입니다. 한 캔에 겨우 10센트인데, 정어리는 한 캔에 대략 7백 마리가 들어갑니다. 기름틀에 던져지는 것은 생선찌꺼기입니다. 1킬로그램에 6센트이며, 1킬로그램은 정어리로 치면 한 5백 마리 정도입니다. 여러분이 해안에 갔다가 그 모습을 보고 정신을 잃으시면 안 됩니다. 또한, 농장에 가서도 정신을 잃으시면 안 됩니다. 왜냐하면 그 생선찌꺼기가 비료로 사용되기 때문입니다. 생선찌꺼기를 사용하면 양배추건 보리건 좋은 수확을 얻을 수 있습니다. 게다가 양배추 하나를 키우는 데에는 백 마리나 되는 배추벌레를 잡지 않으면 안 되죠. 그리고 여러분이 이 마을에서 무언가 익힌 음식을 먹었다거나, 뜨거운 물을 사용할 때도 정신을 잃지 않기를 바랍니다. 이 마을의 가스는 알고 계신 대로 석탄이 아닌 생선기름을 건류해서 만든 것이기 때문입니다. 조만간 다시 뵙고 상세하게 알려드리겠습니다.

고백하건대 이 선전문을 읽었을 때 우리는 한동안 찬물을 끼얹은 듯 조용해졌습니다. 이론상으로는 아무래도 이 반대자들의 주장이 이기고 있는 듯이 생각되었던 것입니다. 그렇다고 해서 나나 그 여섯 명의 터키인 신자들이 베지테리언을 그만두겠다거나, 반대편의 주장에 찬성하는 것은 아니었습니다. 단지 이 대축전의 시작에 트집을 잡히는 것이 왠지 불쾌했던 것입니다. 여흥으로 웃고 넘기기에는 지나치게 악의적이었습니다.

그런데 다시 교회 쪽에서 폭죽이 올랐습니다. 새파란 하늘에 하얀 연기가 화악 퍼지고, 곧이어 쿵쿵하는 소리가 들렸습니다. 연기 속에서 나타난 것은 이번에야말로 중국식의 오색 연꽃이었습니다. '역시 진 씨다. 경전에 있는 청색청광青色青光, 황색황광黃色黃光, 적색적광赤色赤光, 백색백광白色白光을 보여줬구나' 생각하며 나는 깊이 감동해서 폭죽을 올려 보았습니다. 그 연꽃잎은 뉴펀들랜드 섬 힐티 마을 베지테리언 대축전의 상쾌한 아침 하늘에서 희미하게 빛나며 춤을 추듯 내려왔습니다.

그리고 교회 쪽에서 밴드의 떠들썩한 연주 소리가 들렸습니다. 그 소리는 바람을 타고 와서 바로 옆에서 연주하는 것처럼 들렸습니다. 밴드의 연주는 수준 높은 정식 연주였습니다. 우리는 처음에는 상당히 비용을 들여 대륙에서 불러온 것으로 생각했지만, 나중에 들어보니 그 유명한 슈나이더가 우리의 동료였던 것이었습니다. 슈나이더는 자신의 밴드—원래 밴드의 절반은 모두 베지테리언이었습니다—를 모두 데리고 우리와 마찬가지로 그저께 이곳에 도착했다고 합니다. 여하튼 식이 시작되기까지는 아직 한 시간이나 남았지만, 이렇게 떠들썩한 연주 소리를 듣고는 도저히 가만히 있을 수 없었습니다. 우리는 서둘러 2층으로 돌아가 예복을 입었습니다. 터키 사람들은 모두 새빨간 터번과 띠를 둘렀으며, 특히 지학박사는 곳곳에서 받은 훈장과 메달을 그 칠흑색 상의에 걸었기 때문에 정말 눈이 부실 정도였습니다. 나는 미쓰코시에 주문해서 만든 하얀 마직 프록코트를 입었습니다. 물론 이 옷은 제 취향은 아니었습니다. 하지만 원래 옷은 추위를 막기 위한 것이라는 동양식 생각도 있지만, 한편으로는 토머스 칼라일의 말대로 치장의 기능이 첫 번째라는 생각도 있습니다. 결국 그 사람에게 어울리는 옷을 입는 것이 가장 좋은 것이기 때문에 나는 전혀 불만이 없었습니다. 실제로 옷을 입는 것은 자기를 위해서가 아니라 다른 사람을 위해서입니다. 자신은 자기가 입고 있는 옷을 전체적으로 볼 수 없으므로 다른 사람들에게 산뜻한 인상을 주면 되는 것입니다.

그리고 우리는 숙소를 나왔습니다. 식이 시작되기를 기다리는 사람은 우리뿐만이 아니었습니다. 교회로 가는 도중 저쪽 골목길에서도, 이쪽 광장에서도 다양한 예복차림으로 서너 명씩 무리를 이룬 사람들을 만났습니다. 연미복을 입은 사람도 있었고 두꺼운 모직 옷을 입은 농부도 있었으며, 훈장을 두른 사람도 있었습니다. 또한, 홀쭉 마른 젊은 군의관도 있었습니다. 그들은 모두 우리의 형제이기 때문에 우리는 국경과 신분, 직업과 이름도 묻지 않고 오로지 하나의 커다란 베지테리언 동맹자로서 "안녕!"이라고 인사하고 "축하해!"라고 대답했던 것입니다. 그리고 우리는 어느새 줄을 지어 교회 문으로 들어갔습니다. 그저께는 그다지 눈에 띄지 않았던 작은 문은 빨간색의 조류식물과 암초록색의 솔송나무로 장식되어 정말 멋지게 변해있었습니다. 문을 들어서자 곧바로 접수처가 있었고 우리는 모두 요구하는 대로 회원증을 제시했습니다. 이는 누가 보아도 너무 편협한 방법 같겠지만, 실제로 오늘 아침의 반대자들처럼 어떤 자가 섞여 들어와 무슨 짓을 할지 몰랐기 때문에 정말 어쩔 수 없었을 것입니다.

교회의 넓은 마당에 마련된 식장에는 커다란 곡예단용 천막이 설치되어 있었고, 테니스코트까지도 그대로 천막 안에 들어와 있었습니다. 이만큼의 인원을 수용할 수 있는 넓은 장소는 뉴펀들랜드 섬을 통틀어 이곳뿐인 듯했습니다.

이미 성격 급한 신도 2백 명 정도가 자리에 앉아서 기다리고 있었습니다. 웃음소리가 파도처럼 들려왔습니다. 역시 오늘 아침의 팸플릿이 주요 화제였을 것입니다.

그 식장을 덮은 회색 범포帆布는 검은 전나무 가지로 가로세로가 구분되어 있었고, 곳곳에는 노란색과 주황색의 석남화가 꽂혀 있었습니다. 밝은 햇살 속에서 반투명하게 빛나는 범포와의 그 아름다운 조화는 이미 이곳이야말로 마침내 완성된 세계 베지테리언 대회당의 하얀 사기 천장처럼 여겨졌습니다. 저쪽에는 물론 꽃으로 장식된 높은 제단이 설치되어 있었습니다. 그때 다시 폭죽 소리가 들렸습니다. 퍼뜩 정신이 들어서 서둘러 그 소리가 나는 방향인 교회 뒤쪽으로 나가보았습니다. 역시 진 씨였습니다. 진 씨는 폭죽 쏘는 것을 도와줄 어린 중국 아이 두 명도 데리고 와 있었습니다. 그리고 세 사람 모두 오늘은 중국의 전통 옷을 차려입고 있었습니다. 진 씨의 옷은 완전히 까만색이었고 소맷부리와 신발만 눈부실 정도로 새하얀 색이었으며, 머리는 어제 그대로였지만 중국 훈장을 하나 달고 있었습니다.

그리고 아이들은 옛날 그림에 나오는 중국 아이의 모습 그대로였습니다. 머리카락을 한가운데만 남기고 빡빡 깎았으며, 두 손은 공손하게 팔짱을 낀 채 진 씨의 뒤에 서 있었습니다. 진 씨는 나를 보더니 정말로 기뻐하는 듯했으며, 갑자기 손을 내밀고 "축하합니다. 안녕하세요. 아주 좋은 날씨군요. 하늘의 행운이 당신과 함께하기를"이라며

숨도 쉬지 않고 인사를 했습니다.

"안녕하세요."

나는 손을 잡았습니다. 두 아이도 팔짱을 낀 채 내게 가볍게 고개를 숙였습니다. 나는 정말 기뻤습니다. 뉴펀들랜드 섬의 파란 하늘 아래에서 이렇게 정중한 동양식 인사를 받은 것입니다.

진 씨는 말했습니다.

"자, 한 발 더 쏘아 올릴 것입니다. 나머지는 식이 끝난 후입니다. 이번 것은 우리 중국에서 유운비조柳雲飛鳥라고 하는 것입니다. 유柳는 수양버들이고 비조飛鳥는 제비입니다. 일본에서도 수양버들과 제비가 있습니까?"

"있습니다. 그리고 기억이 잘 나지 않지만, 분명히 일본에도 그런 폭죽이 있었을 것입니다. 아니, 불꽃놀이였던가. 아니면 수양버들 옆에서 축국을 하는 그림이었던가."

"일본의 불꽃놀이 명소는 도쿄의 료코쿠바시 다리지요?"

"네. 그 외에도 이와쿠니나 이시노마키 등 곳곳에 있습니다."

"그렇군요. 자, 준비."

진 씨는 두 아이를 향했습니다. 한 아이는 양동이에서 폭죽을 꺼냈습니다. 진 씨는 폭죽을 받아들고 자세히 살피더니 "좋아, 도화선" 하고 말했습니다. 다른 한 아이는 이미 도화선을 들고 기다리고 있었습니다. 진 씨는 도화선을 받아들었습니다. 처음의 아이가 성냥을 치익 그었습니다. 진 씨는 성냥불을 도화선에 대고는 서둘러 폭죽 통에 던져 넣었습니다. 잠시 후 연기와 함께 아까의 폭죽은 쿠궁 소리를 내며 기차만큼 빠른 속도로 푸른 하늘로 올라갔습니다. 두 아이도 공손하게 팔짱을 낀 채 폭죽을 올려다보고 있었습니다. 순식간에 하늘에서 하얀 연기가 솟아올랐고, 펑펑하는 소리가 들려왔으며, 이어서 수

양버들 모양의 파란 연기가 내려오더니 그 사이를 검은 제비 형상이 빙글빙글 메워 나갔습니다.

"자, 식장으로 가시죠. 너희는 여기를 지키고 있어."

진 씨는 영어로 말했습니다. 그리고 우리는 두 아이의 목례를 뒤로 한 채 식장 천막 안으로 돌아갔습니다.

식이 시작하기까지는 이제 6분밖에 남지 않았습니다. 천막 입구에서 우리는 딱 9시 5분 전에 프로그램을 받았습니다. 프로그램 표지에는 이렇게 적혀있었습니다.

'베지테리언 대축전' 차례

1. 개회식 인사
2. 반박 토론
3. 제가 합창
4. 기도
5. 폐회식 인사
6. 회식
7. 회원소개
8. 뒤풀이

식장 안은 사람들로 가득 차 있었습니다. 게다가 인원수도 확실히 파악해두었는지 빈 의자는 거의 없었고, 물론 자리가 없어서 서 있는 사람은 한 사람도 없었습니다. 전부 5백 명은 되었을 것입니다. 그 가운데에는 여성들도 3분의 1 정도 있었을 것입니다. 다양한 복장과 다채로운 색채가 곳곳에 배치된 주황색과 푸른색의 꽃장식과 섞여 있었으며, 가을의 공기는 투명해서 물 같았고, 신자들도 아까와는 또

달리 조용히 식이 시작되기를 기다리고 있었습니다.

아치형의 제단 바로 아래에는 슈나이더를 단장으로 하는 오케스트라밴드가 반원형으로 배치되어 있었고 그 왼쪽에는 합창단석이 있었습니다. 합창단 가운데에는 캐나다의 그라코도 있다고 들었지만, 어떤 사람인지 알 수 없었습니다.

그런데 제단 아래의 오케스트라밴드 오른쪽에 이교도석, 이파異派석이라고 적힌 사기로 된 두 개의 팻말이 있었고, 양쪽 모두 예복차림을 한 스무 명 정도의 사람들이 자리에 앉아있었습니다. 그중에는 오늘 아침 자동차에서 본 듯한 사람도 꽤 있었습니다.

나도 진 씨와 함께 가장 뒤쪽에 자리를 잡았습니다. 진 씨는 상당히 신경이 쓰이는 듯 계속해서 저쪽의 이교도 자리와 이파 자리와 프로그램을 번갈아 바라보고 있었습니다. 그러더니 결국 살며시 내게 속삭였습니다.

"이 프로그램의 반박 토론이라는 것은 저쪽 무리에서 하는 것이겠죠?"

"아마 그렇겠지요."

"어떻습니까, 이파석에 있는 일행들은 우리 동료보다 풍채도 그렇고 조금 뒤처져 보이지 않습니까?"

나는 웃었습니다.

"아무래도 그래 보이는군요."

진 씨가 다시 말했습니다.

"하지만 또 이교도석 인간들과 이파석을 비교해보면 상당히 다르네요. 이교도석 녀석들은 정말 너무 추악하군요."

"정말 그렇습니다."

나도 결국 내뱉고 말았습니다. 이교도석에 있는 무리는 정말이지 모두 추악했던 것입니다.

갑자기 한없이 맑은 전기벨 소리가 식장 가득 울려 퍼졌습니다.

박수가 폭풍우처럼 쏟아졌습니다.

백발의 불그스름한 얼굴을 한 데이비스 장로가 검소한 검은 가운을 입고, 제단 앞에 섰던 것입니다. 그리고 무언가 이야기를 하려는 듯했지만, 너무 감격스러웠던지 더는 아무 말도 하지 못하고 오로지 흑흑거리며 울어버렸습니다. 신자들은 완전히 열광해서 환호성과 박수를 보냈습니다. 데이비스 장로는 손을 크게 흔들고 다시 무언가 말하려고 했지만, 이번에도 소리가 목에 걸려 아주 이상한 소리가 되어버렸고 결국 다시 울어버렸습니다.

사람들은 다시 열광적인 박수를 보냈습니다. 장로는 간신히 마음을 가다듬은 듯 손을 크게 세 번 흔들고 뭐라고 외쳤지만, 이번에도 역시 무너지듯 울어버렸습니다. 그때 부제사장 윌리엄 태핑이 보고 있을 수만은 없었는지 앞으로 나와 제사장과 나란히 섰습니다. 부제사장은 자바 섬의 선교사라고 하는 데 키가 크고 멋진 노인이었습니다. 식장은 다시 조용해졌습니다.

"제군들, 제사장님은 지금 이미 무언을 통해 수백 수천의 단어를 피력하셨다. 이는 참으로 고귀한 축전 시작의 선언이다. 그러나 아직 제사장님이 하시고자 하는 말이 있다. 이는 진심으로 제사장님이 전하시고자 하는 말씀이다. 이를 부제사장인 내가 대신해서 제군에게 전하는 것이 굳이 책망받을 일은 아닐 것이다. 제군들, 우리는 안팎으로 수많은 박해를 견디면서 오늘날까지 베지테리언 동정파의 신념을 지켜왔다. 하지만 아직 사회적으로 무력한 개개인의 신념이었다. 그러나 이미 오늘 베지테리언 동정파의 굳을 결속을 보았고, 다

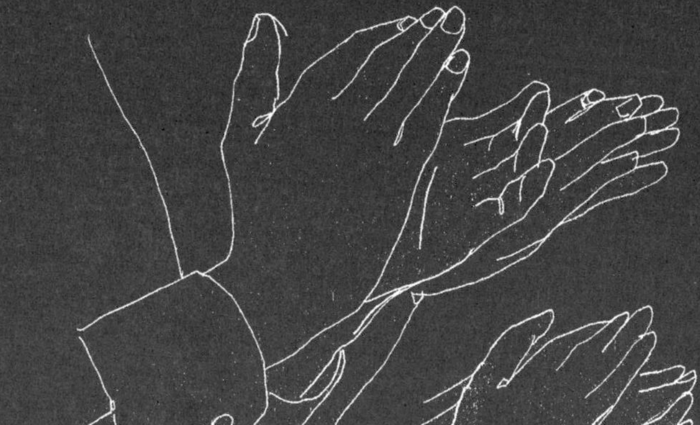

이아몬드처럼 빛나는 베지테리언 대축전을, 이 청정한 뉴펀들랜드 섬, 9월의 대기권 아래에서 만들어냈다. 특히 이 대축전에서 우리가 다소의 유쾌한 자극을 얻는 것이 가장 하늘의 뜻에 닿는 부분이다. 다소의 유쾌한 자극이란 무엇일까. 이는 프로그램 속에 있는 이교도 및 이파의 반박토론이다. 이들은 여러분 모두와 마찬가지로 각자의 주의주장을 위해 세계 각지에서 모인 진리의 친구들이다. 분명 이들의 반론은 통렬하고 신랄할 것이다. 그 반론이 예리할수록 우리는 더욱 공명하게 대답해야 한다. 이것이 대축전 개회인사에서 가장 중요한 부분이다. 부제사장 윌리엄 태핑이 제사장 헨리 데이비스를 대신해 이를 전한다."

박수 소리는 천막까지 뒤집을 듯했으며, 그러는 동안 데이비스는 감격에 겨워 오로지 흐느끼며 고개를 흔들 뿐이었습니다.

박수 속에서 데이비스 장로는 부제사장의 부축을 받으며 단을 내려왔고, 투명한 전기벨 소리가 식장 가득 울렸습니다. 부제사장은 다시 제단으로 올라가 구석에 있는 의자에 앉았고, 잠시 후 일어서서 이교도석 쪽을 향해 가볍게 손짓했습니다.

이교도석에서 성직자복을 입은 키가 크고 뚱뚱한 사람이 나와 탁자 앞에 섰습니다. 그는 가볍게 인사를 한 후 또랑또랑한 어조로 이렇게 말했습니다.

"나는 베지테리언 제군에게 두 가지를 이야기하고자 한다. 먼저 식물성 식품의 소화율이 동물성 식품과 비교하면 현저하게 낮다는 점을 이야기하고 싶다. 원래 동물성 식품에는 탄수화물이 거의 없어서 이는 당연히 식물을 통해 섭취해야 한다. 그러나 만약 단백질과 지방을 생각할 경우 식물성 식품의 소화율이 오히려 낮다. 단순히 분석표를 보고 소고기와 땅콩의 영양수치가 같으므로 소고기 대신 전부 땅

콩을 먹어야 한다는 것은 말이 안 된다. 사람에 따라서는 식물성 단백질을 거의 소화하지 못하는 일도 있다. 베지테리언 제군은 이런 사실을 충분히 알고 있으면서도 계속해서 수많은 병약자나 노약자, 갓난아이에게까지 강요하려는 것은 도대체 무슨 이유인가? 두 번째로는 식물성 식품은 아무래도 동물성 식품보다 맛이 없다. 이는 결코 부정할 수 없는 사실이다. 원래 식사는 영양을 섭취하기 위해서가 아니라 일종의 향락이다. 향락이라기보다는 빼놓을 수 없는 정신의 청량제다. 노동에 지치고 갖가지 난관에 휩싸여 의기소침해졌을 때에는 나지막이 노래를 중얼거리거나, 담소하거나, 음악을 듣고 공연을 관람하거나, 가볍게 소풍을 가는 것이 무척 효과가 있듯이 식사 역시 하나의 심신 회복제다. 이 쾌락은 채식을 하면 현저하게 감소한다고 생각한다. 특히 유쾌하게 식사를 하면 실제로 소화도 잘 되는 법이다. 이에 대해 베지테리언 제군은 어떻게 생각하는지 묻고자 한다."

무척이나 부드러운 논지였기 때문에 우리는 진심으로 손뼉을 쳤습니다. 그러자 우리 쪽 자리에서 세 명이 부제사장을 향해 손을 들고 일어났습니다. 부제사장은 가장 앞에 있는 노인을 불렀습니다. 백발의 노인은 역시 목사인 듯 검은 복장을 하고 있었는데, 단에 오르자 중후한 어조로 대답했습니다.

"지금의 질문에 대답하고자 합니다. 식물성 지방과 단백질의 소화율이 그리 높지 않다는 것은 확실합니다. 그러나 그렇다고 해서 나쁘다는 것이 아니라 단지 동물성 식품과 비교해서 다소 떨어진다는 것입니다. 식물성 단백질이나 지방을 전혀 소화하지 못하는 사람은 아마 없을 것입니다. 만약 있다면 그 사람은 동물성 단백질과 지방 역시 소화할 수 없을 것입니다. 그리고 식물성 식품의 단백질 소화율이 높지 않은 이유는 그 단백질 분자의 구조에 의한 것인 듯하며, 지방의 소화율이 떨어지는 것은 지방이 다량의 섬유소 세포벽에 둘러싸여 있기 때문인 듯합니다. 어느 쪽이든 채식에 익숙해지면 소화력도 점점 좋아지게 됩니다.

여러 가지 실험 결과도 있으므로 이후에 살펴보시기 바랍니다. 또한, 병약자, 노약자, 갓난아이 가운데에는 채식만 해서는 안 되는 사람도 있을 것입니다. 우리 동정파는 그들에게까지 채식을 강요하는 것이 아닙니다. 단지 동물이 서로 잡아먹는 것은 결코 당연한 것이 아니며, 되도록 그러지 않게 무언가를 하고 싶다는 정도의 의미입니다. 더불어 노인이나 병약자 중 육식을 싫어하는 사람에게 맞게 소화율이 높은 식품을 만드는 일에도 우리 모두 충분히 노력하고 있습니다. 예를 들어 단백질을 작게 분해해서 소화하기 쉬운 단순한 형태로 만드는 일 등입니다.

두 번째로는 식사는 하나의 향락이며 채식 탓에 많은 즐거움을 빼앗긴다는 것 역시 육식자들의 생각입니다. 물론 혼식을 할 때는 육류에 비해 채소가 맛이 없게 느껴지는 것은 사실입니다. 하지만 육류를 먹을 때 그 동물의 고통을 생각하면 더 맛이 없게 느껴집니다. 따라서 억지로 먹어봤자 소화율은 나빠집니다. 그리고 일 년 이상 채식을 하면 육류에서 나는 불쾌한 냄새를 쉽게 알아차리기에 좋아하지 않게 됩니다.

원래 음식의 맛은 다른 감각과 마찬가지로 대상에 따른 감각기관 자체의 섬세함과 둔함에 의한 것이며, 섬세함과 둔함이라기보다는 좋음과 나쁨에 의한 것입니다. 좋은 감각기관은 좋은 것을 느끼고 나쁜 감각기관은 좋은 것도 나쁘게 느끼는 것입니다. 같은 물을 마셔도 덕이 있는 사람과 없는 사람은 전혀 다르게 느낍니다. 빵과 소금과 물을 먹는 수도원 성자들은 섬세한 미각을 갖게 되어 빵 속의 전분과 단백질효소, 단당류, 지방 등을 모두 느낄 수 있습니다. 만약 호밀빵이라면 호밀의 좋은 맛을 느끼고 기뻐합니다. 이는 감각기관이 맑고 진정되어 있기 때문입니다. 그런데 감각기관이 흐트러지면 끝없이 거칠고 나빠집니다. 대부분 빵의 본래의 맛 따위는 알 수 없게 되며 아주 많은 조미료를 사용하거나 합니다. 즉, 향락은 반드시 육식에만 있는 것이 아닙니다. 오히려 깨끗하고 투명한, 더할 나위 없는 유쾌함과 안정감이 채식에 있다는 점을 말씀드리는 바입니다."

노인은 인사를 하고 단을 내려왔으며 박수 소리는 천막이라도 뒤집을 듯했습니다. 부제사장이 일어나 이교도석 쪽을 보았습니다. 이교도석에서 마르고 얼굴색이 좋지 않은, 짧은 독일식 커트를 한 남자가 일어났습니다. 부제사장은 가볍게 인사를 했습니다. 그 사람도 목례를 하고 단으로 올라갔습니다. 그 사람은 무척이나 비아냥대는 눈빛으로 회장 전체를 돌아보고는 말했습니다.

"오늘 아침에 우리가 여러분께 드렸던 대여섯 장의 팸플릿을 대부분 읽어보았을 것으로 생각합니다. 나는 소문대로 분명히 시카고축산조합의 이사이며 또한 축산회사의 기사입니다. 그러나 솔직히 말해 시카고축산조합이 이 베지테리언 대축전을 괴롭히려는 것은 결코 아닙니다. 왜냐하면 방금 앞에서 얘기한 것처럼 엄격한 수도승 같은 인간은 오늘날 전 인류의 1만 분의 일도 되지 않기 때문입니다. 역시 상식적인 인간에게는 육류가 주요 식재료로써 자양분도 많고 맛있는 것입니다. 베지테리언 여러분이 채식을 실행하고 또 선전하는 것을 우연히 보았다고 해도 감동은 하되 쉽게 따라 하지는 않습니다. 따라서 육류의 수요가 줄어드는 것도 아니고 또한 우리의 조합이 무너지거나 파산하는 일도 없습니다. 그래서 사실 반박 선전도 필요 없을뿐더러, 내가 이 서커스단 천막에 들어와 이교도석이라는 이 영광

스런 곳에서 몇 시간이나 굴욕을 당할 필요도 사실 없습니다. 하지만 사실 나는 6월부터 이곳에 피서를 와있었습니다. 그리고 이 대축전과 우연히 부딪힌 것이기 때문에 사실 내 쪽에서는 직업상의 여흥으로 생각하고, 조금 방해를 해볼까 하는 생각이었습니다. 본사에 내 생각을 전하자 사장과 직원들 모두가 무척 재미있어하며 찬성했고, 격려와 함께 운영비와 다섯 명의 기사도 보내주었습니다.

그래서 우리는 서둘러 각각 한 장씩 팸플릿도 만들고 자동차도 빌려 팸플릿을 뿌렸지만, 사실 당신들이 풀잎사귀 따위를 잡수신다고 해서 우리는 아프지도 가렵지도 않습니다. 하지만 뭐 시작한 일이니 계속해서 다시 한번 그 팸플릿을 각각 설명하고 궁색한 답변을 듣고자 합니다. 사실 우리 쪽에서도 보시는 대로 속기사를 데려왔습니다. 답변은 우리 쪽 기관지인《축산의 친구》에 실을 것이니 양해 바랍니다. 그러면 제가 묻고 싶은 부분을 이야기하겠습니다. 팸플릿에도 있듯이 동물이 불쌍해서 먹지 않는다고 당신들은 말하지만, 동물은 일종의 기계입니다. 소화·흡수·호흡·배출·순환·생식을 하는 기계입니다. 죽는 것이 두렵다거나 내일 병에 걸릴까 봐 걱정한다거나 누구와 절교를 하겠다거나 하는 그런 귀찮은 것은 생각하지 않습니다. 동물의 신경 어쩌고 하는 것은 단지 본능과 충동을 위해 있습니다. 신경 같은 것은 아주 조금밖에 작용하지 않습니다. 그 증거를 보여드리겠습니다. 닭에게 강제비육이라는 것을 합니다. 닭의 목에 고무관을 끼우고 음식을 계속 밀어 넣는 것입니다. 평상시의 다섯 배고 열 배고 밀어 넣습니다. 그러면 그만큼 살이 찝니다. 우스울 정도로 살이 찝니다. 또한, 개가 기분에 따라서 위액을 분비한다고 생각한다면, 개의 가슴을 절개해서 위장 하부를 꺼내 유문이 있는 곳을 창자와 분리한 후 고무관을 연결하고 음식을 줘 보십시오. 어떨까요? 개가 먹을까요, 먹지 않을까요? 앗! 무슨 일이 있습니까?"

정말로 무슨 일이 있었습니다. 이야기가 너무 잔인했기 때문에 여성 너덧 명이 기절을 했으며, 다른 여성들도 대부분 이를 악문 채 울거나 귀를 막고 몸을 웅크리고 있었던 것입니다. 식장은 갑자기 큰 소동이 일었고, 시카고축산조합의 기사도 제단 위에서 난처한 듯 서 있었습니다. 정신을 잃은 사람들은 다른 사람들의 손에 들린 채 우리 옆을 지나가 밖으로 실려 나갔고, 직업이 의사인 사람들 열두세 명이 일어서서 나갔습니다. 잠시 후 식장은 다시 조용해졌습니다. 여성들은 모두 심하게 격앙된 상태였지만, 상대가 이교도의 반론자였기 때문에 비겁하게 보이지 않기 위해 아무도 이견을 제기하지 않았습니다. 시카고 기사는 손수건으로 꼼꼼하게 입을 닦은 후 다시 이야기했습니다.

"과연 베지테리언 여러분의 동물에 대한 동정심은 대단하군요. 단어에 조금 신경을 쓰면서 말씀드리겠습니다. 그러니까 개는 음식을 먹습니다. 계속해서 먹습니다. 아시겠습니까? 그리고 가축을 거세합니다. 곧바로 생식에 대한 초조감으로 무언가를 위해 쓰일 힘을 보존하려고 합니다. 그러면 가축은 살이 찝니다. 동물은 정말로 하나의 기계입니다. 다리를 빠르게 하려면 달리게 하고, 살을 찌우려면 먹이고, 알을 얻으려면 교미를 시키고, 젖을 얻으려면 새끼를 가까이에 두고 젖을 물지 못하도록 하면 됩니다. 이렇게 상황에 따라 마음대로 바뀝니다. 결코 걱정할 필요는 없습니다. 아직 하고 싶은 말은 많지만…… 또 기절하시면 곤란하니까 여기까지 해두겠습니다."

그 사람은 단상에서 내려왔습니다. 박수 소리와 동시에 우리 쪽 자리에서 예닐곱 명이 일어섰습니다만, 부제사장이 모닝코트를 입은 앞쪽의 젊은 사람을 손짓으로 불렀습니다. 그 사람은 침착한 태도로 살짝 미소를 지으면 연설을 시작했습니다.

"지금의 의견은 매우 지당합니다. 실험에 관한 이야기도 조금 있었지만, 사실 유감스럽게도 그것은 모두 실험이라고 할 수 없습니다. 동물은 충동과 본능뿐이라고 말씀하셨지만…… 뭐, 그렇다고 해두겠습니다. 그런데 그 본능과 충동은 살고 싶다는 것으로 가득합니다. 그런 동물을 죽여서는 안 된다는 것만으로도 대답은 충분하다고 생각합니다. 동물심리학의 수많은 실험을 보면 더욱 상세한 것을 알 수 있습니다. 또한, 사실 동물은 본능과 충동만 있는 것이 아닙니다. 오늘 아침의 팸플릿에도 생물은 하나의 커다란 연속이라고 했습니다. 인간의 마음이 인간에게 가까운 것에서 점점 먼 것으로 가고 있습니다. 인간에게 괴로운 것은 감각이 있는 동물이라면 마찬가지로 괴롭고, 인간에게 슬픈 것은 강약의 차이는 있어도 역시 모든 동물에게도 슬픈 것입니다. 그 팸플릿에서 얘기한 돼지처럼 그렇게 단순하지 않습니다. 개가 주인인 소년이 병사했을 때 그 묘지를 떠나지 않고 음식도 먹지 않아 결국 아사한 유명한 일화나, 사슴이나 원숭이 새끼가 죽임을 당했을 때 새끼를 그리워하다가 어미도 일부러 죽임을 당하는 일 등은 모두가 알고 있습니다. 말은 몇 년이나 주인을 기억하고 있어서 우연히 만났을 때 눈물을 흘리기도 합니다.

앞선 발언자가 말한 '베지테리언은 인간의 감정을 억지로 동물에게 적용하려고 한다'는 것에 대해 저는 사실 반대로 얘기하고 싶습니다. 반대자들은 동물이 인간과 조금 다르게 생긴 것에 현혹되어 그 본심에서 솟아나는 동정심을 무시하고 있다는 점을 충고 드리고자 합니다. 누구라도 자신에게 편리한 대로 사물을 생각하려는 경향은 있지만, 모든 것이 그걸로 통하는 것이 아닙니다. 원래 우리의 감정은 그렇게 터무니없이 잘못되어 있는 것이 아니므로, 본심에서 솟아

나는 마음은 객관적으로도 그런 마음인 것입니다. 동물은 정말로 가여운 존재입니다. 사람도 정말로 안쓰러운 존재입니다. 나는 모든 반대자도 경솔함 없이 조금 깊게 세상을 볼 수 있게 되기를 바랍니다."

세찬 박수가 쏟아졌습니다. 박수 소리 속에서 긴 머리의 키 작은 남자가 갑자기 이교도석에서 일어나 단으로 올라갔습니다.

"저 역시 시카고축산조합의 기사입니다. 여러분, 오늘 아침의 맬서스 〈인구론〉을 기반으로 한 반론을 읽어보셨을 것입니다. 어떻습니까? 거기에는 오류가 있을 리 없습니다. 인류의 식량은 절반이 동물이고 절반이 식물입니다. 그 가운데 동물을 먹지 않으면 식량이 절반으로 줄어듭니다. 그렇지 않아도 식량이 부족해서 전쟁이니 이런저런 소동이 일어나고 있는데, 거기다가 절반을 축소하려고 하는 것은, 다른 어떤 훌륭한 이유가 있다고 해도 제정신으로 볼 수 없습니다. 인류의 절반인 10억 명의 사람이 식량이 없어서 죽게 되고, 죽기 전에는 또한 여러 가지 엄청난 소동이 일어날 것입니다. 그때 베지테리언들은 어떻게 하겠습니까? 자신들이 일으킨 전쟁 속으로 들어가 우리의 적국을 물리치자며 총과 칼을 들고 돌진하겠습니까? 아니면 "아, 이럴 생각이 아니었습니다, 신이여!" 하며 모두 나이아가라 폭포에라도 뛰어들겠습니까? 그렇게 한다고 해도 되돌릴 수는 없습니다. 아니, 그보다 먼저 모든 국가의 정치가들이 그런 상황을 예견하고 방지하기 위해서, 안타깝게도 여러분을 모두 무기징역에 처할 것입니다. 설마 사형을 시키지는 않겠지만, 무기징역도 그리 좋은 것은 아닙니다. 어떻습니까? 지금이라도 참회하고 그만두는 것은."

박수 소리도 웃음소리도 들렸습니다. 우리 쪽에서 양복을 입은 젊은 남자가 일어나 앞으로 나갔습니다.

"나는 저 사람을 알고 있습니다. 뉴욕에서 두세 번 이야기를 나눈

적이 있으며, 신분은 대학생입니다."

그 청년은 다소 격앙된 어조로 연설을 시작했습니다.

"질문에 대해 되도록 간단하게 대답하겠습니다. 인류의 식량은 동물과 식물이 약 반반이다, 그 가운데 동물을 먹지 않으면 식량이 절반으로 줄어든다고 했습니다. 무척 지당한 생각이기는 합니다만 반면에 터무니없는 부분도 있습니다. 일단 동물과 식물이 반반이라는 부분이 옳지 않습니다. 도대체 무엇이 반반이라는 것입니까? 아마 무게로 측정할 생각일지도 모르겠지만, 무게로 비교하면 상당히 손해입니다. 식량 중에서 소화되는 부분의 열량으로 비교한다면 그나마 나을 것입니다. 이렇게 하면 일반적으로 동물성의 소화율이 높으므로 상당히 득이 됩니다. 득이 되기는 하겠지만 그래도 절반이 되지는 않습니다.

이전에는 이런 희귀한 논의가 별로 필요가 없었기 때문에 아마도 이 계산은 아직 누구도 하지 않았을 것입니다만…… 계산법만 말씀드리겠습니다. 부디 시카고축산조합 사무실에서 천천히 계산해보시기 바랍니다. 세계의 밀과 보리, 쌀, 귀리, 순무, 양배추 등 모든 식품의 산출량을 찾아내고, 먼저 그 속에서 각각 가축이 먹는 부분을 뺍니다. 그 막대한 양에 너무 놀라지 않으시기를. 다음으로 남은 것에서 각각 단백질, 지방, 탄수화물의 가소화량을 계산하고 각각의 열량을 계산해서 합산합니다. 대략 4천3백조 칼로리가 산출될 것입니다. 이번에는 소, 양, 돼지, 말, 닭, 고래 등을 똑같은 방식으로 계산합니다. 합계 2천3백조 칼로리 정도가 나올 것입니다. 양쪽을 합치고 그것을 20억으로 나눈 후 365로 나눠서 영양연구소에라도 보여주시기 바랍니다. 아마도 계산이 맞는 지 틀린 지 답변해주실 것입니다.

그런데 지금까지의 반론은 제게는 너무 시시했습니다. 첫 번째 질문에 대한 답변은 이렇습니다. 반론자들은 동물을 먹지 않으면 식량이 절반으로 감소한다고 했는데 설마 농담은 아니겠지요. 도대체 그 동물은 무엇을 먹고 살아가고 있습니까? 공기나 암석이나 물을 먹고 있는 것이 아닙니다. 소나 말, 양은 귀리와 목초를 먹습니다. 그들을 위해 특별히 만든 호박과 무청도 먹습니다. 보십시오. 인간은 자신들이 먹을 곡물과 채소 대신에 가축이 먹을 것을 만들고 있는 것입니다. 소 한 마리를 키우는 데에는 8에이커의 목초지가 필요합니다. 가장 빨리 계산할 수 있는 밀을 예로 들어보면, 그 목초지에서 열 명이 1년을 먹을 수 있는 밀을 매년 얻을 수 있습니다. 그런데 소는 어떨까요? 1년 동안에 살을 찌워 키운 160킬로그램의 소고기로 열 명의 사람이 일 년 동안 살아갈 수 있습니까? 1인당 하루 50그램입니다. 엄지손가락 세 개의 크기입니다. 배가 고프지 않을까요?

잘 이해를 못 하는 듯해서 좀더 알아듣기 쉽게 설명하겠습니다. 만약 인간이 자연과 협의해서 소고기나 돼지고기 대신에 무언가 손해보지 않는 것을 달라고 한다면, 지금보다 훨씬 많은 인간이 살아갈 수 있는 많은 먹을거리를 주리라는 것입니다. 단, 여기에는 해산물과 폐물로 키우는 가축은 논외입니다. 굳이 계산에 넣겠다면 그렇게 해도 괜찮습니다. 가축이라고 해서 전부 먹기만 하는 것이 아니라 양처럼 털을 얻는다든가, 소나 말처럼 노동력을 얻는 것 등 여러 가지 있습니다.

다음으로 식량이 절반이 되면 인간도 절반이 된다는 점입니다. 무척 재미는 있습니다만……. 그러나 식량은 절반으로 줄지 않을뿐더러 어떤 점에서는 조금 늘어날지도 모릅니다. 그러니까 괜찮습니다. 전쟁도 일어나지 않을뿐더러 무기징역을 걱정해주실 필요도 없습니다. 오히려 채식은 모두의 마음을 평화롭게 하고 서로 올바르게 사랑

할 수 있게 합니다. 많은 종교에서 육식을 금하는 것이 중요한 의식으로 되어 있는 것을 보아도 알 수 있습니다. 전쟁은커녕 채식은 당신들에게도 영원한 평화를 가져다줄 것입니다. 그러면 모처럼 피서를 왔다가 자동차까지 빌려 이상한 선전을 하고 대축전에 끼어들어 잔인한 말을 해서 여성들을 기절시키지 않아도 됩니다. 또한, 우리도 무기징역은커녕 인류 동포에게, 포유동물조합, 조류연맹, 어류사무소 등에서까지 훈장과 감사장을 잔뜩 받을 수 있습니다. 어떻습니까? 이해가 되셨다면 당신도 베지테리언이 되십시오."

그러자 앞의 반론자가 일어났습니다.

무척이나 후회하는 듯한 표정을 짓고 있었는데, 무언가 터뜨리고 싶은 것을 참고 있는 듯이도 보였습니다. 그리고 풀죽은 모습으로 단상으로 올라가서는 "후회합니다. 오늘부터 저도 베지테리언이 되겠습니다"라고 말하며 청년의 손을 잡았습니다. 사람들은 정말 힘차게 손뼉을 쳤습니다. 두 사람은 나란히 우리 쪽으로 내려왔고 기사도 빈자리에 앉아 어깨를 들썩이고 있었습니다. 그런데 이 일로 이교도석의 분노와 불만은 엄청났습니다. 역시 기사인 듯한 한 남자가 아주 난폭한 태도로 단상에 올랐습니다.

"여러분, 어디 내 질문에 대답해보십시오. 동물과 식물 사이에는 확실한 경계가 없습니다. 팸플릿에 쓰여 있는 대로 그것은 인류가 멋대로 만든 분류에 지나지 않습니다. 동물이 불쌍하다면 어느새 식물도 불쌍해질 것입니다. 동물인 원생동물과 식물인 세균류는 아주 밀접하게 연결되어 있습니다. 또한, 동물 가운데에도 히드라나 산호류처럼 식물과 비슷한 것이 있는가 하면, 식물 가운데에는 식충식물도 있습니다. 그리고 수면을 취하는 식물도 있습니다. 잠을 자는 식물은 매일 밤잠을 못 자도록 방해하면 말라죽게 됩니다. 식충식물은 작은 새를 잡아먹고, 그중에는 인간을 죽이는 식물도 있습니다. 특히 박테리아 등은 얼마 전까지 분류학자들이 종종 동물에 포함했었습니다. 지금은 식물로 분류하고 있지만, 그것은 정말 사소한 것입니다. 그런 동물일지도 모를 애매한 것을 자애로운 베지테리언 여러분은 물론 먹거나 죽이거나 하지 않을 것입니다. 그런데 여러분 어떻습니까. 여러분이 푸성귀를 식초에 절여 먹을 때, 여러분의 위장에 들어가 죽게 되는 젖산박테리아 수가 1백억, 2백억이 아니면 건강에 아무런 도움이 되지 않습니다.

또한, 포도 한 송이를 먹을 때 그 포도에는 얼마나 많은 세균과 효모가 붙어 있을까요? 아니 그보다 먼저 여러분이 마을의 공기를 한 번 마실 때마다, 많게는 1만 마리 정도의 세균이 죽임을 당하고 있는 것입니다. 그런 식으로 매일 살아가는 주제에 '우리는 베지테리언이니까 소고기는 먹지 않습니다'라니! 소고기는 아무리 먹어도 어떤 생명체의 1백 분의 일에도 미치지 않는 것입니다. 위선이라고 할까, 무지라고 할까 여하튼 도저히 말이 되지 않습니다. 정말로 동물이 가엽다면 식물도 먹거나 죽이지 말아주십시오. 동물과 식물을 죽이지 않기 위해서는 먼저 물과 소금만 먹어야 할 것입니다. 물은 아주 좋은 샘물, 그것도 신선한 곳의 물만 먹어야 합니다. 조금이라도 시간이 지나면 이미 박테리아가 들어가니까 말이지요. 공기는 높은 산이나 숲 속의 것만 마시십시오. 마을 공기는 안 됩니다. 자, 여러분 모두 어디 조용한 산속으로 들어가 좋은 공기와 좋은 물과 돌소금이라도 먹으면서 이 베지테리언 대축전을 하십시오. 이곳의 공기는 마시면 안 됩니다. 절대 마시면 안 됩니다."

박수 소리와 웃음소리가 들렸지만, 대부분은 말없이 생각에 빠져 있었습니다. 그 남자는 완전히 의기양양해져 조금 전 참회하고 베지테리언이 된 친구를 흘낏 노려보고 자신의 자리로 돌아갔습니다. 그러자 놀랍게도 그때까지 팔짱을 낀 채 조용히 앉아있던 진 씨가 갑자기 일어나서 나갔던 것입니다. 중국 전통복장의 진 씨는 단상에 서고서야 내 얼굴을 보고 가볍게 인사를 했습니다. 그리고 유창한 영어로 침착하게 반박연설을 시작했습니다.

"지금 논지는 무척 재미있었습니다. 저도 빨리 공기 마시는 것을 그만두고 싶다고 생각했습니다만, 그 전에 한마디 답변을 하고자 합니다. 부디 그동안에 공기 마시는 것을 허락해 주시기 바랍니다.

지금의 논지에서는 베지테리언은 마땅히 무균의 물과 암석 정도만 먹고 해발 6백 미터 정도의 높은 곳에서 생활해야 한다고 말씀하셨는데, 우리 가운데에는 일산화탄소와 물로 설탕을 합성하는 일을 계속 연구하고 있는 사람도 있습니다. 하지만 여기서는 일단 생물 연속의 논리가 재미있었기 때문에 그것을 여러 가지로 적용해 보겠습니다. 인류를 비롯해 다른 포유류, 조류, 파충류, 어류, 그리고 절지동물이나 연체동물 또는 원생동물, 또 식물, 세균류, 다세포 양치류, 종자식물이 이렇게 연속되어 있으므로 만약 동물이 불쌍하다면 모든 생물이 불쌍해지며 종자식물 등도 먹거나 꺾어서는 안 된다고 했습니다. 그러나 연속된 것은 그 밖에도 여러 가지가 있습니다. 예를 들어 인간의 일생도 연속되어 있어서 영아기, 유아기, 아동기, 성인기, 장년기, 노년기…… 뭐 이렇게 말이죠. 그런데 여기에 앞서 얘기한 '이러한 분류는 편의상 멋대로 정한 것이며, 사실은 연속되어 있고 확실한 경계는 없다'는 논리를 적용해보겠습니다. 만약 마흔 살의 어른이 국회의원으로 나온다면 반드시 갓 태어난 영아도 국회의원 후보에 나와 프록코트를 입고 정견을 발표하거나 연미복을 입고 교류를 하거나 해야 합니다.

또한, 초등학교 1학년생에게 알파벳을 가르친다면 대학에서도 문학이니 이론화학이니, 상대성학설의 논점 같은 것만 가르치지 말고 알파벳을 가르쳐야 한다는 논리가 됩니다. 또 다른 예를 들자면 원래 이상심리와 정상심리는 연속된 것이므로 인류는 마땅히 정신병원을 모두 폐쇄하거나 아니면 모두 정신병원에 들어가야 한다는 논리가 되는 것입니다. 이런 괴상한 논리를 채식에만 적용하려는 것은, 즉 주장하는 사람이 아직 이 문제를 진지하게 생각하고 진실로 실행하지 않았다는 증거입니다. 이런 일은 흔히 있는 법입니다.

아무리 연속되어 있어도 그 양 끝은 상당히 다릅니다. 태양스펙트럼의 일곱 가지 색을 보십시오. 양 끝에 빨강과 보라가 있고 한가운데에 노랑이 있습니다. 다른 건 다른 것이기 때문에 어쩔 수가 없습니다. 식물에 대해서도 가엾고 측은하게 생각하는 것은 물론입니다. 인도의 성자들은 실제로 이유 없이 풀을 베고 꽃을 꺾는 것도 금지하고 있습니다. 하지만 이것은 소를 죽이는 것과는 상당한 거리가 있습니다. 이는 상식으로도 알 수 있습니다. 인간의 신체구조와 다르면 다를수록 점점 의식도 적어지는지 어떤지는 전혀 알 수 없지만, 여하튼 우리는 식물을 먹을 때 그렇게 깊게 번민하지 않습니다. 그것은 그에 상응하도록 잘 만들어져 있기 때문입니다. 박테리아에 대해서 꽤 요란스럽게 말씀하셨는데 박테리아가 죽는 것과 말을 죽이는 것은 엄청난 차이입니다. 박테리아는 계속해서 분열하고 사멸하기 때문에 빠르게 빠르게 변화하고 있습니다. 그것을 죽인다고 해도 말을 죽이는 것과는 아주 다릅니다. 또한, 박테리아의 의식은 잘 알 수 없지만, 여하튼 우리는 태어날 때부터 박테리아를 죽인다거나 가엾다거나 하는 생각은 그다지 하지 않습니다. 그걸로 된 것입니다. 역시 어쩔 수 없습니다. 단, 이러한 것도 인류의 문명이 진화하고 인류의 감정이 진보하면 어떻게 변할지는 알 수 없습니다.

인도의 성자들은 여과되지 않은 물은 마시지 않습니다. 일반적인 천으로 된 거름망은 원생동물은 걸러지지만 박테리아는 걸러지지 않습니다. 뭐, 이에 대해서는 이론적으로 아무리 무슨 말을 해도 우리는 그렇게 생각하지 않는다고 대답할 수밖에 없습니다. 그러나 머지않아 이론적으로도 그대로 증명될 것임이 틀림없습니다. 우리나라 중국의 맹자라는 사람은 덕이 높은 사람은 가축이 도살되는 곳, 그리고 요리되는 곳을 보지 않는다고 했습니다. 아주 온건한 생각입니다. 자연은 억지로 함정 같은 것을 만들지 않으니까요. 우리는 우리에게 주어진 감각기관의 상태, 우리를 둘러싼 조건에서 채식을 하겠다고 말하는 것입니다. 그래서 저는 굳이 높은 산으로 도망가지 않겠습니다."

진 씨는 폭풍우 같은 박수와 함께 내가 있는 곳으로 돌아왔습니다. 내가 일어서서 진 씨에게 경의를 표하고 있는 동안에 연단에는 이미 다른 반론자가 서 있었습니다.

"여러분, 조용하시게. 아직 그렇게 기뻐하기는 일러. 왜냐하면 베지테리언 제군들의 주장은 비교해부학 측면에서 보면 그 바닥부터 뒤집어질 것이기 때문이네. 보게, 제군의 치아는 몇 개가 있는가? 서른두 개, 그렇다네. 그리고 그 중 네 개가 앞니, 네 개가 송곳니, 그리고 남은 것이 어금니와 사랑니지. 그렇다면 앞니는 무엇을 위해? 앞니는 음식을 씹기 위해. 어금니는 무엇을 위해? 식물을 잘게 으깨기 위해. 송곳니는 그렇다면 무엇을 위해? 이는 고기를 찢기 위해서지. 이것으로 알았을 것이다. 어금니는 초식동물에게 있고, 송곳니는 육식류에게 있는 것이네. 인류에게 혼식이 가장 적당하다는 것은 이빨을 보면 알 수 있는 것이지. 즉, 인류는 혼식을 하는 것이 가장 자연스러운 것이야. 그러니까 우리는 육식을 그만두겠다는 생각 따위는 해서는 안 되는 것이야."

사람들은 열심히 참았지만, 그 사람의 몸짓이 너무 우스꽝스러웠고 게다가 초등학교 2학년생을 가르치듯이 이야기했기 때문에 결국 모두 웃음을 터뜨리고 말았습니다. 우리 쪽에서 한 사람이 곧바로 나왔습니다.

"지금 비교해부학적 관점에서 한 반론은 도저히 이해할 수 없습니다. 먼저 첫 번째로, 인류의 치아에 혼식이 제일 적당하다는 것에는 여러 가지 의문도 생기지만 뭐 그것은 그대로 두겠습니다. 그다음으로 인류에게 혼식이 가장 자연스러우니까 채식을 해서는 안 된다는 것은 받아들일 수가 없습니다.

자연스러우니까 그대로 하면 된다는 말은 흔히 합니다만, 이는 사실 좋은 점도 있고 나쁜 점도 있습니다. 예를 들어 우리가 밭을 일굽니다. 그리고 필요한 작물을 키우는 데 이때 가장 자연스러운 것은 밭 한가득 잡초가 자라서 작물이 자라지 못하게 되는 것입니다. 이것이 가장 자연스럽습니다. 앞의 반론자가 만약 농장을 경영하게 될 때에는 부디 참관시켜 주시기 바랍니다. 또한, 인간에게는 훔치고 싶다는 욕심이 있습니다. 이는 극히 자연스러운 것입니다. 그렇다면 그대로 하면 되지 않는가, 하는 논리가 됩니다. 또한, 이교도 쪽에서도 철도 등을 이용해 보신 분들도 계시겠지만, 철도에서 가장 자연스러운 것, 즉 되도록 사람의 힘을 더하지 않도록 하는 것이라면 충돌이나 탈선, 사람을 치는 것 등이 좋은 것입니다. 그렇다면 '그것으로 좋지 않은가, 기관사니 차표니 귀찮은 것은 그만두자'라는 논리가 됩니다만…… 이견이 있습니까?"

이렇게 말하고 그 사람은 재빨리 자리로 돌아가 버렸습니다. 그러자 이교도석에서 곧바로 다시 한 사람이 일어섰습니다.

"나는 사실 선전문에서도 얘기했듯이 충분히 상세하게 논의하려고 생각했지만, 아까부터 뒤죽박죽된 시시한 논쟁으로 머리가 아파졌기 때문에 딱 한마디만 하겠습니다. 물고기 등은 여러분이 먹지 않아도 죽습니다. 정어리는 인간에게 먹히거나 고래에게 먹히거나 둘 중 하나입니다. 개똥지빠귀라면 인간에게 먹히거나 매에게 잡히거나 둘 중 하나입니다. 그렇다면 정어리와 개똥지빠귀로서는 새까만 고래나 주둥이가 뾰족해서 키스도 못할 것 같은 매에게 먹히는 것보다는 인자한 베지테리언 여러분이 눈물을 주르륵 흘리면서 먹어주는 편이 좋지 않겠습니까? 그리고 채식이라고 해도 전혀 안심할 수 없습니다. 농업에는 식물해충학이라는 것이 있어서 약을 치거나 태우거나 잡거나 해서 벌레를 죽이는 것을 연구하고 있습니다. 농부들은 모두 해충방제를 합니다. 고래를 먹는다면 한 마리를 1만 명이 먹을 수 있으며 또한 덕분에 1백만 마리의 정어리를 구하는 것이 됩니다만, 양배추 한 통을 먹으면 그 때문에 배추벌레를 1백 마리나 죽이는 것이 됩니다. 여러분은 생각과는 완전히 정반대의 행동만 하는 것입니다. 어떻습니까?"

곧바로 다시 한 사람이 일어났습니다.

"저는 단 1분만 답변하겠습니다. 첫째로 물고기가 어떤 식으로 죽건 우리가 반드시 물고기를 먹어야 하는 이유는 되지 않습니다. 또한, 우리가 물고기를 먹는다고 해서 물고기가 기뻐할지 어떨지도 알 수 없습니다. 어차피 죽게 될 것이라고 해서 우리가 죽여줘야 한다는 것은 말이 되지 않습니다. 인간이 물고기를 잡지 않으면 바다가 물고기로 가득 찰 것이라는 추측도 있지만, 그런 어림셈으로 될 일이 아닙니다. 결국 그런 간접적인 것까지 논의하다가는 끝이 없습니다. 단지 우리는 도저히 안 된다고 생각하는 것을 하지 않는 것뿐입니다. 채소도 생명의 대가를 낸다고 했는데 그것은 우리도 잘 알고 있습니다. 그래서 모든 것을 낭비하지 않는 것이 중요한 것입니다. 단, 곡식을 키울 때는 그렇게 심하게 벌레를 죽이거나 하지 않습니다. 극단적인 사례만을 비교하다 보면 얼마든지 이런 이상한 논리가 서는 것입니다. 결국 우리는 우리가 아무리 생각해도 옳다고 여겨지는 것을 할 뿐입니다."

박수가 일었습니다. 그 사람은 단상을 내려왔습니다.

이교도석에서 적갈색 머리카락을 세운 뚱뚱하고 키가 큰 사람이, 동양식으로 표현하자면 정말로 노기충천한 듯 성큼성큼 단상으로 올라갔습니다. 우리는 관대하게 손뼉을 쳤습니다.

사제 한 사람이 나와 그 사람과 나란히 선 후 소개를 했습니다.

"이분은 신학박사 헤르시우스 매튼 박사이시며 캐나다대학의 교수이십니다. 이번에는 시카고축산조합의 고문으로서 본 대축전에 참가해주셨으며 지금부터 우리의 주장에서 부족한 점을 지적해주실 것입니다. 잠시 소개하겠습니다."

우리는 관대하게 손뼉을 쳤습니다.

매튼 박사는 조용히 작은 병에 든 물을 마시고 어깨를 흔들며 배를 잡더니, 아주 천천히 이야기를 시작했습니다.

"베지테리언 동정파 여러분. 오늘 이 훌륭한 대축전에 참석할 수 있게 되어 진심으로 영광스럽게 생각한다. 지금부터 약 5분 동안 내가 봉직하는 신학의 입장에서 여러분의 신조를 엄정하게 비판하고자 한다. 그런데 내가 봉직하고 있는 신학은 그렇게 편협한 것이 아니다. 내가 봉직하고 있는 신학은 단 두 마디가 전부다. 유일하고 진정한 신은 당신이시며, 신의 섭리는 헤아릴 수 없다는 것이다. 이것에 동의하지 않는 제군이여, 제군은 여전히 중세 스콜라철학의 잔재를 들고 이 밝고 즐겁고 역동적인 1920년대의 사람들을 대하려는 것이다. 오늘날 종교의 가장 큰 요건은 간결함이다. 우리의 철학은 이 두 마디로 이미 세계각지에 산재해 있는 1천6백만 명의 신도를 얻었다. 아니, 무릇 신을 믿는 자가 이 두 마디를 받들지 않는 자가 있겠는가. 세부적인 논쟁은 잠시 멈추시길. 무릇 신을 믿는 자 중에 이 두 마디를 부정하는 자가 몇이나 있겠는가."

포효를 끝낸 매튼 박사는 탁자를 내리치며 식장을 둘러보았습니다. 자리를 가득 메운 사람들은 쥐 죽은 듯 조용했습니다. 박사는 연설을 계속했습니다.

"거룩한 신이시여! 신은 진정 변하지 않으신다, 신은 모든 것을 만드시었다. 아름다운 자연이여. 바람은 끊임없이 오르간을 연주하고, 구름은 토마토 또는 감자와 같도다. 길가의 화초는 어느 것은 붉고 어느 것은 하얗다. 금강석은 견고하고 활석은 부드럽다. 목장은 푸르고 바다는 파랗다. 그 목장에는 아리따운 소가 서 있고, 양 떼는 달린다. 그 바다에는 파랗게 차려입은 정어리도 헤엄치고 커다란 고래도 떠오른다. 너무도 훌륭하게 만들어진 천지여, 자연이여. 제군들 어떤가? 이견이라도 있나?"

박사는 이번에는 조금 자신이 없는 듯 걱정스러운 표정으로 슬쩍 식장을 둘러보았습니다. 그리고 마치 달아나는 토끼처럼 빠르게 결론으로 들어갔습니다.

"나는 시카고축산조합의 고문도 뭐도 아니다. 단지 신의 정의를 전하기 위해 이곳에 왔다. 제군, 제군은 신을 믿는다. 그런데 왜 신을 따르지 않는가. 왜 신의 은혜를 거부하는가. 어서 회개하고 순종하는 신의 종이 되어라."

박사는 마지막으로 크게 포효하고는 번개처럼 자신의 자리로 돌아갔습니다. 그리고 곁눈질로 식장을 가만히 둘러보았습니다. 박수소리도 들렸지만, 동시에 커다란 웃음소리도 터져 나왔습니다. 우리는 식장의 신성함을 어지럽히지 않기 위해서 최대한 자제했지만, 박사의 논리가 너무 우스웠기 때문에 결국 웃음을 참지 못했던 것입니다. 가장 앞줄에 있던 키 작은 신자가 일어나서 부제사장에게 무슨 말인가를 했습니다. 부제사장은 크게 고개를 끄덕였습니다.

그 사람은 마을의 초등학교 교사인 듯했습니다. 침착하게 단상에 올라 매튼 박사에게 정중하게 인사를 했습니다. 박사는 확실히 창백해진 채 부들부들 떨고 있었습니다. 그 신자는 그다음에 식장 전체를 향해 인사를 했습니다. 커다란 박수가 터졌습니다. 그 사람은 뉴펀들랜드의 사투리를 살짝 섞어 연설을 시작했습니다.

"이교도 측의 반론에 대해 저는 프로그램에 허락되어 있는 대로 종교연설로 대답하려고 합니다.

헤르시우스 매튼 박사의 주장은 정말 삼단논법의 전형입니다. 먼저 박사의 신앙을 들어 이곳에 있는 사람들에게 두 번 승인을 강요했으며 그것을 대전제로 했습니다. 다음으로 베지테리언이 이에 어긋난다는 것을 소전제로 했고, 마지막으로 따라서 베지테리언이 신을 등졌다고 단정하고 채식이라는 작은 선행이 신을 등지는 큰 죄라고 암시했습니다. 정말 간단명료한 주장입니다. 그런데 이 전형적인 논리에 제가 다소 의문을 품게 된 점은 실로 유감이 아닐 수 없습니다.

첫째로, 박사가 1920년대에 맞춰 기독교 구신학에서 추출한 간결한 신학은 단지 그 말만 보면 무척이나 타당합니다. 오늘 이곳에 모인 사람들은 반드시 기독교인만은 아닙니다. 그러나 어떤 종교이건 그 말을 하고자 하는 것입니다. 다만, 그것은 굳이 박사의 신학은 아닙니다. 이는 가장 보편적인 것입니다.

둘째로, 그 신학의 해석에서 제가 가장 의문을 가진 부분입니다. 특히 섭리의 해석에 있어서는 도저히 박사를 신자라고 할 수 없습니다. 섭리라는 개념은 굳이 기독교에 한정된 것이 아니라 일반 종교의 공통된 것인데, 신학박사처럼 해석을 잘못하는 경우는 사실 다른 종교에도 많이 나타납니다.

다시 한번 박사의 주장을 반복하기 위해 지금 제가 필기해둔 것을 읽어보겠습니다. '일어나는 모든 일은 모두 신의 섭리다. 모든 것이 신의 뜻이다. 실로 황송하다. 주의 은혜를 찬양해야 하고 주의 뜻은 헤아릴 수 없으며, 모든 것이 이 섭리다. 은총이다. 선이다'는 내용입니다. 이를 더욱 요약하면 '현상은 모두 신의 섭리 속에 있으므로 선이 된다'는 것이 됩니다. 타당한 것 같지만 또한 상당히 위험한 것입니다. 여기서 선이라는 것은 신이 보는 선입니다. 절대선입니다. 그것을 만약 우리가 보는 선으로 해석하면 결국 조금 전 매튼 박사의 주장이 발생합니다.

'현상은 모두 선이다, 우리가 소를 먹는다, 섭리이며 선이다. 우리가 화를 내며 매튼 박사를 때린다, 섭리이며 선이다. 내가 누군가의 협박으로 여비를 모두 빼앗긴다, 한 대 친다, 그 사람이 죽는다, 섭리며 선이다. 왜냐하면 이는 현상이며 섭리 안에서 일어난 일이며 신의 뜻은 헤아릴 수 없다.' 이렇게 됩니다. 더욱 재미있는 것은 이곳에 베지테리언이라는 집단이 동물을 먹지 않겠다고 하는 것도 신의 섭리이며 선이 됩니다. 그런데 왜 매튼 박사는 노기충천해서 이들을 비난하고 공격하는 것일까요. 여기에 이르면 결국 매튼 박사의 주장이 자가당착으로 끝난다는 것이 드러납니다. 이 결론은 정말 좋은 이야기입니다. 그런데 이는 어리석은 제 말이 아닙니다. 사실 시카고축산조합의 육식 선전 팸플릿에서 오늘 아침에 본 것입니다. 끝으로 용감한 매튼 박사에게 심심한 경의를 표합니다."

박수 소리가 천막을 뒤집을 듯했습니다.

"상당히 노골적이군요. 그다지 교육자 같지 않은 베지테리언이네요."

진 씨가 크게 웃으면서 말했습니다.

그런데 그 박수 소리가 미처 끝나기도 전에 벌써 이교도석에서 삐쩍 마르고 신경질적으로 보이는 사람이 단상으로 올라갔습니다. 그 사람은 손을 부들부들 떨었고 눈까지 경련이 이는 듯이 보였습니다. 그래도 컵의 물을 마시고는 조금 진정된 듯한 걸음으로 나아가 연설을 시작했습니다.

"매튼 박사의 신학은 기독교 신학입니다. 또한, 그 섭리의 해석에 있어서도 조금 유감스러운 점이 있었던 것은 앞의 논객과 마찬가지입니다. 그러나 이곳에 모인 베지테리언 여러분 중 약 10퍼센트의 불교 신자가 있다는 것을 저는 알고 있습니다. 저도 역시 사실은 불교 신자입니다. 기독교 국가에서 태어나 불교를 믿는 까닭은 아무래도 불교가 심오하기 때문입니다. 저는 아미타불의 화신 신란 승정의 계시를 받은 본원사파의 신자입니다. 즉, 저는 한 불교 신자로서 우리의 동맹자인 베지테리언 불교 신자에게 한마디 드리고자 합니다. 이 세계는 고통입니다. 이 세계에 보내진 자 가운데 고통스럽지 않은 것은 하나도 없습니다. 이곳은 모두 모순입니다. 모두 죄악입니다. 우리 심상 속에는 티끌만큼도 선의 흔적을 발견할 수 없습니다. 이 세계에 보내진 우리의 선은 결국 뿌리 없는 나무입니다. 우리가 느끼는 정의는 결국 자신이 기분 좋다는 것뿐입니다. 이것은 이렇게 하지 않으면 안 된다거나 저것은 저렇게 하면 좋다거나 하는 것은 아무런 의미도 없습니다. 동물이 가여워서 먹지 않겠다는 말을 우리에게 전한 것이 아닙니다. 그런 것으로 해결되지 않습니다. 오로지 서방의 부처 구원자 아미타불에게 귀의해서 이 모순의 세계를 떠나야 합니다. 그러한 후에야 채식주의도 선한 것입니다. 이것은 논의가 아닙니다, 우리의 지도자이시며 부처의 화신인 신란 승정이 친히 육식을 하신 이래 우리 본원사는 대대로 이를 행하고 있습니다. 일본 신자의 표현을 빌리자면 하나의 항아리 물을 다른 항아리로 옮기는 것과 같이 육식을 계승하고 있는 것입니다.

다음으로 불교의 창설자 석가모니를 보십시오. 석가는 출지의 도를 얻기 위해 탄다락가산彈多落迦山이라는 숲 속에서 6년 동안 정진고행을 했습니다. 하루에 한 알의 쌀과 한 알의 아마 열매를 드셨습니다. 그럼에도 결국 그 고행의 무익함을 깨닫고 산에서 내려와 강에서 몸을 씻고 마을 소녀가 준 크림을 먹고 법열을 얻었던 것입니다. 오늘 우유나 달걀, 치즈, 버터조차 먹지 않겠다는 베지테리언이 있습니다. 이는 만약 불교 신자라면 말할 필요도 없고, 불교 신자가 아니더라도 또한 크게 참고가 될 것입니다.

더욱이 석가는 모여든 수많은 신자에게 결코 육식을 금하지 않았습니다. 오종정육이라 이름하고 지나치게 잔인한 행위로 얻은 것이 아니라면 동물의 살을 먹는 것을 허락하신 것입니다. 지금의 베지테리언은 실로 인도의 옛 성자들보다 음식에 있어서는 더욱 엄격합니다. 하지만 그것은 결국 불구이며 기형입니다. 음식에만 엄격하고 석가가 정한 다른 법률은 하나도 따르지 않습니다. 특히 베지테리언 제군은 이를 잘 명심하십시오. 석가는 만년에 그 사상이 점점 원숙해짐에 따라 전혀 채식주의자가 아니었던 듯합니다. 석가는 마지막에 대장장이 춘다라는 자가 대접한 음식을 먹었습니다. 그 음식은 돼지고기를 주로 한 음식이었으며, 석가는 그 돼지고기 탓에 위장이 완전히 상하셨던 듯합니다. 그 때문에 결국 81세에 극락이라는 곳으로 적멸하신 것입니다. 불교 신자 여러분! 석가를 본받고, 석가의 행위를 모범으로 하십시오. 석가의 닮은꼴이 되고, 석가의 덕을 그 2만 분의 1, 5만 분의 1, 아니면 20만 분의 1이라도 수행하십시오. 그러한 후에 채식주의자가 되어도 좋을 것입니다. 제군처럼 기형적인 신자는 지하에 있는 석가에게도 누가 될 것입니다."

박수 소리로 천막이 뒤집힐 듯했습니다.

나는 이때 너무도 어이없는 의견에 머리가 핑 돌았습니다. 그리고 정말 비틀비틀 걸어나갔습니다. '무슨 헛소리야' 하고 생각했을 때에는 이미 연단에 서서 사람들을 내려다보고 있었습니다.

진 씨가 가장 뒤쪽에서 열심히 손뼉을 치고 있었습니다. 사람들이 마치 들판의 꽃처럼 보였습니다. 나는 말했습니다.

"앞의 논자는 불교 신자로서 채식주의를 부정하고 육식을 주장했습니다만, 유감스럽게도 저 역시 경건한 석존의 제자로서 앞 논자의 오류를 지적하지 않을 수 없습니다. 먼저 이 자리에서 얘기하지 않으면 안 되는 것은 앞의 논자는 말하자면 불교, 특히 부패한 일본교권에 대해 일종의 쓸모없는 호기심을 가지고 있을 뿐, 결코 불제자도 아니고 불교 신자도 아니라는 점입니다. 그의 연설 중 여러 번 여래의 정각에 대해 말도 안 되는 언사로 농락했음을 볼 때 확실합니다. 특히 그 마지막 말을 보겠습니다. '지하에 있는 석가에게도 누가 될 것입니다'라니……. 도대체 이게 무슨 말입니까? 여래를 믿는 자 중에 '지하에 있다'고 하는 자가 어디 있겠습니까. 우리는 결코 그런 불제자의 외피를 쓴, 교만하고 사악한 속마음을 지닌 악마의 사도를 용서할 수 없는 것입니다. 보십시오, 그는 겨자씨만 한 지식으로 무한한 흙을 측정하려고 하는 것과 같습니다. 그런 발언을 지금 제가 다시 반복하는 것도 수치스럽지만, 증명을 위해 지적해보자면 그는 이렇게 말하고 있습니다. 기독교 국가에서 태어나 불교를 믿는 이유는 아무래도 불교가 심오하기 때문이라고.

기독교 신자 여러분, 다음과 같이 명제를 바꾼다면 여러분은 허용하겠습니까? '불교 국가에 태어나서 기독교를 믿는 이유는 아무래도 기독교가 심오하기 때문이다'라고. 여러분은 그 경박함에 불쾌감을 금할 수 없을 것입니다. 저는 감히 어떤 교리가 심오한지 짐작조차 할 수 없습니다. 다음으로 앞 논자는 우리 세계의 선에 관해 얘기했습니다. '이 세계에서 행해지는 우리의 선은 결국 뿌리 없는 나무'라고. 이는 아마도 여래의 힘을 받지 않으면 선은 없다는 의미일 것이라고 저도 그렇게 믿습니다. 다음으로 '이것은 이렇게 하지 않으면 안 된다거나 저것은 저렇게 하면 좋다거나 하는 것은 아무런 의미도 없다'라고도 했습니다. 이 역시도 저는 여래의 뜻에 의하지 않고 우리 마음대로 행한 것은 그렇다고 생각합니다.

앞의 논자 역시 그런 의미에서 말했을 것입니다. 그러나 서방의 부처 구원자 아미타불에게 귀의하라는 것은 불교 내에서도 여러 가지 논쟁이 되고 있는 부분입니다. 여기서 이 논의는 피하겠습니다만, 일단 우리 불교 신자는 석존의 이야기가 기록된 불경을 따르겠다는 것만은 확실히 해두겠습니다. 불경에 따르면 오종정육은 수련이 미숙한 자에게만 허용되었다고 〈능가경〉에 밝혀져 있습니다. 그것도 마지막의 〈열반경〉에는 지금부터 이후 불제자에게 육식을 허락하지 않는다고 되어 있습니다. 그 오종정육도 앞 논자가 말한 것처럼 '너무 잔인하지 않은 행위에 의해'서와 같이 단순한 것이 아닙니다.

불교의 다양한 음식 제한에 관한 생각은 다른 누군가가 얘기할 예정이 있는 듯하여 여기서는 생략하겠습니다. 단, 마지막으로 앞의 논자는 석존이 마지막에 받았던 공양이 돼지고기였다고 했지만 그것은 엄청난 오류입니다. 돼지고기가 아닌 버섯의 일종이었으며, 범어의 발음이 비슷해서 경솔하게 그런 오류를 보인 것입니다.

여기에서 저는 앞 논자의 결론을 갖고 앞 논자에게 보답하겠습니다. 불교 신자 여러분, 석가를 본받고 석가의 닮은꼴이 되십시오. 석가의 덕을 그 2만 분의 1, 5만 분의 1, 아니면 20만 분의 1이라도 수행하십시오. 아아, 이 어투의 경박함이여. 나는 이를 스스로 말하고 더욱 이를 입에 담은 것이 수치스럽습니다.

나는 다음으로 종교 정신 때문에 육식을 하지 않는 것의 당연함을 논하고자 합니다. 기독교 정신은 한마디로 하면 신의 사랑일 것입니다. '신의 세상을 만들어주신다'에서 만든다는 말은 말하자면 우리에 대한 일종의 비유입니다. 표현입니다. 매튼 박사처럼 잘못된 섭리론을 꺼내지 않아도 됩니다. 결국은 사랑입니다. 모든 생물에 대한 사랑입니다. 왜 그것을 죽이고 먹는 것이 당연한 것일까요.

불교 정신에 의하면 자비입니다. 여래의 자비인 완전한 지혜를 겸비한 사랑입니다. 불교의 출발점은 '모든 생물이 이처럼 괴롭고, 이처럼 슬프다. 우리와 이들 모든 생물은 함께 이 고통의 상태에서 벗어나고 싶어 한다'는 것입니다. 그 생물은 무엇일까요. 그 내용은 너무 심각해서 여러분의 가슴에 상처를 주겠지만 진리이므로 피할 수는 없습니다. 솔직히 말하고자 합니다. 모든 생물은 모두 영겁의 세월 동안 윤회에 윤회를 거듭해왔습니다. 윤회의 단계는 크게 나눠 아홉 가지입니다. 우리 가까이에 있는 그 두 가지를 보겠습니다. 하나의 영혼은 어떤 때는 사람으로 태어났음을 느낍니다. 어떤 때는 짐승, 즉 우리가 말하는 동물 가운데에 태어납니다. 어떤 때는 천상에서도 태어납니다. 그동안에는 여러 가지 다른 영혼들과 가까워지기도 하고 멀어지기도 합니다. 즉, 친구나 애인, 형제, 부모입니다. 그들이 서로 헤어졌다가 다시 생을 경계로 더는 서로를 모르게 됩니다. 무한의 세월 속에는 무한의 조합이 가능합니다. 그래서 우리 주변의 생물은 모두 무한의 세월 속에서 부모형제입니다. 이교도 여러분은 이 생각이 너무 진지해서 무섭다고 생각할 것입니다. 무섭도록 이 세계는 진지한 세계인 것입니다. 나는 이 말만을 하고 싶었습니다."

나는 인사를 하고 연단을 내려왔으며 박수 소리도 꽤 컸습니다. 이교도석의 신학박사 일행도 이제 더 이상 반론을 하려는 기색도 없었습니다. 하지만 이교도석에도 모두 신학박사만 있는 것이 아니었습니다. 꼭 헤켈 풍모를 한, 미간에 커다란 상처가 있는 사람이 갑자기 의자에서 일어났습니다. 나는 아침의 팸플릿을 떠올리며 분명 저 사람이 동물학자일 것이라고 생각했습니다. 그 사람은 얼굴이 아주 새빨개진 채 씩씩거리며 제단으로 올라갔습니다. 우리는 관대하게 박수를 보냈습니다. 그 사람은 부들부들 떨리는 손으로 컵에 물을 따라 마셨습니다. 컵 밖으로도 물이 조금 넘쳤습니다. 너무 심하게 떨었기 때문에 나는 조금 신경병이 의심되기까지 했습니다. 그런데 물을 마시자 그 사람은 갑자기 확 바뀌어 침착해졌습니다. 그리고 아주 조용하게 무언가를 말하려는 듯 입을 움직였지만 말은 좀처럼 나오지 않았습니다. 사람들은 쥐죽은 듯 조용해졌습니다. 그 사람은 갑자기 말을 더듬으면서 폭발하듯 소리쳤습니다.

"어, 어, 어떤 이유로, 어떤 이유로 여러분은 도, 도, 동물을 먹지 않겠다고 하면서 야, 야, 양털 모자를 쓰는가!"

그 사람은 흥분으로 몸을 덜덜 떨더니 마구 물을 마셨습니다. 정말 큰 일입니다. 천막 안은 접시가 깨질 듯 웃음소리가 퍼졌습니다.

진 씨도 이미 손뼉을 치고 뒹굴며 말했습니다.

"완전히 존 힐가드 판박이야."

"존 힐가드가 누군가요?"

나는 물었습니다.

"희극배우입니다. 뉴욕극단의. 하지만 힐가드는 이마에 저런 상처가 없습니다."

"그렇군요."

그 뒤로는 이교도석도 이파석도 조용해졌고 더 이상 연단에 서는 사람이 없었습니다. 부제사장이 잠시 식장을 둘러보더니 조금 전의 소란이 가라앉은 후 침착하게 이교도석으로 갔습니다. 그밖에 반론할 사람은 없느냐고 묻는 듯했지만, 침묵만 흐를 뿐 아무도 대답하는 사람이 없었기 때문에 부제사장은 가볍게 인사를 하고 물러났습니다.

"완전히 끝난 것 같군요."

진 씨가 내게 말했습니다. 나도 사실 기뻤습니다. 그렇게 완강하게 보였던 시카고군단이 너무도 쉽게 무너졌기 때문입니다. 이렇게 말하면 왠지 야구 같지만 정말로 그랬습니다. 그런데 전기벨이 꽤 길게 울렸습니다. 그 맑은소리는 나의 흥분한 마음을 다시 투명한 뉴펀들랜드의 9월로 되돌아오게 했습니다. 모두 그런 느낌인 듯했습니다. 진 씨는 "저는 봉화를 한 발 더 올리고 오겠습니다" 하면서 일어나 밖으로 나갔습니다.

그때였습니다. 신학박사가 다시 풀죽은 모습으로 단상에 섰습니다. 그리고 힘없이 인사를 하고 말했습니다.

"여러분, 저는 오늘 신의 뜻으로 마침내 크고 깊은 것을 알게 되었습니다. 처음에 저는 혼식하는 기독교 신자로 이 축제에 임했습니다만, 이제 신은 제게 경건한 베지테리언 신자가 될 것을 명하셨습니다. 바라건대 선배 여러분, 우매한 소생이 깨끗한 여러분의 모임 속에서 동맹자가 되는 것을 허락해 주십시오."

그리고 연단에서 내려와 고개를 숙이고 서 있었습니다.

부제사장이 곧바로 나가 악수를 했습니다. 사람들은 환호성을 지르며 큰 박수로 이 새로운 신자를 맞이했습니다.

그러자 이교도석은 완전히 엉망이 되었습니다. 새까맣게 한 덩이가 되어 동시에 일어서더니 우르르 단상으로 올라가 "회개하겠습니다. 용서해주십시오. 우리 모두 베지테리언이 되겠습니다"라고 한목소리로 말했던 것입니다.

부제사장이 곧바로 앞으로 나가 한 사람씩 악수를 했습니다. 그리고 한 사람씩 단상을 내려와 우리 쪽 의자에 앉았습니다. 식장은 환호성과 박수로 가득했습니다. 의자가 딱 맞게 있었습니다. 뭔가 지나치게 딱 맞아떨어졌습니다. 그때 밖에서는 투둥하고 다시 진 씨의 폭죽이 한 발 올라갔습니다. 그 진 씨가 다시 들어오더니 내게 가볍게 인사를 하고는 선 채로 앞쪽을 보며 말했습니다.

"이런, 이런 모두 개종을 했네요. 너무 허무하군. 이런 의자도 딱 맞네. 그런데 한 자리가 비어있어, 아, 아까 그 힐가드를 닮은 사람만 아직 고집을 피우고 있군."

정말 아까의 희극배우를 닮은 마지막 논자가 홀로 이교도석에 앉아 팔짱을 끼기도 하고 머리를 긁적이기도 하면서 무척이나 과장된 몸짓을 하고 있었기 때문에 사람들은 결국 크게 웃음을 터뜨렸습니다.

"저 남자의 번민은 도대체 뭔지 알 수가 없군요."

진 씨가 말했습니다.

그리고 마침내 그 사람이 일어섰습니다. 그리고 단상으로 올라갔습니다.

"여러분, 제가 틀렸습니다. 저는 헤매고 있었던 것입니다. 저도 오

늘부터 베지테리언이 되겠습니다. 아니, 저는 예전부터 베지테리언이었던 듯한 기분이 듭니다. 아무래도 아까 잘못해서 이교도석에 앉았고, 그 덕분에 그런 반론 연설을 한 듯합니다. 여러분, 용서해주시기 바랍니다. 또한, 내 생각에는 오늘 이교도석에 앉았던 분들은 모두 나처럼 자리를 착각한 것으로 생각합니다. 아무래도 그런 듯합니다. 그 증거로는 지금은 모두가 신자의 자리에 앉아있다는 것입니다. 어떻습니까, 과거 이교도 여러분, 그렇지요?"

내가 놀란 것은 신학박사를 비롯한 모든 사람이 동시에 일어나 "그렇습니다" 하고 대답했던 것입니다.

"그렇죠? 그러면 저는 이제 제자리로 돌아가야겠군요. 혹시 아시는지 모르겠지만, 나는 뉴욕극단의 힐가드입니다. 오늘 저는 이 축전을 떠들썩하고 신 나게 하려고 부제사장에게 부탁을 받고 연극을 한 것입니다. 우리가 한 이 대규모 연극에 대해 불쾌한 분은 부디 부제사장에게 공격의 화살을 향해주시기 바랍니다. 저는 아주 심약한 한 사람의 신자일 뿐입니다."

힐가드는 목례를 하고 도망가는 토끼처럼 단상에서 내려와 단 한 자리 비어있던 자리에 딱 앉았습니다.

"당했군, 완전히 당했어."

진 씨는 자지러지게 웃었고 폭소와 환호성과 박수 소리로 식장은 떠나갈 듯했습니다. 하지만 나는 너무도 허무해서 맥이 빠졌습니다. 너무 맥이 빠진 나머지 유쾌한 베지테리언 대축전의 환상은 망가져 버렸습니다. 부디 나머지는 영화의 흔해 빠진 마지막 장면처럼 춤이든 뭐든 멋대로 해서 완성하기를 바랄 뿐입니다.

해설

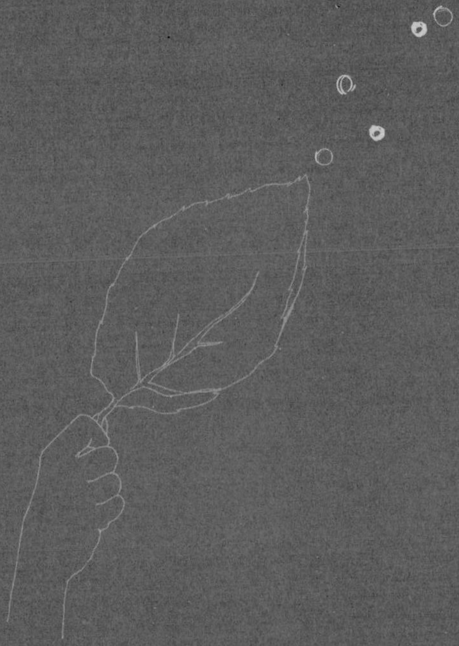

《미야자와 겐지 전집 1》에는 한국 독자에게 익숙한 대표 작품이 실렸고, 이번 두 번째와 이후 발간될 세 번째 책에서는 독자뿐만 아니라 필자에게도 낯선 작품들이 실린다. 그러나 낯선 작품이 '대표 작품은 아니다'는 의미는 아니다. 유독 한국에서는 미야자와 겐지가 동화작가로 인식되었던 까닭에 동화적 구도를 가진 작품들이 주로 소개되었을 뿐이지 익숙한 작품이 곧 그의 '대표 작품'으로 규정할 수 없는 셈이다.

문학인이면서 교육자였고, 종교인이면서 농업지도자였던 미야자와 겐지의 다양한 삶의 모습만큼 당연히 작품도 다양하다. 또한, 동화가 아닌 산문에는 겐지의 풍부한 감수성과 유쾌한 유머가 만든 새로운 세계가 살아있다.

스케치1 ★ 시월의 끝

이 장에 실린 작품들은 자연과 더불어 살아가는 시골 마을의 풍경들이 유쾌하게, 때로는 해학과 반전이 담긴 재미있는 것들로 구성하였다.

밀조를 적발하기 위해 변장까지 하고 마을에 잠입한 세무서장의 활약을 그린 **〈세무서장의 모험〉**은 겐지의 작품으로는 특이하게도 권력자인 세무서장의 시점으로 그려진다. 1899년 '자가제조주 금지'와

1904년 '탁주제조 금지령'은 일본 군국주의 형성을 위한 세금 충당의 일환이었기 때문에, 오히려 농민들의 밀조는 '권력에 대한 민중의 저항'으로 볼 수 있다. 미야자와 겐지가 이 작품에서 세무서장의 헌신적인 모험을 보여주고자 했던 것인지, 마을 전체가 청주 밀조에 가담한 '대담무쌍하고 통쾌한' 모습을 보여주고자 한 것인지는 〈독극물 낚시를 좋아한 서장님〉 〈두 명의 공무원〉을 보면 명확하다. 법으로 금지된 독극물 낚시에 빠져 결국 민중에게 고발되고 사형에 처하게 된 **〈독극물 낚시를 좋아한 서장님〉**과 그럼에도 "지옥에서 독극물 낚시를 해볼까"라며 웃는 서장의 '집요한 탐구'에 사람들은 탄복하지 않을 수 없다. 소심하고 겁 많고 어리석은 **〈두 명의 공무원〉**은 아이인 '나'와 '리스케'의 눈에도 '아이 같은 어른'이며, 그 우스꽝스러운 행동에 웃음 짓지 않을 수 없다.

하지만 아이인 '나'와 '리스케'에게는 **〈골짜기〉**가 공무원보다 천 배는 더 두려운 존재로, 미야자와 겐지의 작품 속에서 골짜기는 죽음의 상징이며, 아이들에게는 '세계'의 끝으로 보이는 공포의 상징으로 비유된다.

〈바람의 마타사부로〉(《미야자와 겐지 전집 1》 수록)의 선구 작품인 **〈다네야마가하라 고원〉**에서도 악천후 속에서 길을 잃은 다쓰지가 안갯속에서 만난, 끝을 알 수 없는 골짜기는 세상의 끝처럼 보이는 공포의 대상이다. 한편 어린 소녀의 눈에 비친, 친근하지만 역시 두려움의 대상이기도 한 자연의 모습을 그린 **〈타넬리는 분명 온종일 씹고 있었던 것 같았다〉**는 정겨운 시골 마을의 풍경이 담겨 있지만, 그 이면에 있는 척박한 농민의 삶도 놓치지 않는다. 타넬리의 어머니가 두드리고 있던 졸참나무 열매는 웬만해서는 먹지 않는, 전형적인 구황식품이라는 점에서 기근이라는 사회적 배경이 담겨있기 때문이다. 이후

〈바람의 마타사부로〉에 도입되는 **〈사이카치 연못〉** 역시 아이들의 눈에 세계가 어떻게 비치는지를 보여주는 작품이다. 골짜기와 마찬가지로 연못 역시 '이 공간으로 들어가는 입구'를 나타내고 있다. 또한, 아이의 눈에 비친 자연의 모습을 풍부한 상상력으로 표현한 **〈시월의 끝〉**에서는 버드나무를 둘러싸고 있는 투명한 유리상자, 두꺼운 갈색 외투를 입고 행진하는 병사처럼 보이는 갈색 콩나무, 하늘의 귀신이 오줌 누는 소리 등 그 아름다운 표현력에 감탄하지 않을 수 없다. '아이'의 시선으로 묘사된 풍경은 결국 작가 '겐지'의 감수성이라는 것을 생각하면 더욱 놀랍다. 더군다나 때까치가 일제히 버드나무 속으로 떨어지는 모습을 보고 **〈새를 잡는 버드나무〉**라고 믿었던 아이는 어른이 된 '지금'도 여전히 버드나무가 새를 빨아들이는 힘이 있다는 생각을 지울 수가 없다.

이렇듯 자연에 대한 불가사의함은 아이들뿐만 아니라 어른에게도 마찬가지다. 이유도 없이 계속 무너지는 **〈귀신 붙은 공사구간〉**은 작업자들은 '산의 바위 층이 어긋나서 일어나는 일'이라는 검사관의 말을 믿지 않고 '귀신'의 존재를 믿는다. 때로는 **〈튤립의 환술〉**에 홀려 화창한 오월에 한바탕 '빛의 술' 잔치를 벌이기도 하고, 산도깨비를 술자리에 초청해 **〈자감염색에 관해서〉** 알아내기도 한다.

현실 속 어른들의 세계는 척박하고 고달프다. 사업에 실패하고 도쿄로 도망갔다가 허세뿐인 **〈가죽트렁크〉**를 들고 귀향한 슬픈 남자, 세금 때문에 **〈포도주〉**조차 마음대로 담그지 못하고 밀조를 해야 하는 고헤이의 모습은 애수가 담긴 해학으로 표현되고 있다. 그럼에도 겐지는 고단한 노동으로 살아가는 그들의 모습을 결코 우울하거나 비관적으로 그리지 않고 있다. 하루 벌어 하루 먹고 사는 고단한 삶의 사내에게 행복한 하루를 체험하게 해준 **〈손수레〉**, 그리고 **〈농부실의 시**

계〉에서처럼 함께 일하고 함께 웃을 수 있는 따뜻한 동료가 있다면 더욱 그러하다.

스케치2 ★ 이하토브농업학교의 봄

이 장에서는 작가이면서 동시에 교육자였던 겐지의 모습을 볼 수 있는 작품들을 볼 수 있다. 히에누키농업학교(현 하나마키농업고등학교)에서 4년여의 교사 생활을 했던 겐지는 교과서보다는 야외수업과 시와 음악을 들려주는 수업을 주로 했다고 한다.

지질조사를 위해 다이가와에서 가마부치까지 학생들을 인솔하는 교사의 모습을 담은 **〈다이가와 강〉**은 교사의 일인칭 독백으로 진행되는 산문형식을 통해 화자, 즉 겐지의 심상을 여과 없이 읽을 수 있는 작품이다. 또한, 교사의 시점에서 수업 풍경을 담은 **〈이하토브농업학교의 봄〉**은 모두가 꺼리는 분뇨통을 메고도 초봄의 자연과 생명을 만끽하는 활기찬 모습이 담겨있다. 여름방학을 이용해 '이기리스 해안'이라고 불리는 강가에서 학생들과 호두화석을 발견했던 일화를 기술한 **〈이기리스 해안〉** 역시 작가의 실제 경험이 그대로 담긴 작품이다. 겐지는 이암이 드러나 있는 기타카미 강가가 영국에 있는 백악 해안과 같은 느낌이 든다고 해서 '이기리스 해안'으로 이름 붙였는데, 이 작품 덕에 이기리스 해안은 정식지명이 되었고, 현재는 관광명소로도 유명하다.

한편 홋카이도로 수학여행을 다녀왔던 체험담을 실은 **〈어느 농업학교 학생의 일기〉**는 학생이 화자가 된, 주인공 설정부터 허구이기는 하지만 일기 형식을 빌어 사실성을 살려내면서 당시 농민의 어려운 삶을 아픈 마음으로 표현하고 있다.

스케치3 ★ 십력의 금강석

미야자와 겐지가 자기 희생적 삶을 추구하는 데에 정신적 토대가 되었던 것은 불교의 종파 중 하나인 법화경 신앙이었다. 만물의 평등과 행복을 추구하던 겐지의 종교적 신념은 이 장의 작품 속에 고스란히 담겨있다. 그러한 종교적 색채를 더해 과학자로서 또는 시인으로서의 시선을 더해 겐지문학의 한 특색을 이루고 있다.

〈북수장군과 의사 삼 형제〉는 초기형 원고 〈의사 삼 형제와 북수장군〉의 산문형과 운문형, 그리고 〈북수장군과 의사 삼 형제〉의 운문형과 산문형의 네 가지 원고가 쓰였고, 처음 원고에서 이 작품을 완성하기까지는 십 년의 세월이 걸렸다. 그만큼 겐지가 애착과 집념을 담은 작품으로 유머러스하면서도 농밀한, 완성도 높은 작품으로 평가받고 있다. 삼십 년의 세월을 사막의 전장에서 보낸 북수장군의 병을 뛰어난 의사 삼 형제가 마술처럼 해결하는 유쾌한 작품이기도 하다.

루비로 된 물감판과 보석을 찾아 떠난 왕자와 대신의 아이가 찾은 것은 **〈십력의 금강석〉**이다. 인생에서 추구해야 하는 것의 상징으로써 '십력의 금강석'은 이슬이면서 동시에 삼라만상을 빛나게 하는 원리 그 자체임을 말해주고 있다. 한편 사과 향기가 퍼지고 전등이 공작새처럼 날개를 펼치는 밤 기차의 정경을 스케치한 습작 **〈얼음과 후광〉**의 젊은 부부는 창문에 낀 얼음이 아이의 머리 뒤에서 후광처럼 빛나는 모습을 보고 조금은 애잔한 마음으로, 자신의 아이가 미래에 '무상보리'를 추구하기를 기원한다.

험난한 고난의 길 끝에 절대경지에 이르게 되는 **〈목련〉**과 **〈인드라의 그물〉**에서 그 절대경지는 겐지 문학에서 상상력의 원천 중 하나로 떠오르는 서역세계의 신비한 공간으로 이어진다. 특히 **〈기러기 동자〉**는 서역을 배경으로 한 작품 중에서 가장 완성도가 높은 작품으로 평가

받고 있다. 늙은 순례자가 들려주는 하늘의 동자 이야기가 '모래가 흐르는 곳 남쪽의, 버드나무로 둘러싸인 작은 샘터'라는 이국적인 공간이 무척이나 사실처럼 느껴진다. 그런 공간이기에 이야기를 듣는 '나'는 '하늘에서 떨어져 빨간 불꽃에 휩싸인 채 슬프게 타버린 사람들의 그 신비한 모습을 뚜렷하게' 그릴 수 있는 것이다.

한편 간절히 기다리던 정변지가 히무캬 강을 건너 마을에 왕림한다는 소식에 히무캬 성의 왕과 신하, 마을 사람 모두가 기쁨과 설렘에 들뜨는 모습을 그린 **〈네 갈래의 백합〉**은 왕과 아이가 정변지에게 선사하려는 순백의 백합으로 이것은 '진실과 사랑'을 내포한다. 하지만 작품 속에는 아이가 찾은 백합은 꽃봉오리 열 개가 달린 가지였기 때문에 '네 갈래'가 꽃잎을 의미하는지 꽃송이를 의미하는지는 명확하게 표현하고 있지 않다.

동굴 속 용과 자신도 모르게 용의 시를 표절하게 된 젊은 시인 스루닷타의 이야기 **〈용과 시인〉**은 특히 겐지의 시론과 문학론이 잘 표현된 작품이다. 작품 속 위대한 시인 알타의

> 내일의 세계가 가져야 할
> 진실과 아름다움의 모형을 만들어
> 마침내는 세계를 그 모형과 같게 만드는 예언자
> 설계자 스루닷타여!

라는 찬사는 시인의 존재 의의에 대한 겐지의 믿음으로 해석할 수 있을 것이다.

〈편지〉는 생전의 겐지가 무제 상태로 이름을 밝히지 않은 채 인쇄해서 배포한 글들로, 관용에 따라 〈편지〉라는 가제로 소개했다. '편

지 1'은 석가의 자기 희생적 삶을 기린 작품이며, '편지 2'는 진실의 힘은 현세의 어떤 차별도 문제시하지 않는다는 내용을 담고 있다. 한편 '편지 3'은 과학적 인식의 한계가 마음의 수양을 통해 극복되는 내용으로, 자연과학자로서 겐지의 일면을 볼 수 있다. 그리고 '편지 4'는 겐지가 여동생 도시의 죽음 후, 그 체험을 동화식으로 서술한 작품으로, 사랑하는 누이에 대한 그리움과 죄책감이 절절하게 느껴진다.

스케치4 ★ 베지테리언 대축전

'아아, 장수풍뎅이랑 많은 곤충이 매일 밤 나 때문에 죽고 있어. 그리고 하나뿐인 내가 이번에는 매에게 죽는구나. 그것이 이렇게 괴로운 것이구나. 아, 너무 괴로워. 앞으로는 벌레를 먹지 않고 굶어서 죽어버리겠어. 아니, 그 전에 매가 나를 죽이겠지. 아니, 그 전에 저 멀고 먼 하늘 저편으로 날아가 버리자.'

— 쏙독새의 별(《미야자와 겐지 전집 1》 수록)

〈쏙독새의 별〉에서 입속으로 들어온 장수풍뎅이를 삼키며, 자신 때문에 수많은 곤충이 죽는다는 사실에 괴로워하는 쏙독새는 굶어 죽더라도 다시는 다른 곤충을 먹지 않겠다고 다짐한다. 미야자와 겐지는 법화경 신앙을 갖게 된 후 1918년부터 5년 동안 채식생활을 한 것으로 알려졌다. 그러나 겐지의 채식은 종교적 믿음보다는 만물의 행복을 추구하던 시인의 심상에서 기인한 바가 더 큰 듯 보인다. 그래서 그의 작품에는 다른 동물의 생명을 빼앗아 살아가는 육식에 대한 혐오감이 강하게 드러난다.

특히 인간의 욕구와 필요로 다른 동물을 참살하는 인간중심사고에 대한 작가의 분노가 표현된 작품이 **〈플란든농업학교의 돼지〉**다. 농업학교에서 사육되는 요크셔종의 돼지는 사람의 말을 알아들을 수 있기 때문에 자신에게 무슨 일이 일어나고 있는지를 모두 이해하고 있다. 교수와 학생들, 그 밖의 모든 사람이 자신에게 관심을 두는 것은 오로지 '살덩이'다. 강제로 살을 찌우기 위해 비육기라는 잔인한 도구를 사용하는 인간의 모습이 돼지의 눈에 어떻게 비칠지 생각만으로도 끔찍하다.

한편 겐지는 **〈베지테리언 대축전〉**에서 '채식신자'와 '이교도(또는 이파)'의 논쟁을 통해 채식주의에 대한 신념을 더욱 직설적으로 표출한다. 감정보다는 이성으로 채식주의에 대한 신념을 보여주고 있다. '채식주의자'보다는 '채식신자'라고 하는 것이 더 적합하다는 작품 속 화자의 논지는 곧 겐지 자신의 논지이기도 하다. 그리고 그 논지는 '채식' 자체가 아닌 '모든 동물은 인간과 마찬가지로 자신의 생명을 소중히 한다는' 생명존중사상이다.

박정임

宮沢賢治全集

미야자와 겐지 전집 2

펴낸날 | 2018년 08월 07일 · 초판 1쇄

지은이 | 미야자와 겐지 옮긴이 | 박정임
그린이 | 이정우 디자인 | design Vita
펴낸이 | 오승준

펴낸곳 | 도서출판 너머
전화 | 070-8276-6842 팩스 | 070-7610-6843
주소 | 서울시 송파구 올림픽로 203 잠실중앙상가 B1, 1-2호

출판등록 | 2004년 5월 10일(제2016-000114호)

이메일 | thebeyonds@gmail.com
블로그 | http://blog.naver.com/thebeyond

ISBN 979-11-89243-03-6 04830 | 979-11-89243-01-2(세트)

* 잘못된 책은 바꾸어 드립니다.
* 책값은 뒤표지에 있습니다.

이 도서의 국립중앙도서관 출판예정도서목록(CIP)은 서지정보유통지원시스템 홈페이지 (http://seoji.nl.go.kr)와 국가자료공동목록시스템(http://www.nl.go.kr/kolisnet)에서 이용하실 수 있습니다.
(CIP제어번호: CIP2018018761)